种自我的园子

柳鸣九 著

四川文艺出版社

图书在版编目（CIP）数据

种自我的园子/柳鸣九著：—成都：四川文艺出版
社，2018.8
ISBN 978-7-5411-4931-3

Ⅰ．①种… Ⅱ．①柳… Ⅲ．①随笔—作品集—中
国—当代　Ⅳ．①I267.1

中国版本图书馆 CIP 数据核字（2018）第 164916 号

ZHONG ZI WO DE YUAN ZI

种自我的园子

柳鸣九　著

责任编辑　封　龙　奉学勤
封面设计　叶　茂
内文设计　史小燕
责任校对　蓝　海
责任印制　周　奇

出版发行　四川文艺出版社（成都市槐树街 2 号）
网　　址　www. scwys. com
电　　话　028-86259287（发行部）　　028-86259303（编辑部）
传　　真　028-86259306

邮购地址　成都市槐树街 2 号四川文艺出版社邮购部　610031
排　　版　四川胜翔数码印务设计有限公司
印　　刷　成都新千年印制有限公司
成品尺寸　146 mm×210 mm　1/32
印　　张　15.25　　　　　　字　　数　360 千
版　　次　2018 年 8 月第一版　印　　次　2018 年 8 月第一次印刷
书　　号　ISBN 978-7-5411-4931-3
定　　价　49.80 元

目录

序： 柳鸣九的菜园子风光

　　柳鸣九的大名早已贯耳。他是法国文学专家、翻译家，是研究法国包括欧洲文化思想的学者，他的视野宽阔。我对他的学术成就有一知半解，更有相当高的敬意。记得在一个场合与他同处，一些学友纷纷被披上了教授、博导的光环，而对他的介绍是他的多少位学生担当了教授与博导。而今有幸蒙他厚爱，读到他的《种自我的园子》清样，他的文学，他的思想，他的语言，笔力深沉与宅心仁厚，仍然给了阅读者以新的冲击，以佩服与享受，以快乐与叹息，以感动与心花的放而不怒。

　　单单一看名单，他所写的人，就够你焚香敛容敬慕一番的了。马寅初、梁宗岱、冯至、朱光潜、李健吾、钱锺书、闻家驷、卞之琳、何西来、吕同六，还有西蒙娜·德·波伏娃等等，都是我辈远闻大名、未能近观的当代大家。除了鸣九，谁还能这样切近与体贴、捉摸与把握、善意与理解地，有时又是含泪含笑地描写他们呢？而且是栩栩如生，摹写着他们的音容笑貌，问切着他们灵魂的甘苦潮汐。谢谢鸣九，为我们留下了一组大师的剪影，一个时代的高端知识分子的群体风貌。

　　鸣九不是靠写大人物为自己拨份儿，他不咋呼，不张扬，也没有摆出宣示判词的架势，更没有所谓作家散文的酸溜溜与扭捏态。他多年来与这些学者共事，从大背景入手，从小细节下笔，写出了他所尊敬的长辈与同事在大时代小环境中的人性表现。他的文章，记了时代，记了人生，记了外表，记了心曲，记了极其平常却是鲜为人知的故事。他的观察细微而敏锐，他的笔力游刃而有余，有直抒，有曲致，有简评，有感悟。点到深处，恰在关节，读来你实在放不下。

他写冯至，本着从系主任到所长的三十年接触，描写了这个学界泰斗日常学术与政治运动中的姿态，还有他本人对这位学术领导的揣摩与感受，整体印象是一个"沉"字："沉默"、"沉郁"、"沉稳"、"高大实沉"，是"端坐于学术宫殿之中的庙堂人物"，为我们提供了一个识人的角度。对朱光潜的描写令人深思。朱先生是一位以"毅"和"勤"为"突出的精神品质"的大学者，"矜持、肃穆、有尊严"，对学术的专注严谨和在学术研究上的坚持，与在被批判时的妥协甚至自我否定的态度，相反相成，构成了不同的人生侧面。可以见出，鸣九对人对时对事，心存同情厚道，他的推导与揣测之语，并不是跟风妄言，也不廉价地搞什么"今是而昨非"。他把共事三十多年的老领导卞之琳定位于"精神贵族"，兼具"党员"、"专家"、"领导"、"雅士"几种特质，从走路、交往、一句评语，加之学术上的严格要求、偶然走神的意态到"无为而治"的领导方式，使我们看到了一位典型的前辈知识分子的做派，也看到了历史的风云变幻中学者们的不同风姿。

鸣九是长期浸濡于"翰林院"的学者，是游走于中法大师之间的学界专家，著作甚丰，但这并没有使他的脾性稍离地气。他对市井人情的眷恋和情致，自然感人。他深情地描写父亲辛劳克己，以厨艺挣钱培养儿子们"做读书人"；他难以忘怀地记述英年早逝的儿子成长过程中的每一件"傻事"、奇事；他童心未泯地回忆孙女"小蛮女"的趣事种种；他对并非血亲然而养育留学的"另一个孙女"晶晶也充满着长辈的爱意和自豪。

鸣九终究是在中国文化中成长起来的文化人，自称"欧化的土人"，他坚决地、踏踏实实地做着柳鸣九自己，学问再大，文章再好，他不出洋相霸相装相高相和多情相，虽然他早生了华发。他不光生活习惯谈笑举止都是中国范儿，笔法和情感更是中国式的。

他自称要种好自己的菜园子当中计有"亲情篇"、"翰林院内外篇"、"巴黎名士印象篇"、"'硬粥'式的序言篇"、"演辞篇"、"人文观察篇"、"巴黎之行足迹"、"文友交谊篇"、"自我篇"等，这是他种植的一行行鲜活的蔬菜。鸣九记人记事，把自己也摆进去，看得深但不冷峻，拎得清但不刻薄，对笔下人物的处境有共鸣，对他们的心境有探求，对他们的评价有理解有体恤。在鸣九识人论事的文字风景中，我们也看到了他自己的内心风景——丰富而又善良，体贴而又关怀，好奇而又多思，尤其难得的是他的笃诚与朴实。

王蒙

2018 年 7 月

| 亲情篇 |

父亲的故事

　　只要桌上洒有一摊茶水，他总是用筷子蘸着在桌面上写写画画，有时是练正楷，有时是练草书，几乎每坐在桌前，他都这么在桌上操演，甚至是亲戚朋友坐在一起谈事聊天时，他往往也要这么"开小差"。从我幼年的时候起，父亲在我心里就是这么一个形象。

　　据长辈们讲，从一进城当学徒起，他就养成了这个习惯，数十年如一日，到我记事的时候，也就是他进入中年时，他已经练就了一手好字。他的字，在体态上，有颜真卿的稳当匀称，在笔法上，则有柳公权的俊秀遒劲。对于这一手字，他是很得意的，常听他说："文化高的人看了我开的筵席菜单，都说字写得漂亮，没有想到一个厨师能写得这么好。"

　　他出身于贫困的农家，兄弟姐妹六人，他排行第四。只念过两个月的书，从六岁起即替人家放牛。湖南的春秋天气并不寒冷，但他因为没法穿得不单薄，放牛时常要靠着土坡避风躲寒。十一岁时进城到一家有名的酒楼里当徒工，他妈把他送出村外，伫立远望，久久没有离去。从此他由于谋生与颠簸，再没有回过乡下，再也没有见过自己的母亲，只是在几年徒工生涯中，用竹筒里好不容易攒下的全部零钱，终于买得几丈"洋布"，请人捎回乡送给家里的老妈，但老太太没有收到就离开了人世。

　　以罕见的刻苦与勤奋，他熬到了"出师"，结束了徒工生活，先作为廉价劳动在餐饮业闯荡了多年，风餐露宿，漂泊颠沛，有些夜晚，仅以一条长凳为床。而后，逐渐以做得一手好菜与写得一手好字而颇有名气，得以有人经常雇用，他这才娶上了妻子，接二连三生了三个孩子，按当时世俗的眼光，他在这方面运气不错，竟然三个都是男孩。但拖儿带女，养家糊口，难度更大，虽已成了"名厨"，上了一两个档次，但仍天南地北，浪迹东西，艰辛如故。不过，毕竟成了"名厨"，只要不是失业，以"黄牛式"的勤劳辛苦，倒也能换来全家不饿不寒的日子。

除了谋生与繁衍后代，人与动物的区别恐怕就是对下一代的期望与用心了。人的层次不同，对此虽有不同的标准与要求，但皆有之，却是共性。这位农民之子，这位厨房里的劳工，也有自己的理想与方式。尽管他在本行当中出类拔萃，但他从没有想培养自己的儿子跟着他干这一行，哪怕是动用三个男儿中的任何一个，其实，作为一个跑单帮的个体户，他跟前急需一个徒儿，一个助手，何况，他还有好些烹调的绝招、独学有待传授……他常叹息自己这一行苦不堪言，如何苦不堪言，我没有体会，不知道，但我的确见过体胖怕热的他在蒸笼一般的厨房里，在熊熊大火的炉灶前一站就是两三个钟头，往往全身汗如雨下……他常抚摸自己孩子的头，感慨道："爹爹苦了这么多年，就吃亏在没有文化……好伢子，你们要做读书人。"

"做读书人"，这就是他对下一代的理想与期待。理想不小，但他自己的能耐却极其有限，他身上毫无可以泽及后代的书香，没有可以使后人轻易受惠的"秘方"与技艺，他只有那点可怜的文化经验：练字，只能把这点简易的经验，用来种他三亩地的实验田。因此，我们兄弟三人从小就必须服从努力练字这么一个

"硬道理"，这条"死规定"，他常教训我们道："写得一手好字，那就是敲门砖，就是看家拳。"当然，他待我们比待他自己宽厚得多，他并不要求我们像他那样蘸着茶水在桌面上练字，而是花钱替我们买笔、买墨、买砚、买纸，还有字帖。于是，练字就成了三个小子每天必修的"日课"，这条硬规定对长子更是"雷打不动"，这不难理解，他可能是最殷切希望最早日从长子身上看到效果，就像皇帝老子总想要长子来传承自己的帝国。

要当读书人，当然要进学堂，这是常识。这常识，他懂。也正因为是世人所公认的常识，所以在他心目中更成了一条神圣的原则，他执行起来，似乎想要比常人更认真、更执着、更不打折扣。谈何容易！要知道，他其实是一个为养家糊口而浪迹天涯的"民工"，民工子女上学在当今尚且如此之难，在当时也就更难了，虽当时没有户籍制、就近入学的法规，以及赞助费的障碍，然而仅学费就是一般人家承受不起的，更主要的困难是，要照顾孩子在固定学校里就读，往往就要放弃掉一些比较合意的就业机会。

于是，自从我们兄弟三人到了入学年龄之后，我们的上学问题，就成了家里头等重要的大事。每迁徙到一个城市，父母亲最优先安排的事情便是赶紧替我们找学校，让我们及时地上学念书。父亲每新谋得一个工作，或者每遭到一次失业，因而需要全家搬到另一个城市去时，何时迁居、何时动身都是以我们在学校的"档期"为准，决不耽误我们的学业。

正因为一辈子都在悲叹自己没有文化，这一对父母，始终竭尽全力坚持着他们可怜的"子女上学读书至上主义"。虽然从抗战时期一直到五十年代之初，全家一直是东西南北，不断颠沛迁徙，他们的长子却几乎从未中断过从小学进初中再升高中的学业，而且由于他们竭尽了全力，耗尽了积蓄，这小子每到一个城市都得以进了当地最好的中学，从南京的中大附中，重庆的求精中学到湖南的名校广益中学与省立一中……

巴尔扎克有一篇很著名的小说，写的是巴黎一个贫苦的挑水工人，出于爱心，以自己一个子一个子攒起来的全部积蓄，支持一个贫困大学生完成了高等教育，最后成了一个著名的医生。这一对可怜的父母与那个挑水夫虽然在很多方面都不一样，但在以微薄的收入支持高昂的教育费用这一点上却是完全相同的，而且都是长期坚持，数十年如一日。这需要含辛茹苦、自我牺牲。我的初中时代与我弟弟的小学时代，恰逢"乱世"，物价飞涨，学费高昂，非得付"硬通货"才能入学，而入学后还有各种各样的硬费用与硬消耗，以及为了在好学校上学而必须维持某种"体面"所不得不付出的"软"消费，更不用说为了保证儿子准时的起居与一日三餐，而长年累月付出的辛勤劳动了……这是亲情的长征，这是坚毅的苦熬，这是慈爱的奋斗，这是精神的渴求。

对于这个农民之子来说，这一奋斗，这一长征，这一苦熬，这一追求，几乎一直到自己生命的最后阶段仍在坚持，以感人至深的方式在坚持着，事情是这样的：

四十年代末，中国面临着天翻地覆的大变化，餐饮业、厨艺行业大为萧条，他在内地谋职谋生殊为不易，便去了香港打工，直到六十年代中期才回家乡。那一个时期，香港的天，还不是"解放区的天"、"明朗的天"，父亲在香港之所以一待就是将近二十年，唯一的原因就是谋生。五十年代，运动此起彼伏，横扫旧制度、旧思想、老习俗、老生活方式，高级烹调术吃不开了，被视为剥削阶级享乐服务的玩意儿，与父亲同一行业的"名厨"纷纷失业，父亲为了使得四口家人不至于衣食无着，为了使三个儿子不至于失学，也就只好咬紧牙关，单枪匹马在那尚未"放晴"的天空下做一个老年打工仔了，要知道，他的这三个儿子正一个一个在进中学、进大学，三笔学费与三笔生活费那时是一般家庭绝对承当不起的，而这三个学生要得到国家与组织上全额的补助与照顾又绝对是不可能的，因为他们父亲的职业是为剥削阶级生活方式服务的，其家庭成分与工人阶级、贫下中农有天壤之别，最好只能算是"小手工业者"，根本没有资格"依靠组织"，"向党伸手"，即使以"要求进步"、申请入团而言，其中那个领头羊就因为"家庭成分不纯"而三次被否决，后面那两个见势头不妙，也就望而却步了。

那些年，我正经历了上中学、念大学直到参加工作的这个过程，不论我在什么地方上学，每个月，我都按月收到家里寄给我的学杂费与生活费，毫无忧虑地度过了我的学生时代。大学毕业后，我微薄的工资远不能负担母亲的医疗费与两个弟弟上大学的费用，因此，父亲仍然留在香港打工，虽然他当时已经六十多岁了，他常用漂亮的行书给他的"贤妹"写些半文半白、半通不通，但充满了感情色彩的"家书"，将一些老话一遍又一遍从头讲到尾，自称"愚兄鲁钝"，"自幼无缘文化"，"饮恨终身"，"幸亏学了一门手艺"，"终能自食其力"，"眼见三儿日渐成长，有望成为对社会有用的人才，虽在外做一名劳工，常遭轻视与白眼，亦深感欣慰"，云云，有时，还讲些大道理，说什么"自己老朽落后，无力报效祖国"，"能挣几个钱，养家糊口，让孩子上学"，也能"减轻国家的负担，为社会培养有文化的人才"，因此"问心无愧"，等等。这些家信是我母亲用来对三个儿子进行"思想教育"的教材，常要求我们从头到尾认真读完。当时，我们读起来并不耐烦，那些信都写得长了一些，语句颠三倒四，车轱辘话来回转。不过，后来回想起来，这些家书，比当时那些政治课教材对我们的影响更深刻、更久远。

当然，这个老打工仔常寄回来的远不止他那些冗长的"咏叹调"，还不时有些日用品与文具寄回来，如给他"贤妹"的袜子、围巾，给儿子的钢笔与优质笔记本等等。而在"三年困难时期"，则经常定期寄些食品回家，从阿华田、丹麦饼干、白糖到香肠、猪油……这些源源不断的补给竟使得母子四人在那段"饥饿的年代"无一人得那种大为流行的"浮肿病"。其中远在北方的那个蠢材，收到这类食物补给后，往往在食堂吃完自己那点定量再回到宿舍里偷偷地享用，有时不免碰见同事，当然只能慷慨请客，虽为私下进行，但"若要人不知，除非己莫为"，不久后，在一次"思想整风"，"组织生活"中，就有革命同志对此严正加以指出，这是"炫耀自己有海外关系"，那时的香港，还是人们心目中"资本主义的海外"。

至于那些年里老打工仔自己在外的生活呢？很长一段时期里，他在"平安家书"里总是说自己"一切都好"，"家人皆可放心"之类笼统而不具体的话，家人对此都半信半疑，认定他的生活必定是艰辛的，必定有不少需要他"咬紧牙关"的困难，因此，老是不断劝说他退休回家。但他仍然坚持着，最终答应一等他最小的一个儿子大学毕业，他自认为已经"完成了平生最大的任务"，一定回来和家人团聚。培养出三个大学生，这就是他平生的夙愿，他最大的人生理想，眼见他日益接近"功德圆满"，大家都等着这一天的来到。

小弟的大学毕业日益临近，不到一年了。突然，有两三个月，老打工仔与家里中断了联系，音讯全无，家人焦急万分。过了一段时候，他终于来了一封"平安家信"，告诉家人一个胆战心惊的迟到消息：原来他在劳动时摔了一跤，在水泥地面上把一条大腿摔成了骨折，幸亏被香港公立的慈善医院将他作为"没有亲属"的失业老人收容进去，免费给他动了个大手术，在断折的腿骨上安装了一个铁块，两个铁钉，又经过几个月的疗养，总算得以痊愈，能够自己行走了，虽然不如以前那么"利索"，不久即可出院，返回自己"日思夜想的故里"与家人团聚⋯⋯他的报道没有什么感伤情绪，倒是说很高兴能住进那宽敞明亮的医院，那是他"一辈子中住得最好的房子"，我记得信里还附有一张照片，他穿着住院服，坐在一张洁白的床上，脸上是一个像儿童一般天真的乐呵呵的笑⋯⋯

从这个事件开始，他那长期不为家人所知、"咬紧牙关"的生活状态，才逐渐浮现出来，进入我们的视线：香港的房租极贵，为了省钱，他向一套公寓中几户人家租用了公共浴室午夜后的"使用权"，每当夜深人静，无人再上浴室冲凉时，他便在那里面架一个行军床睡觉，天一亮就撤出。白天，则在楼顶的露天平台上打发时光，没有人雇他时，他就坐在平台上的一张竹椅上出神，平台上支着一把大伞，可以遮阳，可以避风雨，但碰到大雨，光靠那把伞可不行，还得在那把大伞下自己再打一把雨伞⋯⋯而在有人雇他办筵席时，他就把用料备齐，在那平台上进行制作，将一道道菜做成半成品，然后将所有这些运至东家的厨房，待开席时下锅烹制⋯⋯光秃秃的一个平台，竟成了排列数序式复杂劳动的场所，居然从这里，他做出了"名厨"的名声，得到过采访，上过报纸，也正是在这个平台上，他在劳动中踩在有油污的地面上，狠狠地、重重地摔了一跤，几乎丢掉了自己的性命。这时，他六十有五。

这就是他十六年打工生涯的一个缩影，为了一个目标、一个夙愿、一种向往而又受着、熬着、挺着的缩影。就其含辛茹苦、艰苦卓绝的程度而言，比巴尔扎克笔下那个培养了一个大学生的挑水夫，实有过之而无不及，那个挑水夫，好歹在巴黎一套公寓的门房里，还有自己的一个栖身之地啊！

他快返回故里的时候，我请了探亲假回到了老家，等候着他的归来。究竟是哪一天到，他没有通知家人。等了好几天仍未见消息。这天早饭后，母亲正在院子里洗衣，我问了一声："也不知道那一天到？"母亲茫然道："大概快了吧。"我走出家门，到街上随便溜跶，那时，长沙城不大，火车站离闹市不远，我信步走到那里，想先看看车站情况，以便将来迎接。这时，正好有一次广州来的车到站，我便站在月台门外不经意地观看，旅客都快下完了，我突然看见从一节车厢里下来一个矮墩墩的头发花白的老头，穿一身黑色的港式唐装，手提两个简陋的提包，朝出口处走来，他没有远方游子归来时那种东张西望的神情，而是闷着头快步走，似乎脑子里只有一根筋，一个念头，像一头埋头拉车的老牛……我认出了他，猛然一阵心酸，还没有待他走出站口，就不禁失声哭了起来……

他返回故里后，总算过上了退休的生活，总算亲眼见到了自己的儿子都已经走出了大学的校门，参加了工作，总算看见了自己的孙女与孙子。他绝不下厨做菜，说是一辈子在厨房待"伤"了，听老弟说，他只是绝无仅有地露了一次自己的厨艺绝技，做了一盘萝卜丝饼，家人回忆说，那简直就是极品、绝品，你根本吃不出是萝卜丝做的，与刘姥姥在大观园吃上的烧茄子有异曲同工之妙……在那几年中，他最开心的时候就是听人家谈论他家的儿子都大学毕业了，只要别人奉承他说"四爹，你靠一把菜勺培养了三个大学生"，他就笑得合不上嘴，傻乎乎的……

　　1975年夏，他因为得了急症而去世，家人都叹息他返回故里后只享受了几年的"清福"，这与他一生的劳累艰辛实在是太不相称了。丧事后，骨灰里剩下一个铁板，两个铁钉，小弟把它们收藏起来作为纪念，这是他作为幼子的一番心意。如今小弟去世也已几年，每当我想起这事，心里就一酸……

2004 年 5 月

永远活在我心里的这个孩子

—— 记儿子涤非的童年

儿子在美国英年早逝，留下了没有工作与收入的妻子与一个不到五岁的小女儿。

根据他生前的意愿，遗体捐献给了公共医疗机构。

他的亲人、同事、朋友、老同学在当地举行了一次隆重地充满了亲情与友情的追悼会……

他留下来的财产除了保证妻女能过上不愁温饱、安定小康的生活外，还在他毕业的大学设立了一个以他姓名命名的永久奖学金，虽然规模不大，但可以每年资助一个贫寒的学子的学费与生活费。饮水思源，这个华裔青年当初就是靠美国大学的奖学金学成毕业的。他只活了三十七岁，但他对接纳他的社会做出了自己的回报……

"活得长久的人像是高高的一支蜡烛，而我可怜的儿子，他的蜡烛很短，可是他燃得那么明亮"，他的老母亲在美国的追悼会上这样说……

柳涤非，祖籍湖南长沙，祖父是从农村走出来的苦孩子，学得厨艺，成为名厨，靠这点本事谋生立业，竟然使自己的三个儿子都得以大学毕业。涤非之父是三兄弟中的长者。

涤非孕始于"十年浩劫"之中，1968 年，正当社会上一片乱哄哄之时，从事文化学术业务的臭老九都在赋闲游荡，其母曰："前几年忙于工作没有时间，现在没有什么正经事可干，不如添一个孩子。"于是就有了涤非，此时他已经有了一个九岁的同母异父的姐姐。

迎接涤非出生的是家里的一片愁云。其父被圈进了"小学习班"进行隔离审查，原因是他曾在一个人数不过二十来人的小群众组织里身居"第四把手"，所作所为不过是走走中间路线，搞点折中主义，按"中央文革指示"、《人民日报》社论的调子贴过一些大字报，仅为获得较好的"政治表现"以求在大革命风暴中保自己身家的政治安全，从未干半点出格的事，却没想到成为"审查对象"被圈进了"学习班"，而出"学习班"时，竟成了一个"被宽大处理的反革命分子"。回到家里，见到阔别了三个月的小儿子已长得虎头虎脑，能在床上爬来爬去，跟寻自己感兴趣的目标，或是一个小玩具，或是一块饼干。这个为父者头上已戴上了帽子，不敢想象这小儿子的未来，不禁哑声而哭。

这小子取个什么名字为好？其父当时已被强加于身上的臭老九原罪与对"伟大领袖革命路线"的"现行罪"吓傻了、压垮了，但求"洗心革面"、"彻底改造"，竟把自己逆来顺受的傻乎乎的决心，化为一个沉重的名字"涤非"给了这生下来就八斤六两、天真无邪、活泼好动的胖小子。事过境迁，在以后的日子里，其父每想到强加给了自己儿子这么一个沉重而颇有忏悔意味的名字，就感受到惭愧内疚，深责自己一时太窝囊、"太面瓜"。后来，这小子到了美国，傍着原名的谐音，给自己取了"David"一名，普通而自然，响亮而堂正，总算中和了、淹没了原来名字的含意。

不到半岁，小涤非与他九岁的杏姐就一并托付给住在湖南老家的爷爷、奶奶抚养，因为其父母都被打发下了河南信阳一所干校，一去就是两三年。此干校似足以名垂不朽，因有杨绛的《干校六记》曾加以记述，只不过其劳动生活之艰辛与气氛之肃杀实远为胜过。爷爷奶奶均已年迈，抚养之辛劳可想而知，但虽苦犹甜，将孙子孙女视为巨大的乐趣。特别是对涤非这家门唯一的男苗更是奉若"上宾"，两老常在他跟前"争宠"。祖母对小孙子呵护备至，老厨工已退休在家，偏喜欢带着小孙子到公园、到街上去"显摆显摆"，虎头虎脑的小家伙除单眼皮不尽理想外，其他貌相均堪称俊秀，正是老爷子到处夸耀的对象。但老两口偏偏曾经有过一个"恐怖的回忆"：其长子在三岁那年，被一个骗子拐走过，幸亏那个骗子只剥夺了孩子身上的那件崭新的毛衣之后就扬长而去，还没有丧心病狂到把孩子拐卖掉，这三岁的孩童竟凭着自己的"狗运气"，跌跌撞撞从好几里外的街区摸回自己的家门，但据我看来，这很可能是"天老爷在暗中进行指引"所致。有此虚惊一场的经历，老两口对携小孩子出门从不敢造次，为防止小宝贝走失走丢，老祖父总是用一根绳子一头系在孙子的腰上，一头则系在自己的腰上，祖孙二人如此出游，倒成了当地的一个街景，老祖父为了要跟难得由自己带着出游的小宝贝留下一张纪念照，竟不顾得改着衣装就这么一根腰带两人系在一起在照相馆里拍了一张照片，仅从他笑得那么傻呵呵的表情，就可以看出他内心之幸福感。

信阳干校的政治生活是严酷的，劳动生活是艰苦的，但军宣队也尽可能给人性人情留下若干空间，如像允许一同在干校的夫妇一年有一次"探亲假"，即让夫妻从各自连队的集体宿舍里搬出来，住进"招待所"的单间里十天半个月，在此期间，还可以把远在家乡的儿女接过来共享"天伦之乐"。于是，在几年内，小涤非曾有两次在他小姐姐的带领下，坐火车来到干校与滚泥巴的父母团聚。虽然吃的是简陋的干校饭，住的是透风的泥坯茅草房，但这十天半个月对这一家人来说，就像天堂的日子。小涤非只要一得温饱，就变着法子顽皮，可惜既无任何玩具与同伴，又无任何游戏场所，有时只能拿他的老爸开心，如学老爸平躺在床上，两手枕在后脑下，双脚跷着二郎腿，鼻孔里还不停地打呼，又如模仿老爸"打太极拳"，两脚并列弯曲站立，两手下按，腰往下沉，这些动作简陋不雅，但在一个三四岁的小孩幼稚、朴拙而又滑稽的模仿下却既十分可笑又十分可爱，连队里对立的两派群众看得无不哄笑，往往"出题点戏"，指名要他当众表演这两个节目，于是，两派共赏，一堂欢笑，出现了政治运动、"清查斗争"、思想改造大环境中难得一见的"和谐社会"场面。

涤非父母所在的单位虽然在 1972 年就从干校回到了北京，但剩下来的政治审查、政策落实一拖就是好几年，直到 1976 年才真正"安定"下来。因此，涤非与其姐仍寄养在湖南长沙的爷爷奶奶家，他幼年的大部分是在这里度过的，成长为一个聪明活泼而又憨厚的小童子，外观仍然是胖乎乎、虎头虎脑的。虽然他在这个城市里没有其父幼年被拐的那种传奇故事，却也另有近乎惊心动魄的行状。那个城市是中国有名的文化古城，与文化有关的种种活动，这里应有尽有，春游远足即为一项，虽然幼儿园要进行这种活动年龄为时过早，但园领导执意要举办这样一次盛举，不菲的春游费当然是要家长掏腰包的。盛举确乃盛举也，一辆大车将数十名幼童载到几十里外的远郊去"踏青"，不知道是大车超载还是其他什么原因，大巴在途中翻车了，翻到了坡下的干沟里，如此大的倾斜度，当然有死有伤。消息震惊这个省城，抢救成为紧急任务，爷爷奶奶之丧魂落魄、焦急如焚是不难想见的。苦熬了大半天之后，受伤的幼儿们被送了回来，其中幸有他们的宝贝孙儿柳涤非。他不仅逃脱大难，而且传出一段义勇佳话：当大巴翻个底朝天后，他因座位临近窗口，先有脱逃的机会，但邻座一个小女孩丧魂惊叫，见此，他就先让在一旁，让这位"女士"优先，然后自己才爬出窗口。此事乃家长听老师所叙，老师则是听那位优先爬出窗口的小女孩所述，那时，四五岁的小孩既不知"英雄行为"是什么，也不知"炒作"为何物，谅非妄言。据爷爷奶奶说，这虎头虎脑的小子并没有提及自己这一"见义勇为"之举，倒是津津乐道自己逃出窗口后，发现自己的两只水果还留在车里，于是又爬进底朝天的车里把它们取了出来，他被送回家时，满身满脸都是泥泞，手里确实捧着两只水果。爷爷奶奶听着他这一段得意的自叙，后怕得出了一身冷汗。

"文化大革命"的苦难历程终于过去了，涤非与其姐得以回到北京与父母相聚，那时，父母所在的单位刚从干校回来，原来好些宿舍都被"革掉"了，于是老旧的筒子楼成为安置好些家庭的"宿舍大楼"，那时的钱锺书、杨绛两个老研究员尚且只分配到一间办公室安家落户，涤非的父母这一对被"文化大革命"卡在副研究员这个等级的前面的"资深助理研究员"的待遇就可想而知了。他们一家四口挤住在一间十几平方米的旧办公室里，一张大床、两张小床被三大块"布墙"隔了开来，各自成一统，浩劫之后的寒碜，也发散出温馨之家的气息。阔别数年，父母喜见儿女，有了就近观赏的时间，发现姐弟二人情深意笃，十分感人。杏姐长非弟九岁，处处照应与维护其弟，特别是在其弟与一大群"小哥们"相处的"场面"上，更是他坚强的后盾与保护人，对这个虎头虎脑、有点愣劲的幼童充满了母性式的呵护。如同很多小女孩从小就疼爱自己的洋娃娃一样，也像一些小女孩喜欢摆弄、支配自己的洋娃娃一样，其姐也在小弟身上实践了她人生最初的领导愿望与管理才能，不知是凭什么"法力"竟使得这顽皮的小弟十分服帖，言听计从，父母的严词管教也没有如此奏效。其姐此种管理才能日后果然大显光彩，在完成了从北京外贸学院到美国韦斯礼女子学院再到芝加哥商学院的优质教育后，她渐入美国公司的高层，干得十分出色，而且一直在其弟各个阶段的生活与职业中，都继续充当着"高参"与"顾问"的角色，直到其弟去后，她仍守护着其弟遗留下的幼女，不失为世上最为感人的姐弟情深的范例。

在筒子楼里有一大群孩子，从五六岁到十来岁年龄不等，其中有两个年龄较大一点的兄弟，天生精明乖巧、善于算计，并富有领袖欲，自然是统率幼童们的头头。一天，召集大家，发布命令，说要成立一个"共产主义合作社"，大家都得回去向父母亲去多要一些零用钱，全部上交给他们"老大""老二"两人，由他们统一掌管，将来去买高级点心聚餐，或者用来购置"大型玩具"。众幼童虽惯于服从"老大""老二"，但涉及如此大的经济利益，均慎重从事，有的聪明机灵，阳奉阴违，推说要不到零用钱，有的则很有个性，公然不从，有的生来就学会了"上有政策，下有对策"，十天半个月交上一分两分钱，敷衍了事，只有两三个幼童、忠心耿耿，贯彻执行，其中最卖劲的就是小涤非，他变本加厉地向父母索要零用钱，转身就悉数上交给了两位"老大"。"合作社基金"积少成多，但收入账目，当然是用不着公布的，至于高级点心聚餐与大型玩具更是不见下文。时间稍长，对老弟明察秋毫的杏姐发现了情况不对头，才坚决制止了小涤非对两位"老大"的愚忠行为。

简子楼的小孩群中，摩擦、矛盾与争执自是不少，中心人物是三两个颇有心计与领袖欲的孩子，是他们在"争雄"。涤非年龄较为稚幼，总是充当大王们手下的小跟班，加以天生憨直，毫无心计，不像有些聪明机灵的孩子见矛盾就躲，见阵势就溜，他却老是卷入大王们的争雄战中，有些事跟他完全无关，"八竿子也打不着"，可他好，却主动参与，满怀"忠义"之激情，大有为哥们两肋插刀之架势。有一次，两个争雄的大孩子矛盾白热化，开打起来，战事甚为激烈凶狠，那可不是一般的推推攘攘，而是动了棍棒石头之类的家伙，旁边的孩子见了都大感惊吓，躲得远远的，作壁上观，小涤非当时并不在场，但闻讯之后就飞快地赶到现场，一边奔跑，一边大呼："慢点打，慢点打，我来支援啦！"他赶往战场参战，就像赶往一场盛宴，唯恐错过了最后一道佳肴。

其父母见傻小子如此憨厚执着、忘我轻利，不禁产生忧虑，深感此种性格恐难对付现实社会中的世故功利、手段心计，更难适应"左"调高扬、冠冕堂皇之复杂性。果然，愣小子一进小学，就显示出了其不适应，他并非犯恶行、有劣迹的顽童，但总是被班主任看不顺眼，不外是因为在课堂上手脚总安静不下来，未能做到双手交叉在背后端坐不动等有碍观瞻秩序的小动作，特别是他有一次做出了莽撞的事情坏了班主任的"大局"后，更成了讨厌的对象。

事情是这样的：班主任安排妥定，要举行一次既有活泼的民主气氛而又乃"全民一致"的选举，推举出班上的最优秀的"三好生"，届时，其他班的老师都要来观摩这次"民主生活"的盛典，对象当然也是内定好了的，是一个学习成绩好，也特别听话的小女孩。可有几个调皮的男孩对她在老师面前的那种乖乖劲颇不以为然，很想把她反掉，他们自己不想公然出来有违老师的意愿，就推举小涤非当"出头鸟"，理由是，涤非的父母与小女孩的父母是同一个单位的，他出来反对一定令人信服，相信他是"大公无私"。小涤非欣然受命，在"民主盛典"的关键时刻，他站了起来大声宣称："我反对！"班主任很不悦地反问："你有什么理由？"傻小子险而语塞，终于答上来了："她……她爱哭，在我们那幢宿舍楼里，她最爱哭……"调皮的男孩们哄堂大笑，伴随着的是那位快当选的女孩哇的一声大哭……一场民主盛典就这么被搅局了……

班主任的恼怒可想而知，从此，小涤非就没有少穿小鞋，幸而，他的学习还算站得住脚，换到了一所较好的小学。后来，在升初中的考试中，虽然他刚生了病发高烧，却有了一次奇迹般的超常发挥，竟一举考上了本市一所市重点中学，算是扬眉吐气，一泄在初小期间的郁闷。

进入中学后，他很快从一个胖墩墩的孩童发育成一个俊秀的少年，戴上一副眼镜，俨然就是一个聪敏的小书生了，只是脸上仍存有憨态与稚气。也许是因为他身上渐渐开始显出了一个未来的有为青年的雏形，更成了全家关注疼爱的重点对象。远在家乡的爷爷、奶奶、叔叔、婶婶思念他；近在北京的姥姥一生命运坎坷，把她晚年对孙辈的爱，倾注在他身上，甚过其他的孙辈；其母放弃了在美国名牌大学里的教席，也从自己的英美文学研究事业里分割出相当多的精力与时间，用于对他的培养教育，从照顾他的生活，到给他的文化学习，特别是英语程度的提高另开"小灶"，提供家学的"营养"；其杏姐已是北京外贸学院的学生，在紧张的学习生活中，仍没有放松对宝贝弟弟的关怀与指导，从他的庇护者又渐渐成为他的"铁哥们"。在这个时期，他的关爱者队伍里，又增添了一个新的成员，安徽的小慧，她比涤非大不了几岁，还未成年即从乡下来北京打工谋生，落户到了涤非家，她以其淳朴、善良与勤劳，赢得了全家人的信赖与仁爱，作为报答，她则像大姐一样尽心尽责地照顾着这位"东家小弟"的生活。

在这一片年长女性柔情温馨的关爱氛围里，似乎谁也没有发现这个清秀少年曾经有过青春期的逆反心理表现，唯有其父有所感受并深知其厉害。不过，这也得怪为父者自己。他曾经坦言自己的才力仅为"中等偏下"，不论此话有多少自我调侃的成分，反正面对着无涯的学海与不无阴险的人际关系，他要努力在学术阶梯上往上爬，当时得竭其全部的心力与时间，实在无暇关心儿子的成长与教育，特别是儿子有一次得了凶险的疾病，住院期间全靠其母照顾，做父亲的只寥寥探视过两次。他自以为心底里最爱的是儿子就够了，更满足于自己多挣稿费以充分保证儿子餐桌上的丰富营养与旅游开支的这种父爱方式，他这种伦理上的误识造成了儿子对父亲的隔阂与淡漠，这是这个可怜的父亲终生最引以为憾的一件事。

学校毕竟是首善之区的重点名校，家庭毕竟是家长父母供职于"翰林院"的"书香门第"，在这双重良好的环境中，他得以正常健康地成长，培养了吸引着他求学之外剩余精力的课外爱好，一是集邮，一是收集名人签名。

他开始是如何动了要集邮的念头的？最初，肯定是因为经常看见他母亲的美国学者朋友来信上漂亮的邮票而动心的，很快，他的母亲大人就成了他集邮爱好的首席"赞助者"。接着，跟进的是他的杏姐，既然乃弟这一爱好颇为高雅，她当然大力支持，由于杏姐在外贸学院的同学里人缘甚好，又给宝贝弟弟带来了几个热心的赞助者。甚至有一位不相干的男生，因为正在追求与杏姐同一个宿舍的女孩，为获得成功，他不惜把公关工作做到最大限度，杏姐既然是这个女孩的挚友，自然也就成了公关对象，而公关方式则是送给杏姐的宝贝弟弟一小册邮票，可见，在同学们之中，杏姐对自己这位弟弟的重视与关爱早已有点名声了。及至杏姐在美国韦斯理女子大学深造，在芝加哥商学院念学位期间，还从奖学金中节省一些钱来多次为老弟购买邮票邮册，其中有一本1984年美国各种纪念日首日封邮票集锦册，装帧豪华，并署有收藏者姓名，一看就是价格不菲的精品。有了如此多热情的赞助者，涤非的邮票集存日渐小有规模。

八十年代初，中国进入开放时代，公开的自由市场纷纷出现在各地各个角落，集邮之乐从来不"纯"，总是伴随着交换与买卖，当时，北京市宣武门大街的集邮总公司前，就是一个热闹的邮票交易市场。涤非从参观到参与并成了那里的常客，每当节假日，他将一个绿色军用书包挂在脖子上，垂在胸腹前，出发到那个人口攒动的邮票市场上去，算是做点"小生意"吧，从他将那个布书包挂在胸前的谨小慎为的方式看，书包里显然装着他珍视的本钱"若干邮票与若干人民币"，但从那书包空瘪瘪，轻荡荡的形状来看，则可想见其中的本钱实在少得可怜，至少他没有把自己的主要"财产"全部带上，颇像其父一生谨慎求稳的性格。显而易见，在那个交易市场上，他仅仅是一个怯生生的小毛孩，还远远未跟生意人成熟老练的做派学到一星半点。其父其母深知自己虽善于做事创业，但实不善于交换交易，以致实诚有余，机巧不足，在现实生活中进取得甚为辛苦，故乐于看见儿子去交易市场上历练历练，与此同时，出于对儿子本性的认识，相信他既不可能大赚大发，也不至于受损亏本。后来，事实证明果然如此。

征求名人签名一事，创意出自乃母，其意一在让小儿子感受一点名人效应，以起励志作用，二在锻炼儿子拜会、晋见、求请名人长者的能力，好在父母二人此时已是文化学术领域里颇为人所知的中年人，认识名家师长不少，因有父母的引见，小涤非并不把征求签名一事视为畏途。他积极响应父母的创意，准备了两个当时还算装帧精美的日记本作为签名簿，在扉页上，写下这样的告白："请您留下宝贵的签名和赠言"，他的署名下标明的日期是 1981 年 11 月 23 日，当时他刚十二岁出头。

虽说他年纪不大，签名簿的"门槛"倒是相当高，一开始就征集到一批文化名人的签名及赠言，当时在文化界德高望重的戏剧家夏衍题词："业精于勤。"著名作家王蒙题词："你一定会有许多朋友——写给涤非小友。"享誉国内外的文学家、学者沈从文抄录了李白"春眠不觉晓"一诗"赠涤非小友"，大科学家茅以升题祝"天天向上"，签名留念的则有一大批文艺界名流，其中有著名诗人艾青，著名学者李健吾，著名小说家刘心武、谌容、林斤澜、宗璞，以及戏剧音乐界的著名人物夏淳、凌子风、李德伦，还有多次荣获世界冠军的中国女排队员，包括邓若曾、袁伟民、郎平等。

从 1981 年末到 1984 年，他坚持征集不懈，共得到了五十余位名人的签名，大多数是在乃母的引见下获签的，大学者钱锺书对此甚为激赏，特题词曰："继母之才，承母之教。"有的则是有贵宾来家做客时请签的，如谌容在签字的下方就注明了一句"在小非家里"。1985 年后，他因开始忙于申请出国留学，征集活动停了下来，但 1986 春他赴美留学时，行囊里也带上了他这宝贵的签名本。到了美国后，他暑期在波士顿的坎布里奇进修英文时，又开始了征集名人签名的活动，征求到的有哈佛大学好几位著名的教授，如艾伦、孔飞力、韩南、萨奇等等。这个时期他很快学着把西部牛仔的闯劲用在获取签名上，所得更增，他当时正住在其母在坎布里奇的寓所里，寓所就在哈佛大学附近，来哈佛大学演讲的大人物不少，他正好有近水楼台之便。曾经主持过洛杉矶奥运会的世界名人尤布洛斯来演讲，他努力接近讲台，成功地获签了。闻名世界的参议员爱德华·肯尼迪作为嘉宾来参加校庆活动，他紧盯不舍，但无法靠近贵宾席，只好趁这位名人上洗手间之时守候在外，终于成功了。还有一次，时任欧盟主席的卡林顿勋爵来哈佛，他费了好大的劲靠近了这位政治家，但保安人员技高一筹阻止了他，眼见功亏一篑，那位通情达理的政治家见状制止了保安人员说："他是个毛孩子，别拦他。"他又一次获得了成功。

征集签名固然是乃母教育与培养宝贝儿子的创举，但更为庞大而艰巨的教育培养工程则是申请出国留学。此事溯源于八十年代初。众所周知，在社会主义中国，有一个得天独厚的阶层，其龙凤子弟在每个不同的历史时期从来都是感风气之先，什么道路最风光、最优越便成群结队投身于什么道路，在"文化大革命"中"横扫一切牛鬼蛇神"之际，他们挥舞皮带成了伟大领袖的"红卫兵"；在当兵从戎大大优越于苦不堪言的上山下乡插队落户的时期，他们就纷纷参军入伍；在高考恢复后学历成为就业的过硬通行证的时期，他们纷纷进入了高等名校；而在"改革开放"之后，出国留学则成了龙凤子弟上选的道路，公派出国的名额"粥少僧多"，于是自费出国又成了这个阶层子弟的热门选择。小涤非的父母既无政治地位又无经济实力，一直对此新时尚浑然不觉，所幸知识家庭所具有的文化优势起了作用，不是"由内而外"的作用，倒是"由外而内"的作用。事情是这样的：乃母以其优异的学术表现，于七十年代末、八十年代初得美国哈佛大学燕京学社的邀请成为最早的中国访问学者，在美期间深得学界人士的赞赏与友情，这些有民主党倾向的学术精英，眼见中国有背景的子弟纷纷赴美留学已成为一道热闹的风景，不禁对这位出色的中国平民女学者发问："你为什么不争取让你的儿女也来美国上学？"一语顿开茅塞，点明了这位女学者的奋斗方向，于是，她谢绝了美国高等学府的教席，回国致力于让儿女走出国门的工程，回国为他们赴美求学打基础、做准备。大女儿的事比较好办些，她已经在外贸学院就读，各科成绩与英语水平均为优秀，且明理懂事，善于把握自己，得乃母的辅导，故在申请与面试中皆有上佳的表现，顺利得到了美国著名学府韦斯理女子学院录取，于 1981 年赴美。

小儿子的事则比较艰巨，他正处在初中毕业上高中的过程中，只能申请有高额奖学金的美国名牌贵族中学，这似乎比申请上大学的难度更大。特别费功夫的是，他必须大补英语，在听说写读上全面达到美国高中学生的水平。这不是一朝一夕所能做到的，于是小涤非开始了紧张而持续的奋斗。

奋斗有三条"战线"，其一，要对付本校沉重的学习压力，中国学生在应试教育的辖制下，其负担从来都以繁重著称，越是好一点的中学越是如此，这些就足够他那正在发育的小肩膀去承受的了，其二，他课外必须恶补英语，先是由乃母每天给他开"小灶"，提供"家学"的特殊营养，本来，有这样一位英语水平曾深受朱光潜赞赏的北大精英执教已是十分难得，但慈母当不了严师，面对小儿子的任性没有辙，只好加请了一位以英语家教为业的老师来严格执教，按钟点付酬，且标准甚高，后来为了更快提升口语能力，又在西郊一个大学里找了几个美国留学生每逢周末定期定时跟他"聊天"，那几个美国聊友都是利用周末休假来挣外快的，也得按钟点付酬，其标准甚至比中国教席还高。总而言之，准备工作的大半时期，小涤非整个就全扑在这条"战线"上，到了稍后，才开始转向第三条"战线"，即做申请工作与应对面试，那就是最后的冲刺了。

在这一年中，乃母的负担着实不轻，除了要完成自己分内的学术研究工作外，还兼负照顾儿子的生活与辅导他英语学习的两大任务，幸亏在家务方面，有了一个小帮手，那是从安徽农村来北京打工的小姑娘小慧。她深知这个家庭里的重中之重就是要保证小涤非在奋斗中有足够的高营养美食，为此，她就要尽可能在饭桌上提供小涤非爱吃的佳肴，如炒鳝鱼、爆腰花、熘肝尖、烧田鸡等等，几乎从不断档。由此，她与小涤非开始建立起了姐弟般的感情，及至后来她自己的孩子渐渐长大，就把已经远离中国的涤非称呼为"美国舅舅"。

除了保证小涤非的营养，使他在超负荷的学习中有足够的能量外，乃母还不时安排他做适当的休整，以免他紧张疲劳过度而崩溃，也是为了给他另外补充一些精神力量与养汁，如带他在北京周边地区进行参观游览，参观过周口店北京猿人遗址，也去居庸关登上万里长城俯视中华山川。母子还曾做过不止一次长途旅游，一次是去泰山的顶峰观看日出，其攀登的道路想必就是秦始皇当年封禅泰山所登临的途径，还有一次是去青岛，观赏了崂山的灵气，见识了东海的浩瀚。所有这些，似乎是涤非出国之前对中华大地的一次深情凝视，一次五味杂呈的告别。本来，他还有一个最大的心愿，那就是随母亲去一大学讲学之便前去西安旅游一次，特别是去瞻仰兵马俑这样的中华文明奇迹，为此，乃母已做好了计划与安排。临行前不久，考古界一位长期驻守在西安的朋友来访，确称西安正在大闹鼠灾，并伴随有病疫流行云云，乃父闻讯大感忧虑，唯恐母子二人前往旅游将危及健康安全，故坚决主张改期进行，母子二人只得取消原来的计划，其中包括乃母在西安讲学的安排，涤非由此与西安古代奇迹失之交臂，此后，事过境迁，他再也没有找到适合的时机去造访，成为他生平一大憾事。及至他去世后，乃父每想起此事，不禁总有愧疚。

经过一年左右的持续奋斗，小涤非在本校的学习成绩稳步前进，课外补习英语获得了长足的提高。两条"战线"都已打下了扎实的基础，他开始转向了第三条"战线"，向国外中学提出申请并准备应试，其引领人与辅导者仍是乃母。在广泛地对美国的中学做了准确的调查研究之后，选出了三个有权接受外国留学生并能提供奖学金的美国名牌中学作为申请对象，它们是密尔顿（Milton）中学，安多韦（Andover）中学与莫西·布朗（Moses Brown）中学。然后就是正式提出申请，并在复杂的申请程序中一步一步往前走，走完这些渐进而繁复的程序，本身就是一个耗时费劲的巨大工程，有大量要填写的表格、要作答的问题、要呈报的个人资料，邮件来往不计其数。仅邮费一项即非同小可，足花费父母二人大半年的工资，盖因八十年代初改革开放伊始，凡是办一切涉外的事务均需付高额的费用，不难理解，幸亏涤非的父母是文化界著名的学者，尚有一些稿费收来支付申请所需要的花销，如果只是个一般的家庭，那肯定是承受不起的。当然，比起申请过程中事务性与经济方面的负担，更为费劲的是必须书面回答一些考核性的问题，实际上也就是要完成一些"功课"与作业以提供给校方进行检验与考察，举例来说，其中也有这样的问题：为什么要申请赴美求学？如果能实现这个目的，将来准备从事与投身什么道路，有什么抱负等等。这实际上就是要求申请者写出一篇述志的文章。涤非就此洋洋洒洒完成一篇英文作文，大意是说自己赴美准备致学于新闻出版专业，将来学成有志于回到自己的国家创办一家报纸，宣传民主自由，主张社会公正。他想投身新闻出版事业，这很可以理解，其父母均为学术文化界人士，与新闻出版也算是近邻，受家教影响，有此意愿实属自然，但有志于在中国创办一家报纸却使父母也意料不到，深感其子已经长大了、成熟了，小脑袋里有了严肃的社稷问题，但也深感儿子天真幼稚，真可谓是异想天开！幸亏他后来在美国改变了志向、转学经济，并留在美国就业，总算没有按照自己的初衷走下去，对此，涤非的父母深感庆幸。

　　面试是"考官"直接而无微不至的审查，对于没有出过国门的中国学生而言，是更为令人发怵的事。涤非所申请的三个学校的面试程序是认真、严格而一丝不苟的，每个学校都各自委托了两三个在中国的美国公民进行面试，一般都是来华访问的学者、教师，也有个别来华旅游的资深人士。面试是对申请者的英语理解力与表述力以及文化知识水平及人品教养的全面考核，涤非不无紧张地一场一场应试了下来。一年多来的英语恶补总算没有白费，他每场应试之后自我感觉都不错，而从后来的结果来看，那些素不相识、铁面无私的"考官"对这个中国少年的表现还是认可的，肯定做了良好的评价，因为过了一小段时间，三个中学都来了录取通知，并都承诺给予全额奖学金。对于一个中国学生来说，全额奖学金意味着什么？那就是免交学费，那就是免费给你提供膳食与住宿，甚至若干零用钱，这可不是来自中国的庚子赔款，而是美国人纳税的自家钱，这种优惠的慷慨是不言而喻的，值得我这个中国人道一声感谢！三个中学在美国都是闻名遐迩的名牌，但以安多韦名气最高，学校条件最优越，美国有不少政治社会名人与学术精英，皆出自该校，两届美国总统布什父子二人都是从这里毕业的，而且该校愿意给涤非的全额奖学金最为优厚，对一个中国少年来说，这真个是一大块馅饼从天而降，落在了自己的头上。理所当然，上安多韦去！到安多韦上学去！

1986 春夏之交，对于这个家庭来说，是一道"坎"，是一个"分水岭"。稍前两个月，涤非之母已第二次获邀赴哈佛大学做访问学者，而涤非也即将赴美上安多韦，其姐也早在几年前已经赴韦斯理上学，从此再没有回过这个家。这是一道明显的"坎"，在此之前，一家人虽也有分离，好歹总聚集在一个国度、一个"空间"，而在这之后，则不折不扣是"天南地北"、"天各一方"了。

涤非在乃父的带领下，总算办完了出国的种种手续，虽然获取出国护照手续的内容与程序并不多，其工作量是远远不如入美国境内申请奖学金与签证那么多、那么繁重，但办理起来却更为麻烦、苦涩、劳神、费劲，这是涤非对故土最后一次切身的感受与体验。当他获得了护照与签证时，他不禁高兴地叫了起来："我终于可以飞上天啦，可以到美国去上学啦。"乃父见他如此兴奋，不难理解他此时颇有羽翼渐丰而欲展翅高飞的意气，也深感在他这句话的后面，似有若干人生初阶段略带苦涩的积淀：父母的坎坷、家庭的困顿、自己在国内前途的不容乐观等等，如果有可依赖的天恩祖德、有饫甘餍肥的生活，有指日可待的锦绣前程，那还何需不辞艰辛、远走他乡？其父有清楚的认识，儿子此去路漫漫而修远，奋斗之途绝非一坦平川，定要做出艰苦的付出，为了使他在奔往遥远目标的进程中无须他顾，已到知天命之年的老头子特别叮嘱其子，如果乃父旦夕有疾病灾祸之类的事故，他只管致力于自己的学业与奋斗，而不用回国探视照顾以尽世人所谓的"孝道"。把儿子的奋斗看得大大的，把为父的存在缩小到小小的，倒也确实蕴含着对自己独生子的真挚钟爱。

1986 年的 5 月，终于到了动身的那一天，涤非一身普通衣着，一件浅色布夹克，配一条牛仔裤，既很精神，又很朴素，全无公派出国生公费西装笔挺的官家气派，也不像靠父母丰厚的腰包而十分时尚神气的阔少，他的行李中甚至没有带上一套西装，乃母曾经叮嘱他："不要在国内做西装，式样总不免有些土气，还不如到美国后再买不迟。"他行囊中带书也不多，除了一本英文大字典外，只有一册《唐诗三百首》与一本钱锺书的《围城》，这大概就是在他少年心目中所认可的两部中国文化典籍的代表。钱氏的那部小说，乃中华人民共和国成立后人民文学出版社的初版，扉页上还有钱公赠书给涤非父母的题签，小儿子持父母之疼爱于无恐，未通过"正式申请"的手续就把这本签名本名著置于自己的赴美行囊中。临行时其父送涤非到机场，眼见他俊秀而生气勃勃的背影直往前走，甚至没有回头再看一眼，最后消失在进口深处的人流中，乃父久久地等在机场外，直到载着儿子的那架飞机越过上空，渐飞渐远，完全消失在天边后他才怅然痛失地回到家里……此后好些年，那俊秀的渐行渐远的背影不时浮现在这已进入老境的父亲的脑海里，日渐凝现为一幅缩影，似乎成了这个父亲与儿子整个关系的一个象征……事实上，首都机场一别，父亲一直有十来年没有见过自己的儿子，又过了十年，也只见过四次，其中两次基本上只是在一起吃了一顿饭后就分手了，后两次总算一起游了游公园、逛了逛街道，但都只有短短三四个钟头而已。机场之别，实在是一道明显的"坎"，从此这位父亲再也没有真正享受过一次天伦之乐，甚至连一次促膝谈心的乐趣也没有得到过……

中国是一个小农经济历史悠久的国度，小农的生产生活方式在家庭、伦理的观念与理想上打下了深深的烙印，"老婆孩子热炕头"一语，虽然俗不可耐、平庸至极，但却是产生自小农经济生活方式的一种最典型的家庭观念，甚至是最普遍的家庭理想，其中最为核心的天伦理想便是"一家人团聚在一起"。这位送别了自己儿子的父亲虽然饱受过西方文化的熏陶，胸臆中也不乏海洋文化开放式的辽阔，但内陆文明那种"团聚在一起"的家庭理想深深地、牢牢地、无形地植根于内心的深处，甚至融化到了血液里，毕竟他从小是在不论家境如何，每年全家必须聚在一起吃一顿"团年饭"习俗中长大的。不难理解，送别了自己儿子的父亲回到自己的家里，竟感到无时无刻、无处无所都是一片空荡荡、虚悠悠，他没有想到，这个少年在他的生活里竟有如此大的分量，抽身远去竟留下了这么一大片空虚，他自己在儿子临行前那些充满理性父爱勇气的"重学业轻孝道"的叮嘱，很快就被老父亲的柔弱感伤所取代了，特别是眼见至少在未来的十年内家人都将天各一方，相聚无望，而自己又已经面临着日益衰老的人生，真有如灾难临头、全家分崩离析之感，这种感受，特别因为他本质上是一个顾家的男人、灵魂中有着深深的"完整家庭"情结，而格外强烈、格外难以承受。由此他身心极不适应，极不协调，以至完全失衡乱套，大病一场。为了挽救不可抗拒的身心颓势，他发挥从年轻时代就养成的勤奋劲，下大力气就医，仅针灸就每日一次，再加上体育锻炼，坚持数月，总算渡过了身心健康的难关，跨过了 1986 年的这一道"坎"。

（选自《他仍活在彼岸》）

小蛮女记趣

　　我把她叫作"小蛮女"。这么叫她的缘由来自她刚满一周岁时给我的两次印象。

　　有一次，我打电话到她在美国的家，接电话的不是她的爸妈，而是正在她家过假期的奶奶。老夫人的声音很不清楚，被一个巨大的噪音掩盖了，但听见"梆""梆""梆"的声音响个不停，一听就是有人在持续地敲打某个东西，没有一点节奏，乱敲乱打，但劲头十足，我好不容易才听清楚老夫人的解释："小贝比正在厨房敲锅，这是她最喜欢玩的花样，不出声的玩具她不感兴趣，非要声响大的不可。""小贝比"，好一个娇滴滴的称呼，我觉得在那一阵巨大的敲打声对比下，这个称呼显得有些"逗"。

　　另有一次，也是在通电话中，我听见了几声小孩的尖叫，放开了嗓子，但却没有什么感情色彩，像是一种原始的瞎嚷嚷，对此，老夫人在电话中做出注解说："小贝比正爬到小狗身边去抓它呢，她喜欢抓狗玩，那狗一见她就躲，害怕她，特别怕她尖声大叫。"据说，她的爸妈，早在她出世之前就养了一条狗，出于各种考虑，大人总不让狗去接近她，可她却偏喜欢往那像狼犬一般的狗身边去，我就见过她这么一张"玉照"，那条狗正躺在一个沙发旁的地毯上，这位小姐爬去抓它的尾巴，脸上还带着一个顽皮捉弄的微笑，而那条狗的体积足比她大一倍。你不用担心那条狗会伤着小姐，它怕她，它烦她。惹不起还能躲不起吗？只要一见她过来，它总是很知趣地开溜。

从这两次印象中，我想，这那里像小玉女、小贝比？从此，我在家里把她叫作小蛮女。

她有"九斤老太"式的爷爷奶奶，有八斤六两的父亲大人，自己且不含糊，也达到了八斤出头的水平。但是，据说，她母亲生下她后，却瘦得"身轻如燕"，真是奇迹！不知是她母亲有奇迹般的亲情，竟把自己全部的营养都倾注给了这孩子，还是这小蛮女吸自己母亲的养汁吸得太"蛮"，竟几乎吸得个精光！

你瞧她，胳臂腿那么粗壮，肌肉瓷实。长得虎头虎脑的，一头又浓又密的黑发，一两寸长的时候，从来都是竖着、支着，呈放射型，像刺猬似的。她胃口极好，"开饭时间"稍迟了几分钟，她就急得两脚直搓，吃饱喝足之后，常舒叹出一口气，似乎在感慨每顿饭菜来之不易。她一切都凭本能，野性十足，力气又大，像个小虎妞，你休想她会听凭你摆布。要给她洗个脸，必须先将她按住，用迅雷不及掩耳的速度将毛巾在她脸上一掠而过，否则她就会飞快地闪开。洗个脸如此，换件衣服的工程则更大，非得两个大人通力合作才能完成，特别是给她穿袜子，更是麻烦之至，你一穿上，她就用手把它拽掉，或者两脚互相一蹬，两只全都蹬掉拉倒。她显然不喜欢这些衣物的束缚，而崇尚野性的自由，简直就是一只小动物！

不要以为她像小动物一样丑陋、怪异，她容貌姣好，眉清目秀。单眼皮，大眼睛，目光炯炯，有眼神，有灵气。脸是圆圆的，下巴微尖，小嘴两边各有一个小小的酒窝，含蓄而不显俏，如两粒幽静的丁香，使人想起了许晴脸上的那两个……她绝对要算是一个小美女，但不是花瓶的美，不是娇艳的美，不是俏丽的美，而是大器的美，大方的美。

也不要以为她像小动物一样脏野不文，她文明卫生的雅兴似乎还相当高。她的最爱就是到自己的小澡盆里清洗、浸泡、玩水，只要一见大人拿着彩色鲜艳的大澡巾过来，她就明白自己的洗礼就要开始了，因而手舞足蹈起来。她还有一个特别的卫生习惯：她不能忍受过时给她换尿布，但每一次刚换上一块新的，她几乎毫不例外地立即就撒下一泡，大人只好又给她再换一块，遇到这种情形，她的父亲大人就嗔怪道："小蠢材，又白白浪费一块尿布。"对此，小蛮女的老爷子却另有见解，他说："这小家伙倒是有洁癖，这么小，就会选干干净净的茅坑拉屎拉尿。"

"小动物"即使是动物，毕竟也是灵长类动物，颇不乏本能的机巧。且看她在能行走之前老在床上爬来爬去，忽有一天，爬到了床沿，她就像到了深渊之前一样本能地警觉了，于是停止向前爬行，而端详着"渊"下的情景。这么两次后，她突然掉过头来，将屁股对着床沿，将一条腿伸下床慢慢着地进行探索，接着另一条腿也照样这么做，然后全身便逐渐滑下去，有时，她行动笨拙，不免一滚，摔在地毯上，屁股着地！不痛！坐起来再爬！有了这一遭，就有第二次……于是，爬下床就成了一项娴熟的技能，小蛮女的活动天地也就从大床上扩展到整个屋子的地毯上，地毯上那么宽广，对她来说如一马平川。一天，小蛮女爬到楼梯口，见楼下又是一个大世界，可惜这个深渊更深，揣摸了几次之后，小蛮女将下床的办法用上，仍将屁股开路，小心翼翼，神情贯注，全力以赴。她成功了，时至一岁零一个月，她已有能耐在楼梯上爬上爬下。在会站立行走之前，她就这么用原始的、简易的办法，艰难而执着地扩展自己最初的人生空间，这也许可以说是小蛮女在学步前的优胜纪略的第一章吧。

我是个南方人，在我的家乡，"蛮"这个字经常出现于日常口语之中，什么"蛮好"、"蛮坏"、"蛮漂亮"、"蛮多"等等。在这些组合中，"蛮"字只形容某种程度，是唱配角的。但这字也有一些唱主角的时候，含有实质性的内容，如其中有这么一个词"霸蛮"，意思是说：超出自己的能力范围去做一件事；勉为其难地去做一件事；需要发挥主观能动性、付出很大努力、克服极大困难地去做一件事。我很欣赏这种精神。我家乡的人都崇尚这种精神，故有"南蛮子"之称。如果没有这种精神，中国近代史上，"南蛮子"中就不会出现那么多慷慨悲歌、大有作为的人；如果没有这种精神，很多事情中国人本来是很难做成功的，此大而言之也。小而言之的话，那就更具体了，如果没有"霸蛮"劲头，小蛮女的爷爷仅凭"中等"的智力水平，那就只可能无所作为、一事无成；如果没有"霸蛮"劲头，小蛮女的老爸当初就挣脱不了脐带绕脖三周的困境而出世，现今就不可能远隔太平洋在"新大陆"进行创业，当然也就不会有今天这个小蛮女了。

从小蛮女身上，我看到了"蛮"这种元素，这也就是我为什么乐于称她为"小蛮女"的原因。

时至今日，小蛮女已经能蹒跚而行了。她将走上自己的人生道路，从行走到蹦跳、到奔跑、到飞……任何人的道路都不可能是平坦、光溜、顺畅的，走上路需要费劲，从"最初的一爬"开始，走下去更是需要精神、体魄、智慧、知识、执着与毅力。小蛮女将如何继续她的人生行程？说不定她会碰上"山重水复疑无路"的困境，她肯定需要努力，需要奋斗，需要拿出对付一切阻碍的"蛮劲"与机巧，就像她最初的爬行那样，但愿她能开辟出"柳暗花明又一村"的境界，而且是不断地拓展……她将上什么大学？攻读什么学科？成为什么人才？取得什么成就？

老爷子垂垂老矣，尤其因为相隔国界与太平洋，不敢奢望能看到小孙女那么多的前景，只希望在较近的将来，能牵着她的小手，带她逛王府井的"大食袋"，看她像只小馋猫，吃得下巴油亮油亮的，指着另一种花样的食品对我说：

"爷爷，那个好吃的，我还要！"

写于 2004 年 5 月 14 日

小孙女回国"问祖"之时

家音一则

老夫人从美国归来。

"世界上最重要的消息是什么?"老头子问。

对老头子来说,只有小蛮女的消息才算得上是"最重要的消息"。那三岁多的小孙女几乎就是他的全部世界。

老夫人应声讲述一则。

老头子听着大笑,笑得傻呵呵,回味无穷,特记录以自娱。以下祖孙二人对话,全系英语,盖因小蛮女从来就生活在"异国他乡"。仅为与国人分享,故译录为中文也。

老夫人在北京探亲后,又回到在美国的儿子家。小蛮女见老夫人进了门来,应妈妈之命,叫了一声"奶奶"。

阔别了半年多,看来她对这位奶奶似乎有点记不大清了。她用那双亮晶晶的眼睛盯着奶奶,眼皮不时眨了一眨,像是在记忆中使劲搜索过去的印象。

"你是不是很老很老?"她问。只有自己爸爸的妈妈才"很老很老",先问清楚是否"很老"就可以确定身份与关系啦。小蛮女三岁半的脑子里似乎在进行这样的智力运作。

"是呀,我很老很老啦,我的小一村。"老夫人答道,小蛮女的中文芳名叫柳一村。

"你是不是很穷很穷呀?"小蛮女又问。没有自己的楼房,要住到她和爸爸妈妈的楼房里来,一定很穷。不过她怕伤着老太太的自尊，并没有下结论，只是试探地问问而已。

"是的，我很穷很穷，我已经退休了，我的小孙女。"老太太这么回答。不论在美国还是在中国，退休都意味着低收入，甚至清贫。

第二天，小蛮女围在奶奶身边转来转去，她看见老太太脚上的灰指甲："奶奶，你的脚指甲不好看。你瞧我的。"说着把袜子拽下来，露出一双粉嫩的玉足，一排脚指甲光泽发亮。"你再看，我的手指甲。"小蛮女伸出一双肉包子似的小手，指甲也是光泽发亮。

"小孙女，你是个小天使，你哪儿都好看。"

小蛮女继续考察来到自己家里的老太太，瞧瞧这儿，瞧瞧那儿。

"奶奶，你脸上有好多黑斑，我爸爸妈妈的脸上都没有，我的脸上也没有。"

"是呀，我的小一村，奶奶老了呀！"

小蛮女定睛审视着老太太，说："你脸上有黑斑真丑。"至此，她从昨天以来总算完成了对老太太的全面考察，终于有了自己的结论：

"你又老，又穷，又丑，唉，我可怜的奶奶。"说着，她把那虎头虎脑的脑袋往老太太的怀里一偎，靠在那里一动也不动……

2006 年 11 月

语塞与无语

儿子在美国英年早逝，撇下了他年轻的妻子与幼小的女儿，身后事料理得十分完善，隆重的追悼会开了，部分遗体捐献了，以他的名义在他所毕业的大学里设立了一个永久的奖学金，资助不分国籍的贫寒学子，因为他自己是靠美国奖学金学成创业的……

1. 一次越洋电话

后事都一一料理完之后，有一段时间，亲人之间没有像往常一样有越洋电话来往。大家都需要缓解与沉静。在北京的老父亲稍微缓过一口气后，终于一天拨通了美国儿子家的电话，那远隔重洋的小孙女实在让他牵肠挂肚，他一直担心一个仅四岁多的小女孩在心理上如何承受这次沉痛的打击。

往常，他与小孙女的对话很是简单，他最高兴的是听她用银铃般的童音叫一声"爷爷"，接着就是互致问候。他总要夸她的中文讲得好，她就大声地说声"谢谢"，然后，就是一两句意思再简单不过的小孩话了。如此简单的交流，就足以使他高兴，使他满足了。

这一次是悲痛事件后第一次与小孙女通话，他想小心翼翼地避开事件本身却又对小孙女能起到一点安慰的作用，他想，也许最能安慰她的是对她说爷爷、奶奶等所有的亲人都特别爱她，疼她，这样可以多少在语言上弥补一点她失去父爱的不幸。他用小孩能懂的最直白的语言对小孙女说："你是爷爷最疼爱的小孙女，在这个世界上，爷爷最疼爱的人就是你。"

"你最疼爱的是我爸。"小孙女的回答使老祖父心里不禁一揪。他有意识离开悲伤的事远一些，没有想到这个四岁刚出头的小女孩却主动地直触伤痛。她的这一认定是来自她自己的观察？从小远在美国，她实在没有见过几次老祖父与自己父亲相处的情况；是曾经偶尔听她的父亲母亲讲过这个话题？那她的记忆力与人生理解力可就有点使人惊奇了；是她自己为了要讲一句安慰自己那可怜的父亲亡灵的话？怀念他的话？不论怎样，她需要主动地跟电话里的这个老人谈一谈她自己的父亲，因此，她主动触及伤痛，或者是因为，她仍无法摆脱伤痛的阴影……

她停顿了一下继续说，有些伤感，有些无奈，有些想要自己找到一点慰藉：

"……他不在了，我见不着他了，他去了天堂……"

老祖父觉得这是可怜的小孙女在大洋彼岸在怀念、在追思可怜的父亲，是她在向他这个老人倾诉，是在他面前自己安慰她自己……

话语很简单，但其中的意蕴、内涵、感情以至哲理（虽然她自己并不懂，甚至浑然不知）却向一大股水波向他猛然扑来，使他应接不暇，招架不了，一时语塞，竟不知道如何答话才好，他迟疑一会儿，好不容易才答上一句：

"他在天堂里会保佑你……"

这是年已古稀的他，生平第一次用非无神论的语言说话……

2. 小孙女的第一封家信

老夫人从美国探亲回京，交给老先生一个纸封，说："这是小孙女要我带给爷爷的一封信。"

小孙女还很幼稚，不大懂事，竟然给远隔重洋的老祖父写了一封信！这本身就是一个令人激动的亲情之举，要知道，她还只有五岁，此举在疼爱小孙女到了发傻程度的老祖父看来，岂非可与五岁就能作曲的莫扎特比美?!

但老祖父对小孙女给亲人写信的自主创意多少有点没有把握："是你们要她给爷爷写信的吗?"他问。"你们"是指小孙女的奶奶与妈妈。

没有谁要求她写信，她听说奶奶要回北京了，自己事先写好了这封信后交给了奶奶。老夫人所能提供的解释就是如此。

老祖父赶快把手头的事都放在一边，急不可待地想打开纸封看看信里是什么内容。那纸封是用一张稍为厚实点的绛色纸折叠而成的，马马虎虎呈一荷包形，一看就是一双笨拙小手折出来的。可是，要打开它可不容易，折叠处贴了胶条，胶条也是胡乱剪切出来的，很不整齐，粘得更是歪歪斜斜，操作的那双小手显然是生平第一次做这样的手工活，但在折叠处的下方却用另一种颜色笔署了一个名字"EMMA"，字母大大的，清晰突出，特别醒目，那是发信者的芳名。

老祖父唯恐把纸封撕坏，只能细心地去拆除那封口的胶条，但它偏偏粘得特别严实，愈难拆开，老祖父好奇心愈加急切："粘这么牢，小丫头写了些什么?""谁也不知道她写了些什么，她没有告诉我们。"老夫人解释说。老祖父不知道小孙女的葫芦里究竟是什么药,面对难拆的信封不禁陡生感慨:"小小美国公民,年方五岁,就这么讲究个人信件的保密性。真是两种文化的差异!"他庆幸自己还算有足够的理解力来理解美国小孙女迥异于中国小女童的行为方式。

他终于把胶条拆除,打开了纸封,里面果然有一张小纸片,看来,这便是小孙女给老祖父的重要信函了。然而没有想到的是,小纸片又是折叠着并用胶条粘贴在绛色的封纸上,虽然又是歪歪斜斜的,但可以看得出来,那位五岁的发信者是极其郑重其事的,老祖父只得又耐心拆胶条……

最后,终于大功告成,老祖父打开了折叠着的那个小纸片,那上面有拙拙的笔迹,写着这样一句英文:WE LOVE GOD。而且,取下那张纸片,发现那张绛色封纸的内面,也写着同样的这句话,这就是小孙女给老祖父的家信的全部内容。

老祖父本来猜测这封信是小孙女玩的捉迷藏的游戏,没有想到它具有如此郑重的、严肃的内容,表达了这样一种诚纯的信仰情思,它一时把老祖父又震撼得半天也平静不下来:儿子去世后不久,他就听说儿媳与小孙女皈依了耶稣基督,眼前这封很特别的信函,正是悲痛事件后母女特定精神历程的一个投影,它清楚地显示出这个精神历程是深沉的,而且似乎将是悠悠的,无尽期的……

这也许是对老祖父的一个告知?告知母女二人的圣洁尊崇;这也许是对老祖父的一种邀约?邀约来参与这虔诚的尊奉;这也许是在表达整个家庭一种共同的信仰之情,既然她自己有,她相信疼爱她的亲人也都会有……所有这些意味,在她的小脑袋里一定是一片朦胧、一片混沌，是她的老祖父自己辨析出来的……

老祖父把信函的内容告诉老伴，老太太也没有想到是这么一句话。这帮助了她回忆起在美国所见到的小孙女的生活：在其母的带领下，她养成了一些宗教习惯，饭前祷告即为其中之一：对着桌上食物，她两只胖乎乎的小手合掌、眼睛认真地闭上，嘴里念念有词："感谢上帝赐给我丰富的食物。"遇上她童心轻快的时候，还补充一句，"正好我现在饿了。"有时也加上为亲人的祈祷，如"求上帝保佑我在中国的爷爷不生病"等等。

老唯物主义者闻此讯后，久久难以平静，不仅因为大洋彼岸有一个天真幼稚的小天使经常为他祈祷而深受感动，而且，也为小孙女与她母亲对耶稣基督的皈依与信奉而深思：他读过加缪，深知人生如西西弗斯推石上山，本来就具有一种永恒的悲怆性，如果推石者仅达半山腰巨石即意外滚砸而下，有此灾难之后，感同身受者对命运的不可预测，除了祈求上苍的保佑外，还可向谁去祈求呢？

写于儿子忌日一周年之际

送　行

—— 我们的另一个小孙女晶晶

这一天是晶晶动身去美国上大学的一天，对于她与她的民工父母、对于作为她的养育者、监护人的朱虹与我，都是一个值得纪念的喜庆日子。

对于她与她的父母来说，这好像有点像一个"灰姑娘"的故事。她的北上打工的父母在北京有了她，正遇见了自己的儿孙都不在身边的老知识分子夫妇，于是，她自然就成了这个"书香门第"的小孙女，"养育"的对象、"监护"的对象，成为老夫妇的专项"希望工程"。她在北京先后在两个重点中学念完了初中与高中，成绩优良，特别是英文，得朱虹之真传，听、说、读、写四种能力均甚为出色。但她无法改变外地民工孩子的身份，在北京没有资格参加高考，回原籍去考又另有一些困难，眼见前途艰难，只好另谋出路，于是，在老奶奶朱虹的指点与辅导之下，向一连串美国大学递交了入学申请。她既要完成重点高中沉重的学习任务，又要应付美国大学安排的种种考察与面试，在两条战线上进行艰苦的拼搏，往往一天只睡四五个小时。经过将近一年的奋斗，她总算拿出了相当漂亮的中学成绩单，又以出色的英语能力在各种应试（托福、SAT、面试等等）中表现得可圈可点，终于她得到了波士顿大学等四所美国大学的录取，其中有两所向她承诺提供了奖学金。她选择了奖学金较多的一所，因为爷爷奶奶是在以待遇清寒著称的"翰林院"任职，退休金非常有限……不论怎样，她毕竟得到了一条出路：到美国东部一个风景优美的城市上一所条件优越的大学。

对于这对老夫妇而言，这一天则包含着五味杂陈的人生体验。

首先，这一天是他们作为普通人"幼吾幼以及人之幼"之情十七年以来日积月累的结果。从这个女婴诞生在他们家的第一天起，她不哭不闹、文文静静的性情，不流口水、不流鼻涕、干干净净、清清爽爽的小模样就深得老夫妇的怜爱，他们从内心里把她当作了自己的小孙女。童年时代，她围着奶奶的座椅转来转去，嬉戏撒娇，听奶奶讲故事，跟奶奶学讲英文。跟爷爷则学背诵唐诗，她常爬上爷爷的书桌，顽皮地抢走他的钢笔，或者爬上他的膝盖，抓走他的眼镜，还老跟爷爷玩一种填字应答游戏，爷爷讲一句疼爱的话，最后一个字由她来应答补全，如：晶晶是爷爷家的小孙（女）、晶晶是爷爷家的小山（羊）、晶晶是爷爷家的小宝（贝）、晶晶是爷爷家的小皮（猴）、晶晶是爷爷家的小馋（猫）、晶晶是爷爷家的小娇（包）、晶晶是爷爷家的小粘（陀）等等。她的童年的每一天都是在爷爷奶奶亲近的关爱中度过的，自己的儿孙都不在身边的"空巢"老人，则是在这个毫无血缘关系的异姓孙女所构成的"准天伦之乐"中度过了一些温馨的时光……

这一天对于老知识分子夫妇也是多年的心愿初步有了实现的一天，这个心愿说来简单，那就是要使得这个"民工子女"能受到良好的教育，有个好于自己父母的人生出路。老爷子记得早在她童年时代，携着她的小手在人行道上散步时，就经常憧憬着在自己有生之年里能出现这样一个愿景画面：亲自带着行李送这个小孙女走进北京一所高等院校的大门，行李中还有一个用网袋装着的洗脸盆与漱口杯以及牙膏，那完全是按他自己上北大时的行李模式想象出来的……老两口深知他们这个心愿虽然很朴素，但要实现起来却"难如上青天"，关键就在于她这个民工之女没有"北京身份"。老太太情急生智、挖空心思，想出了一个正式收养她为小孙女的"捷径"。两个于政法无门的书呆子，自以为是人文关怀的善举，居然以傻乎乎的执着劲投入了运作程序：打报告、写申请、开证明、托人情、找法律界人士、向民政部门求情、真是做到了"求爷爷告奶奶"！全情投入、忙乎了大半年，最后却无果而终、碰壁而归……剩下来的，老两口只有努力尽其所能在小孙女的优质教育上下功夫了，先后设法让她进入了两个重点中学，这谈何容易！要把一个没有京城户口的民工子女送入北京本地孩子趋之若鹜的名校，除了她本人的成绩过硬外，更需要老两口跑腿、找门路以及干各种费神费劲费口舌的活，当然，还绕不开众所周知、约定俗成的赞助费……老两口固执地下定决心要跟小孙女的"民工子弟"命运较劲，接下来，又开始了小孙女的英语培训工程，奶奶给她买了大量的英文光盘，让她十次百次地反复看与听，并且祖孙二人之间一直坚持以英文交谈对话，不论是在商店还是在公共汽车上，因此，她的英文成绩一直名列前茅……也许，早在这个过程启动之初，老太太就有把小孙女送出国的心愿，因为她毕竟曾经成功地把自己的一个女儿与一个儿子送进了美国的名校……

就这样，老两口从将近古稀之年的时候起，就开始了跟小孙女民工子弟命运较劲的马拉松长跑，老太太更是辛苦，她为此跑跑颠颠得更多，为了规划小孙女的出国道路，为了给她的英语开小灶，为了指导她的出国申请以及应试，而往往带着小丫头一道工作到深夜或凌晨……

这是一家人十几年努力的结果，是"这个专项希望工程的一个阶段性成果"，是每个相关者在生活中所得到的回报，虽然，前方的路还很长，还需要做出很大的努力，也许还要作更多一些的付出……因为孩子毕竟是去异国他乡上学，而支持者毕竟是一个清寒的人文知识分子家庭……不论怎样，小丫头动身出国的日子，仍然是这个非血缘亲属关系的一家人欢乐节日，大家都期盼着这一天的来到，都为迎接这一天提前做出各种准备，就像小孩子准备着过新年那样郑重其事，面面俱到，高高兴兴，欢欢喜喜，满怀喜悦兴奋之情……

其一，老知识分子夫妇多年没有机会合影，为了这一天的来到，他们与小孙女郑重其事地在家里合影了一张，小孙女胸前挂着爷爷奶奶送给她的翡翠平安扣，坐在沙发上，老夫妇则换上了"出客"的"盛装"分别坐在她的两旁，如像烘托着一个小月亮。对于这张合影，柳老头做出这样的评语："这对我们祖孙仨人都是人生的一个标志！"

其二，晶晶的民工父母，多年来难得照一次相，这次也换上了他们的"礼服"与晶晶合影了好几张，作为他们一生中难得的纪念。

其三，为了"不忘本"，晶晶一个人专程回了一趟她自己的安徽老家，去向乡下的姥姥、大姨以及一些亲戚长辈拜别辞行，并在那里深入地生活劳动了几天，亲身体验一下自己家乡农村的生活。

其四，爷爷奶奶为了答谢曾经关怀过他们这一"希望工程"的在京亲友，也为了给小孙女饯行，先后在全聚德与食唐餐馆设了两次"家宴"，这是他们生平唯一一次"大宴"亲朋好友，赏光出席的有爷爷奶奶的至亲邓若曾、蔡希秦一家，蔡希亮一家，以及多年的老同事如罗新璋、叶廷芳、谭立德、郑恩波、郑土生、张晓强等。

其五，临行前几天，晶晶在父母的带领下，又去向在京的民工亲戚（舅舅、姑父以及一些叔伯兄弟姐妹）一一辞行，他们在京多年，总算靠勤劳的劳动与顽强的奋斗精神在京城获得了自己的温饱，但他们的子女由于没有条件获得教育，也都像自己打工的父母一样走上卖力气的艰途，他们听说晶晶考取了美国大学，很是欢欣，说："咱们家出了一只凤凰。"早就送上了红包表示祝贺，对于他们每个月微薄的工钱而言，这些红包是相当厚重的……

到了动身出发的那天，爷爷早就租定了一辆往返机场的专车。小凤凰要飞了，不满十八岁的她穿一件玫瑰红的 Snoopy T 恤，一条牛仔裤，更显身材高俊。长发垂肩，清秀的脸上架着一副精巧的淡蓝色眼镜，阳光而帅气。不在话下，全家出动，遗憾的只缺了美国求学之路的总导演老奶奶，她解决了这个小孙女上学与出国的各种手续后，又风尘仆仆赶到自己的女儿家去为三个混血儿外孙女补习与督学，她们正处于中小学教育的重要时刻，而她们的母亲又因为工作而长期出差在外，好在她老人家把晶晶动身的大大小小的事务都事先安排好了，包括着装配备与路费花销……何况，翅膀已经初长硬的小凤凰并不特别看重全家到机场送行这个场面，她说："你们用不着送我去机场，我一个人在路上可以思考问题！"口气不小！小丫头已经人模人样、特立独行了！但对于老爷爷来说，送行一举是多年来所期盼的，实带有某种仪式的意义，即便身体不好，也是决不能免掉的。

在去机场的路上，大家的话语不多，小凤凰不是要自己静一静、思考思考吗？长辈惜别的话、叮嘱的话早已说过多少次了，再说，岂不啰唆？

首都机场的新航站楼，气魄可称宏伟二字。其大厅阔大无边，人流熙攘，老先生近年深居简出，很少乘机出行，这是第一次来到新航站楼，颇为其气势所震撼，他觉得这里有点像个巨大的迷宫，颇有不知何去何从之感。晶晶的民工父母更没有坐飞机的经验。幸亏晶晶乃"识途老马"，她参加 SAT 考试、办签证已在北京与香港、上海之间飞了好几个来回，早已是轻车熟路了，她很快就找到了美国联合航空公司的办理处，很快就把登机手续办完了！

爷爷与父母都以为在长达一两个小时的候机时间里，可以再和小丫头在一起待上若干温馨的时刻，可是，小丫头却催促他们打道回府了，理由是"我想一个人在机场里转一转"。显然，长辈们想尽可能延长与小丫头待在一起的时刻，而小丫头却急于品尝自己一个人潇洒上路的乐趣，就像羽翼已丰的小鸟急不可待地要展翅单飞。两方面的愿望都很强烈，都很执着。结果，小丫头总算尊重长辈的愿望，通情达理又多待了一会儿，但结果仍是按不下急性子，决定提前入关。

入关口的那头，是一条阔大漫长的通道，起先逐渐隆起，在远处则缓缓下倾，缓缓下倾，以至消失在视线之外，从入关口看去，远远就像一条地平线。但见小丫头俊秀的身姿，背着行囊，飘着长发，直奔前方，没有回头，没有挥手，更没有喊话，逐渐消失在那地平线之下，那里肯定是一个电动转梯把入关者输送到下方的候机室里去了……

在回家的路上，晶晶的民工父亲说了一句"小丫头连头都没有回"，似乎不无感慨。老爷子当然早就注意到了小丫头的这个细节，他心里却有自己的解释：她肯定是专注于自己脚下的路面上，专注于眼前那个倾斜的地平线上，开始沉醉于自己单飞独行的最初感觉里，她是在开步走自己的路，一开始就把前方每一步路视为新鲜而非畏途，只顾得上往前走、往前走，不流连于告别的感伤，这对于她作为 90 后的一个小奋斗者、一个小行者来说是有益的……

出租车把老头子送回了家，他塞给司机朋友一个整数，说："请你千万不要跟我客气，因为今天是我们全家大喜的日子!"

2009 年 9 月

忆"小霸王"

　　前不久，从晚报上看到一则消息：有十几万只猫流落北京街头，无家可归，盖因搬迁户太多，将喂养的家猫弃之不顾也。这消息引起了我对"小霸王"的回忆。

　　最近，又从电视中看到，在北京举办了一次猫展，珍品猫、纯种猫、波斯猫、无毛猫……纷纷亮相，形形色色，千姿百态。但我一览之下，竟觉得似乎没有一只像"小霸王"那么可爱。

　　那是很久以前我念小学时的事了，家里抱养来一只小猫，与我们家三兄弟一样，也是个"少年男孩"。它长得很好，漂亮得近乎高贵，一身洁白之中，点缀着几朵淡淡的橙黄，显得格外明净雅致。使人感到惊奇的是，虽然它到处乱钻，可就总没有污了它那一身白毛，就像一个干净利落的小青年，总不会弄脏自己整洁漂亮的衣服。它身手特别敏捷灵活，动作矫健优美，小脸虎里虎气，圆圆的下巴带俏而不尖，一尖就会像狐狸那样显得奸诈了。它一对圆圆的大眼，从来都炯炯有神，流露出好奇、顽皮的神情。它的额头上有一块像小花瓣一般的淡黄，好像布老虎额上的那个"王"字。对此，我们都说："这小家伙真还有点像个'王'。"不过它那"王"字并不完全居中，稍稍偏斜，略带幽默意味。它稀疏的胡子恣意向两边别开，使它那稚气十足的脸显得有点滑稽。

　　"小霸王"很顽皮，它精力极其充沛，像有使不完的劲，总在屋里屋外疯跑，进行"实战演习"。也许是从我们小孩身上也嗅出了顽性，总喜欢在我们脚前脚后扑来扑去，像是在把我们的鞋子虚拟成老鼠。如果我们用手假装某种小动物在门边或桌边忽隐忽现，那它就格外兴奋，煞有介事地如临大敌，先是藏在一个角落，然后猛地蹿出来直扑你的手，说时迟那时快，它就一口把你的手咬住了！别紧张，它咬得那样轻，那样细心，那样有分寸，那样满含着温情，只能说，它的牙齿，不过是在你的手上极轻微地触了一下。你不是在逗它吗？它也在逗你呢！

这种游戏总还是有点叫人担心，不能多玩。我们一不跟"小霸王"玩了，它有时实在闲极无聊，就把自己的尾巴当作捕捉游戏的对象。我想，在它的视角之内，那根尾巴大概要算世界上最灵动飞舞、倏忽即逝的东西了。"小霸王"想要捕捉它的意志与能力有多大，它难以捉摸、迅速逃脱的意志与能力就有多大，它如同客观事实一样千真万确，但又如飘忽幻影一般不可触及，"小霸王"使尽浑身解数，突然反扑，迅猛异常，但从未碰过一次，该死的尾巴！

我们哥仨见它对捕捉游戏如此着迷，就想出一个法子来叫大家都开心，在它尾巴上缚一根线，线的末端系一个小纸团……好小子，老鬼鬼祟祟跟在老子后头，还故意绊绊老子的腿，甚至张狂之极，竟在老子的后面颈脖上故意拂弄一下，看老子怎么收拾你！……于是，但见"小霸王"忽地一坐，猛然往后反扑，全身曲转得像个软弱的"面团"，瞬间又纵身一蹦，就像猎豹腾空捕食般矫健，但那根线不长不短，刚够它碰上小线团，却又叫它抓不住，于是，它又得重来，有时，它就地打滚，有时猫身盘旋，有时迅速后扑，有时猛然转身……如此如此，没完没了。它乐此不疲，玩兴极高，我们哥仨在旁边就像看好戏似的，观赏它那矫健、迅速、灵活但又捕抓不着的无奈之态以及那稚气脸上天真的表情、一本正经的专注以及炯炯有神的英气。我们不断为它喝彩叫好，

"小霸王"更加兴高采烈，这四个小子往往这么一玩就是一两个钟头，在我们贫困、没有任何文娱活动的童年生活里，这就是最欢乐的时光了。

那时，我家住在重庆，是逃难逃到那里的，家境贫寒，在一个半荒弃的斜坡上搭了一间木板房，算是全家的栖身之处。四川的耗子是有名的，数量多，个头大，有一些比"小霸王"有过之而无不及。在没有"小霸王"的时候，这些硕鼠经常在我家悬空的地板之下来来往往，旁若无人。自从来了"小霸王"，那些东西都渐渐消失，夜里再也听不到咬啮器物的声音了。母亲把这一切都归功于"小霸王"，她说："这小家伙很管用，它有威，镇得住！"由此，我们三兄弟就给它取了"小霸王"这个绰号，在开始迷醉武侠小说的男孩心里，这要算一个最英姿勃发、最天下无敌的名字了。

"小霸王"还有一绝：喜欢在主人面前搞猫玩老鼠的把戏。不止一次，它把老鼠叼到主人的脚下，放在屋子中央，自己就坐在旁边，它平静而友好地盯着自己的猎物，一脸悲悯的神情，只偶尔用它毛茸茸软绵绵的脚趾，而不是用它的利爪去拨弄一下，似乎想把对方逗起来再跟自己玩一局，但老鼠已经吓得半死，躺在地上像一摊泥。于是，"小霸王"就离得远远的，躲在一个角落，老鼠一见有生机，就慢慢爬动起来，正要逃跑时，"小霸王"迅猛异常地扑了出来，又用利爪将猎物捕住。

它还有一个很有教养的习惯，它从不在主人面前"大口吃肉"，它总把猎物拖到隐秘的角落去处置。而当它完成了"弱肉强食"的野蛮之举后，又回到主人的跟前，坐在那里细致入微、慢条斯理地舔爪子、洗脸，充分展示它"文明化"的风度。

抗战胜利之后，逃难到重庆来的人又纷纷回原籍去了，父亲为了一家生计急于赶回下江。长江航运爆满，我家又穷，买不到轮船票，父亲到处求爷爷告奶奶，好不容易弄到了一家五口的木船票，那种木船要由轮船拖拉，过三峡是很有风险的，因此，只允许乘客带简单的行李。看来，只得把"小霸王"扔在重庆了。果然，木船在三峡就破了，好不容易被拖到宜昌，刚一靠岸，船就开始下沉，乘客都仓皇逃命。幸亏没有带上"小霸王"。

动身前的几天，大家忙于收拾行装，气氛跟平日颇不一样，"小霸王"也许感到了一点什么，就不太往外跑了，老是在我们兄弟的脚边蹭来蹭去。我家的主要行装是一只大网篮，其实就是一个大竹筐，上面有一个编织的绳网，算是筐盖吧，父母亲把必须带走的衣物都往里面放。我们发现，从这天起，"小霸王"就不睡在自己那个窝里，那是放在墙角的一个小纸箱，而老是跑到那个网篮里待着，它静静地躺在那里，你靠近时，它显得特温顺，眯一眯眼睛，轻轻地"喵"一两声，有时还从喉咙里发出向人表示亲热的呼噜声。母亲向它喝道："小畜生，这不是你待的地方！"但她很快就感觉到了"小霸王"反常的习惯，叹道："小畜生通人性，它想跟我们一道走。"说得大家都心酸，一致同意一定要给它找一个厚道人家。我们动身的前一天，父亲就把它送往一两里外的一个熟人家去了。不料，动身的那天早晨，我发现网篮上有毛茸茸的一团："小霸王"又跑回来了，它正温驯地瞧着我们。

全家人急着赶到码头去上船，顾不得许多，父亲连忙把"小霸王"逮住，塞到斜坡下一个邻居家，只求他们用绳子把"小霸王"拴住。我们全家离去时，从斜坡下邻居的家里传来"小霸王"一声声凄厉的叫唤……

从那以后，我从来没有忘记过"小霸王"，它是我童年记忆中的一部分。这次看到晚报上的消息后又想起它来，只不过是最近的一次怀念。

　　小猫小狗我都很喜欢，但我再也没有喂养过。我总觉得，一旦结下一段"缘分"，迟早总会有个"终结"，人生之中，大大小小的"生离死别"已经不少了，有心者往往不胜其累，有时甚至难以承受其"轻"，还是多一次不如少一次吧。

2003 年 2 月 3 日

我的法共老房东

 只要是学术文化界的人，到国外去都会碰到一个要花点力气才能解决的难题，那就是租房子。

 他们到国外某个地方，长则一两年、两三年，短则一两个月、两三个月，他们得在那里扎下来，钻进去，跑图书馆、实验室、攻读、考察、绞脑汁、耗精神，非从容地过日常的生活不可。安居才能乐业，居住问题也就至关重要了。住旅馆那是不可想象的，且不说是三星、两星，即使是中方的内部招待所，那也是住不起的。每个月有限的生活费会全部耗费在一个"住"字上，还不一定够哩。要谋求住进对方接待单位所提供的廉价或"平价"宿舍，则必须符合各种各样的规定与条件，而且名额非常有限，申请手续之繁杂就不在话下了。于是，自己找房子就成为几乎每个访问学者国外生活的第一道难关。

 我每次到法国去，都曾为居住问题伤过脑筋，所幸最后都得到了令我心满意足的解决。第一次在巴黎，先是因为房子过了一阵子"辗转流离"的生活，后来得到著名法籍华人学者陈庆浩的帮助，住进他一个至交的寓所，那寓所正空闲着，因为主人在亚洲作学术旅行，听说，他是中国近代史上的一名将左宗棠的后代，在巴黎图书馆任职，可惜我离开巴黎时，他还没有回法国，我们未能见面，我对他一直心存感念之情，永远忘不了他那在北站附近的寓所使我有了一个多月的安居生活，我的《巴黎对话录》与

《巴黎散记》中的不止一篇文章就是在那幽静的书房里写出来的。

第二次到巴黎，则更为顺利。我一到那里，就在定居于巴黎的好友沈志明的帮助下，租到了一套很好的公寓，套房的主人是个孤身的老太太，法共党员，她正好要到外地她女儿家去小住，决定让空置的套房"升值"。志明君与她曾为邻居，关系很亲近。于是就成了我与这位老太太的"汇合点"，一下促成我们之间的这一段租赁缘分。

说实话，老太太开的房租价是很够水平的。但我欣然一口答应，不仅因为与法方提供给我的生活费与学术补助费相比，这只不过是"小菜一碟"，更为重要的原因是，这个居所各方面的条件实在是使我太满意、太满意了！从它们的地理环境到内部设施。

在市区的一个地铁站附近，有一条优美宁静的街道，其尽头与著名的纳意桥区相连，那个区的马路特别宽敞空寂，两旁有巨大浓密的梧桐树合拢在马路上空，路边则稀疏散落着一些深宅大院，此乃巴黎一著名的富人区也，而在街道尽头与此富人区接壤之处，有一幢整洁美观的公寓楼，它与纳意桥区只隔一条三四米宽的林荫道紧接为邻，我租的套房就在这楼的三层上。

这幢楼看起来已有近百年的历史，属于巴黎那种传统式样、上佳质量的住宅楼，通过带铁栅的玻璃门，可以看见楼下有一个相当宽敞的厅堂，一圈大理石的楼梯盘旋而上，其圈内则是一个吊笼般、可容三四人的老式电梯。"听说这位老太太当了一辈子工人，她怎么住进这个有点像府第的楼房？"

一进套房，我对这位法共老太太的富裕程度不再有什么浪漫的猜测了。这套房间面积并不大，只有两间十多平方米的居室，连接两个房间是一条狭长的仅一米多宽的走道，两个居室之间，还有一个面积相当大的厨房，里侧则有一个狭小的洗澡间与厕所，整个套房的格局基本上就是"三点一线"，相当紧凑，对于一个孤身老太太来说，这空间是足够宽敞富裕的了。"你没有想到吧，这两间房子过去有一个时期，同时住着房东一家老老小小共八九口人。后来房东的父母先后去世了，孩子们也长大成人，都离开了家庭，老伴也不在了，只剩下房东一个人。"一听沈君此话，我不禁愕然，没有想到眼前这一套整洁雅致的房间在同一个主人的名下，经历过如此的拥挤和寒碜。

一间房子做客厅用，墙上糊着黄橙色、呈大朵大朵葵花状的壁纸，烘托出一种活泼欢快的氛围。长条乳白色的沙发对面是一排新式木料做成黑白两色相配的壁柜，很有现代主义的气息。壁柜的格子里放着若干本小说。有雨果的《悲惨世界》、大仲马的《三剑客》、巴尔扎克的《欧也妮·葛朗台》等，没有一本20世纪的书，就像有些中国家庭的书架上只有《三国演义》《红楼梦》《水浒传》一样。沙发的上方，挂着一幅镶在金色镂花木框中的风景画，画面的景色与绘画的风格，颇有柯罗的韵味，当然不会是那位18世纪著名的风景画大师的真迹。墙角有一个线条极为简单、但风格十分现代的架子，不同的层次上分别摆着电视机、收音机与录音机，窗前有一张像案头一样的桌子，也是乳白色。整个房间整洁明亮，一走进去，顿时就有舒畅之感。

另一间是卧室，墙上也糊着黄褐色的壁纸，但是细花柔枝的图案。面向天井的几扇落地窗都沉甸甸地垂着帷幔，两边白色的壁柜严严实实地闭着，都给人以宁静之感。只是在摆床的那个角落，弥漫着一股萌动的气息，那是一张驼黄色单人床，上面铺着同一色调的毛毯与玫瑰色间黑白图案的床单，而在床侧的墙上，则是一大幅镶着镜框的裸体画，两个丰腴肉感的女子出浴后正在岩石上小憩。"第一次进入一个法兰西女性的闺房，而且是有点香艳味道的闺房。"我不由得产生了这样一个非常愉快的一闪念。

厨房的清洁卫生程度是家庭文明化的重要标志。平整洁净的灶台上四个电炉，就像四个整齐的碟子，洗刷池白晃晃的，没有半点污迹，挂在墙上的不锈钢锅盆锃亮闪光，厨房中央的餐桌漂亮而一尘不染，柜子里分门别类、有条不紊地摆着各种餐具、器皿与餐巾，其洁净犹如医院里陈列在玻璃柜中消过毒的医疗器械……至于厕所与浴室，恕我直言，其清洁程度，显然超过国内某些餐馆或食品摊贩。

"房东老太太临行之前留言说，套房里所有一切设备与条件，房客先生都可以随意使用。"太好了，尽管房租不含糊，毕竟租到了一个完整的家，套房里所有的生活用品都应有尽有，那客厅是读书、写作、听音乐、看电视以及接待朋友的好场所，那卧室是个舒适而温馨的小天地，干干净净的床具与被单，散发出新鲜的阳光的气息……

不过，最后还有两个问题，我还有点放心不下的一个问题是，在进出这幢楼的时候，我未曾见到一个邻居，除了大门口有一个和善的看门人外，似乎就没有旁人了。等到天黑，我撩开房间的窗帷，想观察一下这幢楼究竟有多少窗户是亮着灯的。这是一幢六层楼的环形建筑，所有套房的窗子都对着一个巨大的天井。我所看到的是一片黑暗，只有较远处的一两扇窗是有灯光的，也就是说，二三十套房子只有一两户是有人居住的。这一片黑暗颇构成一种无形的精神压力，使人想起电影中常见的那种发生恐怖事件的大楼。我赶紧放下窗帷，又到房门前去检查了一下门锁。防盗装置是很周全的，共有五道锁，两道是门闩式的，两道是用钥匙的，另一道则是带门链的，而房门本身又是用厚木板做的，有一面还包有铁皮，看来安全程度还是蛮高的，一个孤身老太太不是在此已安居多年了吗？第二天，我才从守门人那里知道，这幢楼里几乎所有的居民都到外地度假了。这正是巴黎的度假时节，而楼里的居民都相当富裕，法共老太太到女儿家去小住，也可以说是保持了外出休假派头。

再有一个我需要搞清楚的问题，要等到熄灯之后才能见分晓，而这一生活经验是我来巴黎时头几天住在我方内部招待所里养成的。一天半夜，我由于某种需要打开了电灯，突然发现密密麻麻的蟑螂正在桌上、地板上爬窜，为数不下于五六十只，幸好巴黎的蟑螂个头不巨，只比西瓜子略大，不像我幼年逃避日寇住在小县城时所见到的铜钱大的"偷油婆"，否则，如此之众，定会更吓人一大跳。我赶快抄起桌子上的烟灰缸、报纸、床前的鞋子一阵扑杀，最后蟑螂死的死，逃的逃。我知道事情远没有了结，这种虫子污染性极强又很鬼、很狡猾，如果要将它们基本肃清，还得好几个回合。"今夜晚，老子豁出去了。"欲求其效，必先利其器。我把报纸折叠成一个个厚厚的长方形，然后又把它们做成像大图章一样的形状，手执其柄，就成为压杀的利器了。我熄了灯，静静地躺着，然后，猛地一起身，突然把灯打开，果然，又发现一大批贼虫出来了，这次有了得心应手的利器，战果更为辉煌，而这种"核弹"，我已制作了十来个，足够这一夜使用。然后，我又熄了灯躺下，过了半个钟点，又猛地起身把灯打开，开始第二轮压杀……如此反复进行多次，最后，终于不见有贼虫再出来……

招待所的那两夜，使我深刻认识到一个很有民族大义的真理：外国的月亮并不比中国的圆，花都巴黎同样有蟑螂。于是，到了老房东家，我可不敢麻痹大意，我事先准备好几个上述那种压杀利器，熄了灯，静静地躺着，等待大量压杀的时机……我蹑手蹑脚摸进厨房，这里显然是重点战区……我猛然把灯打开，灯光特别明亮，墙面、桌面、灶面、橱柜面平整严实，没有任何地方、任何缝隙容得下一个小小的阴影与轻微的蠕动，但在我面前的却是一个"月亮"，一个没有任何生物迹象的寂静的世界，嗯，也许老太太家的蟑螂比较世故，咱们等着瞧吧。第二次实验结果仍是原样，这种老房子，曾经塞满了十来个人，不至于没有贼虫吧，可能在卧室、在客厅里会有，要不然在厕所里？或者在虽说整整齐齐，但毕竟是堆了不少物品的走道里会有？以下的搜索仍有"对敌斗争的性质"，但进行起来就有点儿像做游戏了。一次又一次的搜索之后，仍然未发现任何"敌情"，我意识到了自己是白白地与风车做了一夜战斗，但心情反倒格外欣喜舒畅……没有蟑螂的房子，世界上毕竟不是到处都有，我在北京，每个夏天，跟这种贼虫做斗争就没有少花钱、少费劲。在北京的公寓楼里，人们很难杜绝这种害虫，就像在这个城市里很难看到蓝湛湛的天空一样。

就这样，我在这位老房东家安居了下来，度过了生活舒服、心情舒畅的一个多月，在她那间明窗净几、陈设简陋的客厅可以工作得格外专心，在她那个洁净的厨房里烧饭做菜亦不失为一种乐趣，工作之余到楼外那条看不到尽头、几乎没有行人的林荫大道上散步，更是一种巨大的享受……这位法共老太太，我一直没有见过。起初，对我来说，她只是一个抽象的存在，只是一种无形的租赁关系，逐渐，我从这套房子的洁净、卫生、舒服、雅致等等，几乎无处不感到她的存在，每天夜晚，我钻进玫瑰色的被罩，就势一躺，眼光不由自主总要掠过侧上方墙壁上的那幅美女出浴图，不时，我就闪过这样的猜测："这位老太太年轻时恐怕是一个风雅的女子。"

从此，我不那么太留意对这位老太太的议论了，但是，我所能听到的毕竟非常有限，不过是偶尔从沈君那里听到的只言片语而已。而且我毕竟不可能去"包打听"，当然，我对老太太的好奇心也还没有强烈到那种程度。听说，她是法共的一个非常忠诚的党员，每当社会上、国际上发生什么事件的时候，她要发表意见时总是这么说："我要去请示我的党。"有一次，她看到电视里放映十月革命中人群攻陷冬宫的历史资料片时，竟热泪盈眶地说道："什么时候法国才会发生这样伟大的革命啊。"听到这番介绍，我似乎看到了老太太坐在电视机前、面对着黑压压的潮水般的人群拥向冬宫的图像，面对着战壕、街垒、泥泞、鲜血、断壁残垣的图像，无限向往、无限感叹的神情……我不禁产生一个以小人之心度君子之腹的猜想：如果老太太所企望的事情在法国发生了，她的这套房子是否还可以出租？她那副美女出浴图是否还可以挂在墙上？……

法共的那一面大旗，五十年代以前一直在西欧迎风招展，在它的周围，聚集着不少世界社会主义阵营引以为荣的一些大知识分子、大思想家、大艺术家、大文学家。匈牙利事件之后，他们有的散去，有的反思，有的转向。高举这面旗帜的不再有罗歇·瓦扬了，不再有玛格丽特·杜拉斯了，也不再有豪情满怀的阿拉贡了……而我的这位房东老太太却仍坚守在这面旗帜的旁边……

意想不到，我终于见到了庐山真面目。有一天，我从图书馆回寓所，在沈君家附近与他们夫妇不期而遇，他们正陪着一位法国老太太，经介绍，原来她就是我的房东！她衣着体面，白胖白胖的，颇有富态，容貌端庄，天庭饱满（宋丹丹式的），地阁方圆，眉目清秀，戴着一副眼镜，很像一个教师，是法兰西女性中娴雅浑厚的那种类型。她这一天一大早从外地赶回巴黎，仅仅是为了在巴黎市议会选举中投法共候选人一票，现在她正要赶中午的火车返回到外地的女儿家去。她不能在巴黎停留，原因是不言而喻的：她的住所已经出租了……

为了投法共候选人一票，她竟不辞劳顿专程奔波外省与巴黎之间……

这已经是十年前的事了。

前不久，友人夫妇要到巴黎小住，行前闲聊，谈到了此去的住房条件，他们颇感庆幸，托巴黎的朋友帮他们找到了一套住房，房租不低，但条件甚好，在富人区，房东是个孤身老太太，法共党员……

听到这里，我不由得惊奇地叫了声："又是她，玛德莱娜！"

我这回才想起了她的社会理想与她按市场经济规律、以高超的"打空当"的艺术使她那套房子不断升值的运作方式……

1999 年 5 月 21 日

"翰林院"内外篇

"兄弟我……"

—— 纪念北大校长马寅初

随着今年五四的临近，各界庆祝"北大一百周年"的气氛愈来愈浓，关于北大往事的书出了不止一本，有的刊物上开辟了"北大人专访"的栏目，老同学、老朋友之间通电话，少不了要互告母校将举行盛大规模的纪念会，凡北大毕业的，都收到了邀请函，等等……

我虽然未忘母校教养之恩，但并没有多大的"恋母情结"，在这一片热闹的气氛中，我仍然按照已有的惯性，忙于自己"该干的活"，一时还没有酝酿出缅怀情绪，险些把邀请信的事也给忘掉了。

前几天，从外地参加了一个会议回到北京，夜晚打开电视，偶然碰上一个比较"冷清"的频道正在放一个电视连续剧，初入我耳的一句台词："马老，马老……"一下就把我吸引住了，使我没有立即把它关掉，电视剧演的是北大老校长马寅初先生的事。于是，我一口气看完了这晚的两集，然后，第二天又看完了最后两集，前四集放映时，我因为在外地，则没有看上。

说实话，我平时对传记电视连续剧没有兴趣，这一部电视剧又拍得有些简陋，但我，却破例地把它看了下来，原因很简单，仅仅因为它讲的是马老，我所看到的四集，正是讲他的《新人口论》遭到批判后他的晚年生活。这部电视剧不仅吸引住了我，还使我颇有些激动，产生了对马老、对母校深深的怀念之情，以至不得不放下手头的工作，想写几行文字。

　　其实，我与马老连一面之缘也没有，在北大当学生时，只是有那么几次远远地看见他在主席台上。记得在开学典礼上，我们学生们最大的愿望就是想看清楚这位中外闻名的经济学家、北大的第一号学术权威。要知道，青年学子的第一崇拜，从来都是对学术权威的崇拜。翘首遥望，但见他秃头发亮，矮矮墩墩的，非常结实，如果今天要做个比喻的话，可以说有点像枚炮弹，和我想象中儒雅而又洋派的学者形象大不一样。他一上来声如洪钟："今天，兄弟我向诸位表示欢迎……"那天他讲得很短，但讲了些什么，我现在已经记不清了，别的校领导的长篇报告讲什么更记不清了，但马老那特别的自称"兄弟我"却从此深深印在我的脑海里。当时乍听，我就一愣，我辈刚在中学里饱受熏陶，满脑子里都是"毛选语言"、"解放腔"，难免不觉得这个自称是典型的"旧时代语言"，与开学典礼上浓浓的政治气氛颇不一致，甚至有那么一点"江湖气"。但随着年龄的增长、脑袋的开窍，我倒愈来愈体味出"兄弟我"这个别具一格的自称，特别令人有清新之感，它不在乎语言时尚，不在乎环境场合，不在乎礼仪规范，它平易近人，给人以亲切感、亲和感，虽然只是这么一个自称，倒充分表现出了马老那种我行我素，不流俗附和的风度。

　　在北大期间，我们学生没有多少机会见到马老，校园里碰不到他，只知道他住在燕南园校领导住宅区，全校性的大会也很少见校长出来讲话，每次大会，党委书记长篇的报告时间还不够用呢！只有一两次有他出席讲话，他没讲半句政治大道理，也不谈学术问题，而是大谈他如何坚持爬山，风雨无阻，如何坚持冷水淋浴，冬天也不间断，语言仍然是典型马式的："今天，兄弟我向诸位介绍点健身经验……"另有一次，是陈毅元帅来向全校师生做外交报告，大会是由马老主持的，他只讲了两三句开场白，特别简单痛快。

回想起来，那时的马老之于我们学生，就像是云端里的神，他如果来到你面前，一定是很慈祥、很随和的，但他没有多少机会走下云端来，学校里大大小小的事，都是党委书记、教务长出面，用今天比较通俗的话来说，他是"不管事的"，只是"名誉性的"。虽然我们很少听到他的讲话，他每次讲话又都很短，但在每次讲话中"兄弟我"、"诸位"两词出现的频率还是蛮高的，我愈到后来，愈觉得它们出自马老之口，有一种独特的风格力量，形成了一种启迪，如果我这一辈子也曾有过一次两次"我行我素"的话，我得感谢"兄弟我"，对我最早的潜移默化。

1957 年从北大毕业之后，我忙于对付自己的"职业要求"，很少注意马老的消息，后来听说他的《新人口论》遭到了严厉批判，又听说他被免去了北大校长的职务，还搬出了北大，住在东总布胡同一个有扇红色单开门的宅院里，这个具体过程，当然是我辈不可能了解的。东总布胡同就在我工作单位的附近，每当我从那扇红门前走过时，总不免产生一缕思念：那矮墩结实的老人正在家里干什么？

前几天，从电视剧里我总算了解到，《新人口论》遭到泰山压顶式的批判后，他仍坚持自己的立论，拒不认错，即使有多年老友、政界名流、国家要人纷纷以"大局为重"、"权宜之计"等等的理由，劝他交一纸检讨了事……

在狂热迷乱的年代里，从北大燕南园里产生的《新人口论》

提出了中国人口过剩危机的问题，大声疾呼要控制人口的增长，这是 20 世纪下半叶中国思想史、经济史上的一道巨大的灵光，是北大近半个世纪历史上的光荣与骄傲。它关系到全中国的国民生计，如果当时虚心听取它的声音，今天中国人的日子要好过一些，中华民族的包袱远不会像今天这样深重，它作为科学真理，像神谕一样不可抗拒，对它的轻侮与践踏已经招致了严厉的惩罚。它象征着北大科学精神与人文精神的力量所在，作用所在，对它的"批判"，是横加给北大科学精神与人文精神的屈辱。

我感到可惜的是，《马寅初》这样一部电视剧，被放在《午夜剧场》里，几乎是无声无息就被放映了，也许安排节目的部门是以这部电视剧制作得比较简陋为由的，但是，在电视传记片成堆的今天，为什么这部电视剧偏偏是"少投入"、"小制作"呢，它讲的是一个关系到中华民族命运的大问题呀！可是它仅仅是浙江一个县张罗出来的，最后由一家省电视台出面。

在北大校庆之际，这是我感到的一个遗憾。

这篇感言收笔之时，从报上看到一则某出版社"推出北大校庆图书"的消息，消息列举一大堆书目，其中唯独没有一本有关马老的书。我不禁感到又一个遗憾！

1998 年 6 月

梁宗岱的药酒

今年是梁宗岱先生诞辰 100 周年。

他是我的老前辈，比我长三十多岁。中华人民共和国成立后，他在广州当教授，而我上完北大后一直在北京工作，按说，我是无缘与他相见相识的，但由于一次特定的机遇，我却有幸与他有过一点交往。

1978 年 11 月。全国外国文学工作会议在广州召开。那不仅是"四人帮"垮台后全国第一次这种性质这种主题的会议，而且，中华人民共和国成立后就从无先例。那次会上有意识形态部门高层领导的大力支持，又有像"翰林院"这样的国家重点单位出面张罗，经费富足，经济基础坚实，会议的议题又是如此重大而激动人心：总结中华人民共和国成立后三十年的外国文学工作，讨论今后的发展大计，并成立全国外国文学学会。硬件软件一一具备，岂能不开成一个空前的盛会？

作为盛会，它聚集了半个世纪以来中国学术文化界中从事外国文化工作的名家、"大儒"：冯至、朱光潜、季羡林、杨宪益、叶君健、卞之琳、李健吾、罗大冈、伍甫、赵萝蕤、金克木、戈宝权、杨周翰、李赋宁、草婴、辛未艾、赵瑞洪、蒋路、楼适夷、绿原、王佐良等等。还有一些文化出版界的权威人士，如吴岩、孙绳武。人文学科学研究有关的大学校长，如吴甫恒，以及一大批来自各研究机构、各大学院校、各文化单位的骨干精英与负责人。名流云集，济济一堂，高朋满座，竟有二百多人，就其名家聚集的密度而言，大概仅次于中国作家代表大会。而意识形态领域里的周杨、梅益、姜椿芳等人的参加，又增加了会议的官方色彩。

在这一片繁星闪烁之中，梁宗岱先生是其中格外引人注目的一个，尽管他从中华人民共和国成立后在学术文化上就没有什么"大动作"、"大声响"，甚至可以说是相当沉寂。但大家都知道早在三十年代，他就已经留下了不可磨灭的业绩，他精湛的译诗技艺、他才华横溢的文学评论，他雅美而灵致的诗章早已享誉中国文化界。

那时，我四十多岁，在学术权威如云、延安鲁艺老革命战士成班成排的本单位，我们这种年纪的都被为"年轻人"，意指"在思想上、业务上尚不成熟"也。我是作为"壮劳力"来参加广州会的，一是要承当在全体大会上做一个重点发言的任务（这就是后来令一些"庙宇人士"侧目而视、怒目而视的那篇批评日丹诺夫论断的报告），二是在小组中当会议记录，会后再加以整理。因此，能自己支配的"业余"时间甚为有限，不可能较多地趋近与会的名流以讨教，但我把我"业余时间"的大部分都用来"走近梁宗岱"，毕竟在我本人这个学科专业中，他是资格最老，技艺最精湛的一位大师，是我敬仰已久的一位前辈。

梁宗岱很好接近。他不摆出文化名家的派头，他不端着学者名人的架子，更不像那种以"学界霸主"自命的人满脸威严逼人，不像那种自认才学盖世的人全身傲气，叫人感到骨子里发冷。他长得人高马大，嗓门粗，像个豪爽的东北佬，大大咧咧的，平易近人。按说，他跟我这样一个学界晚辈素不相识，差距甚大，广州会议期间两人又不同在一个小组，更无人向他引见我，是我自己主动"凑上去"的，他满可以只敷衍几句，但他却非常亲切，平和，非常热情，主动营造出一种"一见如故"甚至是"自来熟"的氛围，使你感到很是自在。他谈兴很高，说起话来似乎毫无遮拦，饮食、起居、健康之道、生活常识……无所不谈，特别是关于他的制药技艺与他的"药酒"更是谈个没完没了，有时会议间隙在过道碰见时，他还主动跟你说道说道。

他自称，他正在全身心致力于中医中药研究，致力于研制能治百病的药剂与药酒，并已经取得了相当大的成功……中药中医本来就是一个大领域一大学问，谈起来还有个完吗？何况他是个心智丰富的人，在实践中又有那么多的心得与体会，进展与经验，他的话匣子一打开，你就洗耳恭听吧，他讲起来那么热情、那么专注、那么天真，天真得像一个迷恋某种游戏的"老顽童"。别说需要你插话接茬，增加他的谈兴，即使你想把他的话匣子关掉，你也很难做到。

他如此善谈，可是，他偏偏不谈文化与学术，不谈会上讨论的那些外国文学问题：经验与现状，前景与道路等等，总之，言不及义，言不及这个学界、这个行当的"义"。

说实话，像我这样的后学，之所以怀着景仰之情接近他，是想从他那里闻一点本专业治学之道，在评研与译介的真谛上获若干启迪，拾些牙慧，还想得知一些学界、文坛过去的珍贵逸事。然而他却绝口不谈这些。当你问及请教时，他也予以回避，似乎已经横下了这样一个决心"好汉不提当年勇"。因此，在广州会议期间，我虽然走近了梁宗岱，直面了梁宗岱，真可谓近在咫尺，但实际上他却隔我很远很远。他大讲特讲的药剂与药酒，我不大懂，实在也不感兴趣，只是出于礼貌，装出一副倾听受益的样子，而我想谈、想知道的，他又绝对没有兴趣去谈。于是，在学子后进的面前，那个在文化学术领域里实实在在的梁宗岱不见了，面前只有一个乐呵呵、和蔼可亲的制药老汉，一个陌生的梁老头，从他身上，你看不见当年他游学欧洲的潇洒身影，看不见他与罗曼·罗兰、瓦莱里等法兰西文化大师"称兄道弟"、平等交往的痕迹，察觉不到他译象征主义名篇《水仙辞》的那种出神入化的功力，以及他把文学评论文章写得那样潇洒而富于文采的本领……

不过，他也偶尔有"老夫聊发少年狂"的时候，那就是在会议期间，他把自己的情诗出示给走近他的年轻人传阅。我记得是一些旧体诗，有一部分是填的词，誊写在红格稿纸上，纸已经相当旧了，显然是压在抽屉已经有好久。我当时正忙于俗务，诗稿又只能在我手上传阅几个小时，因此，只来得及粗读了一读，如今只记得内容缠绵婉约，颇有李商隐之风，而如梦似幻的意境则又使人感到有象征主义的韵味。

那次盛会，全体大会上的学术发言，只安排了三个，将近一周的会议都是以小组讨论的形式进行，我和梁先生不是同一个小组，一直未听到他的发言，但听其他组的说，梁先生在小组会上也几乎不发言，绝不对文学问题、文化问题发表意见。这一切使我当时就形成了很明确的印象：在这次会议上，梁先生大有超脱出世，看破红尘的味道。如果当时我还有些不理解的话，后来我就理解了，梁先生在"文化大革命"中不止一次遭到毒打，他辛辛苦苦译出的莎士比亚十四行诗与《浮士德》第一部的译稿，竟被毁于一旦。一个身心遭受此沉重打击的七旬老人，伤痛哪能迅速痊愈？哪能在"四人帮"垮台后的不久的那次盛会上就满腔热情地讨论外国文学工作的发展大计？及至我自己的经验有长，吃了一堑之后，就更感到梁先生真可谓是"老马识途"了，因为我自己不知深浅在全体大会上做了一个长篇发言，大批日丹诺夫论断，对西方 20 世纪文学进行重新评价，而时隔不久，麻烦就来了，在第二次全国外国文学工作的会上，我就被扣上了这样一顶小帽子："批判日丹诺夫就是要搞臭马列主义"。

在药酒问题上，虽然我在天真的梁老头面前应声附和与表示钦佩的话都是言不由衷的，但他却以一片赤诚待我，他见我有些"少白头"，就主动询问我的睡眠情况，着重介绍了他的药酒对神经衰弱有奇效，还曾邀我去他家中去看他的"制药作坊"，但我没有想办法抽出时间去看。会议结束告别时，他又送了我一大瓶"药酒"，叮嘱我服完后还可以写信去要。那其实是一瓶咖啡色的汤药，但放了酒，据他说是为了保鲜防腐。我尝的时候，觉得其味甘苦，口感很好。

据说，梁宗岱的药剂药酒研究始于 40 年代中期，这似乎是他偶尔为之的"采菊东篱下"，他专心致力于斯，显然是他"文化大革命"后的晚年。他在广州会议后五年就去世了，因此，我见到的可说是"药酒时期"的梁宗岱。

最近，中央编译出版社出版了多卷本《梁宗岱文集》，收入的作品都是常绿常青的，具有持久文化价值与艺术生命。虽然梁宗岱在晚年绝口不谈论自己的文学作为，但世人还是要谈论他的，长久地、长久地谈论他的业绩，后人无法取代的业绩。

2003 年 9 月 5 日于怀柔一庄

记忆中的冯至先生

从严格意义上来说，我不能算是冯至先生的学生，我在北大学的不是他那个专业，我没有听过他一堂课，他的三大绝学：德国文学译介、杜甫研究与抒情诗创作，我都沾不上边，甚至知之颇少。

从真正的意义上来说，我又的确是冯至先生的学生，我一进北大西语系，他就是我们的系主任，我出了校门，分配到研究所工作，他不久也调离了北大，来到了中国的"翰林院"，当研究所所长，从六十年代到九十年代他去世，他一直担任此职，是我个人科研工作的直接领导者。何况，在"十年浩劫"中，我还亲耳听人告诉我，他曾在一个公开场合正式说过，我是他的"学生"，如果告诉我的人没有"添油加醋"、投我所好的话，还说他所器重的两个"北大学生"中，其中一个便是……（还是来点"间离效果"较好）

一

在北大时，系主任一个学年与全系同学大概只正式见一两次，那都是在典礼上与重要活动上，不外是讲讲话。冯先生的讲话，给人的印象是极为深刻的，当年西语系的学生，恐怕今天还能记得起来。他并不善于演讲，从不长篇大论，也没有什么"起承转合""布局谋篇"，更没有抒情、煽情之类的词句与表达方式，看不出是鲁迅所赞赏的"中国最杰出的抒情诗人"。他讲的都是一般性的道理，都是常理常情，甚至是一般人的老生常谈，他绝不追求个性的表述与发挥，不过，作为一个新中国的系主任，他对学生进行训导时，能不只讲点一般性的道理吗？不过，他讲起来，却完全沉浸在这些人云亦云的道理之中，特别认真，特别真挚，似乎不是讲出来的，而是从内心流出来的，头还轻轻地晃动一下，似乎有点沉醉，加以，他声音特别柔和，带有明显的颤音与感情色彩，有时还将有的片语、有的措辞重复那么一下，不是在强调，而似乎是自己在体味，咀嚼，因此给人的印象好像是一个心善祥和的老奶奶在虔诚地诵经，同学们对此还是颇有好感的，至少觉得他没有丝毫道貌岸然、板起脸来训人的样子。正是在同学们这种普遍的亲切感中，西语系发生了下面这么一件事。

一次，系里开师生联欢会，那是在一幢古色古香教学楼的小礼堂里，气氛十分轻松热烈，是五十年代初到五十年代中那一个特定时期宽松大环境之典型产物。节目都是师生们自己的"玩意儿"，其中最使大家觉得有趣有味的，是一个相声节目，表演者是我们法文专业高年级的两个同学，其中那个主要的，是一个"猴精猴精"的青年，平时老穿一身港式服装，一说话却是一口京油子腔，而且特别能"贫"能"闹"，周身充满了喜剧气味，他们表演的节目就是模仿冯系主任对学生的一大段讲话。毕竟是学法兰西文化的学生，颇沾上了法国人"自由、平等"的调皮劲，又学得了一些西方的幽默情趣，段子编得十分有趣，逗笑却又"谑而不伤"，声调与动作的模仿则基于长期的观察，因此表演得惟妙惟肖，逗得大家笑声不断，多次鼓掌助兴。那个节目虽然内容与表演都不无夸张，但至今我觉得并无恶意与不敬，在我看来，就有点像丰子恺画爷爷奶奶辈人物的漫画，或者像顽皮的孙子爬上了爷爷的膝头去扯他的白胡子。冯至先生就坐在前排，看着眼前这一出喜剧，面上并无尴尬之色，倒是带着一个憨厚宽容的微笑，当然，因为不好意思而有一点面红耳赤。总之，这个场景充满了善意、平等、轻松、亲和的气氛，至今仍是我对北大西语系生活的最为美好的一次回忆。

学生们欣赏、系主任本人认可的事，"组织上"并不认可，要不然怎么是"组织上"呢？大概是从这件事嗅出了一些西方味，不久，"组织上"就不客气了，在一次全系大会上，正式对此事提出了严厉的批评，非常严厉，说这事不仅是蔑视师长、丑化师长的行为，而且也是无组织无纪律的行为，是接受了西方消极腐朽思想影响的结果。我记得，当时，冯至先生并未有任何表态，在我的理解与猜度里，他作为系主任不见得是支持"组织上"这么做。因为，他肯定是丰子恺漫画的欣赏者，理解力与包容度绝对要比代表"组织上"的那么几个人深许多、大许多，那几个人其实并非"老延安"、"老八路"，而都是西语系学生干部，因为1949年前参加过什么"外围组织"，而获得了"进步早"、"参加革命早"的资格，因此成了"组织上"。西语系的方针大计似乎并不取决于系主任，而基本上都是由他们来拿主意的，因为他们才是"政委"。在我的记忆里，这次严厉整肃，使得西语系里自由宽松的气氛一扫而空，似乎是1957年那次大"反击"的前奏与预演。当时，在我这个不具有多少承受力的人看来，那个"猴精猴精"的同学肯定会倒上大霉，但那人却照样一身港式穿着，一身又贫又闹的喜剧劲，言行举止若无其事，只不过，后来听说他学习不努力，成绩不好，因此形象才大受贬损，逐渐淡出了大家的视线。

在北大期间，我对冯先生印象最为深刻的另一件事，则是在那著名的"1957年春夏之交"。其时也:"帮助整风"的号召,放手的大鸣大放,北大学生"民主、自由"情结忘乎所以的膨胀,未名湖畔的"忽如一夜春风来,千树万树梨花开","引蛇出洞"这样一个讳莫如深的棋局⋯⋯大家都昏头昏脑。心里有底,本能有感者,恐怕只是少数"天才人物"或特殊钢材做成的人。那时,我们这班已经上四年级,在西语系,醉醺醺得最厉害、闹腾得最欢、明堂也最多的,当数我们的老弟即三年级同学,什么"控诉会"啦,游行啦,还有把系领导请去听群众大鸣大放啦⋯⋯冯至系主任被请去了。听说,在会上发生了这么一个场景:一个巧言善辩的高个子学生,在会上冲着系主任讲了一大段话,大意是,冯至先生过去一直是一个真诚的诗人,深得青年人的喜爱,是青年人的朋友,但他参加了组织之后,与青年人就疏远了,青年人再也听不到他真诚的声音,云云⋯⋯这一席话,极尽煽情之能事,这是在朝你喊话呀,在向你倾诉,拿你说事,用你来论证某一个事理,而且是以全体"青年人"的名义,以真诚的名义,甚至是以诗的名义,诗人能无动于衷吗?能冷漠端坐,毫无反应吗?如果那样,那就不是冯至了。于是冯至接应了一声:"我已经变成了一个 Yesman 了。"Yesman 这个英文单词,本意是"唯唯诺诺的人"、"听话的人"、"千依百顺的人",而在场有一个英文专业的讲师,却推波助澜、添油加醋地插上了一句:"Yesman 就是应声虫。"这一大篇讲词,这一声接应,这一句插话,成了当时西语系的一个重大事件,很快就通过学生的大字报与墙报而传播到了全校,成了轰动性的新闻。

我不知道后来冯至先生在党内做检讨时,是如何就此事"交代活思想"、"挖思想根源"的,我后来也从未听他提起过这件事。他当时在一念之间是怎么应了那么一声而"石破天惊"?也许是因为面对那个学生抱着"帮助党整风"的"热情"侃侃而谈，不忍心见他受到冷落寂寞而接应了一句，就是说因为心软了；也许是因为要显示出自己作为"导师"与青年人的亲近以及和青年人站在一起的勇气，毕竟那个学生在讲话里尊称他为"青年一代的导师"；也许是因为他作为系主任，却事事都得听取"组织上"的意见，服从"组织上"的安排而的确积累下了一些心理上的不平衡感。总之，他蹦出了当时这么一句"名言"。一个字，一个字，就像一个石子，一个石子。

很快，风云突变。蛇既然已经出洞，接下来当然就是打蛇。上述会上的那个高个子学生与那个英文教师不久就倒了大霉。而冯至先生，则听说被组织上大大"批评教育"了一番，他被认为是"严重丧失了立场"，犯了"政治错误"。同学们都为他捏了一把汗，后来，听说他做了"深刻检讨"，而"组织上"考虑他是有名望的学者，有影响的诗人，最后也就"保护他过了关"。

"1957年的春夏之交"在中国大地上所留下的深深痕迹，对千万个人的命运，千万家庭的际遇所蒙上的浓重阴影，都是人神共知的，我自己就亲眼看见西语系好些有个性、有才华、有志向、有锐气的学子与教师，因为一时冲动、眩晕失衡而栽了大跟头，被打入"另册"，付出了太过于沉重的代价，不少人断送了一辈子的前程，甚至是身家性命，不少人最后得以幸存也是在被整肃被折腾了二三十年之后。但更为深刻、更为隐蔽、更为不着痕迹的，是人们内心的变化、思维方式的变化、言行举止的变化，这种变化即使是在并未被当时的浪潮打湿脚的人身上亦在所难免，何况是差一点被卷进了浪潮的漩涡之中的人呢？我说不出冯至先生在那个"春夏之交"前后究竟有什么具体的变化，但我想，变化当是相当大的。至少我在以后三四十年的长时间里，在同一个单位日常的共事与就近观察中，没有像在短短大学几年极为有限的几次接近中那样，再见到那个师生联欢会上的冯至，大鸣大放会上的冯至。

二

大学毕业后，我很快就从一个西语系的学生成了冯至的部下，做了两年的编辑翻译工作后，我被调进了高等院校文科教材编写组，具体是参加文学理论教科书的编写。此书的主编是著名美学家蔡仪同志，整个文学教材编写组的组长是冯至，而在冯至的上面，领导整个人文社会学科教材工作的则是时任中宣部副部长的周扬。周扬对冯至是非常推崇、非常倚重的，在多次会上都尊称他为"学贯中西的学问家"，态度与语气都十分客气，完全不像上级对下级。冯至的顶头上司是周扬，他是党内文艺理论、文艺评论的权威，对文艺学有自己一整套看法，其权威的地位自然又使他要把自己的看法与意见不折不扣地贯彻下去，但却又随政治风云的变化而经常有所"调整"、"变化"，而他下面具体负责编写工作的蔡仪，则是资深文艺理论家，其美学观严谨得没有任何周旋余地、容不下任何妥协折中的隙缝，两个人的意见容易格格不入是显而易见的，因此，一部文学理论教科书的提纲就上上下下、反反复复来回了一两年还没有定下来，冯至夹在周扬与蔡仪之间，可想而知，工作是相当难做的。他常来我们文学理论编写组开会或参加讨论，虽然全组不过十几个人，但他除了传达领导的审阅意见外，很少发表自己的意见与看法，倒是很专心地听取大家的讨论并仔细做笔记，即使要讲话，他也是内容简明、观点稳当，措辞严谨，态度谦虚，从不高谈阔论，大肆发挥，谈笑风生，甚至可以说是不苟言笑的。看来，他首先把自己定位定格为学术领域里的"好党员"，"好党员干部"。

在我看来，那两三年对冯至先生来说，是他吸取了在西语系时的经验教训而重塑形象的时期，是他从一个党龄很短的"新党员"，历练成一个高层学术官员的时期。这也很自然、很容易理解。在学术文化上，按时下的标准，他已经是"功成名就"了，即使是在中华人民共和国成立后的新时代，也充分获得了国家与社会的承认，但在另一个更为重要的方面，他却险而"摇摇欲坠"，他必须在这方面小心翼翼，必须弥补自己的"弱项"，他在文科教材工作岗位的那两三年，从发展来说，正好是他这种努力的开端，从工作性质来说，正好是他进行这种历练的"舞台"。

在文科教材编写组时，就已经有传闻说冯至将从北大调到中国社会科学院（当时名为"哲学社会科学部"）任外国文学研究所所长一职。他大概是在 1964 年走马上任的，我也于 1965 年从文学研究所的理论研究室调到外国文学研究所的西方文学研究室，从此就一直在冯至先生的领导下工作，直到他逝世的 1993 年，将近三十年，与他同在一个单位，印象万千，回忆纷呈，繁复不可胜数，但归结集中，概括简约，倒也焦聚明显，突显出主要的特点与鲜明的色彩，构成他在我心目中的一个明晰的形象：他是一个不苟言笑，神态庄严的前辈；是有深厚的文化底蕴、是言行严谨又得体的传统型的知识界头面人物；是严于律己，力求与领导与组织保持高度一致的研究所所长；是具有广博的学术见识、纯正的学术品位、真诚的学术良知的学界长老；是经常受到领导上、组织上表扬赞颂的"好党员"，总之，是在政治上、学术上都符合社会主义规范、沉稳端坐于学术宫殿之中的庙堂人物。

在这将近三十年的时间里，演出了无奇不有的、可悲可怜的、可笑可憎的人世百态。赤膊上阵者有之，左右失衡者有之，蹒跚而行者有之，卑躬屈膝者有之，声嘶力竭大打出手者有之……我自己的失衡、失态与摔跤就不止一次。对于冯至先生，我也曾有过一次失手，那是"文化大革命"之初，伟大领袖号召冲击"阎王殿"之时，在一次全所群众大会上，我也跟着亢奋、喊过口号，追随"革命左派"之后，嚷了几句要充分发动群众、不要捂盖子之类的造反话，尽管在"革命群众"中我明显不属于响当当的"左派"，倒颇有些"人微言轻"，那几句话也完全淹没在革命派激奋的声浪里，但毕竟是向冯至先生射了"一箭"，我生平之中对这位师辈犯下了唯一一次"欺师之罪"。至于冯至本人，他给我的整体印象可以说就是一个"沉"字，作为被揪出来的"走资派"与"反动学术权威"，面对冲击而来的狂潮，他是沉默的。作为深有学养的大文化人，面对自己无能为力的这一场文化灾难，他是沉郁的。作为见过大世面，已经颇有历练的官方的高级学术代表人物，他面对着狂热躁动的"芸芸众生"与像匆匆过客一样的这种群众组织、那种"战斗队"，他又是异常沉稳的。也许，其沉稳还与他内敛持重的性格有很大的关系，甚至，他高大实沉的身躯形体与出语慎少、不苟言笑的容貌本身就足以给人沉稳的印象。总之，在我的回忆中，在那动乱、狂躁的年代中，冯至始终保持着自己的稳重与尊严，没有怒目而视，也没有声泪俱下，没有躁动失衡，也没有沉沦潦倒。在"文化大革命"的那一场"挨整命运"人人有份、今天是揪这类人、明天就清除另一类人的大恶作剧中，他不像与他同类的少数"权威"或"当权派"那样，一旦自己在某一个特定阶段获得了"解放"，而另一批人成为"革命对象"时，或秋后算账，大打出手，或刁钻刻薄，乘势施虐。他像一个静观人，而不是参与者、介入者，他沉静地观察着、感受着、承受着，不动声色，但是他的内心当是心潮起伏，憎爱分明，感情炽热的，只不过外表如一潭静水，如处于休眠期的火山。

窃以为，以社会科学、人文科学为工作内容的研究机构本来应该是进行文化积累、制造意识形态产品的"工场"，但冯至与我们所在的"翰林院"地处京畿之中心，就在"中枢"的眼皮底下，"上面"打一个喷嚏，这里就得伤风感冒。因此，即使阵阵暴风骤雨已经过去，这里的"和平时期"也始终是绷着一根"阶级斗争的弦"。政治气温总要比其他地方高上那么几度，尤其在"无产阶级战斗先锋队"里，端正路线、思想检查、斗私批修、忏悔告诫，是每一个成员经常必做的功课，而在这类功课中，由领导上、组织上提出的一个主要的中心的题目就是："究竟是先做好一个党员还是先做好一个专家。"因为，在很多人身上都存在着学者专家、文人作家与党员、干部两种身份，而这两种身份往往又不和谐、不统一，甚至相互矛盾。因此，组织上常提出这样尖锐的告诫："是先做好一个普通党员，还是先做好一个学者专家"，"不要在学术上、专业上有了一些成就，就不听话了，就不好管了"，等等。既有如此明确的要求，于是在两个文学研究所的历次有关路线问题的整风与学习中，像何其芳、卞之琳、蔡仪、唐弢这些主要的党员专家无一不在做好党员还是做好专家这个问题上做过检讨，不外是思想上感到政治任务行政领导职务妨碍了自己的学术研究与写作，对政治工作、行政事务，特别是对"文山会海"之类的东西感到不耐烦等等，何其芳多次检讨自己一直想摆脱行政工作去完成他多年的夙愿：写小说。卞之琳也始终念念不忘他已经写成初稿的一部小说。

在这些党员学者、党员作家中，冯至显然比较更符合领导上、组织上所要求的规范，他在外国文学研究所所长的职位上，尽心尽职，勤勤恳恳，谨言慎行，事无巨细，均耐心料理。他几乎不再写诗，将近三十年的时间里，只有偶尔一两次发表了两三首。他几乎完全放弃了对他素有精深学养的德国浪漫主义文学的研究，从不提及他曾在里尔克这样一个艰深的课题上曾经获得过德国大学的博士学位，似乎从来不认识这位艰涩难懂而又对欧洲现代文学有着极大影响的诗人。他取得了重大成就的歌德研究与杜甫研究，也都是他早在五十年代的研究成果，后三十年中，他只是在上述研究的基础上，发表过为数甚少的几篇文章。他显然是在缩小自己身上那个诗人与学者的存在，制约他的展示与发展，而首先努力遵照领导上、组织上的要求，尽可能好地完成一个党员的职责与义务，他把自己宝贵的时间与精力绝大部分都投入了所长繁杂的日常行政事务中，他随着行政机器的运转，参加各种各样、空洞无聊的会议，从不迟到、早退，在后辈与被领导者的面前，从不流露自己的厌烦，只是与季羡林这样的心心相照而又同病相怜的同辈老友相见时，套用李后主的词"春花秋月何时了，开会知多少"来解嘲，以表示无可奈何，除此之外，每逢节日庆典他还上缴巨额党费，高标准地完成他的组织义务……因此，做政治工作的领导，代表组织上的负责人，经常在会上表扬他是"好党员"、"党员学者的模范"。在我们这些晚辈眼里，他是一个严于律己、德高望重、严肃方正的殿堂人物，只是在像我这样略有"异端思维"的不肖子弟心里，因为眼见一个诗人在泯没，一个学者被浪费，而暗暗为冯至先生感到惋惜。

三

在研究所工作的二十多年时间里，我几乎一直是在冯至先生的直接领导下工作，这是因为：一，我一直是所重点项目的负责人或主要承当者，这些任务都是由所长直接过问的，如1964年周扬提出外国文学研究所"生死存亡的大事是能否编写出大部头的文学史"后，我被任命为《欧洲二十世纪文学史》编写组的"学术秘书"操持日常工作安排。又如稍后不久，研究所根据上级的指示布置写关于《海瑞罢官》的"革命大批判文章"，我被指定为主要的执笔者。再如"文化大革命"后，研究所正式恢复业务工作，筹备与创办全所性的学术机关刊物《外国文学研究集刊》的任务，也是落在我的头上。后来，正式划分了研究室，由冯至所长亲自掌控的西方文学研究室中的一个，也是由我担任"头头"，所有这些都是直接由冯至先生领导。而在正式恢复业务工作之前的"文化大革命"末期，我邀约两位同道开"地下工场"写《法国文学史》，也是主动争取冯至先生的关怀与认可，实际上也就是找冯至这把"保护伞"来庇护自己的。总而言之，长期的业务工作关系，使我一直被视为冯至先生麾下一员"得力干将"。然而，由于我个人的"不肖"与"没出息"，竟公然不以庙堂为志，不以庙堂标准为唯一之规范、为自我之守则，不时有点"异端的"、"出格的"言行，故终未能走入冯至先生的轨道，成为他的"好学生"，反倒在客观上给他添了些乱，或许还曾使他感到心烦，至少有两件事甚为突出，成为我终生难忘的记忆。

其一：

"四人帮"垮台后，报纸上开始发表了一些声讨"四人帮"的文字，有的报纸杂志为了刊出较有理论性、较有深度的革命大批判文章，通过各种渠道与关系，进行组稿。冯至先生麾下的一位仁兄，在"文化大革命"前就发表过一些东西，在文化理论界小有"名气"，自然就成了报刊组稿的对象，于是，此人一篇名为《"四人帮"的彻底批判论必须批判》的文章在一家大报上发表了。在将要发表的时候，这位仁兄为尊重研究所的领导，特将校样送交冯至所长审阅，冯先生未作任何修改，表示了认可，起了"玉成其事"的关键作用。发表之后，一时的影响还相当大，因为"四人帮"垮台后开始一阶段的声讨，一般都是批"四人帮"的"极右"，而几乎没有批其"极左"的，而此文则向"四人帮"文艺思想与文化政策的"极'左'的实质"开火，甚是有点"个性"。更重要的是，不久之后，批"四人帮"的"极左"成了意识形态领域的政策方向与普遍基调，这篇文章超前了一点也算是"撞上了大运"，"得风气之先"，听说外地有的文化单位甚至妄猜此文反映了"新的中央精神"，而曾在内部将它作为一篇"准文件"学习。

这位仁兄整整十年没有尝到发表的乐趣，何况此文还出了风头，他不免踌躇满志，扬扬自得。正在这个兴头上，没想到遇到了"当头一棒"，在全所大会上，负责政治思想工作的领导却提出了严厉批评：报纸杂志来约稿，这么一件大事为什么不正式通过组织？为什么不向组织上请示汇报？为什么不将文章送审？擅自发表？完全是目无组织！目无领导！是个人主义在作祟！等等。挨批的这位仁兄，好像一块炽热的木炭，正烧得特旺，突然碰见有人射来一束冰冷的水，顷刻之间岂能不产生爆裂之声？他忘乎所以，一出会场，就在过道里针锋相对地发泄了几句：什么"不要鸡蛋里挑骨头"呀，"给所长审阅难道就不是送审，为什么偏要你审"呀，"不该你管的就不要管"呀，等等，虽然都是逞一时之勇的气头话，并无"反党反社会主义"的措辞，可是这是公开在过道里嚷出来的"公开言论"呀，而且矛头直指了实际上的"第一把手"，这就未尝不可以上纲上线到那七个字上去了。总之，此事被视为一个"政治错误"，必须严肃处理！幸亏第一把手领导水平高，态度虽严，处理却甚为宽大，只是开两次"一定范围的会议"，对当事人进行了批判，由他承认了错误，做出了检讨，并向有关领导同志道歉。

在这个事件从始至终的整个过程中，冯至先生作为行政业务工作的领导人，没有公开表态，在大小会上，也没有对当事者进行任何批评，此后许多年，我也从没有听他对此事说过任何话，我想，这是因为那篇文章毕竟与他有关，是他放行的，而对那次"批判事件"看来，他也并非没有看法，我只是后来在一个场合听到他谈到"那位仁兄"时，讲了一句调侃而真诚的话："只要××× 一说话，我就胆战心惊，捏一把汗。"从这句话，我感到了他的关切之情与"那位仁兄"曾经对他的拖累。为此，我心底感谢他，也对他深感歉意。

其二：

70年代末，随着"实践是检验真理的唯一标准"的讨论，外国文学领域里也发生了一个思想解放的过程。其标志是两件事，一是1978年在广州举行的全国外国文学工作会议，那次会议的主旨报告是一个名为《西方现当代文学评价的几个问题》的长篇发言，对主宰中国文化界数十年之久的"斯大林——日丹诺夫论断"提出了全面的批评；二是外国文学所当时的"机关刊物"《外国文学研究集刊》连续三期开辟了一个专栏《外国现当代文学评价问题的讨论》。这两件事在文化学术界都是率先之举，起了破冰通航的作用，有着广泛深远的影响。而在广州会上作主旨报告的，就是上述那位曾给冯至所长造成"拖累"的仁兄，而《集刊》上三次讨论的组织者也还是他。当然，这两件大事，都是经过了冯至所长的正式批准，并在他的关切与支持下实施的。

作为这两件事的延续与具体化，上述那位仁兄又于1981年抛出了《萨特研究》一书，在中国，这要算是第一本全面介绍萨特存在主义哲学思想与文学业绩的书，也确实是为萨特与存在主义全面翻案的第一本书，由于萨特的"自我选择"存在主义哲理与阐释了这种哲理的文学作品，投合并促进了改革开放之初中国大地上的个人主体意识的解放与发扬，因而，此书大受读者欢迎，一时很是热卖畅销。

但是，不久，在一次相当大规模的"清除"过程中，萨特被认定为"精神污染"而首当其冲，《萨特研究》一书被点名，报纸杂志纷纷发表批判文章，出版社献出批判小册子，将上述那本书的一篇万把字编选者序，视为大敌，竟不惜用几倍、十几倍的篇幅加以批挞，语言之尖刻为"文化大革命"之后学术界、文化界所罕见。当然，炮制了这本书的那位仁兄在他工作的"翰林院"中也就受到格外的"关注"，全院大会上，院领导以崇高的名义进行呵责，不止一个层次的领导同志找他"个别谈话"，要求写出"我对萨特的再认识"的公开文章，当然，本单位还要进行若干深入的调查，了解此书的"出笼经过"，不止一个平日与肇事者毫无交往，而此时自认为负有"教化"职责的同志，或者是自认为不能坐视不管的同事，也都热情洋溢地前来进行分析辩论与思想帮助。冯至是负责业务工作的所长，萨特的评价问题以及与《萨特研究》一书问题，其实更是他管辖范围里的事，然而，在整个那一时期，据我所知，他只是在一次公开的会上，言简意赅地讲过几句稳当平和的话，大意是，对萨特这样一个内容复杂的思想家、文学家，我们了解得还不够，应该加深研究，以批判继承的态度对待他。除此之外，他既没有进行过义正词严的批判，也没有过问过《萨特研究》一书，更没有找那位仁兄个别谈话进行"思想帮助"，总之，他完全置身于那次"时尚大合唱"之外，这个时期，他书房里的某个情景，似乎颇能说明一点问题。

从批判伊始一直到最后雨过天晴、风和日丽，《萨特研究》也得以重印再版的整整一个时期里，我由于业务工作到冯至所长的家里去过两三次，有幸亲眼看见了他书房里的情景：

我见过不少国内外文化名人的书房。冯至的书房是我见到的最典雅、最精致、最整洁、最质朴的一个。明窗净几，一尘不染。两大排高档的书架上整整齐齐地放着一整套一整套外文书的精装本，内容丰富，色彩缤纷。洁白的墙上挂着茅盾书写、赠送的一个条幅，除此之外，别无任何装点，窗前一张紫木的大书桌，桌面上由两个书档夹竖着为数不多的几本文化学术书籍，几乎全是外文的，随时间的不同而有所调换，一看就是他近期关注与研读的书。在"清除"高潮时期，我第一次去他家时，他书桌的桌面上一如既往，整亮清爽，没有任何文牍，书档中夹着几本精装外文书，却有一本橘红色封面的中文书赫然在目，书脊有几个清晰的字样：《萨特研究》。

在后来的一段时间里，我又有一两次去他家，同样，我都发现《萨特研究》仍在他的书桌上占有一席之地。但我每一次见到此书时，都假装视而不见，并且远远避开有关《萨特研究》的一切话由，而冯至先生也从没有跟我进过一句有关萨特与《萨特研究》的话。在这个问题上，他与我之间始终都是一种不言、无言的状态，也可以说是一种最淡净的状态。

冯至担任研究所所长的二十多年期间，虽然我一直是他领导下的一个重要研究室的"头"，但每当开所务会议时，我经常是远离中心会议桌而坐在门口，我总觉得自己既无庙堂之志，就尽可能不要有"登堂入室"之态，只求实实在在做出几件事就可以了，因此，我与冯至先生具体业务关系很多，但我与他之间的关系并不近乎，而总有着相当一段距离，这可能就是庙堂内与庙堂外的距离。当庆祝冯至先生 88 寿辰与悼念他逝世时，我这个本应写文章纪念他的"老学生"、"老部下"，却没有写出任何文字，我当时认为，这样的纪念活动与悼念活动，都是庙堂要事，我一直身处庙堂之外，唯恐自己的感受与文字不合庙堂分寸。虽然当时无所作为、无所表示，但我心里一直非常清楚，我这些年来做成的一件又一件的事情，从《法国文学史》到《萨特研究》，都是以他的存在为重要客观条件的。他的宽容与支持成全了我，我感谢他。在他逝世十一年之后的今天，而我自己也已经七十岁了，我要道出我的感念，即使是从庙堂外的远处。

2004 年 5 月 4 日

两点之间的伽利略

—— 回忆与思考朱光潜

一

最近，在《文汇报》的"笔会"中，看到一篇回忆朱光潜的短文，是著名的摄影家邓伟写的，并附有他所拍摄的一张朱老先生的照片。由于父辈的关系，他曾有幸成为朱光潜的一个较为亲近的小字辈，因此，保存了若干对老先生的亲切回忆。这篇文章与这张照片，也激活了我自己对朱光潜先生的思念。

在上了年纪的人身上，怀旧倾向是一种天然的温床，外来的因子哪怕只像蒲公英飞絮那样轻忽也可以萌生出一片繁茂葱郁的回忆之绿茵，就像普鲁斯特舌尖尝到的那块玛德莱娜小甜点，竟引发出如流水潺潺不绝，似江河浩渺流淌的陈年往事那样。一般说来，怀旧的心理惯性是以两个条件为基础的，一是往日积累下了丰富而生动的印象与感性知识，一旦记忆的闸门打开，往日的印象、感觉、对形象与氛围以至颜色、气息……的记忆即纷至沓来，如势不可当的潮水，就像普鲁斯特那样，忆出了整整一个"似水年华"，并写成了一部长篇小说；另一个条件，则是往日在某件事上、在某个方面感触甚深、震动甚大，一旦再次引发，便感触陡生、思绪纷呈，鲁迅夜遇一个人力车夫的"一件小事"，后来却引发出一大篇的感言，大概就是这种情形的例子。

说实话，我与朱光潜先生并不熟稔，也不接近，具体的交往并不很多，因为，我和他不是在同一个单位任职，也没有严格意义上的师生关系、师徒关系，就像他与张隆基那样，几年前，学术文化界曾有人把我称为"朱光潜的学生"，基本上是一种牵强附会。原因不外有三：一，我是北大西语系毕业的，而朱先生就是西语系的名教授，但我在北大时，的确没有听过朱先生的课；二，我也做过一点西方文艺批评史的研究与翻译，而朱先生就是西方批评史、西方美学史的权威；三，朱虹的确是朱先生的受业子弟，在北大上过朱先生的翻译课，曾被朱先生称为他的"三个得意学生"之一，此事在学界广为人知，因为朱虹与我是一家人，难免有人会把我这一粒鱼目误认为是"珠子"了。

虽然我与光潜先生相隔不近，接触不多，交往甚少，但是，在学界长辈中，他却是我从年轻时代一直到上了岁数，仰望得较多、关注得较多、思索得较多、揣摸得较多的一个，因此，在外界因素的作用下，很容易就引发出不少记忆与思念，何况有的事情给我的印象是那么深刻，足以使我终生难忘。

二

在前辈师长中，我最早知其名者，要算是朱光潜。那还是在中学时期，从初中起我就开始喜欢跑书店，在书店里就曾不止一次见过开明书店出版的《给青年的十二封信》，我也曾翻阅这本书，当时觉得书中所谈的好像都是比较深、比较严肃、比较"正经"的内容。什么美呀，艺术呀，审美呀，等等，隔我那尚未开窍的脑袋比较远。那时，我感到亲切、有吸引力的只是还珠楼主、《鹰爪王》与侠盗亚森罗萍之类的书。即使后来到了高中快要毕业，已经准备投考西语系的时候，我仍然对朱光潜的那高深的美学未敢问津，真正对朱光潜这个名字肃然起敬，那是在进了北大西语系以后的事了。

在五十年代的北京大学，每年新生入学时，各系都要举行大规模的迎新活动，在西语系，活动的一个主要内容，就是毕业班的老大哥带领这年的新生在校内整个燕园里走一遭，三三两两，边走边介绍，特别深入细致，在那次活动中，我记忆中最深刻的就是从他们那里知道了北大西语系的教授阵容很强，有一大批著名的学者：赵萝蕤、吴兴华、张谷若、闻家驷、陈占元、郭麟阁、吴达元、田德望等等，等等。而名人中之名人，则是两位超出于这些正教授之上的两个"一级教授"：冯至与朱光潜。对于这一大批名师，西语系的学子无不津津乐道，并都引以为骄傲。

显而易见，冯、朱二位当时之所以就是超越众大家的"一级教授"，是因为他们的文化业绩更大，学术声望更高。冯至不仅是公认的德国文学权威，而且是鲁迅赞赏过的"中国最杰出的抒情诗人"，他的杜甫研究也是蜚声学术界。朱光潜则早已是资深的美学研究的大师，早年几部力作并没有因为时代历史的变迁而褪色，也没有意识形态的原因而丧失其学术价值，而且，早在抗战期间，他就担任过大学里的文学院长，蒋介石为了表示自己礼贤下士，尊重文化，还曾接见过他，蒋介石撤离大陆前，他也是国民党派专机要抢运到台湾去的名教授之一，但他拒绝登机离去……

学子的崇拜从来都是名师崇拜，大部头论著崇拜。从一开始，朱光潜就足以使我辈肃然起敬，甚至有点顶礼膜拜，虽然他在"政治上"入过国民党，得到过蒋介石的接见，但"政治上"的事我们不管，也不感兴趣，何况他不是最后拒绝站到台湾那边去吗……所有这一切，使我从没有对他有什么保留。

仅仅是以学术标准进行衡量，而不是以掺杂了其他标准或其他因素，这与现而今比较起来，倒可说是单纯朴实一些。现今者，时代进步了，实际操作的标准显然复杂细腻多了，其中有了官本位制的成分，有了商品社会中大为时兴的公关学的成分，以至在赫赫有名的"翰林院"里，没有多少学术业绩，没有什么社会声望，却头戴"特级研究员"、"博导"、"一级教授"的冠冕堂皇者颇有人在。

在北大的几年中，西语系这两个"一级教授"，做系主任的冯至，我们倒常能见到，另一位朱光潜，则很难很难见到的，全系师生会，一年难得有次把，即使他也不大出席，听说，他前两年教英文专业高年级的翻译课，高年级毕了业，他就没有课了，西语系教学中心的那幢楼也就几乎见不到他的踪影。只是有那么一次，一个小老头从附近穿过，有同学才告诉我："那就是朱光潜。"

他大名鼎鼎，但毫不起眼，身材矮小，穿一身深蓝色咔叽布中山装，踏一双布鞋，像图书馆的一个老员工，甚至有点像一个杂役工，他满头银发，高悬在上，露出一个大而锃的额头，几乎占了半个脑袋，他步履稳当，但全身却透出凝重肃穆之气。

三

我与朱光潜开始有具体的接触，是从北大毕业分配到《古典文艺理论译丛》工作之后的事。

《古典文艺理论译丛》是文学研究所办的刊物，1953年刚成立的文学研究所当时还隶属于北大，老老少少的研究人员基本上都是从北大的中文系、西语系、俄语系与东语系抽调过去的。其中的西方文学研究组，起初就在北大西语系办公，和朱光潜可算是同一个大单位的。到了1958年后，这个研究所才从北大独立出去，与社会科学、人文科学的一些其他研究所组成了哲学社会科学学部。至于这个学部又升格为中国社会科学院，那是"文化大革命"之后得胡乔木与邓力群之力而成的。

《古典文艺理论译丛》的编辑方针是："有计划地、有重点地介绍世界各国的美学及文艺理论著作，包括各时代，各流派重要的理论批评家和作家有关基本原理以及创作技巧的专著与论文，以古典论著为主。"显而易见，刊物突出了一个"洋"字，一个"古"字，这在中华人民共和国成立初期革命文艺势头正健、"大"、"洋"、"古"的倾向不止一次受到责难与批判的时代条件下，倒是属于另外一格，颇带来一股典雅文化的清新气息。编委会的组成也一目了然，我国从事外国文学研究有成就的学者、教授、翻译家都一一在列，如钱锺书、朱光潜、李健吾、杨周翰、傅雷、陈占元、田德望、金克木、陈冰夷、辛未艾、蒋路、蔡仪等等，一看就与文化界占主流地位的革命文艺家、理论批评家不属同一路人，颇有学院派的色彩，编委会并未明确署出主编，但召集与整个编辑工作的主持者都是蔡仪，他实际上就是主编。

我1957年毕业后，就是分配到这个刊物的编辑部工作。在蔡仪手下，具体做编辑工作的有三个人，两个搞俄语的都比我年长，其中还有一个是从延安来的，他们都是我的上司、指挥者，我是年轻的西语系大学毕业生，于是到一个个编委那里，特别是到西语一片几个编委那里联系跑腿、接送稿件的任务就都由我承担。因为这是一个学术性、专业性非常强的刊物，一般联系与具体跑腿的工作也并不简单，主编先把未来几期的中心主旨拟定，如悲剧问题、喜剧问题、浪漫主义问题、现实主义问题等等，之后，就要征求编委们的意见了，包括每一期的重要选目与每一篇的译者人选，以及请编委审定译稿等等。我对这种"跑腿"工作特别特别喜爱，每一趟都有学术内容，知识含量，实际上是对一位又一位权威学者的专访，是听一堂又一堂的"家教"，是吃一顿又一顿的"小灶"，何况，骑一辆自行车驰来驰往于中关村与燕南园之间及未名湖畔，沿途垂柳飘飘，湖波粼粼，绿荫掩映，小径成趣，出入学术界名人的府第、寓所，又肩负着一个学术刊物的使命，这对于一个刚大学毕业的青年来说，实在是一件潇洒愉悦、风光得意的乐事。那个时期是我一生之中最值得怀念的，也就是在那时，我与朱光潜有了具体的接触。

北大南校门外，一箭地之遥，燕南园。五六十年代中国最优美的住宅小区。郁郁葱葱的园林，整洁幽静的小径，巴黎风格的路灯，一幢幢精美雅致的小洋楼稀疏地散落着。北大的名教授很大一部分都居住在这个园林之中，冯至、朱光潜、罗大冈、杨业治、向达、林庚、陈岱荪、吴达元……每来这里走一趟，就是一种享受，一种熏陶，一种精神提升，这里的绿意与生活格调，是我青年时代的理想境界、愿为之奋斗的境界，没想到如今到了"古稀之年"，仍然只是可望而不可即的梦……不过，经过"文化大革命"之后，燕南园的树木大为凋零，绿茵大为荒芜，一幢幢小洋楼大为破旧，即使罗大冈在自己的论评文章尾部也常署上"写于湮园"的字样，他一直是燕南园的住户，当眼见过这个园林"湮泯"的过程……只是又时隔多年，不知"改革"之后，商品大潮席卷之下，燕南园又是什么样子了？

朱光潜的家是在燕南园腹地的深处，环境格外幽静。而他那幢楼房与他那个院落，至少如我所见的，更是阒寂无声，渺无人迹，像电影中一个无人的修道院或古刹。我头一次去时，按了好几次门铃之后，才有一个女孩走出来，她年龄看来不算太小，但身材矮小而瘦削，她有一个大得出奇的朱光潜式前额，显然是极为聪明的，样子不像一个真实的少年人，而像是一个传奇中高智商的精灵。我只见过她一次，但印象却十分深刻。

我见到朱光潜的时候，他已经六十多岁，虽然瘦小单薄，白发苍苍，但精干灵便，神情矍铄，他宽而高的前额下一对深陷的眼睛炯炯有神，老是专注地注视着，甚至是逼视着眼前的对象，手里则握着一支烟斗，不时吸上一口，那态式、那神情似乎面前的你就是他观察分析的对象，研究揣摸对象，别忘了，他专攻过心理学，有过心理学方面的专著，而且是"变态心理学"的论著！坐在他面前，你似乎感到自己大脑的每一个褶皱处都被他看透了，说实话，开始并不感到舒服自在。

作为学者，他对刊物选题与编译的意见都很明确、干脆，绝不含糊圆滑，绝不模棱两可，而对于刊物之外的任何学术理论问题，他又有严格的界限，绝不越雷池一步，绝不高谈阔论，枝叶蔓延，而这正是青年学子每遇名家大师都期望见识到的"胜景"。如果说我曾经感到他身上有一种肃穆之气的话，一接触之后，我就明确感到他更有一种由内而外、并非刻意求之，而是自然而然渗透出来的威严，他讲起话来一副非常认真的样子，一口安徽桐城的乡音，听起来相当费劲。他脸上一般是没有笑容的，但有时笑起来却笑得那么开心，笑得咧着嘴，像是从心底里蹦出来的，这经常是他在讲了一个自认为得意的想法或意见时才有的，而绝不是听了对方的趣语或交谈甚欢的产物，而且，这时他会停止说下去，将那咧开了嘴的笑停驻在脸上，眼睛盯着你，似乎在等着你的回应。有了几次接触后，我就相当确切地感到，他是一个很自主的人，很有主见并力求影响别人的人。他绝不跟对方讲多余的话，但当我小心翼翼从业务工作范围里挪出去一小步，恭维他精神很好，身体很好时，他也很和气，很善意地告诫我："身体就是要锻炼，每天不必要长时间，但一定要坚持。"当我又得寸进尺奉承他的太极拳打得好，青年学子称为"出神入化"时，他以权威的口吻提示我："跑步，最好的运动是慢跑，每天慢跑半小时，它给我的身体带来的好处最大。"（他在校园里跑步的样子，我见过，步子不大，节奏不快，身体前倾，身姿有点可笑）从此之后，我一直记住了他这一经验之谈，并断断续续效法他这一健身之道，多年之中，每当我身上的惰性占上风时，我就想起朱光潜年长笔健的经验，而强迫自己继承他这一"衣钵"，反反复复，终于养成了习惯，时至今日，我仍坚持不懈，而且有时在慢跑时，脑海里还偶尔浮现出朱光潜在燕南园迈着小步慢跑的瘦小身影。

《古典文艺理论译丛》于 1957 年创刊，因"文化大革命"的来到而收场，最后一期出版于 1966 年，前后十年，共出版了十七册，均由人民文学出版社出版，每册三十万字，总共约五百多万字。无疑，这是中华人民共和国成立后，"文化大革命"前最大的一个"大洋古"项目，它的所作所为可称得上是丰富、厚重、扎实，它全面地、精到地译介了从古希腊罗马一直到二十世纪整个西方文艺批评史中的名家、名著、名篇，几乎每一个课题都有一个专集或至少是作为一个专集的专题，有的更占有两个甚至两个以上的专集，如悲剧理论、喜剧理论、浪漫主义创作论、现实主义创作论著等。

那个时期这个刊物在学术文化界所引起的轰动，所产生的影响，今天怎么加以评价都是不过分的，它是中华人民共和国成立后少有的启蒙渠道，少有的一个西方橱窗，它为我国的西学文化，为后来几十年西方文艺批评史的研究打下了坚实的基础。其重要性与其成功，除了由于刊物有明确的主体意志，主体创意外，那就得归功于国内一批最出色的学者专家所组成的编委会的坚持努力了，当然还缺不了学界与译界同人的一致支持。

在编委会中，朱光潜和钱锺书一样，也是一位特别重要的编委，在工作上也得到我的上司、主编蔡仪的格外尊重，虽然他们两人的美学观点针锋相对，早在中华人民共和国成立之前，蔡仪就发表过长篇论文对朱光潜的美学思想进行过相当激烈的批判。如果光从蔡仪在工作上对朱光潜的尊重来看，你根本看不出他们在美学问题上是两个"死敌"。朱光潜与钱锺书在编委中之所以得到格外的尊崇，显而易见的原因就是，他们都是西方文艺批评史的真正权威，学养深厚，著作等身，在后一方面，朱似乎更胜一筹，因为钱的《管锥篇》尚未问世。朱光潜也很重视来自文学研究所的这份尊崇，因此，他在《古典文艺理论译丛》上贡献甚多，出力不少。如建议选题选目、推荐译者、审定译文以及提供自己权威性的译稿，他所译的黑格尔的《美学》，就是提前在这刊物上问世的，他还特别为美学问题的专号赶译了德国十九世纪后期著名的心理学家、美学家里普斯的长篇论文《论移情作用》。

四

其实，这时的朱光潜在学术上有体面风光、矜持尊严的一面，也有躬身弯腰、尴尬委屈的一面。他那时的学术身份就已经有点"特别"了。

1956 年 6 月，他在《文艺报》上发表了一篇自我批判的长篇文章《我的文艺思想的反动性》，自我批判之彻底与激烈，实在令人惊奇。他对自己此前的学术工作进行了无情的否定，说自己"解放前的著作在青年读者中发生过广泛的有害影响"，对此，自己"一直存在着罪孽感"，认为自己的美学思想与艺术趣味"带着阶级的有色眼镜"，"有极浓厚的悲观厌世"，有"鄙视群众，抬高自我，脱离现实，图个人享乐"的"颓废思想"等等，等等。总而言之，"是从根本上错起的"，是"主观唯心主义的"，是"反现实主义的，反社会、反人民的"。所有可怕的大帽子都给自己扣上了，除了"反党"的帽子外，也许是他觉得"反党"才是最大最可怕的帽子，"反党"那岂不就是"反革命了"嘛，他得给自己留一点点余地。至于他所继承的中国文化与克罗齐、康德、黑格尔的美学，当然都被他一一否定。一个如此重量级的权威刊物发表这么一篇文章，在当时无疑是文化界的一件大事，其影响与重要性似乎不小于"北平的和平解放"。

后来，我常想，朱光潜那么一个矜持、肃穆、有尊严的人，在美学理论王国里，好歹也是一个"王者"，他是怎么写出那么一篇"罪己文"的？显而易见，这绝不是他个人兴趣所致的举动，更不至于是他自己乐于去干的一件事，而是有组织、有领导的社会潮流的一个组成部分，是国内从50年代中期至60年代中期愈来愈"左"的政策导向与调门愈来愈高的意识形态强音的直接产物，而这股"左"的导向不久就汇结成了一次为期十年的文化浩劫与政治动乱。朱光潜在后来1980年写的《自传》中就告诉了世人，那篇文章的写作是"胡乔木、邓拓、周扬和邵荃麟向我打招呼"的结果，他们说"这次美学讨论是为了澄清思想，不是要整人"。今天看来，这是领导上、组织上的"敬酒"，如果"敬酒不吃"，后面难免就要上"罚酒"了。当然，这一次"敬酒"式的极为成功的思想工作是有一贯出色的统战工作垫底的，朱光潜在自己的文章中就曾经历举过他两个重要的头衔：全国政协委员、全国文联理事。这是组织上、领导上的信任与尊重呀！士为知己者用，岂能辜负呢？不仅这篇"罪己文"而已，朱光潜还非常认真钻研马克思主义，力图掌握无产阶级的"理论武器"辩证唯物主义和历史唯物主义，这在当时是非常难得的"在思想上向党靠拢"，此外，"我在年近六十时，还抽暇把俄文学到能勉强阅读和翻译的程度"，这在"向苏联老大哥一边倒"的五六十年代，对文化学术界有名望的学者而言，本身就是思想上求进步的突出表现，何况他还学得那么刻苦用功。总而言之，他接过来这一杯"敬酒"，一口而尽，痛快！豪爽！

至于"罚酒"，既然饮了敬酒，当然用不着上"罚酒"了。但"罚酒"的味道朱光潜是知道的，也不无体验，他在 1981 年的自述里说过："在建国初期思想改造阶段，我是重点对象。"那次运动进行时，我还在中学里懵里懵懂，说不清是什么情况，但杨绛的《洗澡》所写的就是那场运动，而且正是北大、清华、燕京等名校高级知识分子的际遇，的确是"洗澡"，是帮你把身上的封建阶级、资产阶级的脏东西洗涤干净呀，但是，用的可是滚烫滚烫的水！而朱光潜还曾是重点冲洗的对象，其滋味想必记忆犹新。

这就是我所理解的朱光潜在五十年代初期做出抉择时两个方面的内心背景，而我所接触到的，则是他所做出抉择后所持有的学术地位、学术身份与学术尊严。他这种境况倒颇有点"退一步海阔天空"的意味，实际上，他退一步所换来的还不仅是"进一步"，似乎还可以说是"进两步"，在他发表了"罪己"文之后，他对他在美学问题上的每一个论敌，不论是什么倾向美学家，从以马克思唯物主义、现实主义的为旗帜的，到娓娓动听赢得了不少信众的，也不论是什么身份的美学家，从有资格的老革命老左翼理论家到哲学美学界的新秀，——他都没有放过，几乎给每一人奉送了一长篇大文，或为批评或为商榷或为反驳，大有舌战群儒之概，甚至有点横扫千军的架势。好一个矮个子朱老头，他倒挺能缠挺能打的，真像一颗咬不碎、砸不烂的铜豌豆，你能说他有什么不对吗？不能，他是向马克思主义低头认错，他是向党、向组织上鞠躬致礼，可他并不是向他的论敌认输呀！

五

"文化大革命"前夕，《古典文艺理论译丛》停办后，我就再没有见到朱光潜，直到"十年浩劫"完全结束，我才再次见到。

在整个"文化大革命"期间，仅仅关于搞西学的学者专家，我们就听到很多悲惨的消息，有的遭到刻毒的凌辱，如剃"阴阳头"，有的被殴打致残，有的遭送到边远地区，有的丢了性命，有的坐了多年的监狱……对朱光潜在"文化大革命"的情况，我们听说不多，当然，受到冲击是不在话下的，但比较起来，他似乎还不算是最悲惨、最倒霉的，有很多人遭罪的程度大大超过了他，而实际上他们身上的"旧包袱"并不如他大，他参加过国民党，他得到蒋介石的接见，在红卫兵眼里显然要算一条"大鱼"，他怎么躲过了丢命的劫难？是因为他"反动名号大"，在上面挂了号，红卫兵不敢随意处置？是因为他注意保存自己，坚持锻炼，没有让身体垮掉？是因为他采取了低姿态，顺着来的态度，总算没有在红卫兵抽人的皮带面前吃眼前亏？……看来，这些因素也许都有一点，即使都不是决定性的……

劫后余生，他存活下来了，又活跃在学术舞台上。他学术活动之一，是受聘于中国社会科学院的外国文学研究所担任该所的学术委员，因为根据"翰林院"统一的规定，每个研究所的学术委员必须由所内与所外两个方面的著名学者联合组成。所外的除朱光潜外，还有季羡林、杨周翰、王佐良。所里的当然以冯至、卞之琳、李健吾、罗大冈、戈宝权、陈冰夷、叶水夫为主，也提携了几个在"文化大革命"前即已崭露头角的"青年人"，其实他们也不再年轻了，都已经过了"不惑之年"，敝人也是其中之一。所学术委员会每年总要开两三次会，讨论若干重大的学术问题，坐而论道，各抒己见，倒也真能起些"开会有益"的作用，正是在这个场合我有幸成了这些学长的"同会者"、"共事者"。

十年过去了，朱光潜基本上还是老样子，总是一身蓝布中山装、布鞋，头发白得闪光，两眼有神，目光炯炯，一身肃穆，不苟言笑，从不寒暄。他的安徽桐城乡音，很不容易听懂，加以，我参加这种会，都尽力摆正自己作为小字辈的位置，一般总坐在门口，离那些在一个长条桌周围就座的"长老"们远远的，因而，他们的高论与教诲，我听取得相当差，只是有一次，朱光潜发言时，我特别竖起了耳朵去听，唯恐漏掉一句话，一个字，那是他对编写文学史一事在发表意见。

在文学研究领域，编写文学史一直被视为高层次、高难度，也具有重要学术文化意义的项目，"文化大革命"前，当时意识形态部门主管文化艺术的总头头周扬，就曾向外国文学研究所提出编写 20 世纪欧洲文学史的任务，甚至说，对文学研究所而言，能否编写出文学史来，是一件"生死存亡的大事"，此话他讲得有点危言耸听，不过确强调了这一学术研究工作的重要。他做了这个指示后，外国文学所即闻风而动，立即上马，组成了一个编写组，由卞之琳挂名主持，编写工作的"学术秘书"则由我担任，经过几个月卓有效率的努力，编写组初见成果，可惜"文化大革命"一来，整个事情就泡汤了。因为有此前缘，我在"文化大革命"后期，自己就办起了"地下工厂"，邀了两位同道，编写《法国文化史》了，及至"文化大革命"告终，外文所恢复研究工作，所长冯至也官复原职，在他的支持下，《法国文学史》的编写也就公开并正式入列所科研计划，个体私营的活起先可以自行其是，一旦列入了公家的计划，而且又是大的项目，就不免要拿到学术委员会上去"说道说道"，讨论讨论，正是在此情况下，我听到了朱光潜关于编写文学史的高论。

我当然非常重视朱光潜对编写文学史的意见，因为，这首先与我本人当时正在进行的工作直接有关，还有一个重要的原因：他于1962年出版了《西方美学史》一书，在我看来，这部美学史要算是二十世纪中国最具开拓意义的史学著作，朱光潜当然也就是西学史著的绝对权威。他那次发言也的确权威性十足，大意是说，编写文学史是一件高难度的学术工作，必须在有充分积累的基础上才能动手，不是谁都可以写文学史的。他还说，写文学史是要引导读者遍游一个文学国度，首先要把文学史客观事实介绍得比较全面，真实清楚，然后才作评价与议论，合格的文学史应该像一本好的地图指南，一本好的导游图，如果达不到这样的水平，那就不要去硬写。

他的这一席话充满了作为一个老资格学术委员的提醒与忠告，但我听来却不能不有所敏感，觉得虽然老先生不至于是认为当时外文所我们这一辈人不具备写文学史的基础与条件，却至少是抱着等着瞧、拭目以待的态度，说实话，在当时对我既是压力也是激励，使我决心要写出一部在规模、广度与深度上都像个样子的文学史。至于他讲的那些道理与忠告，我倒是深有同感的，重视文学发展与作家作品的客观实际，并尽可能加以贴切、准确的描述，正是我自己编写文学史的主导思想，我不喜欢并切戒自己脱离作家作品实际去高谈阔论，天马行空，后来写成并获得国家图书奖的《法国文学史》基本上做到了这一点，总算没有辜负朱老先生这一番苦心的忠告。显然，他这一番道理在今天并未过时，且看今天的学界，由于官本位标准的渗透，从不研究文学史与作家作品、只靠理论高腔起家的学术行政官员，居然也利用自己权力主编起了一套又一套文学史，又由于近十多年来新潮派文论高潮席卷学界，在不少文学史著作中，不见文学发展的基本史实，不见作家作品的具体状况，而只见作家名单、书名目录，不见对作家作品的具体贴切的描述与分析，而只见贩运进来的二手的概念术语与难以理解的表述论说。所有这一切放在今日的背景之上，朱光潜的高论倒有了警世告诫的意义了！

我直接接触，直接耳闻目睹的，几乎都是朱光潜尊严肃穆、内敛凝练、充满权威性，并且意气风发的一面，他委曲求全、躬身低态，甚至弯腰致礼的一面，我从来都没有见过，如果不是从报刊上看到，如果不是亲耳听朱光潜本单位的人确凿的转述，我是不会知道的，也不会相信。"四人帮"垮台后，"思想批判"、"学术批判"之类的玩意愈来愈吃不开，因而也慢慢绝迹了，这是一个社会进步，也是精神文化领域里的幸事、喜事，但在"清污"前后，这种老玩意还是时兴过一阵子：一时间，不打棍子、不扣帽子似乎就没法活的人，如逢盛世，振奋而起，大唱高腔，纷纷出手，大概正是在这个时期，我听说朱光潜在自己的所在单位，不知什么范围的会上，又被他的学生辈一位中年"左"派大大解析批判了一番。后来，此事的确得到了证实，我自己也听到那位中年"左"派还津津乐道朱光潜如何如何对他的批判表示心服口服，甚至称赞他剖析得"深刻精到"，"使人获益匪浅"。看来，那位"左"派所言非虚，因为，那位同志从来在历次政治运动与革命大批判中都是展翅高翔的，风头很健，凭借伶牙俐齿，犀利笔头，均能哗众取宠，颇有斩获。不过在革命大批判已见衰微的时代，朱光潜还有如此的"谦逊"，却使我颇有点意外，毕竟敌人多少也经历过一点风雨，觉得在"左"派高腔面前，用不着那么"谦逊"、"退让"。这时，我开始对朱光潜似乎有了点感悟与认知，形成了一个概念，在我看来，朱光潜在学术问题、学术异见面前，无疑是非常有自信、坚硬异常的，这就是他学术尊严之所在，是他身上肃穆之气的根由。而在政治思想运动中，在学术思想批判面前，甚至在带有政治背景的学术评析面前，在借政治风头而居高临下，而高腔高调的左派批评者面前，他是退让的、谦逊的、低姿态的。我想，原因很简单，因为他深知这种批判，这种人士所依托的是一种巨大的、不可抗拒的力量，他们的背后是像一座大山一样不可动摇的庞然大物。

六

在整个七八十年代，除了在上述学术委员会上见过朱光潜几次外，我还有一次与他"同会"的经历。那是 1978 年 11 月在广州举行的"全国外国文学工作会议"，那是"四人帮"垮台后全国第一次这种性质、这种主题的会，也是中华人民共和国成立后第一次规模巨大的"西学"会议，由中国"翰林院"中的外字号研究所出面张罗，上有意识形态部门高层领导的大力支持，场面宏大，开得甚有气派。半个世纪以来，中国学术文化界从事"西学"的名家大儒：冯至、朱光潜、季羡林、杨宪益、叶君健、卞之琳、李健吾、伍蠡甫、赵萝蕤、金克林、戈宝权、杨周翰、李赋宁、草婴、辛未艾、赵瑞蕻、蒋路、楼适夷、绿原、罗大冈、王佐良等等。还有与人文学科有关的高校领导以及文化出版界的权威人士吴甫恒、吴岩、孙绳武等等，名流会聚，济济一堂，竟有二百多人，意识形态领域里的高层人物周扬、梅益、姜椿芳等也出席了会议。就其名家聚集的密度而言，大概仅次于中国作家代表大会。

在这次大会前几个月，我从"实践是检验真理的唯一标准"中得到启发，借了这股"东风"，提出了针对日丹诺夫论断、重新评价西方现当代文学的问题，并在我主持科研工作的研究室与刊物组织了学术讨论，曾引起冯至所长等人的注意与重视，他们为了使广州会议有充实的学术内容与新意，要我到大会上做一个主旨发言。那次大会除了开幕式、闭幕式上各级领导人的讲话外，全体会上的学术报告只有三个，一个高等院校的代表综述高校一些文科教材讨论会上对于"资产人道主义"的不同评价，一是权威的出版单位人民文学出版社的代表介绍外国文学出版的情况与计划，再一个就是我那个重新评价西方现当代文学的发言。

冯至等大会的领导同志特别优待我那个长篇发言，给了我一个上午的整段时间，再加上大半个上午，实际上构成了一个长篇学术报告，这是中华人民共和国成立后学术会议上很罕见的。说实话，就这个报告充实的内容而言，没有这么大的时间"篇幅"，也是容纳不下的，会后整理成文发表在刊物上就有近五六万字之多。

　　整篇报告是对日丹诺夫论断的全面批驳。日丹诺夫是斯大林的意识形态总管，以敌视西方文化、打棍子、扣帽子、对国内作家进行粗暴打击与迫害著称，他把整个西方现当代文学艺术斥之为反动、颓废、腐朽的文艺，是为著名的"日丹诺夫论断"，它从30年代被引入中国后，一直是中国革命文艺界的理论经典、不可违抗的法规，至70年代末期为止，共统治了中国文艺界达四十年之久。在下的那个报告实际上就是对日丹诺夫论断的"揭竿而起"，就是为西方现当代文学艺术彻底翻案，当然，要在一个社会主义国家里公然颠覆日丹诺夫论断这个一贯享有神圣庙堂地位的庞然大物，就得首先论证它是违反历史唯物主义与辩证唯物主义的，是不符合文学发展客观规律的，而在济济一堂的饱学之士面前做这件事，更必须比较充分而令人信服地说明西方现当代文艺各方面的客观状况，必须正面论述其主要文学流派、重要作家、作品在思想内容与艺术风格上的特点、意义与价值，而所有这一切，都必须做到言之有理、言之有据，最好还要有若干闪光的思想与出彩的分析评论，说实话，如果做不到这点，那么会场上的一大批长老岂会让一个小字辈在台上夸夸其谈四五个钟头？从会场上聚精会神的关注度而言，这个报告应该说是做到了这个分上。

　　会后的反应，实事求是说，是相当热烈的，至少有十几位德高望重的师长来当面向报告人表示热情的赞许与鼓励，更不用说是同辈学人了。今天看来，当时之所以有此热烈的盛况，与其说是由于报告的内容充实精彩，不如说是因为压在文化学术界头上的一块意识形态巨石在中华人民共和国成立后总算第一次受到了正面的冲击，是因为总算有了一只出头鸟，讲出了很多人想讲却一直没有讲出来、不敢讲出来的话。

至于朱光潜，他的反应更是格外热情，他走过来跟我握手，连连称道："讲得好，讲得好。"如果我没有记错的话，那是他第一次伸手给我握（我当时感到他的手真是瘦骨嶙峋），而且，第二天他还采取了一个我永远难以忘记的行动。那天，周扬特别前来会见大会的全体代表，他来到大会议厅时，大家都候在那里，实际上就是等"首长接见"，虽然，在"文化大革命"中他被关了好几年，复出之后威势已大不如过去，但他出狱后，曾到各种场合、各种会议作自我批评，就"文化大革命"前多年整过人伤过人的"政绩"，向文学艺术界人士表示他的歉意，给了文化界很好的印象，这时大家见到他，反倒多了一点亲切感，对他的来临表示热烈欢迎，虽然这时的周扬有些"礼贤下士"的味道了，但他每到一个场合时，总还有一股"王者"的气派，这也很自然，他在这个领域居于"王者"地位已经好几十年了，何况，他的确有真才实学，的确是一位理论批评的权威，在这种场合，我作为一个"小字辈"，当然很知趣地缩在人群队列的后面。

这时，朱光潜却特意将我从后列拽了出来，拉到周扬的面前说："周扬同志，他就是柳鸣九，他在大会上做了一个很好的报告。"看来，他以为周扬一定是看过大会的简报，已经得知了有这么一个报告，或者是认定周扬也一定很乐于看到日丹诺夫论断遭到冲击。可是当时周扬却没有什么反应，甚至连正眼也没有瞧我，也许他"王者"的气派依旧，"礼贤下士"之德的存量不多，还普及不到学术低层的小字辈头上，也许是周扬对冲击日丹诺夫论断一事压根就不感兴趣，甚至不以为然……但不论怎样，朱光潜引见的意图我自己是感受得很强烈的，他既有将我当作他自己的子弟辈加以亲切善意对待，甚至或多或少给点助力的意味，更有促使对日丹诺夫论断的冲击更加扩大声势的愿望，几十年来，他可没有少受日丹诺夫的罪，少吃日丹诺夫的苦！

广州会议之后，我与朱光潜再无工作联系，只有一些零星的交往，主要都是他作为师长辈对后生的关怀，如他托人转告我，说狄德罗有一篇短篇小说很有价值，建议我把它译出来；再如，他不止一次赠书给朱虹与我，题词很是客气，总用"赐教"二字，还称朱虹为"老学友"，他对后辈学生这种谦逊，使得我们很是惭愧，愈加感到他人格境界的高尚。

80年代末，有一次我们法国文学研究会在北大举行学术讨论会，我利用晚上休息时间去看他，向他问安，那时，他已经迁居燕南园，与我同去的还有王道乾与金志平，在座的有张隆溪。大家寒暄闲谈不太长，为了不影响他的休息，我们及早就告退了，这是我最后一次见到朱先生。

七

朱光潜先生辞世后，我不止一次想起他，不止一次思索他，推敲他，琢磨他，不论是从学术业绩方面，还是从精神人格方面以及人生轨迹方面。

他著作等身，译文繁浩，西方文艺批评史上，美学哲理上的几乎所有重大问题，几乎所有名家经典，他无不涉及。你要进入这个领域的每一个地区，都能看到这个小老头思想者坐在那里，握着拳，支着下额在进行思考。在广阔的学术文化领地里无处不有自己的身影，这就是一代大学者的标志。在这方面，也许只有钱锺书可与他比肩而立，虽然在学问的广博精深上他较钱稍逊一筹，但在论著译著业绩的厚重与卷帙繁大上，却较钱似无不及。

他的精神人格之所以值得景仰，并经得起推敲，就在于他是一个纯粹的学者。他只专注于学术，看来是心无旁骛的，他为什么没有乘上蒋介石派到北京来的专机飞到台湾去？他早就被那边视为上宾，甚至是"国宝"，我并不想将此归结为他的"爱国主义精神"与"进步思想"，而宁可认定是他对以"北平"为象征与称谓的民族古老深厚文化的眷恋所致。他作为学者的最突出的精神品质是"毅"与"勤"，像他那样做出了厚重的学术业绩，产生了那么多量的论著与译著，并且是以康德、黑格尔、克罗齐、维柯等这样一些高难度的人物与文本为其研译对象，如果不是每天从不懈怠、坚持长时间艰苦的脑力劳动，那是不可能达到的，这对于早年就已经功成名就、有条件"歇一口气"的学人更是不容易做到。他必须排除纷繁的世俗干扰与世俗诱惑，而为了使他瘦小的身子能扛得住这样永无间歇、艰难枯涩的精神劳作，他就从不间断地坚持打太极拳、跑步，跑得那么手脚笨拙，姿态可笑……根据他的家人回忆，直到他逝世前几天，他还手脚并用，亲自爬上楼去为他译的维柯查对一个注释，他简直是一息尚存就劳作不息……在学界中，有谁最常常使我想起加缪的西西弗斯？他终生推石上山，周而复始，永不停歇，那就是朱光潜。

作为20世纪的人文现象，他的人生轨迹与处世姿势也值得思索、值得琢磨。1949年他决定留在北京大学，他心里肯定存有一个学术宏图，一个学术目标，他要留下来做这些事，这重要的决断划定了他以后的人生轨迹。而1956年，他喝下一杯敬酒，发表了"罪己"的大文，显然是另一次重要的决断。由此，他得到了学术界里的既定身份与既定位置，可以在从燕东园到燕南园的平静书斋里，一直瞄着他内心里的目标，一点一点实现他的宏图。

他最后获得了丰收。从论著《西方美学史》《美学拾穗集》《悲剧心理学》《艺术杂谈》到译著黑格尔的《美学》、莱辛的《拉奥孔》、维柯的《新科学》、歌德的《对话录》，一一出版成功，大有泉涌之势……如果说，他的精神品格使我想起了推石上山的西西弗斯的话，那么他的人生轨迹则使我想起了伽利略。

1610年，伽利略继打破了地球中心说的哥白尼之后，证明了地球绕太阳运动的科学真理。不到十年前，同样证明了此说的布鲁诺被宗教法庭活活烧死在罗马，而1616年，宗教法庭正式将哥白尼的著作列为禁书。伽利略在沉重的压力下先沉默了八年，1633年宗教法庭召他前往罗马"受询"，6月22日，他不得不在宗教法庭上悔罪，表示放弃他的地动说。1642年，他逝世，逝世前，他终于写出了他的力学巨著《对话录》。

对此，布莱希特的《伽利略传》中有这样一场描写，他的一个朋友对他说："1633年，您欣然否定您学说中最为人们所称道的内容时，我早就应该明白，您只不过抽身退出一场毫无希望的政治斗争，以便继续从事真正的科学工作……您赢得了时间来写只有您才写得出来的科学著作。"[1]

从出发点到既定目标，两点之间最便捷的路往往并不是一条直线。

我之所以常想起这样一种生存轨迹，是因为它常见于二十世纪中国知识分子的存在状态中。

---

[1] 《伽利略传》第14幕《布莱希特戏剧集》下册第126—127页，人民文学出版社，1980年。

仁者李健吾在 "翰林院"

一

1982 年 11 月下旬，李健吾先生在京去世，那时，我正在外地开会，回到北京时，他的葬礼已经举行。我当时悼念他几乎是怀着感恩的心情：是他认可通过了我的第一篇正式的翻译作品：莫泊桑的《论小说》，是他在我《法国文学史》上册问世时，发表了一篇热情洋溢的评论文章，是他对我所译的《〈克伦威尔〉序》，表示了赞赏，是他在"文化大革命"后期我与朱虹挨整时，给了我们亲切的同情与关照，是他仅仅因为我没有在运动中批判过他、对他表示了同情，后来就把我称为"孩子"……

他没有在大学里教过我的课，但对我有师恩，他长我 28 岁，与我非亲非故，但对我有长辈般的关怀。人非草木，我能不怀有感恩之情？

我这一辈子最不善于做的事情，就是讲应景的话，做应景的事。健吾先生去世时，我没有写悼念文章，但从那时开始，我一直感念他、谈论他，一直要写点什么、做点什么，以怀念他、纪念他，一直把这当作我今生今世必须完成的职责，必须偿还的"债务"……

时至 2004 年伊始，我总算有可能为健吾先生、为其他前辈师长做一件像样的事了，那就是开始筹办"盗火者文丛"。此书系以中国二十世纪从事西学研究、有业绩、有影响的学者名家为展示对象，每人一集，内容为散文随笔、休闲文字，并附有学术代表文论一种、学术小传一篇，以期构成该学者学术成就、精神丰采、艺术品味、生活情趣、文化魅力的一个缩影，实际上，就是一套西学学者散文书系。首先入选的就有李健吾，当然还有其他与我在同一个单位共同工作多年的师长，冯至与卞之琳。与其说我是将他们收入书系，不妨说，这个书系最初的创意就是因他们而产生的，在一定程度上，是要为他们做的一件事，为他们"量身定做"的一套书。

这套书系中每一集的编选，尽最大的可能尊重已故作者的亲属的意愿，并发挥他们的作用，但健吾先生众多子女中，只有李维永一位是从事文艺方面工作的，而这一位偏偏又有非常沉重的工作负担，且身体不好，实在无能为力承担基本的编选任务。我责无旁贷，便把编选工作承担了下来，主要从健吾先生的《福楼拜传》《咀华集》《杂忆录》《切梦》《意大利游简》《希伯先生》《戏剧新天》等十来部作品中选出了二十多万字精彩篇章，组成了一本《李健吾散文随笔选集》，取名为《咀华与杂忆》，为了让李先生的子女有一个纪念，又特请李维永同志写了一篇后记。我自己则没有写任何纪念性、评论性的文字。如果出版条件顺利的话，此书可望于 2005 年第一季度由中央编译出版社出版。

我总算做了一件事，但我做得还不全，我还没有写出我对健吾先生的认知与感念，我还得把事情做完。

二

1957 年，我从北大毕业后，被分配到当时属于北京大学的文学研究所，具体的工作岗位是在《古典文艺理论译丛》编辑部。

健吾先生早在 1954 年就从上海戏剧学院调到北京，在文学研究所任研究员，同时担任《古典文艺理论译丛》的编委，因此，几乎可以说，我大学一毕业，就认识了健吾先生，并有了相当直接的工作关系。

《古典文艺理论译丛》以有系统地翻译介绍外国、特别是西方各国各时代文艺理论的经典名著名篇为宗旨，在建国初期，是文艺理论与美学领域里唯一一扇向西学敞开的橱窗，是唯一一家公然以"大""洋""古"为标榜的刊物，在五十年代中期后对"大""洋""古"倾向越来越否定的风气中，显得颇为另类别格。刊物的编委会由钱锺书、朱光潜、李健吾、田德望、金克木、蔡仪等一批名家、权威组成，刊物上的译者也都是译界的高层次人士，所有这些，使得这个刊物颇有点"贵族气派"。物以稀为贵，该刊物在那个历史时期很得学术文化界的重视与青睐，每一期的问世，均格外令人瞩目。刊物从 1957 年创刊，到 1966 年因"文化大革命"的来临而停刊，共出版了十七期，共五百多万字，为后来几十年我国西方文艺理论、美学理论的研究，打下了坚实的基础。

在编委会中，健吾是一位主要的编委，而我则是执行主编蔡仪手下负责联系西语这一片的小编辑，与李先生接触较多，在那几年中，亲眼见证了他对于这个刊物的诸多贡献。就他的重要性与所发挥的实际作用而言，他仅次于刊物的实际主编蔡仪，在十七期刊物中，他作出了明显贡献的就有九期之多，如文艺复兴时期文论一期、十七、十八世纪文论一期、巴尔扎克与现实主义问题两期、悲剧问题一期、喜剧问题一期、莎士比亚专论一期等。有的是他全面提供该集的选题，有的是他承担了重要文论的翻译，有的则是他承担了校稿的"劳务"。

业内人士或对学术工作内情有所了解的人都知道，确定一期学术刊物选题，其实就是规定其基本内容，勾画出其基本轮廓，没有学问是做不出来的，尤其是《古典文艺理论译丛》这样高层次的期刊。举例来说，编委会或主编确定某一期的主旨是巴尔扎克与现实主义问题后，就必须选译巴尔扎克关于现实主义的主要文论与欧洲批评史上论巴尔扎克、论现实主义的经典文论，而要选得全、选得准、选得精当，就必须有广博的批评史知识，就必须对这两个问题有比较精深的研究与厚实的学养。其他如悲剧问题、喜剧问题、美学问题的选题，均莫不如此，说实话，在国内，能全面有此选题能力的，仅钱锺书、朱光潜、李健吾等少数几个人而已。我在进入文学研究所工作之前，只知道李健吾译《包法利夫人》《情感教育》与莫里哀喜剧译得生动传神，他的《福楼拜传》写得灵动精彩，只是通过《古典文艺理论译丛》，才大大增加了对学者李健吾的认识，看到了李健吾对西方批评史与法国文学史中名家名著名篇渊博的、精微的学识，那是学界里端着大架子、自命天下第一的学霸式的人物望尘莫及的。正是从那时起，我开始认定李健吾先生要算是高手如云的法国文学界中真正执牛耳的学者，后来，当罗大冈先生筹建中国法国文学研究会时，我就力主李健吾应与罗大冈并列为研究会的会长。

也是从《古典文艺理论译丛》的工作开始，我对李健吾先生的学术人格开始有所认知，开始景仰崇敬。仅以上述选题工作而言，从事这个行当的人都知道，每条学术材料，对于学者而言，都是辛劳阅读生活中的收获，有的甚至来之颇为不易，而《古典文艺理论译丛》的每一则选目，其实就是一条条学术材料。我曾经见过不少学人均视学术资料为个人珍贵的"私有财产"，不仅自己"学术行囊"中的一条条学术材料、卡片箱里一张张学术卡片，从不见示于他人，而且连自己看了什么书，找到了什么书，也向人"保密"。在学术工作尚采取小手工业方式、而不像当今有网站可查询的时代，这种闭关自守的精明与私心是很自然的，要知道，自己的每一条材料都可以变成一篇翻译，形成一篇文章，甚至扩张成一部论著。慷慨解囊，岂非"傻帽"？愈是学术行囊里货色不多，而又偏要在学界称王称霸的人物，这种小家子气就愈是厉害。健吾先生与此则截然不同，他围绕已确定的中心题旨，总是热情洋溢地提供选目选题，让编辑部组织人去翻译、去介绍，甚至把只有他才藏有的原文孤本主动出借供别人去翻译，这种情况在现实主义一期与悲剧一期，喜剧一期中特别突出，我自己所译出的费纳龙《致法兰西学院书》与菲力克斯·达尔的《〈哲学研究〉导言》，不论是选题选目，还是原文书籍，都是健吾先生主动提供的。他在学术上这种"慷慨解囊"、无私奉献、成全他人的大度气派，只有钱锺书、朱光潜才拥有，而我自己所以能在参加工作之初就顺顺当当走上文学理论翻译的道路并多少有些成绩，首先就应该感谢健吾先生。

在《古典文艺理论译丛》，还有一项工作更见李健吾先生无私的学术热情与乐于助人的豪爽，那便是校改译稿。这个期刊所发表的译文基本上都是出自一些权威学者、教授之手，组稿的对象不仅是在外语翻译方面属第一流水平，而且还要在文艺理论方面具有相当的修养，道理很明显，能译外国小说的人不见得译得好外国理论家、批评家的论著。这，对这样一个刊物，自然就形成译者不够用的问题，于是，主编就采取了一个变通的办法，也约请一部分科班出身、中外文均佳、并有一定人文学科工作经验的中青年承担一些非主打文论的翻译，但同时又立下了一个死规定，即这些青年学人的译文必须经过编委的审校与认可才可刊用。即便如此，事情也并不好办，因为这些编委都是权威学者、顶尖教授，或者正身负教学授业的重担，或者正致力于构建皇皇巨著，以校对这种劳役相烦，实在难以启齿。幸亏有健吾先生，他总是格外豪爽，特别热情，痛痛快快地承担了不少校稿的事务，不仅校法文译稿，而且也校英文译稿，有不止一个青年学人的译稿经过他的审阅与校对而得到了发表，其中就有我译的莫泊桑《论小说》与费纳龙《致法兰西学院书》。对于李先生来说，这是"为他人作嫁衣裳"的"义务劳动"，只不过，实际的主编蔡仪先生为了尊重老一辈专家的劳动，也为了保持刊物译文的权威性，规定这类由青年学人的译文一概都必须署出校对者的名字，因此，至今我们仍可从这个期刊上见到桂裕芳、文美惠等人的译文后署有"李健吾校"的字样，而当年的这些青年学人如今早已成了名声卓著的大译家了。《古典文艺理论译丛》的这条规矩、这个做法无疑是理所应当、公平合理的，有敬老尊贤的意味，但时至今天的"翰林院"，在后人使劲猛推前人的潮流与时尚中，却成了一个古老的童话，早已被人抛到了脑后，甚至被人不屑一顾。

《古典文艺理论译丛》是李健吾调来北京后一个重要的学术平台，在这个平台上，他展示了自己多年来作为一个西学学者积累下的深厚学养，为这一个学术文化项目做出了多方面的贡献，而且，也是从这里，他在学术上又开拓出自己另一个专深的领域，即西方戏剧理论批评史的领域。他系统地研究收集了西方戏剧史上的所有重要文论，并着手组织翻译，进行整理，打算出版一部足有好几百万篇幅的大型西方戏剧理论资料的书籍。这显然是一个巨型的文化积累工程。他正式投入这个工程的时候，已是六十年代初《古典文艺理论译丛》的后期了，那时，我已经调离了《古典文艺理论译丛》编辑部，听说他在研究所里找了一个从德国留学回来，专攻莱辛《汉堡剧评》的青年学者当他的助手与合作者，到"文化大革命"前夕，据说整个大型资料已完成了相当一部分。但是，经过十年浩劫之后，当李先生到研究所的仓库里去找他那些被抄家的重要稿件，想重起炉灶时，却再也找不到他那份凝聚了自己心血的戏剧思想史资料了。相比之下，杨绛比他还幸运一点，总算在本单位仓库的杂物堆里，把她在"文化大革命"前译出的《堂·吉诃德》的译稿抱了回去。

三

李健吾在北京大学文学研究所工作期间，住在北大中关村二公寓。那是北大教职工的宿舍，环境当然不及燕南园那么清雅幽静。1958 年后，文学研究所从北大划归中国科学院哲学社会科学部，搬到了城里的建国门内，李健吾后来也就住进了哲学社会科学部在东单干面胡同新建的高级宿舍大楼。这幢大楼的住户还有钱锺书、杨季康、卞之琳、罗念生、戈宝权等。

不论是住在中关村，还是住在干面胡同，李健吾家里的陈设都非常简单朴素，客厅里没有高级的家具，书房里没有古色古香的书案与柜架，墙壁上没有任何字画条幅，虽然巴金、郑振铎、曹禺都是他多年的老友，他如果有心的话，那是不愁没有名人墨迹来装点装点的。和燕东园、燕南园好些名教授、名学者的寓所比较起来，他家毫无气派、雅致与情趣可言，陈设氛围颇像一个小康的市民之家，完完全全是一派过柴米油盐日常生活的景况，唯有宽大书架与旁边书几上堆得满满的书籍，透露出主人的学养与渊博。

李健吾的书桌与书几，是他寓所里唯一能吸引人注意、也值得你观察的景观。在我也许不尽准确的印象中，他的书桌首先是一张"古典的书桌"，也就是说基本都是洋书，而且是古旧的洋书，一看就是多年来自己所购置的，不是从任何一个图书馆里借用的。与他家的生活陈设、生活景况充满了日常现实气息形成强烈对照，他的书桌是绝无"人间烟火气"的，没有《人民日报》《红旗杂志》，没有文件通知，甚至也没有文艺界权威性的、指导性刊物，我想，这种情形大概正反映了他在文学研究所期间一直在集中精力研究法国十九世纪现实主义、研究与翻译莫里哀的业务状况……其次，他的书桌书几是拥挤不堪的，堆放的书足有几十本之多，而且杂乱纷呈，零散倒置，一本本都夹着书签、夹着纸条纸片，或者临时夹了一支铅笔、一支钢笔，有的仰面摊开，有的朝桌面扑俯，一看就是主人在迅速阅读时急于留记号，作眉批，或者是在查阅出处、"引经据典"、寻章摘句时，总那么手忙脚乱，实在是顾不上桌面的整齐……也许你对李健吾关于莫里哀与十九世纪现实主义的论著论文中旁征博引、注脚引文之多大有钱锺书之风记忆犹新，他那种学力学风的原始状态与奥秘就正是在他的书桌上……我曾经对李健吾学术文章中思绪的灵动、视角的多变、论点的飞跃感到惊奇，自从见了他的书桌书几之后，我便愈益明白了，其原因就在于他读得多，见得多，食粮的来源广，品种杂，他没法不兼收并蓄，没法不丰富，他的文章没法不像倒在杯子里的啤酒一样，丰饶得直冒泡……也许，正是在如此成堆的卷帙，如此纷繁的资料中他常常接应不暇，他在思绪与思绪之间、论点与论点之间经常就跳蹦得太频繁，距离太远了一点。而且，他手写的速度肯定大大跟不上思想的灵动与飞跃，以至他的手迹往往像天书一样难以辨认，愈到他晚年，就愈是如此，叫人捧读起来实在头疼……

我初次见到李健吾时，他大概是五十多岁，就其外观而言，他可说是再普通不过了，正像他的寓所陈设无雅致与情趣可言一样，他本人也没有任何派头与风度。他长得倒仪表堂堂，大头大脸盘，看起来像是一个富态的商人，但一身穿着，从不讲究，经常是蓝布中山装，夏天倒是白色的确良的夏威夷衫，很少见他穿呢料与丝绸的衣服，穿着水平比当时文学研究所里的一些老专家、老学者似乎还要低一个档次，当然，更看不出他有作为一个西学大学者的洋派架势了。在我的记忆里，他几乎从来就没有着过西装，只有一次例外。那是一次游行，在那个年代，游行都是领导上发动组织的，不是庆祝什么事，就是拥护什么方针政策，要不然就是向"国外敌对势力"示威抗议，一般这种政治活动，研究所里有地位的老专家、老学者都是免参加的，这是青年人的"政治性的活儿"，李健吾主动参加颇说明他很有政治热情，不拿架子，与年轻人打成一片，而且那一次他穿了一套西装，正式打着领带，在他而言，显然是为了郑重其事，参加一次"盛典"。不过，那是一套老掉了牙的西装，颜色发旧，领带又过于红艳，没有穿皮鞋，而是像平时一样，踏着一双布鞋，显得有些土气，有些不伦不类……但我可以感到他是带着一份心意参加那次政治活动的。

这次着装方式值得多说几句，它在李健吾身上似乎可说是一个以小见大的"典型现象"，当时，他也许是出于这样一个心态：他在意并看重那次政治活动，他不仅要和年轻人一道来参加，而且要表示自己的郑重其事，表示自己的诚心诚意，"纷吾既有此内美兮，又重之以修能"。既有这一份心意，那就把西装穿上，把领带打上吧。至于样式、色彩与格调，外观、形象与效应，那就用不着去顾，也懒得去顾了……

　　这次着装方式，其实是李健吾行为方式的一次缩影，其本质、其核心、其根本的形态就是从自我心意出发，从自我真情出发，径直往前，求其直畅表达，求其朗爽展示，而不顾其他……既然是一次缩影，当然就能常见于其行为方式之中，我所见到他在《古典文艺理论译丛》的工作中，就有类似的表现形态：为了推进一期刊物，为了完成一个选题的介绍，他往往挺身而出，"见义勇为"，主动担当，不辞琐细，而不顾是否耽误了自己的时间，是否给自己造成麻烦，古道热肠之情，令人可感。如果说这类学术事务在现实生活中并非常能碰见的话，那末，有一种场合是人们经常碰得到的，几乎已经成了日常的生活，不可分割的组成部分，那便是每一个基层各种各样的"会"，特别是"政治学习会"、"生活例会"，它们是那个历史时期人们生活中真正的"公共场合"，碰头会面、行来走往的必由之路……从六十年代初我调到外国文学研究所的西方文学室之后，我与李健吾就同属于一个基层单位，经常要在上述这种"公共场合"碰头见面。

　　在那个历史时期，基层单位的"会"，一般都是大家重复"官话"或稍作微调而讲"套话"的场合，但这是对"大是大非"问题而言，如果不涉及"大是大非"问题，会上的"小自由"与"个人风格"还是有一点的，那时的文学研究所里，至少西方文学室就有这么一点气氛，开起会来，有点像自由主义空气弥漫的"神仙会"。请想想看，在座的潘家洵、李健吾、杨绛，哪一个不是"大仙"，主持会议的研究室头头卞之琳自己就是一"仙"，此外，还有郑敏、袁可嘉等等"小仙"，开起会来，岂能不"生动活泼"？说实话，这些神仙的说话发言，绝对是一道道"景观"，有的通篇只讲自己前一天夜里失眠之苦，如果时间允许，还要上溯到前几天夜里的失眠。有的以天真的语调细说现实生活中一些琐事，有的从来都是以冷面幽默讲一些风凉话，甚至是"怪话"，有的以绍兴师爷的精明劲较真矫情……但基本上有一个共同点，那便是尽可能绕着"大是大非问题"走，毕竟他们都是功成名就的学人，都有各自的灵魂与特定的视角，还少不了几分矜持，不可能像小青年与"基本群众"那样"放声歌唱"，那么，在这个日常的公共场合中，李健吾的"着装方式"如何、"行为状态"怎样呢？

这位大仙多少有些不一样，首先是他喜欢讲，讲得多，这很符合"发言积极"这一个当时的政治标准，而且他讲得兴高采烈、眉飞色舞，真可谓高谈阔论，甚至是"挥斥方遒"，大有当年刘西渭作书评时的才情四溢、豪情十足，虽然这是他外显型性格的自然之态，但似乎也还够得上"政治热情高"这一条，不过，在这种场合中，他总有那么一点"那个"的地方，说得轻一点是"不和谐"，说得重一些是"刺耳、刺眼"，就像那次游行中他那个服装一样。

事情是这样的：他在"积极发言"中，不免经常直面政治与理论问题，甚至涉及马列主义基本原理，既然这是政治学习。但这哪是他的所长？何况，他偏偏又喜欢精神跑马、思绪跳跃、语言飞扬，严谨的马列主义体系、严肃的政策怎经得他这么一"折腾"？因此，听起来经常走味跑调，不伦不类。他的发言绝对是

"浪漫主义式"的，经常引申蔓延，别开生面，抒发个人情怀，弹奏自己的心曲，并时有段落赞颂党中央的英明，党委的领导，但每到这种时候，几乎都蹦出一些特别刺耳的词汇："党国"、"党部"，这不是新中国成立前对国民党反动派的称谓吗？怎么用在我们伟大的党身上了呢？不了解李健吾的人，一定会以为他在混淆敌我，对伟大的党有所中伤，甚至是污蔑，但所幸是在本单位，在座的都是"家里人"，而且，一看这老头的确是满怀热情在真诚地唱赞歌，唱颂歌，何况，众所周知，"白纸黑字"有文为证：1950年，为迎接解放他发表了一篇热情洋溢的文章《我有祖国》，高呼"我有了祖国，我爱我的祖国"，接着，他又撰文歌颂志愿军，不久，他在参观游历了山东之后，竟足足写出了一本高奏"社会主义时代主旋律"的"山东好"，再次激情地高呼"我爱这个时代"……

说实话，对于在"毛语"中操练得非常滚瓜烂熟的"基本群众"与"党团青年"来说，李健吾在"政治学习会"上的这种发言，的确听来有些别扭，好在"家里人"对他还是很有谅解的，所以一些好心人一听他要唱颂歌了，倒往往为他捏一把汗，唯恐他蹦出一两个不成体统的词来。但他行为状态、语言状态上的粗疏与闪失，难免会以讹传讹，风风雨雨，久而久之，人们也就形成了李健吾"在政治上落后"的先入之见，在"翰林院里"，他比那些被领导上视为"努力学习马列主义"的老学者老专家自然就低矮了一截，在1958年"拔白旗"的批判运动中，他之所以先于其他"大仙"而成为首当其冲的目标，与此不无关系，而对于那种不怀善意、伺机要在学术上将李健吾置于死地的"左撇子"而言，这些就更成了其"革命大批判"的突破口，当时有一个借批判李健吾之举而登上了理论学术舞台的某某，在其批判檄文中就以尖酸刻薄的文辞，把李健吾形容为昆明湖中的那个死气沉沉的石舫，在"祖国惊天动地的变化中"竟"依然故我，纹丝不动"！

四

投入、合拍、倾情、赞颂，这是"翰林院"里的李健吾对自己时代社会的精神状态与立场态度，而他对自己的人际领域，对周围的友人熟人，甚至是不认识的人，则是亲和、善意、贴近与热忱。

与李健吾稍有接触后，就能很容易地发现他是个重友谊、讲交情、崇义气的人，他乐于与人接近、与人亲和、与人建立和谐、愉悦、诚挚、善意的关系，即使是与跟他有年龄差距、有学养深浅不同、有地位悬殊的年轻人。在与他交往接触之中，你只会感到平易、亲切、随和、宽厚，而看不到那种名士或自视为名人的人身上常见的尊严、矜持、倨傲、冷峻、架势。他与人交谈的态度与语言风格都十分平实，甚至有点平民化、凡俗化，没有一星半点才智之士的风雅矫饰与文绉绉，但说起话来却兴高采烈、眉飞色舞，完全处于一种与对方坦诚相待的状态，一种"不设防"、"不保留"的状态，有时说得兴起，还高声咯咯地笑，不过他的嗓音实在不适于高声发笑，有些尖细，像一个女性，听起来有些夸张。难怪，他年轻从事演艺活动时，在舞台上常常是男扮女装，演"旦角"、"青衣"……他与人交往时倒十分有涵养，从来不闲话家长里短，从不尖酸刻薄，从不非议影射他人，总之，是一个打起交道来只使人感到自然亲切、单纯朴实、厚道正常的人，不存在人际关系中常有的错综复杂，不存在任何可能的麻烦与后患……我想这大概是旁人乐于跟他交往的首要原因。

他在同辈名人中朋友很多，多得使人感到惊奇，这在"翰林院"里的名家学者中是不多见的：既是名家嘛，总会有几分孤傲劲，自我格式难免有几分固定封闭，与他人也就难免会有几分"落落寡合"，而且，更糟糕的是，"文人相轻"既已成为世间的一条定律，身为文人，岂能不受此命定？然而，李健吾似乎有点例外，他经常提到他这些老朋友：巴金、郑振铎、傅雷、陈占元，还有本单位的何其芳与钱锺书、杨绛夫妇，就像提到自己的家人一样自然、亲切、平常，没有炫耀，没有用心，完全自然而然，完全在一种和谐愉悦的心情之中，他似乎像呼吸着空气一样呼吸着跟他们的友情，呼吸着对这友情的愉悦感……

他是怎么与这些优秀人物结成真挚持久的友谊的？似乎可以说是开始于以刘西渭的笔名写著名的《咀华集》的三十年代，首要的原因显然是世人所谓的"志同道合"，他们都是中国二十世纪人文道路上的同路人，都曾深受西方人文主义文化的熏陶并得其神髓。从内心状态来说，他们都是纯粹的人文理想主义者，都对社会文化积累与人文精神宣扬充满了献身的热情，并都创建了不会速朽的业绩。如果缺乏人文主义的理想与热情，如果掺杂了功利主义的实用谋算，如果自认为有革命的资格对文化"挥斥方遒"，如果自认为有刀笔吏的功力可任意对传统文化进行分厘必究的刀割，自然就与他们格格不入，对他们侧目而视，更谈不上做到他们这样的分上。在中国二十世纪下半叶的文化领域，他们实际上是一批"上帝的造民"，构成了一个不成形的精神文化流派。曾被一些现代文学史的论者视为与革命文学主流不合拍的边缘化的流派。不论对此如何评价，如何定位，李健吾与他这些"哥们"牢不可破的天然纽带，正在于共同的思想倾向、人文情怀与学养志趣。

友谊如何才能形成，才能持久？一个最为重要的条件恐怕就是互相欣赏、互相尊重了。应该承认，这种雅量，偏偏在知识文化界是难遇难求，甚为珍贵的。本来，文化学术、艺文创作是一个广阔无际，浩瀚永恒的天空，而每一项认真的创作与劳动，又都是非常独特、非常个性化的，看起来，这个领域行者不绝，来往于途，似乎是摩肩接踵、拥挤不堪的，实际上却是一个真正的"万类霜天竞自由"的无垠空间。然而，以小眼光、小胸怀、小家子气面对这个大千世界的人却大有人在，"文人相轻"，其最终根源就在于此，其形态林林总总，各有不同，有的对自己毫无信心，唯恐他人有任何进展；有的无自知之明，总以"全能冠军"自命，不能容忍他人亦有自己的强项……在此心态下，各种手段伎俩应需而生了，或涂脂抹粉、自我标榜；或自我膨胀、大肆吹嘘；或贬低他人，抬高自己；或侧目而视，含沙射影……个性慓悍者，天性如师爷讼棍者，更将种种世故手段推演为"文攻武斗"，或佯动暗袭，如吕蒙偷取荆州；或硬行闯上学术台面，拳打脚踢，一股打擂台的架势；或乘风借势，以革命的名义、借思想批判的外衣，进行辱骂；或凭老资格、高名位、居高临下对潜在的竞者，后进的晚生施行打压，甚至人身攻击，必欲置于死地……好一个文绉绉的"翰林院"内外，不说是充满刀光剑影吧，总也不免时有狼烟……

当然，敦厚大度、高洁脱俗的学人也是有的，李健吾即为其中的显著者。他对自己的同辈、同行、同道，首先是充满了善意，他乐于承认他人，欣赏他人，赞扬他人，在整整二三十年中，我几乎从来没有从他口里听到他对同辈同行的有任何刻意的贬损，而总有一些肯定的好话。在法国文学研究与翻译界，他无疑要算是才气最高，业绩厚重的一人，无须盖棺论定、身后定评，当时他就要算是本学研究界的执牛耳者，而他的学术地位与政治地位却明显地被置于他人之下，对此，他似乎浑然不觉，仍心胸豁达，毫无嫉意，对人依然宽厚善良。那时，在中关村与燕园、魏公村十几平方里之内，就集中了本学界的一批在全国皆名重一时的学者、教授多达十来位，据我所知，他至少与其中的绝大多数人都有良好和谐的关系，如吴达元、陈占元、郭麟阁、曾觉之、盛澄华、沈宝基、鲍文蔚，并时有亲切友好的往来，以至业务上的合作，至少从我与他们接触中所闻所见，他们双方的态度都是互相赏识、互相尊重、颇有君子之风的。唯一的例外，只有某公。此公与李健吾大有泾渭分明、格格不入之态，而他们两人不仅同在一个研究所，而且同在一个研究室，同一个文种学科。众所周知，这并不是李健吾造成的，他五十年代初一调到文学研究所，就主动前往此人的府第进行拜会，颇有"拜码头"的意味，可惜的是，热脸贴冷脸，他从未得到回访与其他友好回应，而是冷漠与冷峻。这也是意料之中的事，不足为怪，此公的政治地位与社会地位都比李健吾高，难免有居高临下之态，而且，他以"马列主义学习得好的老专家"的身份，不时发表革命大批判文章，风头正健，还曾在公开的文章中辱骂过傅雷的翻译有"洋场恶少"之风，他会如何藐视学界其他人就不在话下了，况且，他也很了解，傅雷与李健吾都是"海派"，想来他俩的私交定然不错……

学界一位惯于持雅士眼光论世的先生曾经这样戏评李健吾说，"他行事处事颇有走江湖的味道"（大意），此话说得不无一定原因，的确反映了某些客观情况，阿庆嫂说得好，"江湖义气第一桩"，如果说李健吾有"江湖味道"，倒是表明了他称得上是个"讲义气的人"，这方面，我至少知道这样两件事：其一，新中国成立前，有一个时期，卞之琳在上海无住处，便是李健吾招待卞在自己家里住下，据说，像兄长对弟弟一样，时间相当久。其二，1958年时任文化部副部长、文学研究所所长的郑振铎被康生所点起的"革命大批判"之火烧到头上，他的学术论著被公开批判，他在全国成了一面显然要被拔去的"白旗"，但同年10月，他因公出差遭空难逝世，对他的批判才被迫中止。这时，李健吾以一个老朋友的身份，发表了悼念文章《忆西谛》，在文章中竟然勇敢地为郑振铎被批判鸣不平，即使是对一个"一身轻"的人来说，面对来头如此之大的批判运动，有此见义勇为、挺身而出的壮举，已大有为朋友"两肋插刀"之慨，何况李健吾这时已经是"泥菩萨自身难保"，他的一篇纯学术文章《科学对法兰西十九世纪现实主义小说艺术的影响》，已经在报刊上被"左派"点名批判，他自己已经成了一面待拔的"白旗"。

至于在"文化大革命"中，他先后两三次偷偷地打发自己的子女从经济上接济比他更陷入困境的巴金与汝龙，更是表现出他那种几乎是奋不顾身的义气，可称得上是高风亮节，后来因为汝龙就此写了文字，巴金也在自己的《随想录》记载了此事，故在知识文化界广为传颂。

五

特别使我感念难忘的，是李健吾对后学晚辈的厚道与热忱。

在"翰林院"里待了一些年头的人，不难发现有两个似乎相左的学界规律：一是长江后浪推前浪，一是人文学术领域其实是一个积累的领域，而不是取代的领域。这两条相克相成的规律，决定着学术的上下承继与不断发展。

何谓学术界里的智者、贤者？不过是看透了这两条规律，并自觉地顺应、自觉地促进、自觉地予以成全的人士，说得直白一点，即所谓"知天命，顺天意"也。在前一条上，有高智慧、有大雅量、有仁者胸怀、有爱才美德者，自然就会自觉而乐意地顺应、推进学界新陈代谢机制的进行与完成，自然就会对后进晚学以善意、宽厚与热忱待之，予以扶植、援手、提携。而对学界发展之道缺乏识大局、知大体之精神境界、任自我霸气与主观妄想扩张无度、其襟怀狭小又如鼠肚鸡肠者，那就势必处心积虑阻碍学界的发展以追求个人的王道，对学界里进来的晚生后学，往往一开始就是冷眼相加、侧目而视，绝不给好脸色看，继而就是设埋伏、置路障，唯恐后生在道上有所进展，甚至你要做一个专题研究，他也要找借口予以反对，即使你做出了成果，他也要利用审批权予以否决，最后，如果"小媳妇"熬出了头，走出了自己的路，那他更恨之入骨，变本加厉，采取极端手法，甚至是人身攻击，必欲置之死地而后快……

在后一条学术真理上，智者贤者以他对文化历史的洞悉与博大的人文情怀，有深切的认知，他们深信人文创造与学术文化业绩的价值是不朽的，或者至少是"非速朽的"，是人际世界中的"后浪推前浪"所取代不了，因而专心致志，全力投身于这种创造、并对自我在这种创造中的业绩与价值充满某种程度的自信，于是，也就能够对学界中来来往往、新陈代谢的人事泰然视之、豁达面对、宽厚包容，而且，智者贤者只顾忙于自己的创造与开拓，实在无暇也不屑于去搞那些鸡零狗碎的名堂，这就是他们宽厚有德的长者风度的根由。而学界里那种施虐者、作威作福者之不能容人，不能容物，却正暴露了自己的虚弱：不仅对人文文化历史的规律缺乏认识，而且也缺乏对自我人文创造能力的信心，唯恐失去通过世俗与人事的途径而已获得的地位与座椅，当然，此种人也并非全无才能、修养与一技之长，但一任草木皆兵，鸡零狗碎，刀笔讼状充塞于其脑际，岂不将自己已有的人文底蕴与创造能力大大打了折扣，于是，到头来所作出的业绩，所创造的价值也就为数不多了。原来自己最大的敌人就是自己！

我在"翰林院"多年，亲身见证了、感受了两种学者不同的人品，意境与风格，一批智者、贤者不仅给了我深切的感受，而且使我深受其惠，而使我受惠更多的，则是李健吾，时至今日，仍有几个凸显的事例，使我一直感念不忘。

其一：我的第一篇翻译是健吾先生校对的，对于这件事我曾在《被逼出来的一个译本》一文中，作过如下的记载：我刚分配到《古典文艺理论译丛》编辑部做编辑、翻译工作。这个丛刊每期都有一个中心，围绕一个特定的主题翻译介绍西方诗学、西方文艺批评史上的经典理论文献，但每一期都配一两篇作家谈创作的文章，或者是作家的文学书信、文学日记。每期特定中心主题的重要篇目均同编委决定，译者也由他们提名，被提名者皆为翻译家中有理论修养的专家、教授。至于重点主题之外的配搭文章，则由编辑部里两三个年轻的编辑自行选定与组稿，当然所有的译稿都需经编委的审阅通过。记得1959年的一期中，正好缺一篇配搭文章，于是，我便将这个任务承担了下来。我选定了莫泊桑的《论小说》这一篇在世界现实主义创作论中脍炙人口的理论文字，由于当时需要赶时间发稿，来不及请著名翻译家译出，只好由我这个初出茅庐的小编辑来试试。说实话，当时《古典文艺理论译丛》这个高层次的学术庙堂，是轮不上我这么一个大学刚毕业一两年的小字辈入场的，因此，我这个选题与译文由领导交给了编委李健吾审阅批改。李先生也和钱锺书、朱光潜一样，对后学晚辈充满了爱护与提携的热情，不像我所遇到过的学界"焦仲卿之母"那样，以扼打虐待为能事、为乐事。李先生通过、赞许了我所提出的选题，在百忙中审阅了我的译文，只在莫泊桑所引证的布瓦洛的那句诗上，改动了几个字。原来，我把这一句诗译得甚为刻板，有点"硬译""死译"。而李先生则改得很活，两三个字之差，达意传神，优劣尽显，正像那首诗所言，显示了"一个字用得其所的力量"。

　　其二：我的第一批翻译，其选目有相当大一部分都是由健吾先生指点、提供的。外文系出身的人，从事文化学术工作往往是从文学翻译起步，我在从事外国文学研究工作之前先做了几年的翻译编辑工作，由于岗位的性质，我早期的一批翻译成果很少是外国文学作品，而是外国文学理论批评的篇章。当然这两种翻译颇为不同，理论翻译有它特定的难度，对于年轻的译者来说，哪些理论批评的名著名篇该译、可译，首先就是一个问题，如果没有人指点，你就如同进了一个大森林，究竟什么地方有美味的果子好采，可以采哪一种、应该采哪一种，你都会感到茫然的。李健吾对我正起了这种指点者与引导者的作用，如十七世纪大学者费纳龙的《致法兰西学院书》与巴尔扎克的挚友菲力克思·达文的《〈哲学研究〉导言》，以我个人当时的知识积累与学力，是怎么也不可能找到这两个宝贵的选题的。它们就像两颗宝石埋藏在地底，正是健吾先生将这两个选题指点给我，并主动将两本原书借给我用，我才得以译出的，我还记得那是两本旧得发黄的法文书，想必是他早年在法国购存的，其中一本是有关巴尔扎克的资料汇编，十九世纪末出版的，一看就是"善本书"，用俗话来说，是"压箱底的存货"，在还没有"七星丛书"版的《巴尔扎克全集》的当时，实在是宝贵得很！

其三：我出版的第一个翻译成果《雨果文学论文选》，首先是得到了健吾先生的首肯与称赞。由于我大学的毕业论文题目是雨果，走上工作岗位，便一直保持了对雨果的兴趣，并一直没有中断对雨果文艺论著的翻译。从容译来，自得其乐，因雨果的理论篇章写得华美瑰丽，文采斐然，迻译之中若遣词造句巧妙得手，那简直就是一种艺术享受。数年磨一剑，到六十年代初，总算译出了一本十几万字的选集，有幸被列入了"外国古典文艺理论名著译丛"的出版计划之中。这个译丛是著名的"三套丛书"中的一套，要算当时国家最高层次的译事项目，被视为巍峨的学术殿堂，朱光潜、季羡林、金克木、辛未艾等名家所译的理论著作都已收入其中。这个项目本来审稿制度就很严，对于我这样一个年轻的译者当然更要慎之又慎，全部译稿必须经过多位资深专家一致审查通过。译稿先是交李健吾与鲍文蔚两位专家审阅，鲍文蔚是法文翻译界与李健吾同辈的一位权威，以善译难度较高的作品著称。审查通过了，健吾先生还直接告诉我，他与鲍先生都认为"译稿达到了出版的水平，其中《〈克伦威尔〉序》译得特别出色"，他还补充了一句："鲍先生特别要我告诉你这一点"。《〈克伦威尔〉序》是雨果讨伐伪古典主义的檄文，洋洋洒洒五六万字，是批评史上一篇经典文献，文笔如天马行空，而且旁征博引，典故繁多，翻译难度很高，译文能得这两位师长的首肯与赞赏，说实话，我是深感荣幸的，几年的苦熬苦译，得此褒奖，岂能不有点"欣喜若狂"？多年来，这件事我一直感念难忘，因为它是我青年时期漫长行程中难得遇见的一件充满了善意、关怀与温暖的事件，特别是与这部译稿后来的遭遇相比更是如此。译稿通过李、鲍二位审查后，还得通过那套丛书的一位掌实权的权威批准后才能"放行"，那位人物既然可以公开辱骂傅雷为"洋场恶少"，对我这样一个"年少"的"初生牛犊"，就更不会有什么善意，译稿在他手上居然压了将近一年，最后只审校了一千五百字，而他的审查鉴定书，既提不出任何像样的否定性的意见，但也有意不作任何肯定，他身居要职，这种不置可否的态度显然就是故意要"让这盘菜黄掉拉倒"，拖延了长达一年的时间之后，出版机遇终于因"文化大革命"的来到而彻底丧失了，这一误就是十多年！直到"十年浩劫"之后的 1980 年，这部译稿才绕过了那位先生的阻碍得以出版。

其四：我主编的《法国文学史》出版时，最先得到了，用健吾先生自己的话来说，得到了他"雀跃欢呼"。三卷本《法国文学史》开始写作是在"文化大革命"的后期，那时我开始做这件事的动力，仅仅是对"四人帮"那一套"无产阶级政治"与"革命路线"看透了、厌透了，不想再浪费时间与生命，而想去做点值得做的事情。说实话，就是为了躲避现实，找点寄托，并无任何实在的企图，因为，那时仍旧是在"文化浩劫"期间，实在看不到将来有可发表、可出版的前景，于是，做起来也就特别潜心，但求寄托自我，忠于自我。这样，我们就努力把大学毕业后十来年积累的学养与见识尽数施展出来，另一方面，则十分自觉、十分有意识地要摆脱从六十年代初就已经方兴未艾的极"左"文艺思潮这两个方面的自我意识，成全了《法国文学史》：写于"文化浩劫"中的上册，却脱净了"文化野蛮主义"的气息，脱净了"四人帮"那种"红彤彤的革命色彩"。一般来说，在"四人帮"时写就的论著与文章，由于总有流毒的痕迹，到"四人帮"垮台后是无法出版的，梁效成为过眼烟云就是最典型的一例，而《法国文学史》上册却只字未改于1979年得以出版。坚持了、努力了，脱颖而出了，有了多卷本的架势，有了真正的文化气息，坦率地说，我认为应该得到回报与赞扬，但我没有想到，回报与赞扬并没有来自"翰林院"里的领导与"同志们"，而是来自李健吾，唯一的李健吾。他在一家大报上发表了一篇长达三四千字的文章，又是"不亦悦乎"，又是"兴奋"，又是"雀跃者再"，真是热情之至。作为一个长辈，竟把后生的进展与成功视为自己的欢乐，其情状就像一个天真的儿童，这种忘我的人、赤诚的人，你见过吗？不仅高兴得像小孩过节一样，而且还有智者的见识与明悟，他毫无保留地这样说："世纪变了，现实变了，旧的该让位给新的"，"作者为中国人在法国文学史上创出了一条路"，他还讲出长者的赤诚心地与肺腑之言："老迈如我之流，体力已衰，自恨光阴虚度，无能为力，而他们胆大心细，把这份重担子挑起来，我又怎么能不为之雀跃者再？"试问，李健吾此种襟怀，此种意境，此种品格，学界有几人能有？而头戴冠冕、身居高位、人贵言重、炙手可热的庙堂人物却偏偏比比皆是。

在各个不同的学术领域与学科内，传道授业的方式可能都会有所不同，在人文学科里，我不大相信"手把手教"是一种普遍适用、绝对必需的方式，因为，人文学科的研习很重要的是靠习者的个人感悟与体验，"手把手教"，对教育者而言是不堪其负，不胜其烦的，而对研习者来说，若无个人的感悟，也是收效甚微的，人们常见某些"手把手教"的培养对象、某些内定接班人之所以少有成大器、而多无大作为的原因，也许正在于此。在人文学科里，善意的关怀，必要的指引，重要时刻的援手以及热情的鼓励，却如阳光、空气与水，就足以使树苗茁壮成长了。

我在"翰林院"里大半辈子以中等的资质，历经摔打、敲击与点批，终未趴地不起，反倒多少还长了一些个头，做出了一些事情，除了因为自己还算勤奋求活，自强不息外，就不能不说是得益于仁厚师长的如和煦阳光般的善待与鼓励了，这里，有几个名字，我是终身未忘的，首先是李健吾，还有蔡仪、钱锺书与朱光潜……及至不才侥幸"出道"、"掌门"，之所以倘能不忘要求自己敬老尊贤、善待同门，奖掖晚进，并尽力援手、推荐、提携，实乃先贤之德润我细无声所致也。

虽然李健吾对我关怀鼓励有加，但我们之间的状态称得上是"君子之交淡若水"，既无半点封建师徒关系的成分，也丝毫没有门户派系的气味，甚至没有什么私人关系色彩，在现实生活中，这是一个青年党员与一位"党外老专家"的关系，一切都是采取公事公办的形式，该怎么着就怎么着的形式，只是过了多年，在"文化大革命"之后，我从一件事、一个称呼中才发现、才体会出他那种父辈式的亲切与感情。

1982 年夏，美籍华人作家木令耆到北京访问，她是朱虹在美国的老朋友，因此要我陪同她引她去见几位文化名人，其中就有李健吾。那是一个晚上，在李健吾的干面胡同寓所，时间虽只有两个来小时，但晤谈甚欢。李健吾像平常一样谈兴很高，热情洋溢，谈到他"文化大革命"前不久被当作"白旗"批判的经历时，他指着我对木令耆说："那些人在批斗我时，这孩子挺身而出，为我辩护，说了真话。"他这一番话后来被木令耆写进了她的散文《悼念李健吾先生》中，该文发表在香港《秋水》杂志上，后又被著名作家韩石山转记在他的《李健吾传》（北岳文艺出版社）中。在那次谈话的当时，他这句富有情感色彩的话就深深触动了我的耳根，这是我第一次听见他称我为"孩子"，而且是当着一个从未交往过的外人，虽然他年龄几乎比我大了三十多岁，完全有资格这么称呼，但我仍然觉得颇有倚老卖老的味道，而且话说得不够淡，太腻了一点，我不大习惯，不过，我倒非常明确地感到了他存放在心底里的那份感念，对他那种重仁义、重感情的脾性有了深切的体会。显然，他是把人与人之间的理解、善意、照应、情义视为最宝贵的东西，凡是他所接收到的、他所"收入"的，即使再微不足道，他也看重着、存放着、珍惜着，而他则顺应自己善良、仁义、热情的本性，在人与人的关系中自然而然地付出这些，释放这些，就像君子兰散发自己的清香……

至于他对木令耆所讲的这件事本身，我倒记得不十分清楚了，我记得很清楚的是，在当时那些对李健吾大大小小的"学术思想批判会"上，我的确是"一枪未发"，我十分有意识地不参加那个"时尚大合唱"，原因很简单，我同意李健吾那篇受批判的文章中的观点，认为十九世纪现实主义的的确确受到了当时自然科学发展的影响，我也记得，我在会下的场合（图书馆里），曾向他明确地表示过对他的赞同，至于我在批判他的大会上，是否曾"挺身而出"，"力排众议"，为这位老学者辩护，我的确是记不得了，我想我大概还没有那么"英勇"，在当时那种"左"的炽热气温下，在会上"一言不发"，对于一个青年来说，已经是很不合时宜、很不像话了，我生性胆小，不勇敢，我不至于有那份勇气敢在大会上挺身而出、见义勇为，李健吾肯定是在记忆上有出入，把我当时的状态放大了、美化了……

六

在"无产阶级文化大革命"期间，现实生活乱哄哄、一团糟，像不知用什么东西熬成的一大锅粥，混沌、浑浊……但人群却常清晰而明确地被分割成不同的板块，彼此间隔起来，不能逾越，就像禁锢在不同的笼子里，因此，在整个"十年浩劫"中，我与李健吾的接触与关系，少得出奇。

这是"文化大革命政策的奇妙效应"："无产阶级司令部"一声全民性的号召"横扫一切牛鬼蛇神"，最先就造成了一个全国性的"牛棚"，把"走资派"、"反动学术权威"、"现行反革命分子"，以及各种各样的"坏分子"……统统扫了进去，而经手承办此事的，一般都是当时各地基层的革命权力机构，如"文革领导小组"之类的。剩下"牛棚"外的广阔天地，就让给广大革命群众去打派战，争"革命左派"的桂冠，争"无产阶级革命路线"的诠释权，争具体某个单位、某个部门的控制权、领导权。争得不亦乐乎，打得不可开交，从"口诛笔伐"的"文攻"到以棍棒刀枪相对的"武卫"，革命群众分属于不同的"司令部"、"战斗队"，坚守在各自的营垒之中，怒目而视，咬牙切齿，就如同关闭在一个个"间隔"里的猛兽。整个无产阶级大革命期间，几乎全民就是处于这样一种状态中。

李健吾当然一开始就被掌权的"文革小组"当作"反动学术权威"扫进了"牛棚"。一旦进了那个地方的人，似乎就成了全民的"公共财产"，各单位的红卫兵，"革命左派"都有权动用他，勒令他作为祭品出席各种"盛典"：批斗大会、誓师大会，革命联合大会，等等。我在革命风暴来临之初，虽然也被若干大字报公开点名或半公开影射为"修正主义苗子"，但毕竟未成气候，尚无资格进入"牛棚"，从此只能与李健吾在"牛棚"内外相望，他是如何被扫进"牛棚"的，他作为"公共财产"出席过哪些"革命盛典"，他吃过什么苦，受过会么罪，所有这些，我都不清楚，只是到了"文化大革命"的中期，我才与他多少有过一点点间接的关系。

那时，翰林院正处于"战国时代"，各个群众组织、战斗队各自独立、各自为政。经过两三年"翰林院"里的政治风云变幻，沧海桑田，我们这个小单位里有一批二十来个基本上走"中间路线"的"革命群众"，经过政治风浪淘来淘去，总算聚集在一起，成立一个自己的"群众组织"，我当时被大家选进这个组织的"领导班子"，在五个"领导成员"之中，算是倒数第二号人物。那时，李健吾和他那个"牛棚群体"，仍然是低于革命群众一等，将他们拉出来批斗的事倒是少了许多，但他们每天必须服一定的"劳役"，即打扫整个院子，公共场所，特别是因"革命大串联"而承载量过多的厕所，这些事都是革命群众用不着承担的。我们这个"群众组织"既然是由"中间派"组成的，对"牛棚群体"也就温和一些，我作为这个小小山头的第四号或第五号人物，也就力促并经办了这么一件事：将本单位"牛棚群体"的待遇略加改善，其实，也很简单，那就是通知他们以后每天不用去服劳役了，只需集中坐在办公室里"学习毛选"就行了。说老实话，这样做既有对冯至、卞之琳、李健吾、杨绛等这些老辈念旧情、讲人道的成分，也有派性思维在起作用："买个好"，标榜本派"政策水平高"，如果对方组织反对，那就让他们出个"不讲政策"的洋相……但对方组织也不傻，并没有出来攻我们"右倾机会主义"，于是，从"文化大革命"以来，本单位的"牛棚群体"第一次至少在形式上结束了屈辱状态。从此，他们在办公室里学毛选，"革命群众"在办公室外仍然打派战，一直到了工宣队、军宣队进驻后，才把整个"翰林院"完全管了起来，结束了两派对立的无政府状态。

"翰林院"的"文化大革命"后期，基本上就是在军宣队、工宣队的严格管理与铁的纪律下度过的，时间长达三四年，而内容不外有三：一是清理"牛棚"里的问题，——落实政策；二是大规模清查"反革命516"；三是下干校劳动。第一大内容，相当容易，也相当快就完成了，"牛鬼蛇神"中有"历史问题"的，早就在过去历次运动中就审查得透而又透的，"文化大革命"不过是将他们又折腾了一次，在军宣队、工宣队领导下，又花了一次"内查外调"的功夫与经费，不难纷纷落实，维持过去历次运动所作出的结论。至于曾受冲击的"走资派"与"反动学术权威"，本来就只是"路线问题"与"思想问题"，有了工宣队、军宣队的教育与帮助，端正了立场之后，很快就——落实了政策，有被结合进了领导班子的，有等着官复原职的，其余都获得了解放，恢复了革命同志、革命群众的身份。李健吾就是这个时期卸下了包袱与帽子，完全松快了下来。

军宣队、工宣队进驻后的重头戏是"清查反革命516"，下干校之前、下干校之后，从干校回北京之后，大家全是干这个活，时间拖了好几年。试想，要把几乎整整一派群众作为"516"一网打尽，工程何其巨大？而且，是要从这一派人几百口中破获出开国以来一个天字第一号"反革命政变"的巨案，要把这个巨案

"破获得"天衣无缝，从舆论准备、组织营建、军事布置、从头到尾、从上到下，所有的步骤与细节都要"破获得详尽明白"，这个活计即使只由一个"历史小说家"统一进行编写，也难以事无巨细，丝缕显现、天衣无缝，何况被勒令交代天字第一号巨案的是好几百号"516"，他们被分割、被幽闭在一个个小小的"学习班"里，却要集体编纂出这样一个统一的大案的全部案情与始末。偏偏这些人从来都自以为是"毛主席革命路线"的忠实追随者，从来都是根据《人民日报》社论与"中央文革指示"来决定自己的立场与态度，突然碰到了"参加反革命政变"的"自传题"，怎么也难以达到如此高的自我想象度，要知道，熟悉小说叙事学能编点故事的人毕竟较少，他们抢天呼地的委屈感倒是令人撕心裂肺，试想这需要军宣队、工宣队做多么"艰苦耐心的思想工作"、需要他们为这样高超的政治思想工作艺术付出多少时间与精力！……大案"破获"之后，又如何给这些人定案，如何给这足以惊动世界的"大案"收场，以致最后不得不将所有"516成员"关于此一大案的"自述"与"交代材料"一烧了事，将大案一风吹告终，都是叫人很难转弯，也叫人殚思竭虑的事，这是一个需要层层汇报，等待上级研究、考虑、制定政策、做出决定的漫长过程，因此，"清查516"在"翰林院"一拖就是好几年，最后以"落实政策"、"一风吹"为结束。狂风过去，解放区的天仍是蓝蓝的天，只不过，不少人心里存留下了阴影，浓重的阴影。

在这次独特的运动中，领导上既然把革命斗争的方向指向一个反革命政变的集团，另一派革命群众终于发现几年以来的对立派原来是在"颠覆红色江山"，自然而然在这场"对敌斗争"中特别勇往直前。早已从"牛棚"里鱼贯而出、恢复了革命资格的人士，很多人也都在对516的斗争中焕发了革命的青春，有的施展了自己原来的领导艺术与政治思想工作经验，有的借用了自己多年的学术思维与精妙的语言艺术。在我的记忆中，李健吾则一直很沉默寡言，这与他过去爱说话、说起话来就神采飞扬，慷慨激昂的脾性很是不合。自从出了"牛棚"，恢复革命同志身份以后，他在革命群众的公共政治生活，主要是在各种会议中，就很少说话了，即使说那么一星半点，也是"言不及义"的，我再也没有见过"文化大革命"之前的那个总爱高谈阔论、挥斥方遒的李健吾了。使人更为难忘的是，在这次运动中，李健吾与被认定为516的人接触时，从来没有故意避嫌、有心保持距离、冷面相对，而是仍然随和、自然、平淡、亲切，一如过去，没有把他们当"现行反革命"对待，仅仅这一点，我就应该感谢他。

七

从"文化大革命"完全落幕到李健吾1982年逝世，为时不到十年，这是他的晚年时期，但也是他学术文化的固有积养与新进展、新成果的大展示时期，他相继问世的论著有：《福楼拜传》《李健吾散文选》《戏剧新天》《李健吾戏剧评论选》《李健吾文学评论选》等，译品则有：《包法利夫人》《意大利遗事》与《莫里哀喜剧全集》等，就其数量之多与出版率之高，在整个外国文学研究与翻译领域，要算是遥遥领先的第一人。他充分利用了七十年代后改革开放时期较为宽松的文化空间，以他的劳绩，证实了他在外国文学与文化艺术领域里大师地位，他才华横溢、深入透彻的文学传记，他文思泉涌、灵感飞动的文学评论与戏剧评论，他生动传神、独树一帜的译笔译品，都要算中国二十世纪学术文化领域里的"绝品"，那是一两个世纪里也难以有人超过的。

在这一个时期，各人忙各人的，李健吾的课题全是古典文学范围的，而我的主要精力则是在当代二十世纪。因此，在具体学术业务上互相没有多少接触，但我毕竟忝为他所在的研究室的"主任"，又同为硕士研究生的导师，还因为他是法国文学学会的名誉会长之一，而我则是学会的"副会长"，通气、汇报、征求意见之类的事总是少不了的，为此，他的家，我倒是常去。

七十年代后期，我国开始建立起硕士研究生学制，"翰林院"里自然也成立了研究生院，当时所招的研究生均为"文化大革命"前就完成了大学学业，并经历过专业实践与政治磨炼长达十年之久的新一代精英，即所谓的"老三届"。那时，正是"翰林院"学术实力与学术影响的高峰时期，也是它的研究工作最为繁荣昌盛的"黄金时代"。到九十年代以后，随着全国范围里高等学校的发展与兴起，"翰林院"的强势影响与繁荣景象就日渐式微，颇像"风力磨坊的时代已经一去不复返了"。

但毕竟还是风光过一大阵子。就法国文学这个小小的分支学科而言，第一届研究生就招收了十几个人，导师则是李健吾、罗大冈与我三人，他们是我的师辈，与他们同列。当时是我的荣幸，也正因为我比较年轻，有关研究生的工作也就主要落在我肩上，从出题、定考卷、主持面试、判分、录取到讲授两年专业课。就学术资历与积养而言，我显然不如两个长辈。但李健吾以特别的随和与宽容，放手让我去做，从不"以高妙自居"、"从旁指点"、"提醒告诫"，他那种超然物外的态度，似乎已经完全到了"难得糊涂"的境界。不过，第三年是研究生写毕业论文的时期，哪个导师带哪个研究生写论文，对于双方都是重要的事，在导师方面，这涉及收了什么高徒、自己的学养是否后继有人，发扬光大，自己是否能得一"传人"、"助手"，甚至"儿辈"，对研究生而言，这涉及是否系出自"大师名门"，是否能有值得自己一辈子引以为荣的一面大旗，我在对十几位研究生进行分配时，总算做到了体察人意，知情达理，把所有心气高，表现相对出色的研究生都分配在李、罗二位的名下，达到了"皆大欢喜"的效果。时至今日，回顾起来，从李、罗二"名门"中脱颖而出的，确有才能出众的"高足"，李先生特有见解的学术研究课题，也造就了其高足的专业所长，并做出令人瞩目的业绩，特别令人欣慰的是，心气特高，大有冲云霄之势者，亦终能侍奉名师，以李健吾为其旗帜。李先生亦达到了唐三藏收服了孙悟空之妙，以八十岁的高龄而仍能如此"降龙伏虎"，真令人钦佩。

1978 年起，罗大冈先生就积极筹备中国法国文学研究会，在这个方面，他的确是"开国之君"，而我则是此事的一个主要的参与者与"辅佐"。虽然是一个小小的学会，并无多少实务与实权，但也免不了要面对在中国无法回避的"排名次"、"排座位"的问题，主要是如何将法国文学界资格与地位最为显赫的三位"元老"安排在一种比较公正、公平的合理关系中，他们就是李健吾、罗大冈与闻家驷。我当时作为一个担负着部分筹建任务的"少壮派"，对他们三位都有较深的了解，也都有长期的接触，因此，有责任促使这个难题有合理的解决。我提出了三个方案，方案一，三位长老同为"会长"，方案二，三位长老同为"名誉会长"，方案三，两位对实务不感兴趣的长老任"名誉会长"，一直"掌实权"的长老任会长。三个方案何取何舍，完全由罗大冈先生决定。最后，罗先生拍板定案，选择了第三方案。在这个过程中，我与李健吾先生有过不止一次接触，向他汇报，征求他的意见，可是李先生对此从不置一词，从不表一次态，他每次都是闭着双眼听着我陈述，脸上全然是超然事外、无动于衷的表情，像是一泓古井里的水。我不敢说，李健吾对自己在学术文化领域里的作用、地位与影响是完全不在乎的，至少在"文化大革命"前，从他的言谈之中还可以感觉得到他的"在乎"，但到了"文化大革命"后，特别是到了七十年代末，在这个问题上，他是完全做到了"难得糊涂"，甚至可以说已经达到了"看破红尘"、"超脱红尘"的境界。显然，他已经把这类名位俗务视为身外之物，完全摒弃在他的视野与意念之外。后来，他当了好几年名誉会长，但从不行使他的职权，从不过问研究会的任何事务。

晚年，他一直笔耕不辍，我每次去拜访，都见书桌上全是书与资料，他都在伏案工作，有时是忙自己的事，有时则是替素不相识的译者与青年作者"做嫁衣裳"：校稿、改稿，推荐与张罗出版人家的东西。

1981年秋，李健吾与夫人同赴上海，重游了他们过去居住的故地旧居，且又赴杭州游山玩水，然后，去长沙与贵阳看望老友。这年的冬天，他偕夫人回他的故乡山西，1982年，他与夫人又三度出游：宁夏、北戴河与西安。这两年的出游，每次除了参加文化活动或戏剧活动外，就是看望老友，与老友合影留念。这年的夏天，他有一天还兴冲冲地带着相机来研究所与他的晚辈留影，那天我正好外出开会，错过了机会。见他兴致十足，跋涉南北，我很为他高兴，但多少也有点感觉，我想，他大概意识到自己已经老了，要趁脚力尚健的时候，多跑些地方，多见些故人，毕竟他已经快八十岁了！

1982 年 11 月中旬，他从外地回北京后，仍在不断写作，仍像正常人一样参加研究所的活动。11 月 24 日，他在撰写游四川观感的文章时，在书桌前离世而去。他去得太令人痛惜，还不到八十岁，而且并未"江郎才尽"，但他未受病痛的折磨，又不失为不幸中之大幸。

　　仁者天寿，无病而终，堪称圆寂。他该是在对巴山蜀水之乐的奇妙感受中乘鹤而去的……

2005 年元月 16 日写完

当代一座人文青铜塑像

—— 纪念钱锺书诞辰 100 周年

随着时序的推移，锺书先生在我们这些现已年过古稀，但曾和他有过不少接触，并曾深受他君子之泽滋润的晚一辈人的心目里，愈来愈像一座经久的、高大的青铜塑像。他的身影已渐隐入历史背景的深处，他文化学术的业绩已进入了历史经典的文库，他的博学、睿智与机敏已深入人心、铭刻在人群的口碑上，他在中国事实上已建立起了"一座非人工的纪念碑"，对于一个人文学者来说，在一个个性几乎完全被主旋律与群体意识消融、掩盖的时代里，这简直就是一个奇迹。

这座"非人工的纪念碑"，既非恩赐，也非赞助，而是建立在他丰厚的学术文化业绩上，是他卓越的精神力量浇铸而成。他在学术上的创建与他为人为学的人格精神，对于后人来说，都是极为宝贵的遗产。

在学术文化上，锺书先生是一位跨学科、超领域的巨擘，我们很难仅仅以单一的文学家、哲学家、语言学家、历史学家等等名号来概括他，即使是国学大师或西学大师这样的称谓也表述不了他的全面的治学领域。他是学术文明史上罕见的全才、"通家"，这种旷世奇才在中国、在世界的历史上都寥寥无几。他在对数千年中华文化与两三千年西洋文化都有通透精深的研究的基础上，又进行了比较的、综合的、互通的研究，他的学术研究领域是特别高难度的领域，我们姑且暂称之为"通学"，不具有多语种多文化的深厚功底者，是无法靠近的，而他在此所取得的成就，可以说在文化史上少有古人，看来今后也很难有能超越他的来者。他的学理、他的学术文化成果，既在全面与整体上达到了令人称奇的广博，又在文化理论与文化史的一个个具体范畴上，达到了令人叹服的精深程度，其专业水平往往使得以毕生之力耕耘"一亩二分地"专业田的我辈也深感自愧不如。他能达到如此的高度，既得益于上天所赐给的博闻强记、过目不忘的天赋，也是他勇于攀越、勤于攀登学术高峰的结果，仅以他的外文字典而言，其中密密麻麻书写着他所做出的修正、校订、补充以及新见语例，就足见他治学之勤，一个极具语言天赋的人在语言的积累上如此下功夫，实在令人敬佩。他在学术文化上的攀越精神永远是后世学人光辉的楷模。

在文学创作上，锺书先生是写知识阶层生活状态与精神状态的大师。他的学识、睿智与幽默使他的小说作品具有一般作家所难以企及的高品位，成为五四以后新文学史上名副其实的经典作品。作为中国知识阶层的优秀代表，他的作品写这个阶层人物的笔触是冷峻的，讽刺是无情的，这只能用马克思所说阶级的思想家与一般成员的关系来加以解释，他是站在知识阶级意境的制高点上、以知识阶级理想化的标准，来冷峻地观察这个阶级的芸芸众生，来衡量这个阶级的人生百态，来评述他们在困境中的尴尬、无奈、状态以及选择，在小说中是方鸿渐、赵辛楣，在小说外，则是李鸿渐、张辛楣……他的述说与点评或许过于冷峻了一些，这也许会在书内书外引起不适与不快，但他这是出于更高的对人、对知识人物的理念理想，他是在完成自己作为知识阶级优秀思想家的职能，在这个意义上，他是知识阶级的反思者、把脉者、拷问者，是本阶级的"良心"，正如鲁迅作为中国人的优秀代表、作为中国人的良心，严峻地剖析中国人的国民性一样。一个阶级、一个群体有自己的良心是绝大的好事，这可以保证它有自省力与反思力，如果没有必要的自省力与反思力，一个阶级、一个群体的前景则是令人担心的。作为小说家，作为世态观察家、世态点评者的钱锺书所具有的积极意义，是很值得世人思考。

在中国，锺书先生已经是社会主义文化殿堂上一尊受人敬重的偶像，他以自己高度的学术声望与权威的外语技能赢得了一般人文知识分子难以得到的重用与礼遇。他为翻译毛选做出了巨大的贡献，在知识分子中，其对社会主义国家的重要性，也许只有钱学森发展中国导弹技术可以与之同日而语，他被任命社会科学院的要职是自然而然的，这对该院也起了添光增色的作用。

在这种境遇中，一般人是很容易会有相应的变化，但众所周知，面对着境遇的惯性，锺书先生却令人印象深刻地保持了人文知识分子的真我与本色。以我等能比较就近仰视他的晚一辈的人的所见而言，他显然杜绝了官本位主义所派生出来的种种习性与俗气，这些习性在这个时代已蔚然成风，大有成为一种社会亚文化形态之势。与他在学术文化上要求自己尽可能地高不同，他在处世为人上却显然要求自己尽可能持低调谦退的姿态。他虽显赫于朝堂之上，似乎仍怀有"采菊东篱下，悠然见南山"的心境，这才使他在中国当代士林中具有一种少见难有的隐逸风度，他是大隐隐于市、大隐隐于朝的真正的雅士。我相信，他的高雅人格对后世将永远发散荷莲的清香。

毋庸讳言，锺书先生晚年所得到的高等礼遇与尊崇，对他来说，其实只是一种"苦尽甘来"。从 20 世纪 50 年代起，他可没有少遭遇过逆境与困境，在历次"兴无灭资"的运动中，他多次被当作批判对象、冲击对象，是需要拔掉的"白旗"，即使是在没有运动的"和平时期"，他超人的才力也没有得到充分的施展，而在"史无前例的无产阶级大革命"中，他更是受到了猛烈的冲击与批斗，承受了丧失家庭成员的痛苦、干校生活的困顿以及后来受人挤对、不得不搬出家宅的尴尬，最后还有"白发人送黑发人"的伤痛。所有这些都是生活中难以承受之重，锺书先生却都承受了下来，坚挺了过来，这不能不说表现出了一种卓绝的坚忍精神。这种坚忍精神，背负着、承受着不公正与伤害委屈而仍然工作着、创造着的坚忍精神，正是中国当代知识分子的优秀高贵的品质。社会主义中国终能安定、稳固、发展、繁荣至今，其中就有绝非愚昧与无为的中国知识阶层以其坚忍精神所作出的独特贡献。

锺书先生另一深具感召力量的人格魅力是他的仁者胸怀，这明显地表现在他与晚一辈学人的关系上。这一些学人大都是中华人民共和国成立后从大学毕业的青年人，这是"被耽误的一代人"，他们在业务进修、学术发展、职称、职务、工资待遇、学术荣誉等等多方面都"时运不济"、"生不逢时"，身上的束缚、头上的紧箍咒实在多多，有幸得遇锺书先生之时，正艰难地在学术阶梯上攀登。锺书先生以近乎悲天悯人的胸怀，一直关怀并促进他们的发展，即使他与一些人并无直接的学术行政关系，只要你在学术文化上敬业努力，他关注的视线一定会投射在你身上，他迟早总会肯定你、嘉许你，给你精神上的鼓励，你受到压抑与敲打时，他也不忌讳为你说公道话，给予关怀的温暖。至于他在百忙中为青年学子们审阅成果、给予指导、提供建议，更是常事，如果你有幸参与他所主持的科研项目，即使你只做了微不足道的一点点事情，他也会以"礼贤下士"的态度待你，甚至在学林人士特别在意的署名问题上，也予以提携照顾，几乎达到了过于慷慨的地步。而当他发现青年学子有经济困难时，他则常常解囊相助，"雪中送炭"，颇有信陵君之风。他是我所见的学术庙堂中的一位真正的仁人君子。

锺书先生已经进入了文学史、当代中国史，他的学术文化业绩与精神人格将永载史册，这就是他的非人工的纪念碑。在中华大地上，人工建造的神碑与神像，我们看到的已经够多了，我想，在以人为本的社会里，是否可再添加一尊人工建造的人之纪念碑、人之塑像呢？这个人是学术超人，是高人雅士，是仁人君子。

写于年届七十六周岁之际

闻老夫子的"谁道人生无再少"

　　闻家驷先生是 20 世纪北京大学的资深教授。早在 20 年代赴法国留学，长达六年之久，30 年代回国以后，曾历任北京大学、西南联大等名校教授。我在北大期间，他给我们班讲授法国文学史两个学年，指导过我写毕业论文，是完全意义上的授业老师。

　　我们 1953 年进北大西语系，闻家驷的名字就如雷贯耳，其名声之大虽比不上被视为西方美学大师的朱光潜与曾被鲁迅誉为"中国最杰出抒情诗人"的冯至，但也足以令人肃然起敬。不过，说实话，倒不是因为他有厚重的学术文化业绩，而首先是因为他有一个哥哥闻一多。"我们系里的闻家驷教授就是闻一多的弟弟。"我们一入学，高班的同学都这么介绍说，言下颇有夸耀本系丰富的名人资源之意，因为，谁都知道闻一多既是中国现代历史中著名的诗人、学术名家，也是赫赫有名的民主人士、悲剧英雄。但按时下的观点，很难说这个血缘关系究竟是给家驷先生添光增彩了呢，还是像浓荫一样遮挡了他本人作为资深教授的光度。

　　我们入学后长达两年之久只闻闻一多的老弟之名却没有见过家驷先生其人，他的形貌如何？与闻一多的气质、风度相近吗？青年学子喜欢猜度，尤其是对心目中的学术偶像。我们之所以难见到他，是因为他深居简出，从来既不参加本系师生的集会活动，也不出席学校的庆典仪式。其原因，据说有这么几个，一是因为他长期身体不好，需要多休息，多静养，二是因为他乃我国最大的民主党派民盟的高级领导人，其地位与后来进入了国家领导人行列的费孝通似乎不相上下。这个使他不同于一般教授的社会政治地位。对他所意味的内容可就多了，据说，其一，他要参加一些高级别的社会政治活动，学校里的基层活动自然不用参加。其二，他本人是高级统战工作的重要对象，属于学校里的重点保护对象，在劳逸结合上的照顾是不在话下的。总而言之，他不同寻常的政治地位使他与一般的师生之间存在着相当一段距离，在我们看来，他似乎离我们甚远，是隐身在半空中的云端里，颇有一些神秘色彩。

到了大三，我们新增了一门主课"法国文学史"，授课教授为闻家驷，这是我们等待已久的一门课，也是我们等待已久的一位老师，我们总算见到久闻其名的这位老师了。不愧是同胞老弟，他的身姿与面貌都颇像常在照片上见到的闻一多，只不过，他没有闻一多那双英气逼人的眼睛，他的眼睛要平和一些，他的额头也很高阔，但头发不像闻一多那样给人一边倒的印象，而是呈"山"字形覆盖在额顶上，满是青丝，未见白发，至少在头发上不见老态，毕竟那时他并不很老，只有五十多岁。他平日穿着还算普通，一般都是整齐的布料中山装，有时也着半新不旧的毛料制服。不难想象，出席"党和国家"的活动时，他是会换上笔挺的正式礼服的，不过，即使是着平常的衣装，他也自有一种高层民主人士的气度。他的步态轻柔缓慢，举止儒雅端庄，脸上总是一片严肃凝重，表情则是郁气沉沉，一副压抑之态，总也见不着他开颜一笑。不过看得出来，他倒并不像是不苟言笑的人，似乎只是没有心情笑、笑不出来而已。本来，我们以为只要他一进入我们的教室，走上讲坛，他与我们的距离就消失了，我们对他的神秘感也不会再有了，没有想到他从云端里下来走近我们后，仍然是那样不可亲近，那样仍有一层神秘色彩。当时，我常纳闷，他自己是北大的名教授，又从乃兄那里接受了丰厚的政治遗产，拥有比一般教授高出许多的社会政治地位，他为什么老是笑不起来、郁郁寡欢、压抑沉重呢？后来才逐渐了解，这一切都是因为他身体不好，长期有病，以至外人第一眼就可以看出这位闻夫子活得很是无精打采、暮气沉沉，甚至生趣索然了。

看起来，他的确面有病容，脸上没有血色，眼光有一点滞呆，讲课时语速缓慢、中气不足，显然身体甚为虚弱，有时，天气并不热，可他都有点冒汗，那似乎是虚汗。他究竟有什么健康问题，我们起初都不甚了然，后来，才逐渐听说，他并无恶疾顽症，但是有神经衰弱，而且是"严重的神经衰弱"。这一点，我们在课堂上亦可见其端倪：不时，他在讲坛上要停顿一小会儿，似乎是受到了什么干扰，甚至在停顿的时候好像是在聆听什么、专注地捕捉什么，其实，周围一切都很肃静，并无任何动静。每当他这样的时候，我总是很紧张地注视着他，唯恐他有进一步的异常反应，总算还好，他很快又恢复了正常的讲课，只是有一两次，他从停顿中缓不过神来，竟然问我们："你们听见楼上有什么声音？"我们摇头表示"没有"，这才使他摆脱了自己的幻觉与疑惑。我不敢说这是不是属于幻听病态的范畴，但至少是一种过度的敏感，表明出他的确是"极度神经衰弱"。对此，大家看在眼里，心里对他这门两年的课程能否善终都没有把握，显然，他的健康的确令人担忧。

众所周知，神经衰弱远非绝疾顽疾，并不可怕，只要境况宽松，心情豁达，加上规律的生活与适当的调理，满可以很快转机，完全摆脱。以闻夫子的政治社会地位、医疗条件与物质生活而言，他本不难迅速康复，完全走出阴影，然而，我们都没有这份信心，不敢有此期待。因为，听说他生活的"小环境"很不好，对他的健康十分不利，具体说来，就是他的夫人也已经重病在身，朝不保夕，而且，家里还有一个和他一样健康情况十分糟糕、同样"极度衰弱"的儿子。不难想见，他整个的家庭是愁云密布的。事实也的确如此。我曾经去过他家一两次，那是在朗润园深处一个单门独户的院落，里面是一座建构精良的西式平房，房前有宽阔的平台，平台前是一块绿茵茵的草地，整个院落十分雅致清幽，只他一家。显然，他的寓所在环境与条件上比朱光潜、冯至、吴达元等名教授在燕东园两家合住的一幢幢小洋楼条件更好。可惜的是，他整个的寓所充满了阴郁、冷清、空寂的气氛，似乎是一个阒无人迹的空房子。屋内陈设也很简陋暗淡，一派疏于料理、懒于清扫的景气，即使是客厅亦复如此，显示出主人没有心情，也没有精力顾及。总之，暮气沉沉、凄清压抑，此主人生活意趣索然的外化，也足以使得尚存的生机窒息。见此情景，谁都很难对闻老夫子的迅速康复持乐观态度，我甚至很害怕"法国文学史"这门课会因他的健康问题而中途停止，毕竟这是我们的一门专业主课，而且它的内容丰富多彩，是大家特别感兴趣、特别爱听的。

令人意想不到，也令人感到惊奇的是，闻老夫子带着病容，拖着病体终于把这门课讲授完了，真是善始善终，功德圆满！而且，在整整两年的授课过程中，每周四节课，他几乎没有请过病假，似乎只有一两次，因为有专车前来接他去参加"党和国家的活动"他才"旷了课"，但不久又另外找时间把课给补上了。他这种尽心尽职的敬业精神是可敬可佩的，他不以高级民主人士自居而以普通劳动者要求自己的这种态度是难能可贵的。

更为重要的是，他的《法国文学史》讲得十分成功，是我在北大期间所听过的最高质量的课程之一，也是获益很多的课程之一。不过，准确地说，他在讲坛上不是天马行空式的讲，更不是任兴之所至地大肆发挥，而是从不脱离讲稿地照本宣科，他这样做至少是表明自己特别认真负责，保证自己所宣讲的每一句话都是经过深思熟虑、字斟句酌的。当然这样做也比较节省授课时所支付的脑力与体能，适合他的健康状况，至少根据我自己后来的经验，在讲坛上高谈阔论、挥斥方遒，很需要讲者自己的激情投入，像赤热的煤块一样炽热地自我燃烧，为此经常要弄得血压上升、头发热。闻老夫子显然要避免这种情况。

他所照本宣科的讲稿，应该说是写得相当出色的。其历史叙述明确扼要，清晰流畅，颇有史家登高望远之势，在史实与例证上，虽无令人目不暇接的繁茂与使人惊奇的精辟，却都是选择精当、使用准确、很能说明历史的境况与发展的态势。在观点方法上，他不愧是一位高级民主党派的代表人物，鲜明地高举马列主义、毛泽东思想旗帜，力求运用历史唯物主义，阶级分析方法，与那个时代学术主流中的学者教授并无二致，但他高于一般人水平，显示出了难能可贵的成熟性与明智的分寸感，没有过分的"左倾"高调、没有生硬的思想批判、没有牵强的阶级分析，他尽可能做得通情达理、实事求是。看得出来，他有时在对一些作家作品板起面孔、一脸严肃作评的态度之下，实际上隐藏着、保留着他内心的一份赞赏与温爱，这使得他对某些作家评论与作品分析很有怜惜、很有余味，如像对多少有点颓废倾向的缪塞与对抗大革命的谢尼埃的分析评论就是如此，这在那个"兴无灭资"，文化大批判此起彼伏的时代里，就要算相当难能可贵的了。

家驷先生的文学史讲稿还有一大优点，那便是文字语言特别清澈、流畅，像一泓涓涓的清溪，且映照出周遭的蓝天白云、绿荫花草，总之，颇具文采与诗韵，这在外文系的教授名家中也是很少见的，真不愧是诗人闻一多的老弟。说实在的，听他如此这般的"照本宣科"真还是一种享受，至少我当时是有此感的。即使是对我后来撰写并主编三卷本的《法国文学史》，他几十年前的这门课也还是有深远的潜在影响的，实为有益的滋补养汁之一。可惜的是，闻老夫子后来一直没有进一步将他的这个讲稿整理成书付印出版。

闻老夫子不仅胜利完成了一门主课的讲授任务，而且还担负了指导学生写毕业论文的工作。我们毕业的那一个学年，每个人都必须完成一篇论文，几位主要的教授各自拟出论题，语言与文学两个方面的题目都有，学生则根据自己的兴趣与条件选择导师与论题。简直就有点像"招标"。我选了闻家驷先生做导师，题目则是《论雨果的〈艾那尼〉》。说实话，当时选闻家驷做导师的只有两个学生，可能是因为他地位高高在上，平时有那么一点凛然，不像其他教授那样随和，易于接近，而且他拟出来"招标"的题目也比较更有难度，有点令人却步。我选了他的题目，多少有些"攀高枝"的心理在起作用，因为他不仅是有名望的文学史教授，也是雨果研究的权威，他翻译出版过一本《雨果诗选》，虽然篇幅有限，规模不大，但在外国文学研究与翻译成果出版得并不多的50年代，就足以奠定了他在雨果译介领域里令人瞩目的地位了，而且，他的文学史讲课中评述法国浪漫主义文学的那一部分的确是相当精彩。至于雨果的《艾那尼》这个题目本身，更是非常有吸引力，简直就令人兴奋，毕竟这是欧洲文学史上一部异彩纷呈的作品。也是一个轰动一时、戏剧性十足，并有划时代意义的文学事件，这样一个近乎"辉煌"的论文题目，正撩动了青年学子牛刀初试的挑战心态，也投合了自己不无浅薄凡俗的虚荣心理。不过，我干得倒是十分认真、十分努力，钻研得也相当踏实深入，除了啃完这部诗体剧本的原文外，还把雨果与此作品的有关的文学批评论著，特别是他赫赫有名的批评名著《〈克伦威尔〉序》也找来啃了一啃，我后来翻译出《雨果文学论文选》一书，最早实源于斯也。至于论文写作本身，对于一部爱情题材的作品，一个大四的青年人是不会没有话说的，而且这是一出两个地位悬殊者之间的爱情悲剧，也投合我自己在"新社会"也是作为一个"平民"所具有的思想倾向以及某些潜在的感慨与思绪。当然，感怀抒情的灵感也是不缺的，于是乎，一篇论文之中，混杂着历史概述、思潮流派引证、文艺思想溯源、文本分析、思想见解、感触抒怀……一锅煮，竟也洋洋大观，篇幅达到了三万字的规模，这在当时的毕业生中尚属少见，也算得上是大学生中的"宏文巨制"了。从领受题目到完成交卷，在整个过程中，我总共只到闻先生家去过两次，因为他身体不好，我实在不敢多打扰他。每次见面的时间也不长，他话不多，他本来就慎言笃行，似乎没有正确得体的把握就轻易不会有一言半语出口，跟我这样的晚生后辈，似乎也没有什么谈话的兴趣，我得赶紧告退。我宁愿拿出论文成果时给他一个"Surprise"（"惊讶"），令他刮目相看。他在审读之后，就我的感觉来说，我觉得的确是产生了这个效果，他是有点意外，但他并没有因此就对我多加称赞，他的评语很有分寸，态度不无保留，当时我多少有点失望。有了这番经历，我再次感到他是在云端里，而我是在地面上。

毕业后，我长期没有和闻先生有联系，后来只是因为法国文学研究会的工作关系，我去过闻先生家两次。从 70 年代末到 80 年代末，我相继被学界同道选举为法国文学研究会的副会长、会长。这种头衔我虽然也还在心上，但从来不想拿来给自己"添光增彩"，窃以为，如果没有学术文化业绩作为自己的基石，头上这顶小帽只能是授人以柄的口实说词，而对于真正有志于发展学科的学人而言，这种头衔与其说是一种荣耀，不如说是一种义不容辞的、团结同道、敬老尊贤、发展学科的责任。1978 与 1987 法国文学会两次选举，在中国的现实条件下，不能免俗，都有一个给老一辈师长安排席位以求平衡的问题，我忝为少壮派接班人，多少还有一些敬老尊贤的自觉。面对着三位长老，一个是学术文化业绩丰厚的李健吾，一个是在外国待了数十年之久、在学林自有一种王者霸气的罗大冈，再一个就是社会政治地位高的资深教授闻家驷，三人各有优势，我当然要努力促成一种合理的、皆大欢喜的安排。在 1978 年，方案有三：一，三位长老同为会长；二，三位长老同为"名誉会长"；三，两位对实务不感兴趣的长老任名誉会长，一真掌实权的长老任会长。三个方案做何取舍，完全交罗大冈先生决定。最后，罗先生选择了第三个方案。于是，出现了李、闻二先生任名誉会长、罗先生任会长各得其所的局面。到了 1987 年改选时，李健吾已去世，罗大冈则退休与闻家驷同任名誉会长。对我来说，既尊崇了大学术名家，也推举了学林强人，还对老师长表示了敬意，也可算是尽了晚生后辈的一点心意，到了古稀之年的今天，尚可聊以一慰。

闻家驷先生生于 1905 年，逝世于 1997 年，享年 93 岁。在我的师辈中，他要算是个长寿者，比起五六十岁时都比他健康得多的同辈都要长寿，比精力充沛、声音洪亮的李健吾多活了十来年，甚至比古稀之年仍然骑着自行车、生龙活虎般往返于未名湖畔的陈占元也多活了两三年，在延年益寿的长跑途上，他"后来居上"，谁也没有想到，五六十年代还病病歪歪的他，竟然"笑到了最后"。要知道我们当年听他讲授《法国文学史》时，还经常担心这门课会因他的健康问题而有停顿关闭的危险呢。闻老夫子的这种生命的韧性与耐力令人颇感意外，如果你了解这个韧性的过程与其中的根由，也许就更会感到惊奇了。

50年代后期，听说闻老夫子的夫人病逝，这既是对老夫子的打击与损失，也可以说他长期被病疾阴影笼罩的家庭一种必然发展的结果，说句不应该的话，也许在客观上不失为一条解脱的出路，避免了两个病人双双都沉入深渊，人们在为闻老夫子担心的同时，希望他的健康能出现否极泰来的转机。过了一段时候，听说他并没有被丧偶的苦痛所压垮，至少健康问题没有比过去更糟糕。真值得额手称庆，谢天谢地。又过了一些时候，听说他续弦了，娶了一个比他年轻二三十岁的少妇。这个消息当然使人们很感意外，虽然是他的喜事，但人们却并不完全为他的健康高兴，总对他久病虚弱的身体是否经得起如此强烈的冲喜而心存怀疑。但出人意料而又令人宽心的是，此后并没有听到他健康恶化的消息，显然他已经平稳度过了他的新婚宴尔期，真是有老天爷在降福给他，他老夫子真个是枯木逢春了。又过了不久，闻老夫子又有大大的新喜讯传来：他的新夫人给他生了一个儿子。听到这个消息的人，无不表示惊奇，我想起当年见他病病歪歪讲课的情景，面对着这个新喜讯，不由得惊呼起来："这简直就是奇迹！"心里对他在将近古稀之年，于人生之途，仍然有"而今迈步从头越"的气概，对他的勇气与坚毅，由衷感到佩服。而从这一连串事件所构成的生活轨迹来看，大家都非常明确地意识到，这一切应该说是他续弦再婚后的幸福家庭生活所带给他的。

他再婚后，我曾有幸去过他家几次，见过年轻的"闻师母"。那是一个面貌姣好、风姿绰约的少妇，衣着朴素又讲究，待人亲切而平和，谈吐得体而落落大方。闻老夫子家的氛围也似乎有了一些变化，不像以前那样阴暗沉郁、令人感到压抑，而多了几分明亮与生气。那位年轻的闻夫人，看来既有相当好的文化教养又颇精于家政料理，一切都井井有条，而且闻老夫子相当一部分外交事务都是由她承担的，显然，她替老先生把各方面的负担减低到了最低的程度，充分发挥了一个贤内助的作用。有这么一个赏心悦目的生活伴侣在身边，悉心照料，多方代劳，分忧解难，闻老夫子的那点"神经衰弱"何愁不云消烟散？生命力何愁不有一次再生与焕发？歌德老夫子不是也说过吗："永恒的女性领导我们走！"

令人惊奇还不止这些，还有闻老夫子在文化业绩上的又一次容光焕发。

说实在的，闻先生在 60 年代以前，译述业绩与科研成果是很少的，我也许孤陋寡闻，只知道他 50 年代出版过一本《雨果诗选》，另外就只有从未出版的法国文学史讲稿了。这种状况与他的声望、地位不能说是很相称的，人们往往更多的只把他视为受尊崇的高级民主人士。显然他自己也并不甘于这种状况，但苦于健康不帮忙，难以再创出学术辉煌。学术业绩毕竟是要支付艰苦的智力劳动与大量的手工操作岁月后才能获取的，不能径直来自身份与地位。现在，好啦，他有了美满的家庭生活与能支持艰苦劳作的健康身体，既然能创出生活的奇迹，为什么不能创出学术文化的业绩呢？

　　于是，不久后，就传出消息说，闻家驷已经开始翻译世界文学名著《红与黑》，并且据说已与一家权威的出版社达成了正式协议。他何时动的笔？我不知道。但从传出消息到该书于 1988 年由人民文学出版社出版历时长达二三十年之久，世人常曰：十年磨一剑。闻老夫子打磨此剑何止用了十年？一个已过古稀之年的老人至少花了一二十年的时间为一部闻名遐迩的世界名著伏案爬格子，这就是闻老夫子的学术文化晚景。这里固有他"青春焕发"的生命力，更有不辞辛劳、持之以恒的坚毅力，毕竟这是一个难度不小的迻译工程，一部五六十万字的文学巨著，闻老夫子终于把它完成了！我们从北大出来的这些同学，都为他高兴。他这个译本在注释与题解上都做得较为细致，所依据的也是一个比较权威的完善版本，自有明显的学术价值。其译笔虽守慎求实有余而灵动洒脱不足，但明达而流畅，正反映了他深厚的语言修养。它的完成与出版是一件大事，这是闻老夫子为中国的社会文化积累所做的一项很有分量的贡献，如果考虑它是完成于一个久病康复的老人之手，就更显出了其难能可贵……

　　"谁道人生无再少，门前水流尚能西！"

　　若干年前，我读过著名的美国作家、诺贝尔文学奖的获得者辛格一篇十分有意思的小说《市场街上的斯宾洛莎》，其中主人公菲谢尔森博士是一个学识渊博的老学者，长期在阴沉的书斋里研读经典，过着孤寂、冷清、沉闷、压抑的单身生活，以致生趣索然、暮气沉沉、气血日衰、百病丛生。他终于有机会结束鳏居生活，与一个黑人妇女结了婚，虽然这位妇女奇丑无比，但新婚次日的黎明，老博士却第一次感受到年轻人才有的那种酣畅，甚至感到自己浑身是劲，"能够奔跑，能够摔跌，能够飞翔"，从此就像换了一个人似的，变得生气盎然。

1988年6月的一天，年已七十七岁高龄的法国著名作家、龚古尔文学奖的评选主席巴赞，亲自驾车将前来拜访的中国客人从鲁昂车站接到他的家里，同车来的有一个四五岁的小男孩，我以为是巴赞的小孙子。在他家门口出迎的是个像玫瑰花一样鲜艳的妙龄少妇，我以为是巴赞的小女儿。在巴赞的书房里，他向我介绍将要完成的一部长篇小说，写的是老年人重新结婚生子、重新生活的题材。他说："在当今社会，七十多岁的人也应该算是年轻的，我的小说就是要对老年人加以鼓励，使他们延长自己的生活，延长自己的寿命。"这时，我才获知刚才那位少妇原来是他年轻的夫人，那个小男孩是他最小的儿子，而在院子晒太阳的那一对比他年轻二三十岁的夫妇，则是他的"岳父母大人"。

"谁道人生无再少"在世上有种种典范与事例，而闻老夫子的，肯定是这其中有硕大果实的一种。

2008年2月3日

蓝调卞之琳

1

从颇有古意的高塔的一侧顺下坡路而去，就是明媚如画的未名湖，沿着湖边平整的通道前行，经过一座古色古香的巨大体育馆，道旁又横斜出一条蜿蜒的小径，通往一大片郁郁葱葱的天地。小丘与丛林掩映，幽微灵秀，看不到尽头，那里面藏着朗润园、承泽园等好几个园林住宅区，是北大的鸿儒名家的高卧之所。就在这条小径的旁侧，有一座带围墙的幽深的院落坐落在朗润园的外围边缘，仅隔百把米与未名湖相邻，院落前有一座带石栏的小桥，但桥下并没有流水。好一个富于诗意的寓所！

北大，1954年的一天下午。我们诗社的几个学生在宿舍集合后就是沿着上述路线如约来到这院落，要在这里拜会诗人卞之琳。这天下午是全校社团活动时间。

50年代，特别是在1957年以前，北大校园里形形色色的社团，真可谓繁花似锦，即使不说是北大校史上的一大胜景，至少在我心里是一段五彩缤纷的回忆，仅以人文领域而言，就有文学社，诗社，剧艺社，民乐社，唱片欣赏会，合唱团……每到每周社团活动的前一天，校园里贴满了各个社团活动的海报，琳琅满目，令人应接不暇……

参加社会活动的，低年级学生居多，因为在这些活动里，不仅可以玩玩这票那票，而且多少可以吸收点文化内涵，如碰上报告会、座谈会、采访等，那简直就是一个个"准课堂"，我爱上古典音乐，并能背诵出贝多芬好几个交响乐里的某些旋律以及《天鹅湖》《圣母颂》《蓝色多瑙河》等名曲中某些段子，就是从那时参加有关的社团活动开始的。我并不是诗社的固定成员，因为自己不会写诗，不敢高攀，只是偶尔见有意思的报告会与活动，就去参加参加，如田间的报告会，如这次采访卞之琳等。

卞之琳这个名字，当时于大一学生的我，真是"如雷贯耳"。其实，我并没有读过他多少东西，但从高中时起就熟知他诗中那脍炙人口的名句：

你站在桥上看风景，
看风景人在楼上看你，
明月装饰了你的窗子，
你装饰了别人的梦。

那是在湖南省立一中念书时，一个语文老师向我们介绍、讲解的，那位老师名叫彭靖，本人就是一位诗人，在诗歌创作与评论方面有一些成就，在中华人民共和国成立后的诗歌史上，虽排不上一二流，排到第三列、第四列也许还是可以的，他极为赞赏、极为推崇卞之琳的这一名句，使我们对它语言之妙，情境之妙，意趣之妙与哲理之妙大为叹服。说实话，卞之琳仅仅以他这一绝句就征服了我们，即使在今天看来，对于相当广泛的读者来说，恐怕也是如此，不过，一个诗人能征服读者，难道还需要更多的武器吗？不需要！陈子昂不就是以他《登幽州台歌》不朽的四句，而昂立在中国诗史上吗？仅仅是四句！

　　那天，似乎只是诗社的一次小组活动，一行仅七八个人，西语系的同学居多。我们进入一个幽静的院落，正面是一幢古朴而精雅的房舍，北京大学继承了原来燕京大学的校址与产业，校园里有不少这种幽静的院落与古雅的平房，房子外观古朴，而内部结构与装修却是十分现代化而讲究。屋里寂静无声。我们这些没有见过世面的新生，就像进入了一个高雅肃静的圣殿，只不过，当时我有点纳闷，听说这所房子是西语系教授钱学煦的寓所，为什么我们到这里参拜卞之琳？一直到后来好些年以后，我才知道，卞之琳早年长期单身，自己没有置家，老在朋友家寄居，在上海时，在李健吾家，在北京时，则在钱学煦家，他倒是朋友缘特好的，看来，他是一个颇受欢迎的人。

　　钱学煦，我们并不陌生，他为西语系的学生开文艺理论课，因为北大西语系是以培养西方语言文学的研究与教学人才为宗旨的。他脸色赤红赤红，一头浓浓的黑发披在大脑袋上，颇有雄狮之姿，他老穿一件军大衣，据说，是刚从朝鲜战场回来不久，他在那边当了一阵子英文翻译。他讲起课来，可不像雄狮，而像是一个老婆婆，常仰头，向着天花板，闭着眼，像是在喃喃自语，嘴里慢腾腾吐出一句又一句讲词，全是浙江土音，但隔那么两句，就要来一个口头禅："是不是的啦？"似乎在为他那些从"苏联老大哥"文艺理论里学来的论断——征求堂下学生的同意。

　　这天，钱学煦没有出现，我们在雅致的客厅里等了十来分钟，从里屋出来一个中等个子，身躯偏瘦的中年人。也许是厅里不够明亮，他又穿着一身深灰的干部服，毫不起眼，几乎是一下就融入了我们这一群学生灰蓝、灰蓝的一片晦暗色调之中，而且是没有什么声响，因为他一脸沉闷，既没有每人一个不落地握手，也没有对这个集体的欢迎词，没有采访之前为了热身而进行的寒暄……你要他怎么表示欢迎呢，这又不是他自己的家！而且他要热情洋溢、礼性周全，岂不表明他认定自己应该做礼节上的付出？而这种认定则是以自己将受到这些学生崇拜的预期为前提的，试问，一个真正的脱俗的诗人能这样吗？一群素不相识的学生来找他，和他在未名湖畔碰见的一群不相识的学生有什么两样？点点头也许就足够了，可我偏偏因为客厅里光线不足而没有见他点头……真是不同凡响的见面，至少是不落俗套的见面，低调却自然而合理。

访谈一开始就冷场，"无独有偶"，"一个巴掌拍不响"，这次不落俗套的访谈正是主客双方合作的结果：主人如上述，来客也不含糊，来访的学生，从后来的发展来看，没有一个是在诗园里有所作为的，看来，当时也没有一个人对诗歌园地的那一套活计有起码的经验与见地，本来，北大学生中，富有诗情的少年才子大有人在，可惜那天却没有一个到场，即使是后来1957年在"民主广场"敢于"大声疾呼"、"引吭高歌"的"闯将"也没有一个现形，来的人都像我一样，脑子里空空如也，只是前来看看这位名诗人是个什么样子而已，一上来，个个怯场，不敢提问题，于是就冷场了。

诗人更不含糊，他固守着他的沉闷。面对着冷场，他似乎乐于加以呵护，他静静地抽着烟，心安理得地一言不发，这种架势与氛围，再加上客厅里幽静与光线的暗淡，似乎有助于使这静场凝固化了。这倒便于这些学生去好好地观看诗人，而不是去倾听诗人，他们本来就是来这里一睹丰采、开开眼界的。

且看诗人，他面色略显黝黑，好像是晒多了一点太阳，一身布衣，很不挺整（这与他多年着衣讲究的习惯颇不相符，后来我才知道，他那时似乎参加了一段农村工作，刚从乡下回城不久）。他有一张典型的知识分子的脸孔，高阔的前额，面积恰如其分，轮廓线条近乎优雅。戴着一副眼镜，后面是一双大眼，他很少眼睛转来转去，甚至很少正眼注视别人，似乎总是陷于自己的内心状态，而不关注外界的动静。当他正眼看人时，眼光是专注而冷澈的，很有洞察力，甚至颇有穿透力，只是没有什么亲和力，因为他很少笑意迎人。他嘴角微微有点歪斜，但不难看，似乎是由于在使劲思考而略有变形，就像郎朗在弹着钢琴时而嘴角有点异样……这倒是给他的面部平添了些许灵智的生气……

他在静静地吸烟，他丝毫也不在意这次采访的效果，甚至也不在乎来访的学生们对他的印象，而学生也屏住着气，不慌不忙，在静静地进行观察这个对象。着急是采访的带队者，他急于把冷场变成圆场，这关系到他的"执政能力"、"政绩成果"，在这一点上，他孤立无援，于是只好亲自上阵，向诗人提出一个个问题，要引他开口，以打破冷场，从后来的发展来看，此君在谋取一官半职方面或其他方面，还有点本领，偏偏在诗歌一事上，似既无才能亦无见解。他黏黏糊糊提了几个问题，诗人无精打采地作答，仍然不断抽烟，一脸的沉闷，即使是谈到自己，也毫无通常人所难免的自恋与沾沾自得，他毫不掩饰自己对这次访谈没有什么兴致。和这些毛孩子谈诗有什么可谈的呢？以他的名声与地位，他有必要在这几个大一新生面前为继续积累自己的人气与声望而克制自己的腻烦情绪？如果那样岂不太庸俗了吗？他怎么会那么做？他是卞之琳呀！

那天，他当然也讲了一些话，但他当时讲了些什么，我现在什么都不记得了，一是因为我当时的注意力一直专注于看，而不是听，二是因为他那口十足的浙江乡音，我第一次听起来实在非常费劲，绝大部分都没有听懂。

尽管听进去的东西极少，但观察的心得倒还甚多，并形成了一个相当概略的印象，在我看来，他那张聪明而富有灵气的脸，本身就显示出优雅文士的气质，而不从俗、不媚俗、固守自我心境的冷漠与倨傲，更具有一种精神贵族的风致。

这可以说是我第一次感受到的卞之琳蓝调。

2

从诗社那次采访后，我一直到毕了业参加了工作之后，才见到卞之琳。先是和他在同一个单位文学研究所，从 1964 年后，则是在同一个研究室即外国文学所西方文学研究室，那次采访活动中他那张使我感到奇特的面孔，在以后的三四十年里就经常"低头不见，抬头见"，自然习以为常了。他的面孔，在他自己独处时或在他看书写字时，总是沉静的，而在他与人打交道的时候，则总是沉闷的、冷淡的，甚至是冷漠的，我很少见它是热情的、和善的、迎合的、亲切的。当一个人出现在你面前时，你的面部表情自然而然就会"进入交往状态"，他倒是，在此种情况下，他总拒绝进入"交往状态"，甚至于避开这种状态。这倒不是因为他对人有任何敌意，有任何强烈的憎恶，而是因为他太喜欢陷于自己的心境中不被干扰，他太喜欢独自沉浸在细腻的自我感受之中，于是，在面对着他人之时，经常就不免表现出苦涩、不得已、不耐烦、勉强周旋之态，特别是当他感到面前的对象较为幼稚、较为低层次，他所面对的问题是他认为没有多大意义，或浅显无聊时，他那种无精打采、懒得搭理之烦，就更溢于言表，大有"他人就是地狱"之态。这就是他贵族式的精神态势与"交往模式"。"贵族的血是蓝色的"，我且称之为卞之琳蓝调。

不过，他也因对象而异，对与他同辈的名人朋友，他当然不能那么爱理不理，态度总要亲近些随和些。不过，说实话，我从来就很少见他与同辈的学者朋友如李健吾、钱锺书、杨季康、罗念生、罗大冈、潘家洵在一起倾心交谈，有时我甚至不相信他曾经是李健吾的老友！曾经借住在李家！只不过，在组室的会上，每当他提到这些同辈时，都经常亲近地直呼其名，如"健吾"、"大冈"、"季康"等，毕竟保持着一种君子风度，虽然"君子之交淡若水"，而且是比温水还低两三度的水。心思细腻如他，有时当然更为讲究，如他对自己的上级领导，即使是他多年的朋友，他也并不亲切地直称其名，而是称呼得较为正式一些，如"乔木同志"、"其芳同志"、"冯至同志"等等，显得郑重其事。

在平时人们的交往接触中，倒也常能见到他和蔼可亲、平易、自然、专注、主动的，那肯定是他面对本单位的那部分老革命、老干部、"老延安"、"老根据地"人士的时候。在当时的"翰林院"文学研究所，高级研究员基本上是两部分人组成，一部分是早就已经投身革命的文艺家或从延安鲁艺来的"老资格文艺战士"、"文艺战线的老革命"，他们主要有何其芳、陈涌、毛星、贾芝、朱寨、井岩盾以及蔡仪、力扬。另一部分则是被客气地称为"老专家"，但一遇上运动就被视为"资产阶级学者"的人士，如潘家洵、俞平伯、钱锺书、余冠英、王伯祥、李健吾、吴晓林、杨绛、罗大冈以及袁可加、范宁等等，虽然"泾渭分明"，但也有"边缘化"、"模糊化"的例子，如"老革命"力扬，因有那么一点

"自由化倾向"而常被划入后一类，而在国外留学、工作了十几、二十年的罗大冈，在经历与身份上似属于后一类，但由于"马列主义学得好"、"革命大批判的旗帜举得高"，而在政治思想上被视为又红又专的党外老专家。卞之琳的归属则更为"复杂"、"难划"，从经历来说，他曾是"新月派"的一员，而这个文学流派在中华人民共和国成立后的现代文学史上，从来都被定性为"资产阶级文学派别"，但偏偏他又曾经游学过"革命圣地"延安，还去过抗日根据地"体验生活"，发表过歌颂以王震为首的抗日部队"七七二团"的报告文学作品。只不过，他在延安游学的时间太短，在抗日根据地待了不久后，又跑回"国统区"当文化人、教授，这就给他的"红色革命经历"打了一个很大的折扣，如果他没有那一本歌颂"王胡子"军功的"不朽之作"，那返回国统区之举简直就有可能被视为"从革命队伍里开小差"的危险。当然他是在中华人民共和国成立初期入的党，则又承续并具化了他自己久远的革命传统，要是在别的单位，他恐怕就可以算一个"老革命权威"了，但在当时"翰林院"文学研究所，"延安老革命"成堆的环境下，他的革命资格就显得"嫩了点"，他不仅不被人视为"老革命"、"老干部"，而且总被人们有意或无意地划进"老专家"、"老先生"那一堆，而一到政治气温飙升的时候，很自然就转化成了"资产阶级专家"。在研究所里，虽然他身为一个"重镇"的"首脑"，掌管整个"西方文学"这一大片领地，但从来就没有进入过全所的"领导核心"，那才是"老延安""老干部"聚集的"司令部"。

他丰富敏锐的感受力使他足以有严格的自知之明，当知道自己的一套"强项"、"优势"，在这些"老战士"面前是不管用的，甚至会使自己适得其反，因此，必须收起自己的独特个性与本我状态，而采取群众认可的，也是一个党员应该有的为人态势，必须收起面对诗社小青年的那种无精打采、爱理不理、冷漠烦拒的贵族派头，而代之以主动积极、热情竭诚、亲切平易，甚至是套点近乎的交往方式，必须收起自己所偏爱的那细密入微，迂回绕行，"曲径通幽"的语言，而操起大家所通用所习惯的公共语言，于是，像我们这样总是在一旁观看而无权参与的小辈，特别是对细节感兴趣的观察者，就有幸常见到卞之琳身上有与其本态的蓝调而有所不同的色调。

现今回顾的时候，我感到难能可贵，甚至是"千载难逢"的是，有一次，我竟碰到另一种特殊色调，在他身上一闪而过，如昙花一现，那当然不是面向我这一个对象而发的，而是因为当时那种特定的境况与他自己特定的心情。事情是这样的：我刚被分配到文学研究所之后不久，一天下午，我十分意外地在中关村园区里迎面碰见了卞之琳……

那时文学研究所的归属正逐步从北京大学向外转移，即将成为中国科学院哲学社会科学部的一个单位，因此，已经在中关园里占用了科学院两幢灰色的相邻的小楼作为办公处与单身员工的宿舍，隔这两幢楼不远，是当时中关村里有名的"社会楼"，那是一座公共设施的建筑物，设有小门面的邮电所、储蓄所、书刊门市部等等什么的，这些我都记不太清楚了，我记得最清楚是一个占有两层楼的"茶座"，里面供应咖啡、牛奶以及一些西式点心，按今天的标准来看，实在是甚为简朴，但在当时，要算是一个比较洋派、比较高档的消费场所，是那个时代中关村里的"星巴克"。那是我毕生最难忘的一个地方，当时，我第一次在报纸上发表了一篇小文章，拿到第一笔稿费后，就到那里喝了我生平第一杯牛奶，吃了两个奶油夹心面包，花了五毛多钱，还不到那笔稿费的三十分之一。走出茶座时，我觉得自己真是潇洒而富足。此后，每当我犯谗时，就跑到"茶座"去，吃两块桃酥。那天，是个星期天，食堂只开两顿饭，到了下午，我不免又去"茶座"潇洒潇洒，从那里出来后，正在社会楼后面那一条两旁有高大梧桐树的通道上信步，没想到正碰上卞之琳迎面而来。

他穿一身笔挺的毛料中山装，很精神。他不是一个人，身边有一位风姿绰约、衣着雅致的少妇。我立刻多少意识到这是卞之琳夫妇，分配到文学研究所后不久，就听说卞之琳刚结束了他长期的独身生活，与一个才貌双全的女士结了婚，据说，她也是一个作家，写过小说，在文坛有点名气。看来，这就是那位才貌双全的卞夫人了。但这时，我最想做的，就是避开他们，我觉得自己刚到这个单位没有几个月，与卞之琳从未打过交道，说过话，还不到跟他两夫妇打招呼的分上，加以过去在那次诗社活动中见识过他的做派，还是别自讨没趣、自找尴尬吧！我很想转过身去，回头就走，但已经来不及了，于是，只好闷着头蹭着路边走，想装作没看见，只不过是本单位新来的一个青年大学生嘛，他很可能压根就不认识，甚至毫无印象。但是，大大出乎人的意料，那一天他的高度近视眼却好得出奇，不仅认出了我，而且他就像换了一个人似的，还没有走到跟前，就笑脸相迎，主动跟我打招呼，他的夫人也面带微笑，这么和气亲切的一个师辈！哪里有！我当时太受宠若惊了，赶紧回应，躬身地向他们致意……

卞之琳的那次笑脸，简直就是一个奇迹。它那么主动，那么热情，那么近乎，那么亲切，笑得出自真诚的发动，笑得带有轻淡的天真、明显的自得与欣喜，说实话，"此笑只能这回有，平时难得再一睹"。我这一辈子的的确确只见过这一次。当然，它绝不是因为朝着我这一个无名小卒而来的，那时他很可能根本就不知道我的名字，只知道我是研究所里一个新来的年轻人。这笑是一种心情流露，是一种精神状态的展现，是一种意向的表达，应该说，简直就是"天时、地利、人和"等诸多因素汇集于同一个时空条件下的绝妙产物……休假日的一个下午，天气晴和，风清气朗，还没有从新婚蜜月状态中走出，与夫人去中关园的林荫道上散步，或者还去"茶座"休闲休闲，衣着讲究，气度不凡，即使是走在"人杰地灵"的中关园里，亦不失为一对高雅，特别是作为一个诗人、一位绅士，身旁又有如此一位健康美貌、婀娜而又高雅的美人相伴，其艳福是显而易见的，足以引起，也应该引起路人羡慕的眼光、识者赞赏的注目，接受这种眼光的投射与欣赏，本身就是一种愉快，一种享受，这是对自己美满的确认，对自己幸福的确认，与"诗迷"们对那四句的崇拜并无二致……欢迎这种目光……即使不必去招引路人的这种目光，总该为识者投射这种目光提供必不可少的氛围与条件，不至于因对方不必要的顾虑与考虑而漏失这种目光，毕竟这是对新婚夫妇幸福美满状态的一种祝贺……

　　于是，本单位这位无名小卒就有幸见到了卞之琳难得的满面春风。

3

　　不仅在"翰林院"，而且在整个学林，卞之琳都要算得上是一位真正有绅士派头的人。他的衣着从来都很讲究，就像我在中关园路上碰见的那次一样。诗社的那一次，他穿得很随便，似乎是唯一的一次。当然，"文化大革命"期间，干校劳动期间就不在话下了。我倒从没有见他穿过西服，而总是穿一身中山服，但除了衣料总比一般人的为好外，主要是裁剪缝制得特别精致贴身，颇像张明敏第一次在大陆春节晚会上登台唱《我的中国心》所穿的那套港式中山服，而与老干部、老革命那种经常宽松肥大的制服大不一样，再加上他经常披着款式同样精良的风衣或高质量的烤花呢大衣，一看就是一个洋派十足的名士。至于他的外部形貌，第一次看他时，就可以感到他智者宽阔的额头，加上浅色眼镜后一双神情深邃的大眼，构成了一张典型的知识分子的面孔。两边嘴角与下巴略有点不匀称，但又显出倔强劲，似乎是思想者那股冥思苦想劲头的外化。后来长期相处于同一个单位看多了，发现他身姿与步伐也颇有特点，他走起来的时候，一边的肩膀略略往上抬起，脖子微斜，微微有点僵，而步伐又快，颇有直往前冲的架势，于是整个身形就显出了一种张力，给人以倔强的印象，似乎又是精神上的自得感、优越感的外化。我想，从他的整个形象与外观来看，说他内心深处具有相当强的傲气，相当明确的精英意识与"上帝的选民"的定格感，恐怕是"差不离的"，而且这种意识与感觉恐怕还是从年轻时代就已经形成了，形象与外观，总是长期岁月的塑造的结果吧！

卞之琳的雅士派头、雅士自我意识，实来自他这个人的确不俗，的确精致。不俗与精致可说是他最显著、最概括的特点。首先，"卞之琳"这个名字便十分雅致，在他这里，倒是人如其名了。他那著名的四句诗三十四个字，便是他精致中精致的精品，是他精致得最典型、最美的一次表现。可以看得出来，他在自己全部的诗歌、散文、随笔以及学术论文的写作中，都致力于构思精致与落笔不俗，这个题目足可以写一篇博士论文，我个人与"博士"这一范畴相距十万八千里，在这篇印象随笔里就此止步，不加细论了。我只想指出，即使是在现实生活中，对人对事他如果要议论作评的话，也经常是视角新颖，出语不凡的。如像讲起李健吾的待人待事的特点时，他冒出了这样一句话："他像个走江湖的。"语言奇特，不过倒是揭示了李重朋友、讲义气的精神，又如，有一次论及为文之道、文笔与内容的关系时，他结合以一位青年研究者为例，这样说："他善于表达，可惜没有什么可表达的。"他这类见地如果说有什么特点的话，那便是他能达到一定的超越高度，惯于从俯视的角度看人看事，加以刻意追求表述的独特，于是往往就不免带有冷峭意味，而少了点亲切与温厚。在我看来，这不能不说是他那不可更改、无可"救药"的雅士意识的本能表露。

在我们的现实生活，最经常不过、最雷打不动、最制度化的、最日常生活化的东西，简而言之，就是一个字：会。"翰林院"，研究所尽管既不是党政机关，也不是办事的单位，会不仅不少一些，反倒还要多一些，这大概是因为"翰林院"一直被领导当作"无产阶级革命思想阵地"，"前沿哨所"对待，要求得严格一些，抓得也紧一些。加以，本单位都是知识分子，而这批人既比较敏感些，也比较更为较真些，在这种群体的众目睽睽之下，有关政治大事、思想原则、学说主义的会议，那是非得严格按规定程序走全走完的。因此，在那个年代，人们在本单位的公共生活，主要就是开会，而在会上，人们要做的事不外是谈思想认识，找思想认识上的差距，检讨思想认识上的失误……习惯于这种政治生活，热爱这种政治生活，以这种政治生活为业的，当然大有人在，但对卞之琳这样一个有个性、有雅趣的高士来说，老在大众公共生活中裸露自己的灵魂、清点自己的思想，校正自己的认识，显然不是他所喜爱干的"活计"，虽然，他是一个研究室的头头，首先就有责任带头干好这一趟趟"活计"。

在他身上，这不是一个"态度问题"，更不是一个"立场问题"，而只是一个个性问题，他只不过是不善于，当然也不大情愿将自己的个性完全融化在从俗如流的时尚中，不大情愿放弃自己特定的思维模式，而按千人一面的模子塑造自己的言论形象，不大乐于放弃自己特有的语言风格，而"众口一腔"地操官话，操套话，重复社论语式与毛选语言。说实话，一般人即使要像他这么做，也往往做不到，而他在这方面可谓是"艺高一筹"，他既能保持自己的思维模式，个性特点与语言风格，又并不与主义学说，政策精神，领导意图相悖，我当时很想也偷着学点他这种高超的技艺，但终因灵性不足而未能窥得其堂奥，即使是在今天，回顾起来，也没有看清其奥妙的门道，理解其要领，如今想来想去，他此种高超技艺中似有一法，那就是"举重若轻"，也就是说，每遇严肃、厚重、艰涩、尖锐、尴尬、难消化、费理解的问题，他都如蜻蜓点水、仙子凌波、轻忽而过；或者明修栈道，暗度陈仓，绕道而行，曲径通幽；要不然就是若无其事，王顾左右而言他。如此如此，多年下来，一个单位曾经有过那么多次政治学习，政治表态，业务检查，思想检讨，但卞之琳有过什么表态，有过什么宣示，有过什么倾向，至今恐怕没有人能说得明白。至少我是说不明白的。他最大的艺术就在于他讲的话可不老少，但几乎没有给人留任何能记得下来的印象，不论是"左"的还是"右"的，不论是严正古板的，还是轻松调侃的，不论是热情赞颂的还是冷眼旁观的，而在那个年代里，任何人都是难免有过这种或那种失态的，或为"保守右倾"的失态，或为"过左狂热"的失态。

不过，在本基层单位公共政治生活中，卞之琳有一种行为方式，有一种倾向态度，有一种话题言谈，那是"打死了你也不会忘记的"，那就是他经常在政治学习会上，在研究室组织生活中的——我实在无以名之，且名之为——"失眠咏叹调"吧。

在"翰林院"里，按照领导统一的要求与布置，每个基层的研究组室一般每周都有一次例会，时间是两三个小时，内容主要是政治学习，有时也讨论点马列主义理论问题或组室的工作业务，这种会当然是厚重而严肃的，基层单位平日的"突出政治"的任务基本上就是靠它来完成，人们一般都是按做功课标准来认真对待的。我曾经在"布尔什维克"满堂红的文艺理论室工作过一个时期，那儿的政治学习开得都很肃穆。每个人都正襟危坐，坐而论道。但在卞之琳坐镇的研究室里，却有另一番气象。

到了九点钟开会的时间，由中青年研究人员组成的基本群众都到齐了，静候主帅升帐，然后，诸位元老如潘家洵、李健吾、杨绛、罗大冈稀稀拉拉陆续来到，这样往往就快九点半了，大家都不急，乐得轻松。最后，卞之琳匆匆来了，常显得气喘吁吁，甚至脸上有一股真诚的火急赶场的神情，于是，会议就经常以他的迟到表白为标志而揭开序幕。一般都是说自己从家门出来后，公共汽车如何如何不顺，或者途径南小街（由其住处到研究所的必经之路）时碰见了什么意外的事，意外的人，然后就接上重要的主旨发言，而其内容经常就是他那常年重弹而在这个小家庭里特别著名的失眠咏叹调：从前一天夜晚如何上闹钟，如何服安眠药开始，如何一片安眠药不奏效又如何服上第二片，甚至情况更坏，还需要第三片，然后，到了拂晓之前，总算有了一段沉沉的熟睡……再然后，如此无奈的情境就与起床之后辛苦赶会的情节衔接上了……真可谓构思严谨，结构细密。每次失眠的故事主体基本上如此如此，但也有个例的小异与不同，这次是一片，那次是两片，或者更多，有时是这种安眠药，有是则是另一种，有时闹钟没有起作用，有时干脆就忘了开闹钟……每次都有不同的枝叶延伸，关于失眠的医学议论，上医院取药的情况，自己的失眠史等等。在他漫长的独白中，在座的同志偶尔也有关切的插话，如对他健康的担忧，关于运动与生活规律可减少失眠的提示等，这些插话必然又要引发出他新的延伸与变奏：运动与生活规律跟失眠的关系，这两种办法对他之完全不适用，不必为他的健康担忧，他的家族有长寿史，他对自己的长寿颇有信心等等。失眠独白及其延伸，最后总算完全告终，卞之琳宣布"言归正传"，正式开始讨论领导上原先布置下来的题目，但会议时间至少已经过了一半，甚至一大半。会议的前一半既然开得轻松愉快，后一半也就不会肃穆古板了，因此，每次组室例会都绝无坐而论道，言必主义学说与政策法规的气氛。

尽管卞之琳每次失眠独白基本上都是老调重弹，冗长单调，他那口浙江土话一点也不娓娓动听，但这个小家庭的成员都乐于"洗耳恭听"，因为他把一堂堂沉重的功课变为了一次次轻松的聊天，又无形中免除了大家表态、论道的义务，潘家洵、李健吾闭目养神，乐得自在，罗大冈偶尔插上一两句，以显示自己的机敏与高明，杨绛则面带优雅的微笑，饶有兴趣地听着，罗念生因为耳有点背，所以总是身子前倾，用手掌张在耳根处，唯恐漏听了一个字，其他中青年学子，辈分摆在那里了，彬彬有礼地端坐，就像在听老师讲课。尽管这个组室的政治学习从来都"不大符合规范"，质量不高，但卞之琳却"无心插柳柳成荫"，使得组室的所有成员对他颇有亲和感，至少觉得他不那么大义凛然，不那么道貌岸然而令人生畏、令人肃然，青年学子在背后凡是提到所里的党政领导时，都在姓名之后加上"同志"一词，以示尊敬，如，何其芳同志、毛星同志……提到老专家学者时，则都加上"先生"一词，如，提到杨绛时，称"杨先生"，提到李健吾时称"李先生"，以示敬仰，唯独对卞之琳例外，虽然他既是党内领导同志，又是学术权威，大家提到他时却简称他为"老卞"，似乎大家都是同一辈分的哥们兄弟。

在20世纪愈来愈沉重，愈来愈严酷，愈来愈炽热的60年代，卞之琳就这样以其独特的人情人性与自由主义做派，带给了一个小小的基层单位些许宽松的气氛，形成一种和谐的状态，对此，老布尔什维克、研究所里的"左"派人士是颇不以为然的，但这种气氛与状态，事实上却能在那样一个时代氛围里，使这个小集体里的人多少得到点喘息与宁静，至少可以在神经必须绷紧的时候稍许放松一点，坦率地说，我个人是比较赞同、比较喜欢的，这也是我当时乐于从另一个单位调到卞之琳那个研究室工作的原因之一。

4

卞之琳所坐镇的西方文学研究室，一开始就是研究所的两大"藩属"之一，另一个则是余冠英的中国古代文学室。两者的基本条件都是人员编制较多，而且可称得上是"精英荟萃"、"名士云集"。余室之中，"第一梯队"就有俞平伯、钱锺书、王伯祥、吴晓铃、力扬、陈友琴、范宁等等，且不说"第二梯队"的胡念贻、曹道衡、蒋荷生、陈毓熊、刘世德、邓绍基了。卞室的编制规模略小一点，但名家名士的层次似并不逊色。这里年龄最长的潘家洵，是五四新文化运动的宿将，是他把易卜生的戏剧译进中国之后，鲁迅才写出了影响了一个时代的《娜拉出走后怎样》的名文，潘老深得毛泽东"集中兵力打歼灭战"策略之精髓，从来只把自己的才智全用在易卜生一人身上，其业绩果然在中国堪称"唯吾独尊"，看来一两个世纪内是不会有人超得过他的；李健吾、杨绛、罗念生早在中华人民共和国成立以前就已经既以文又以译蜚声文化界，特别是李健吾的《福楼拜传》与《包法利夫人》，杨绛的《吉尔·布拉斯》更是外国文学领域中难以企及的精品，罗大冈当时在翻译界也是名重一时的人物，既以其长期在国外的高学历与像《波斯人信札》这样有出色的译品骄人，更以其对《约翰·克利斯多夫》与罗曼·罗兰的"革命批判精神"著称，还有缪朗山，他以通晓七八种外语闻名，译著数量亦甚可观，而在这一批资深的老专家之下则是一批已学有所成的中年人，除了被看好的卞之琳的接班人英国文学专家杨耀民外，"九叶派"诗人中这里就有两"叶"：袁可嘉与郑敏以及著名的女词人茅于美。此外，还有一批当时已经崭露头角、日后将发挥巨大的学术作用并拥有广泛学术文化影响的青年学子，如：朱虹、吕同六、郑克鲁、董衡巽、陈琨、张英伦、张黎等等。这就是卞之琳当时所统率的队伍，毫不夸张地说，这是一支兵精将广的队伍，正是这支队伍，从 20 世纪 70 年代后期一直到 21 世纪初，开拓并推动了外国文学研究与译介大繁荣的局面，其业绩之显著与厚重，无疑要超过中华人民共和国成立前与中华人民共和国成立初期，如果不是"十年浩劫"的大破坏，这繁荣的局面本可以在 60 年代就来到。

统领这么一支人数甚众、层次较高的队伍，在研究所里，无异于坐镇一方的大员，是"翰林院"里一项重要的任命，统领者当然是个"官"，而且是级别相当高的"官"。对此，刚入"翰林院"时不甚了了，日子久了，就会知道那时的研究室主任必须要著名的学者才能担任，职称当然必须是研究员、教授，在行政上也有明确的"官阶"，用行话来说，就是"正局级"。不过，这是"翰林院""人口稀少"时期的情况，到了"文化大革命"后的大扩张时期，情况就有所不同了，在胡乔木、邓力群主持"翰林院"的时期，大批有革命资格、行政级别高的各级领导干部拥入"翰林院"，也许是因为"正局级"的编制不够用了，所以担任研究室领导职务的业务专家的行情就走低了，从"正局级"贬值为"副局级"、"正处级"了。不论后来有什么变化，卞之琳在当时的确要算是一个"官"，而且是完全享有"司局级"待遇的官。

在官本位的条件下、环境中，有官阶的人要没有官气是很难的，总得端点官架子吧，总得摆点官谱吧，总得来点"恩威并济"、"作威作福"吧，最最关键的恐怕就是不折不扣履行那种听取下属请示汇报的"义务"，坚守对下属的进行指点、吆喝、命令的权威，从不放弃在关键时刻、关键问题上对下属的际遇、处境，甚至前途、命运施加影响，并要求下属绝对服从的"便利"。如果说，所有这些在职能部门、军事部门还有必要的话，在学术文化部门恐怕就是一种异化的追求与趣味了，可是在"翰林院"里，好此道、好"这一口"的人士偏偏不在少数，谢天谢地，卞之琳所统领的那支人马运气不错，他们的统领者没有这种习气，他是个真正的学者、真正的"雅士"。

卞之琳统领方式的最大的特点、也可以说唯一的特点，就是四个字：无为而治。

他的无为而治，首要的内容与要领就是，每个人愿意干什么就干什么。在这点上，他倒容易使人想到文艺复兴时期法国人文主义文学巨匠拉伯雷的那句格言："做你愿意做的事。"拉伯雷把这句格言写在他著名的"德廉美修道院"的门楣上，是提出了个性解放的口号。卞之琳虽然不专门研究法国文学，但以他广博的文学史知识与他优良的法文水平，他肯定是知道这个著名的箴言的，他当学术统领的做派，不过就是充分尊重下属的学术个性而已，这首先是信任对方学术选择的良知，学术志趣的合理与学术能力的适应，也就是说，相信对方能选定符合正确社会文化价值取向的项目与课题，相信对方的选择又是以个人的学术兴趣、学术关注为基础，并且有能力适应与完成这一项目选择。他既然深知其部属都是具有较高水平与较高能力的"熟练工人"，他又有什么必要去规定与告诉他们该干什么，不该干什么，就像对小学生、小学徒那样？尽管研究所领导规定研究人员的基本任务是研究而不应该是翻译，但潘家洵仍长期抱着易卜生不放，李健吾要译莫里哀全集，杨绛要译法文小说《吉尔·布拉斯》，西班牙小说《堂吉诃德》，罗念生要译希腊悲剧与喜剧……所有这些不都是很有意义的文化建设项目吗？有什么不好的？卞之琳都一一认可尊重，礼让放行。

从中华人民共和国成立之初的 50 年代一直到"文化大革命"前，意识形态领域就形成了这样一个名正言顺、堂而皇之的传统，领导上总要根据"兴无灭资"的根本任务与"革命大批判"的战斗需要，抓项目，出题目，下达任务，于是授意性的文章、指令性的批判任务以及专干此类活的写作班子等等层出不穷，愈到"无产阶级文化大革命"愈是大行其道，而受命为文，奉命为文者，往往身价陡涨，格外得到上级领导的重视与嘉奖。卞之琳显然对这一套没有任何兴趣，我从未见过他搭理上面的授意性、指派性的批判任务，也没有见过他自己下达过授意性、指派性的选题与项目，于是，在他当时领导的西方文学室，蓝色的花，白色的花，红色的花，粉红色的花都有。如果出现过什么耀眼的红彤彤的革命大文，实不该归功于他，而该归功于制作者本人的"革命自觉性"，如罗大冈一系列高举革命大批判旗帜的大文都与卞之琳无关，我在60年代初做过法国新小说派之批判的课题，也完全是受当时"革命形势"的影响而犯了"'左倾'幼稚病"所致，我为这种"'左倾'幼稚病"所害不止一次，直到亲身经历了"文化大革命"的十年浩劫之后，总算达到了彻悟，才治愈了这一种病根。

不难看出，在那个愈来愈沉重，愈来愈炽热的年代里，卞之琳以他特定的"不为"与"无为"方式，在一个小小的园地为学术生态的自由与发展，为各种优质生物的恣意生长提供了十分必要的空间与气候。他不仅是给栽培者放行、认可，而且，在整个的过程中，他绝对也没有那种兴趣要显示自己的高明、权威与水平对栽培者进行指指点点、敲敲打打，就像那个时代很多外行领导乐于做的那样，而是充分尊重每个栽培者的自行其是的自主行为。不过话又得说回来，他统领的每个文化精英都有充分的水平，又有什么需要别人来指点干预？即使是高明的指点与干预。于是，他那种似乎是冷漠的旁观，客观上也就变成了一种乐观其成的赞许。更为难能可贵的，也许是要算这一点了，那就是他绝不像那些俗人与小人的小肚鸡肠，对每个栽培者、劳作者的丰硕收获总侧目而视，红眼难容，而是具有一种见识与雅量去加以肯定与赞赏。这说来似乎是一种很低的境界，不值得一提，但以我在士林中积数十年的观察与感受，却深知这是一种并不多见的品格，一种可贵的品格。正因为有卞之琳这种无为、宽松与雅量，他守望的这一片园艺，就生产出了《莫里哀全集》《易卜生全集》《堂吉诃德》这一大批传世的文化业绩，虽然这片园子的面积不大，园丁不多，与整个中华大地的沃土相比仅为千万分之一，但其在中华人民共和国成立后社会文化积累的总量之中，却是举足轻重的。

卞之琳作为一园之长，有无为、不为、甩手，甚至旁观的一面，也有使劲、费力、不辞的时候，当非要他不可的时候，他还是不吝自己的气力的，这表现在培养青年学子与援手同事这两个方面。

在"文化大革命"以前，虽然没有研究生培养的正式制度，但对"翰林院"这样一个学院性的单位来说，实际是存在着有计划、按严格专业要求培养学术接班人的计划与安排。从文学所建立伊始，卞之琳就率先带上了两徒弟，后来到"文化大革命"前两年，又正式带了一个研究生，在研究所里数量要算是最多的，这说明他在培养青年人方面还是有使命感、有积极性的。他的前两个徒弟都在他的指导下专攻莎士比亚学，其中一个因为身体一直不好未能成器，而且壮年早逝。另一个则是埋头攻读的朱虹。至于"文化大革命"前招收的那研究生，一看便是"业务好""政治红"的人才，被看好是个正式的接班人，但后来他却慧眼看透"翰林院"已呈衰败之势，学术道路前途暗淡，毅然跳槽去了一个炙手可热的单位，走上了从政的道路，成了一位高级干部。卞之琳的三个高足之中，总算还有朱虹一人一直坚持留在学术文化界并磨炼成为一个有广泛而深远影响的重要学者，尽管朱虹在进入研究所以前，就已经是北大西语系出名的高才生，朱光潜的得意门生，早被钱锺书等学术前辈所看重、所欣赏，但卞之琳的系统培养实在功不可没，我就多次听到朱虹感念卞之琳带徒弟时的认真负责。虽然卞之琳本人在学术上不是以博览群书、旁征博引的本领著称，而是以感受丰富，善于深掘观点，生发见解的才能见长，但他培养徒弟的要求与方式却完全是严格的学院式的，要求徒弟埋头读书，多多益善，从莎士比亚全集的文本，到莎士比亚时代历史，个人身世的谜团，到艰难的莎士比亚的版本学，到历代各国的莎士比亚评论与研究……几乎要读个"完全彻底"，读个"底朝天"，而且读完之后，还必须写读书报告。他严格要求别人，无形中自然也就要严格要求自己，至少免不了要多多审阅读书报告。用如此严格的学院派的科班方式坚持十年之久，绝非一件轻松的差事，尽管在如何培养青年学者、"学术接班人"的问题上，研究所内主流派人士认定正确的道路是读书加社会实践与"参加战斗"，对卞之琳的闭名读书，"厚积薄发"培养方式不大以为然，但这种方式给被培养者打下了坚固厚实的学术基础，却是大家广为赞赏的，卞之琳培养工作的劳绩也就的确功不可没了。不过，话又得说回来，虽然卞之琳的高足在莎士比亚学方面的确修炼得广博而精深，偏偏一辈子都未能在莎学上有任何施展，倒是在英国 19 世纪小说研究，美国文学研究与中译英等领域，取得骄人的业绩。

我于 1964 年来到卞之琳的麾下后，作为晚生后辈虽然未有幸得到他的亲自指点与教诲，但也亲眼见到了他对有的后生如何不遗余力的苦心栽培，这事似乎应该从他自己的布莱希特研究谈起。卞之琳 60 年代访问波兰期间，观看了布莱希特戏剧的演出，产生了强烈的兴趣，便开始了他的布莱希特研究，为时不久，他就完成了他的专题评论集《布莱希特戏剧印象记》。看来，他颇有意在中国普及、推广这位德国共产党作家的戏剧，除了发表"印象记"

进行评介、提示与宣传外，还准备组织翻译中国题材的剧本《高加索灰阑记》，鉴于国内英文翻译水平相对较高，他自己又是英文翻译方面的权威，他最初的计划是选一位英文水平较好的译者承担此任。但他麾下一位德国留学生闻风而动，无疑认定这是"自己园子"里的事，而他本人更有资格来完成，便径直从德文译了出来。卞之琳通情达理，善解人意，玉成其事，为了使译本达到发表出版的水平，不惜自己花费了大量的时间与精力，审阅、校对与修改其稿。这个剧本的发表，要算是中国介绍布莱希特的开始，也成了那位留德学子一生中最主要的一项业绩。说实话，卞之琳如此奉献自己，大力栽培晚辈后学的事例并不多见，在他麾下，能得此荣幸者，仅凤毛麟角而已。这一次他之所以特别出力，一方面是因为自己对布莱希特很感兴趣，有兴趣的事做起来自然特别起劲，另一方面也是因为那位留德回国的学子，符合"根红苗正"、"政治上强"的标准，一直被组织上，被领导视为重点培养对象，实际上是作为学术庙堂的接班人而一直受到精心的呵护与栽培，卞之琳在这件事上的忘我贡献，无疑显示出了他作为一个党员领导干部的觉悟与水平。不过，后来的事情是否按人的主观意志为转移，是否按既定方针兑现，那可就没有准了，因为要在学术文化上有出色的作为、成大器，必须靠自己的勤奋与灵性。

虽然卞之琳谈不上是个古道热肠、乐于助人的仁者，甚至经常还给人以冷漠、漠然的印象，但他也有与人为善、出力援手的难能可贵的事迹，即使是对自己的同辈同事。据我所知，当时有一位老学者正专注于翻译一种古代经典文学，由于他本来是从英文系出身的，自然就不免借助与参考英文译本，本来，他早年能写一手漂亮的散文，到了年迈失聪的高龄，文笔也就不那么润泽了，为了使他的译品无愧于原文的经典，卞之琳作为一室之长，慷慨援手，花费了大量的时间，用他那十分讲究的文字功夫，为译稿做了不少加工润色，真正做了一次无名英雄。

5

在五六十年代，"翰林院"有一个响亮的激动人心的口号："出成果，出人才"，并且以此为"翰林院"的基本任务，它是制定工作计划的目标，也是检查工作，总结工作的标准，人们在大会上、小会上经常要论到它，时任中宣部副部长的意识形态总管周扬每一次到"翰林院"来做报告或发表讲话，都要热情洋溢地说到这个目标与任务。由这个基本任务派生开去，就有了一系列准则，在各项工作的关系方面是："一切以科研为中心"，"一切为科研服务"；在研究所、研究室的干部的任命方面是，非本学科第一流的学者、最有声望的学者不可；在院内风气方面，专家学者凡事都受到尊重，都得到相当周到的礼遇，愈是声望高、名声大的，得到的尊重与礼遇愈是无微不至……如果把"翰林院"视为一个高级意识形态的制作工场的话，这一切准则应该说是合理而正常的，因此，这些准则在"翰林院"占相当重要地位的五六十年代，那可以说就是"翰林院"的黄金时代。卞之琳担任领导，基本上就是在那个"黄金时代"。

不过，说实话，在中华人民共和国成立后，在社会主义革命潮流不断涌动，不断汹涌澎湃的历史年代里，"翰林院"里安生日子并不太多，书生的书桌经常因大小不同的地震而不安稳，而不平静，即使是在没有地震的时候，上述那些口号与准则，在一些对发展学术文化毫无兴趣，而对"突出政治"则有特别嗜好的人看来，就有点"不是味"，"不对劲"，因此，只要一碰上政治运动、思想整风的时候，就被当作"长资产阶级知识分子的志气、灭无产阶级的威风"的"修正主义路线"而遭到冲击与批判，当然一切与"不问政治"的"白专道路"有关的人与事一概都会被敲打、被清算，卞之琳也是在这种乍冷乍热的环境下当了十几年的学术统领。

如果完全按"出人才、出成果"的准则，那么应该说卞之琳是一个好官，至少是一个很称职的官，有业绩的官，但运动一来，他总要比他麾下的一个个小萝卜头多做一点检查，更有甚者，他竟然还在两次"整风运动"中被指点为"重点对象"。

一次是在"反官僚主义"的整风中。按说，卞之琳是最不追求官气、是最不摆官谱、最不故作官态的人。当时，至少我个人认为这事不至于会摊到他头上，可是，没有想到的是，他竟成了那次整风的重点对象，不过，环顾一个近两百人的研究所，官僚主义重点整治对象，舍他为谁？一两个民主党派的"司局级干部"总不能随便整吧，党员领导干部中，和延安老干部、30年代的老文运相比，卞之琳的革命资历最浅，党龄最小，身上红彤彤的色彩最淡，加以他统领队伍的方式与行事做派又有那么一点别致，这次"整风"的角色就非他莫属了。当然，具体的近因则是直接的"导火线"，事情是这样的：此前不久，研究所里根据上级交下来的任务，对外国19世纪资产阶级文学进行批判，组成了一个跨研究室的大批判组，指派卞之琳挂帅，参加的有不止一个延安来的"老文艺战士"，还有一批青年研究人员，任务是要写出无愧于"翰林院"水平的高质量革命大批判文章。既然参加者构成了一个战斗队，甚至是一个"兵团"，完成任务的方式当然就是大家动手，"打一场人民战争"。我当时也是这个"兵团"里的一名小兵，用今天时髦的术语来说，是一个"边缘化"的小人物，在我看来，这个任务，这种人员构成、这种"战斗方式"都难为了卞之琳。但他自有对策与高招，对他来说是最省时、省力，最能出成效的高招：先是让群众充分释放出其积极性与创造性，放手让你们去表态、表决心，坐而论道，统一认识，制定提纲，分头执笔……他自己则什么也不说，什么也不做，他这么充分依靠群众总没有错吧……然后，他从几位高手里接过来已经完成的批判大文的初稿，就让整个"兵团"劳逸结合，好好去休整休整。这一休整就是一个月，在此期间，他从不露面，从不打扰，一个多月后，他出来了，拿出一份"修改稿"，原来，他是闭门不出，在对初稿进行加工修订。可是，大家一看，原来那份初稿连同所有的提纲、材料都一字不剩，全被抛到九霄云外去了，眼前这一篇大文完完全全，彻彻底底是卞之琳的"个人作品"。完成了"战斗任务"，交了差，没有太麻烦革命群众，最后大文也顺利发表了，并且不是以他个人的名义，而是以集体的名义，也许在卞之琳看来，他这是做了一件高风亮节、功德圆满的事情，但参加"兵团"的"老革命"、"老战士"以及从来都以维持"翰林院"里道统规范与"学术秩序"为己任的"左"派看来，他把革命群众晾在一边一个多月，最后将大家辛辛苦苦的成果甩得一字不剩，作为一个领导干部如此脱离群众，藐视群众，居高临下，像贵族老爷一样，是可忍，孰不可忍？要知道，这些另有看法的人士从来都是"翰林院"里的社会中坚，他们的观点、意见与舆论，在这里经常是举足轻重的，于是，卞之琳的这个事件就成了那次反官僚主义整风中的一个主要整治对象，他当时在听取"批评帮助"时那副神情沮丧的样子，我至今仍想得起来。说老实话，这应该说是卞之琳蓝调的一次不小的委屈的悲剧，且不论他当时没有让一大批群众拥挤在一起，白白消耗精力，免受了一次"大炼钢铁"之苦，仅以他完全包办代替的那篇文章而言，在我看来，实在要算五六十年代辨析巴尔扎克、托尔斯泰现实主义的唯一一篇有分量、有深度、有说服力、有学术理论价值的大文，可惜卞之琳晚年未将它收入自己的文集，想必是因为与自己的辛酸记忆有关吧。

另一次是在反国际修正主义的学习中，苏联赫鲁晓夫上台后，中国的执政党就高举起反国际主义修正主义的红旗，大有力挽国际社会主义开始分崩离析之狂澜之态，连续发表著名的"九评"，把这一"关系世界革命前途"的斗争推向了高潮，事关无产阶级革命事业的兴衰，"翰林院"作为"无产阶级的思想阵地"当然要大加学习。学习的任务不外是提高认识，统一思想，清理与斗争形势不相称的观念、观点。说是学习，其实就是一次小小的内部思想整风，这样的学习自然又把卞之琳捎带上了，因为他在当时全国唯一一家外国杂志《世界文学》上，发表了洋洋近十万字的《布莱希特戏剧印象记》。

布莱希特是 20 世纪德国作家，对一个 20 世纪西方作家进行如此大规模的评介与研究，在当时是极为罕见的，事实上，卞之琳此作是五六十年代整个文化学术领域里"众目睽睽"之下一件大事了。应该说，卞之琳还是谨慎有度的，他并没有去碰"西方资产阶级文学"这个禁区，更没有踏进"西方现代派文学"这个雷区，他选择的对象是一个德国的马克思主义作家布莱希特。但德国马克思主义者恐怕跟斯大林式的马克思主义多少是有点不同的，而中国人在五六十年代，则是按照斯大林式的马克思主义来理解问题、对待问题的。何况，布莱希特这个人还有那么一点微妙性、暧昧性，他似乎跟现代派戏剧艺术有点关系，至少跟中国人遵循苏联老大哥的观念而特别尊崇的现实主义原则有点"出入",加以,卞之琳又力图使他的评论有点深度、有点思辨性,带点哲理性,这与"九评"的理论观点与理论语言就有差距了。于是,他又一次成了重点对象,他的《印象记》也就成为革命群众"相与析"的"奇文",当然"学习"与"讨论"都是有领导、有组织地进行的,骨干力量与中坚分子基本上都是党组织在各种"运动"、"整风"与"学习"中所依靠的积极分子,有的是"德才兼备"的学术接班人,有的是领导上重点培养的优秀党员,有的是一贯高举革命批判的大旗,不遗余力维持理论界的秩序的党外布尔什维克,有的是足智多谋,善于在现实生活中起作用的人物。这次"学习"与"讨论"原则性很强,上纲上线到了"修正主义思想",不过倒是文质彬彬,"讨论"完就完了,不存在什么处理问题,似乎也没有什么"工作鉴定"与"政治结论",而只留下了记忆。"修正主义"一词,性质的确是"高"了一些,但在那个年代,这个帽子经常满天飞,人们也见多不怪了,而且,似乎只有到了一定的层次与级别,有了一定身份才佩得上这顶帽子,以我个人的经验来说,虽然在"白专道路"、"粉红色道路"上已经走了若干年,"过错"与"劣迹"早已被组织上与革命群众看在眼里,但在"文化大革命"之中,也只摊上了"修正主义苗子"的名号,还未能有幸进入"修正主义"的正式行列,那显然也是因为"层次"不够,"级别"不够,还没有"修成正果"。

总而言之,卞之琳在"翰林院"里的这些际遇,与他统领一个人才济济的研究室出成果、出人才的业绩,明显有点不相称,用流行的俗话来说,他是不得意的,走得不顺当。说实话,我当时就很明确地感到这一点,特别是在1963年文学研究所中几个外国文学研究室终于独立出来，另行成立了一个独立的外国文学研究所的时候。分所之事至少酝酿了好几年，在此期间关于何人出任这个新所的所长一职，一直是学界猜度与议论的热门话题。本来，按卞之琳在外国文学界的学术声望与在"翰林院"里的工作业绩，由他出任研究所的所长，是实至名归的一件事，而且，他出身于本单位，对情况与人员都比较熟悉，更可谓顺理成章，水到渠成。然而，最后出乎很多人的意料，领导上没有任命卞之琳，而是费了不少时间与气力，把冯至先生从北京大学西语系主任的岗位上硬调过来出任外国文学研究所的第一任所长。上级领导为何如此舍近求远的原因，我一直没有听说过，长期以来，按我个人猜度，也许是因为"翰林院"里有些人反映卞之琳统领队伍的方式有点"自由化"，因为他有些名士风度、雅士风度，而这与"官位"是格格不入的。

不过，这件事似乎在卞之琳身上没有起任何作用，他对此好像浑然不觉，看不出他有什么"心情"，有什么"情绪"，我想，这可能是因为他心里并无此志，并无此一预期，几乎可以肯定地说，他对官位是没有什么兴趣的，更不用说有什么追求，这是他因内而外的蓝调根由，是卞之琳的可贵与魅力。

6

20 世纪 60 年代初，我从文学所正式调到外国文学所西方文学研究室，从此才与卞之琳有了具体的接触。在分所以前，只是因为我所在的理论研究室与卞之琳的西方文学室经常合并在一起开"联组会议"，进行例行的学习讨论或开展运动，才可能经常就近观察卞之琳，两个室各有其骨干与积极分子，我正好待在两省交界的

"边区"，尽可能避开发言表态的义务，而充当一个"静观者"，说实话，在那个年代，不充当静观者，有些感受与体会是出不来的。

我调到西方文学室后，就被领导任命为该室的"秘书"，那时的"翰林院"，官僚机构的气息要比后来淡许多，一个基层研究室（组），除了一个室主任或组长外，只有一个"室秘书"，或"组秘书"，秘书算是"第二把手"，但在地位、作用、级别等各方面与第一把手相距很远很远，只不过一个跑跑腿、打打杂的小角色，而我之所以被任命这个差事，也仅仅是因为原来那个"根正苗红"，一贯受重视、得栽培的同志下放锻炼未归，留下一个空当。总算我有此知己知彼之明，也还算知趣识相，在填空白的时候，勤勤恳恳、兢兢业业做好本职工作，那位同志一锻炼归来，我就赶紧辞职让路。因此，我给卞之琳当"行政助手"的时间并不长。

"行政秘书"的职务是辞掉了，但另一个学术性质的秘书职务却没有辞掉，那就是卞之琳挂帅的文学史编写组的秘书一职。事情是这样的，我调到卞之琳麾下后，当时任中宣部的常务副部长周扬，向外国文学研究所提出了编写欧洲文学史的重点任务，并且强调，能否完成此任务，是"研究所生死存亡的大事"。据后来评论家的分析，周扬此举是为了对抗愈来愈"风雨欲来风满楼"的"文化大革命"的前兆。不论周扬是怎么想的，反正研究所闻风而动，很快就成立了一个《二十世纪欧洲文学史》编写组，由卞之琳任组长，我则被任命为编写组的"秘书"，给他当助手。对此泰山压顶式的重头任务，卞之琳并未敬若神明，仍然是那种"无为而治"的做派，爱理不理，参加编写的中青年研究人员，倒是都很积极，把这视为一桩"重要的活计"。为了把事情迅速向前推进，我责无旁贷要起到"承上启下"的作用，于是，就得从他一些不着边际的高论中撷取若干意思，拟定计划，请他点头认可，只要他不反对，就付诸实施，然后就像一小工头似的，协调、催促、检查、集稿、修改、审定、再进一步……就这样从分期到分章，从大纲到提纲到细纲，经过兄弟姐妹的齐心合力，众志成城，以堪称卓越的效率，短短几个月即写出了好几万字的详细提纲，交出了一份令人满意的阶段性成果答卷，在"眼毒"的人看来，这个"学术秘书"大概有点"挟天子以令诸侯"的做派，但我们大家要交差呀！不是"生死存亡的大事"吗，总不能待在那里不动吧？不论怎么样，卞之琳无为而治，乐观其成，客观上也是一个不可或缺的助力，至少不是阻力，最后他挂帅的这个项目总算有了成绩，没有"掉份"，当时"翰林院"的领导对此颇为赞赏，还组织了专场报告后，要编写组去介绍情况，以推广这次"学术工作的成功经验"。

可惜，"文化大革命"的风暴很快就降临，彻底打断了编写组的工作，结果只留下了一份六七万字的《二十世纪欧洲文学史》的详细提纲。

"文化大革命"完全结束后，胡乔木、邓力群入主"翰林院"，从此有了"中国社会科学院"这个堂皇的称号，业务工作也全面恢复了。卞之琳仍是外国文学所西方文学研究室的主任，但随着整个"翰林院"的扩充提升，他的研究室也"水涨船高"，多任命了三"副主任"，其中主持常务工作、主抓政治的是一位老革命、老干部，不才则忝为其列，分工"抓业务"。由此，卞之琳的行政职务开始真正"有名无实"，及至七十年代中期，又是按照"翰林院"领导的安排，"三家分晋"，卞之琳的西方文学研究室按不同的地区与国别，一分为三，原来三个副手又进一步"扶正"，卞之琳从此就完全从学术领导岗位上退了下来。据我所知，"三家"之中，其中之一是很明确地、很自觉是继承了卞之琳"出人才、出成果"的传统，在一定程度上沿袭了他"无为而治"的做派，当然也添加了一些"乐观其成、大力赞助"的热诚与善意，成了外国文学所里公认的科研硕果累累、俊秀人才辈出、成绩突出的研究室，但同时也继承了经常被侧目而视、被告诫、被敲打、被否决的命运，随着"翰林院"愈来愈"思想阵地"化，愈来愈"行政管理机关"化，卞之琳的后继者的这种际遇实更有过之而无不及。

卞之琳于 2000 年逝世，活到九十岁，正如他生前常说的，他的家族有长寿的传统，他肯定长寿。如果他吸烟史不那么漫长，而且每天的量不那么大，他也许会活过百岁。

晚年，他带过两个硕士研究生，那是研究生制度正式建立后，"翰林院"招收的"黄埔一期"中的两个：裘小龙与赵毅衡。后来，两人都出国发展，一个赴美，一个赴英，均有所成，在大学里执教。博士研究生制度一建立，卞之琳就是当然的博导，但他后来实际上并没有招收博士研究生。他晚年主要是将过去完成的《莎士比亚戏剧论痕》与《布莱希特戏剧印象记》等著作以及莎士比亚戏剧等译品整理修订出版，似乎没有写也没有译什么大部头作品，他写的外国文学评论文章也似乎只有一篇，那是七十年代末我向日丹诺夫论断"揭竿而起"、"三箭连发"时，在《外国文学研究集刊》上组织两期重新评价西方 20 世纪文学的"笔谈"，组稿对象基本上都是有锐气的中年学者，如朱虹、李文俊、陈琨、高慧勤等，老者我只请了他这一位，一是因为他是"老上级"，有故旧感，二是因为他对西方 20 世纪文学的确有精深的学养，虽然我并不期望从他那里能得到有冲刺作用的文章。我请了他两三次，他都拒绝了，还冷冷加上了一句："谢谢你的好意。"就像当年对北大诗社的小青年那样，当我不存任何希望的时候，最后，他却交来了一篇三四千字的"笔谈"文章。这是在文学史编写工作之后，他与我的第二次有"合作关系"。

他晚年也免不了更有怀旧倾向，一些怀念老朋友的文章，基本上是集中写于七八十岁以后，显然是为了留下若干文字的纪念，但篇幅几乎都很短小，历史内容与个性的观照并不多，以自己的感受为主，感受当然是典型卞式，细腻得很，细腻得叫人有时不易体会其意。

愈到后来，他愈是深居简出，杜门谢客，人们都见不到他。大概是他去世前的一两年，我从中央电视台录制的《东方之子》栏目看到了对他的专题报道，一个形象儒雅，身材挺拔，风度翩翩的卞之琳，完全被衰老侵蚀得不像样子了，话音也细弱不堪。简直有点"惨不忍睹"。我当时愤愤地想，有关单位早干什么去了，直到最近才给才俊雅士留下这么一副影像，继而，我又感到释然，因为我知道，虽然得以进入"东方之子"这一个"不朽行列"的已经有成百上千人，但在众多的人文名家中，卞之琳毕竟是极少数极少数得此殊荣的一个……

在卞之琳去世四年后的 2004 年，我主编"盗火者文丛"，恭请卞之琳入座上列，帮他的家属编选出他的一本散文随笔集，以他一篇著名的时文《漏室鸣》作为书名，因为在我看来，这篇不平而鸣的文字，多少反映出了老年卞之琳的际遇与心境，或许还蕴藉了他生平中若干尴尬事的积淀。在《漏室鸣》已经付印即将出版之际，又写了这篇《蓝调卞之琳》，算是我跟他最后的道别吧！

2005 年 4 月 16 日

悼念何西来

何西来走了，中国少了一个学养厚实、见识卓越、影响广泛而深远的批评家，在国内各种文学座谈会上、各种学术文化活动中，再也见不到他那高大雄健的身影，再也听不见他那声如洪钟的声音，在社科院宿舍区的庭院中，再也不能与他迎面相逢、总要停步下来、有短暂非寒暄式的交谈……所有这些，朋友们的若有所失感将是锐锐的、沉沉的。

他走得这样早，没有想到。他，一典型的关中壮汉，人高马大，虎背熊腰，走起路来，虎虎生威，讲起话来，嗓音洪亮，其形貌、其精气神，活像一具威武雄壮的秦兵马俑复活，他一直给人这样一个印象：似乎他与死亡无缘，至少是与老迈无缘。偏偏是他，不到一年前，就隐约传出身患癌症的消息，但每次遇见他时，并不见他有丝毫病态，更没有听见他谈及过自己的病，至少语气中有所透露，但见他，若无其事，满不在乎，仍骑着自行车在社科院的宿舍区驰骋出入，使人觉得病魔肯定是奈何不了他，最后的大限离他还远着呢，甚至遥遥无期……

不久前偶遇时，听他说仍坚持每天步行一两公里，他正准备写一组素描当前名家名士的文章，因为正好与一家大报有稿约作为开端，柳某竟荣幸地被他列为首选对象之一，而后，他还有一项大计划，要写一部《杜甫传》……直到他去世前的一两个星期，我仍在宿舍区大门口见他骑着自行车，采购蔬菜食物回来，只是脸色似乎有点发黑，怎么也没有想到十来天后，他竟离开了这个世界。

何西来最后的时日，既是病魔快速毁人的悲剧，更是人淡定自若、顽强抗争的高歌，在这里，人的精神超越于死亡之上，人的精神力量是傲然的强者。

我与何西来基本上是同一辈人，我只长他四岁，我们算不上是很熟的朋友，与他不同校，不同学科专业，不同供职单位，但很早就互相认知，用西来的话来说，"已有半个世纪之久的渊源"，这其实是一种美意的夸张之词。实际情况是，他于六十年代初，就读于中国人民大学文艺理论研究班，这个曾以"马文兵"的笔名叱咤文坛、赫赫有名的科班，名义上是由中国人民大学与当时的文学研究所合办，文学所派了著名美学家蔡仪坐镇。我当时在文学所，是蔡仪领导下文学理论研究室的一名年轻研究人员，室主任蔡仪移师进驻有名的北京铁狮子胡同一号文研班的所在地，室内好几个青年研究人员，如于海洋、李传龙、杨汉池与我也簇拥而至"铁一号"，担任文研班的助教职务。其实，我们这几个"助教"只是象征性的摆设，并未起什么作用，也没有跟文研班打成一片、融为一体，倒是由此对文研班的人员情况多有了一些了解。年轻的助教们私下对年轻的学生评头论足，惦斤惦两是常事，也是乐事，我们之中，于海洋年龄较长，阅人较多，并卓有见识，与文研班的接触也较多较早，数他最有发言权，我就听他说过，文研班的才俊中，"要数小何潜力最大"，具体来说：他博闻强记，中外兼收并蓄，对经典名著名篇背诵如流，而且文思敏捷，将来必成大器，云云。于海洋已英年早逝多年，但他对"小何"的评价果然被何西来以后自己的作为所证实。

在文研班，充当了好一阵子"摆设"之后，我们几个青年"助教"就搬出了"铁狮子胡同一号"，虽然在"任期"中与文研班的学员并无多少业务关系，但我却有一个意外的收获，那就是一别多年之后与何西来碰面时，他就称呼我为"柳教授"，既是明显的尊称，但称呼起来又带有一种善意调侃的语调，我很欣赏他在人际交往中这种教养与谐趣的结合，更欣赏他一经出口、多年不改的大度与雅量，不像有的人那样，即使他曾因有求于人、受惠于人而对对方有应该的尊重，但一旦自己稍有得意，羽翼稍丰，便赶紧调低尊重度，迅速改变称呼，"阿三阿四"地呼了起来……既缺少教养也颇为势利。

是的，一别多年，在文研班结业后，我就再没碰见过他，他在文学所发展，我在外文所供职，像两股道上的车，"文化大革命"中更没有"串联"到一派。直到一九八六年我搬到劲松区的社科院宿舍，才与他邻楼而居，成了"街坊"。两幢宿舍楼之间，有一个近两百米的庭院，种了不少树木，郁郁葱葱，那是我每天绕圈慢跑与做操的场所，风雨无阻，而那个庭院，也是出入宿舍楼必经之地，所以，我经常会在这里不期而遇何西来，"低头不见，抬头见"。

从那以后，多年来，我与何西来一直就保持着偶遇时停步下来就聊上几句的习惯，除了非常时期的慷慨激昂，我们的谈话既是"非寒暄式"的，但也是纯清谈性的，对世事均作壁上观，即使涉及时局社稷，只流于一般感慨，如感慨人文精神滑落、人文学者已落为弱势人群、人微言轻，如果有什么共同的愿景的话，不外是时局稳定、社会和谐、政风清明、官场廉洁，如果说有什么担心害怕的话，那就是内耗恶斗、自己折腾、社会动乱，特别是怕社会动乱，我不止一次听他说过，"但愿社会稳定，如果发生动乱，最倒霉的就是我们弱势人群"，由此，社会和谐、国家安定、世事公平就成了我们愿景中的愿景。看得出来，从慷慨激昂到但求安定和谐，到知晓有的事不可行、行不通而断了念想，到淡泊超然，专心回归于自己一亩三分的桑麻小园地，这就是我自认为感觉到了的何西来这些年来的心路历程，回顾我自己，又何尝不是如此？与我们同此心路历程者，已为数不少，这使我不由自主想起了前几年李泽厚与刘再复所对谈过的"告别"这个话题，如果我没有理解错的话，慷慨激昂的淡化与搁置，跟"告别"说是同趋温性平和的，两者的不约而同、殊途同归，正是中国人文知识阶层对当代中国前行的一种不显的默然奉献。

我与何西来的庭院交往，并未因为慷慨激昂的淡化而告终，因为，毕竟同在人文领域、互相不无关系，何况，我曾经也弄过一阵子理论批评，对这方面的人与事多少有点关注。对从事这个行当的人，我个人特别敬重、特别赞赏的是两种品格，一是在理论上有识有胆，敢于发表自己不流凡俗的独特创见、更敢于坚持自己被人侧目而视，甚至被人敲打的学术观点。二是在学养上有所持与有所长，而不齿在学养上无所持、无所长、两手空空。在我看来，何西来正兼有这两方面难能可贵的特质。他不同于我们见得很多的那种只唱"向左向左"高调的理论家与只凭教条与棍棒压人的批评家，他既恪守马克思主义基本理论，又实事求是、通情达理、尊重文艺本身的规律，致力科学评价，既尊奉意识形态的规范与原则，也赏识创作个性的千姿百态。他也不同于那种出口不凡、论事不着边际、表述云山雾罩、满篇都是十分费解的现代主义或后现代主义术语的新潮批评家，他的文风明晓，史实清晰，事理辟透。我以为，他身上的这些长处正是优秀理论批评家所应具备的条件与特质。至于他在学养方面的所持与所长，也很值得赞赏，我不敢说他学富五车，贯通中西，但他在中国历史典籍与中国古典文学方面的学养是富足的、深厚的，当他要阐明证说一则道理时，随口就可以引述经典名著与古典诗词为例。我认为一个理论批评家如果没有某一专业学识为自己的立足点，他的高谈阔论是令人不放心的，难免流于一种空论，最多只是一种概念或一种教条的阐释，这种理论批评家说到底，最多就是一个"空头理论家"。何西来专务中国现当代文学的理论批评，他这个行当里，"空头理论家"不乏其人，但他脚踏专业学识的坚实之地，树立了自己与"空头理论家"完全不同的真正有学养的批评家的形象。

何西来不仅是著名理论批评家，也是写散文的高手，他的散文作品是比较典型的学者散文。所谓学者散文，简而言之，即为学者笔下的散文，或至少是有学者底蕴者笔下的散文。于散文的本性而言，于学者固有的条件与素质而言，学者散文必成为文学创作领域中一种自然生态，一道蔚然成大观的风景，一种藏量丰厚的库存。学者有自己的本业，写出来的东西自然有明显的学业内涵，有比较充沛的知性，以实事实感为归依，言之有物；亦可有充沛的智性，以思想闪光为照明，对人有启迪灵智之效，总而言之，实不同于那种纯粹舞文弄墨，俗套应景之作，何西来的散文就有学者散文的优质。我有幸读过他若干散文代表作，开卷有益，启迪良多。他谈人格的文章，敢于讲人文智者的真话，言之有"勇气"。他的《秦皇陵漫兴》《居庸关漫兴》《小亭沧桑》是现代人情怀、历史风物，风土人文与旅游雅兴的完美组合，没有丰厚的学养与精辟的实感是写不出来的。他还有一篇名为《愚人节的感伤》的散文，更是特别值得赞赏的妙作，写的是何西来所亲历的何其芳一件往事，一则值得流传后世的"诗话"：六十年代初，何其芳历经"十年浩劫"之后，身衰体弱，老态龙钟，但精神复苏，心情见好，一天向何西来等青年朋友出示了一首元人戏效玉溪生体诗《锦瑟》二首，使他们忙乎了一大阵子，遍查现存全部元人集子终未找到此诗的出处与踪迹，细加玩味，仿效李商隐的此二首诗，用典较多，含义朦胧，功力非凡，无人不叹为上乘之作，但乃悼亡诗抑或为自伤诗则因诗意隐晦，难以疏解论定，唯有其中不堪回首的凄清感伤思绪令人深有所感。究竟出自何人手笔？终于由何其芳本人揭晓，原来此诗是他的戏作，而出示此诗的日期则是4月1日愚人节，他跟青年朋友开了一个玩笑。结合到何其芳本人大半生难展诗才的遗憾与"文革"中的苦难，此诗倒的确是一首自伤诗。

在这篇散文里，何其芳晚年令人叹息的境况、感人的悲剧色彩、老顽童的乐天性格、卓越的诗人才华均跃然纸上，不失为现当代文学中何其芳学中有价值的第一手材料。整篇散文写得层次井然、峰回路转，颇有故事情节，且文笔灵动活泼，情趣盎然，其中还不乏对李商隐《锦瑟》诗渊源等问题的精要见解，呈现出学识学养的光泽，而对恩师的深沉感情与对"愚人"自我的调侃，又增加了感人的力量。这样一篇文章，在我看来，实应为当代学者散文中一个极品。

多年来，在与何西来这样一个老熟人的庭院偶遇、驻步浅谈的友谊中，我是主要的受益者，这是因为我一直主动带有获益求知的意图与他交往的，这与我自身的局限性有关：虽然我要算作协的"资深会员",早在二十世纪七十年代就正式入会,而且是第一次作代会的代表,但我与文学界关系一直相当疏远,而我的职业行当又要求我不能完全闭塞无知,正好何西来是文学界的达人、消息灵通人士、识途老马,是我最理想的咨询师与指点者,我从他那里采的风、拾的"牙慧"着实不少,而且不仅仅是听一听乐一乐而已,有的还给我的工作带来了明显的效益,如《本色文丛》第二辑的组稿约稿工作就是一例。我之主编《本色文丛》,完全是意外落到头上的一块"馅饼",仅仅因为自己也写过一些散文随笔,为出版社主编过一套《世界散文八大家》,因而被出版社诚邀力约,委以《本色文丛》的重托。如果说第一辑以我自己这个学界的名士为组稿对象,我还能应付如裕的话,到了第二辑扩大到文学创作界,我就有些捉襟见肘了。在骑虎难下之际,幸得何西来的慨然相助,除了他自己提供一本自选集外,还介绍了文学界的两位名家邵燕祥、李国文加盟,此外还引荐了著名的明史专家同时也是散文高手王春瑜,大大给《本色文丛》第二辑的阵容增色添光。

作为老邻居,我与何西来的来往甚少,近乎"君子之交淡若水",即使在有限的来往中,我也是受惠者,如他得知我被帕金森氏收归门下后,不止一次向我介绍过药方。另有一事,因为我与他都曾受聘为王蒙领导的中国海洋大学文学院的教授,每年春节校方与王院长都要在北京举行一次规模精致的雅聚,常客均为在海洋大学文学院讲过课的教授,有袁行霈、严家炎,谢冕、童庆炳、朱虹,舒乙、铁凝、张抗抗、毕淑敏等等。雅聚地点多在西郊一饭店,在北京出行无车是不可想象的,何西来自己可以驾车,于是,我每次也就成为搭他便车的蹭车客。叨扰受惠了多次,聊作回报，自己只有请他到附近一家陕西馆子吃过两次饭。这家馆子也是关中人士何西来介绍我去的，以招牌菜葫芦鸡与各种面食闻名，味道鲜美浓重，但不油腻，甚合我的口味，而且，饭店主人颇有文人雅趣，店里挂有著名陕西人贾平凹、陈忠实的亲墨多幅，此后多年，我凡请客吃饭多选在此处，店门口有两座大型秦兵马俑塑像，人高马大的，如今每次来此就餐，都叫人很容易想起何西来。

2015 年元月

书生五十年祭

五十年前的金秋时节，北京大学西语系 57 届英、德、法三个专业的毕业生共四十多名，走出了校门，像蒲公英一样飘落在天南地北。

"走出校门"说得稍嫌笼统，事实上，当时没有"走出校门"的有近十人之多，仅仅因为他们在"大鸣大放"中讲过那么几句有点个性的话，甚至只流露过若干有点个性的情绪，就被组织上留在校内多待了一段时候，出来时一个个都戴上了一顶另类的小帽，一戴就是十年，以至十几年，其重负、其苦楚只有他们自己深有所感，旁人仅看见他们在艰苦地区一"劳动锻炼"就是好些年，甚至十来年，延误了施展才华、延误了恋爱结婚……

蒲公英飘落在天南地北，际遇、道路各不相同，甚至有天壤之别，有的很快就杳无音讯，不知被湮没在那股尘沙之中，有的专业不对口，用非所学，久而久之便不知所终，有的大概是生命力过剩，而未加制约，免不了就折腾一下，但这哪里是个允许你随便折腾的时代？于是自食其果……当然命运显赫荣耀者亦有人在，虽为数不多，有的用特殊材料做成的进入了军界，出了不止一个将军，有的进入了外交界，在联合国内风光了多年，只因宦海无常，难免有点沉浮了……

北大西语系是以培养西方语言文学教学与研究人才为宗旨，投入这个门下的学子原本都是些有"莎士比亚崇拜"、"歌德情结"、"巴尔扎克仰慕"的青年，一心想通过西语系这个管道，成为学者、教授、翻译家，个个书生气十足。所幸计划经济时代的教育分配制度还有那么一些优越性，57届毕业生中竟有相当数量一批人走上了文化学术工作岗位，而且比较集中于北京地区。半个世纪过去了，虽经人事沧桑变化，现仍在北大当教授就有六七位，在中国社会科学院当研究员的则有七八位，在其他高等院校当教授的也有两三位。"隔单位如隔山"，其他单位的同学在学术文化上的作为，实不敢随便评述，仅就在中国社会科学院外国文学所工作的六位57届同学的业绩而言，我倒是就近看得一清二楚、敢略述一二，兹以姓氏笔画为序：

金志平长期供职于《世界文学》杂志，当过第×任主编若干年，续了鲁迅、茅盾当年所创建的《译文》的香火，兢兢业业，尽心尽力，一年六大卷，均有他的劳绩。他还是一个早慧的译者，大学还没有毕业，即已有译作问世，颇像后来的徐静蕾大三时即已上了荧屏。此后数十年仍笔耕不辍，幅员甚广，乔治·桑鸿篇巨制的小说《康絮爱萝》即为其中的硕果之一也。他对法国十九世纪下半期的戏剧亦颇有研究，涉猎甚广，留下了可贵的论述。

罗新璋当年即堪称"少年才俊"，早慧得更是惊人，大学期间已与傅雷有书信来往问道译术。后来，他长期与"洋教席"共事，练就了一身中译法的过硬本领，在《中国文学》上大显身手，向国外译介上至《诗经》《离骚》，下至鲁迅的中国文学精华，对传播华夏文化立的功劳大矣哉。他另一大业绩是继承了傅雷译道传统并发扬光大、更做出了新的典范，具体来说，傅雷全集二十卷的校订工作全部由他完成；他所译出的《特蕾斯丹与伊瑟》，特别是《红与黑》，其译艺水平较傅雷有过之而无不及，其译笔之雅，实为当今的第一人，早已享誉海峡两岸；他对古今翻译理论的研究与整理要算是译界最有成就者，此外，他对莫洛亚、龚古尔兄弟的研究，也结出了硕果……

高中甫，他是德语文化领域里一位最具学术活力的学者，这位山东汉子，精力充沛，兴趣广泛，其硕果也是多方面的。他是一位对德语电影艺术有精深研究的专家，他又是好几部重要交响乐家传记的译者，他的主业是德语文学的翻译与研究，所译作家甚众，所译作品甚多，从歌德、莱辛直到勃兰克斯、施尼茨勒、茨威格……是一位名副其实的多产译家，在译林很有声望，他所撰写的《歌德评传》与《歌德接受史》是两部力作，无疑奠定了他在我国歌德研究领域里的首席权威的地位。

高慧勤，她是一位出色的东方文学专家，她主持编写的《东方文学史》，是该学科中最有分量的一部论著，填补了我国外国文学研究领域中一大块空白，是一项开拓性的文化工程。她是日本文学中川端康成、芥川龙之介等作家最出色的译者与研究者，她以娴雅的文笔，最好地再现了这些作家的文学风格，又以深邃老道的论说剖析了他们内在的精神，她的译作与研究论述都是学界中不多见的精品。她治学严谨，为人宽厚，不论是学力与人品，使她无可争辩地成为我国日本文学翻译研究界的领军者，作为日本文学研究会的掌门人，她以自己的学力与亲和力，使得这个学界欣欣向荣，充满活力。

韩耀成，早在北大时，他就是聪敏而内敛的一江浙少年，后来从事对外文化宣传工作，又历练出锐敏的政策感与分寸感与过硬的中译德的技艺，为国出力，颇多贡献。到社科院后，他多年担任外国文学所机关刊物《外国文学评论》的常务副主编一职，是名副其实的实际掌门人，充分发挥出在政治与学术之间觅求精妙平衡点的才干。他还作为本研究所领导的一位重要而得力的"辅臣"，参与了本单位好些重要的学术活动与学术项目，勤勤恳恳，尽心尽力，诸多付出，为维持一个学术单位的学术体面立了汗马功劳，而从不计回报。如果他用这些时间来从事自己的学术文化开拓，他本可以有更多的业绩，即使如此，他也为读书界献出了《少年维特的烦恼》《城堡》《一个陌生女人的来信》等上佳译品与其他若干重要的德国文学选本以及《德国文学史》中的独立一卷。

以上五个老同学加上我一共是六人，在一个不到二百人的学术单位里，倒也构成了有内在联系的"一拨人"。虽然如此，我们各得其所，各行其道，除了罗新璋、高慧勤伉俪外，其他人的互相关系并不密切，不过，每当我想起这一拨特定的"北大人"时，我对他们的学术作为至少还是有一种欣赏之情、乐观其成之情，即使不敢说是集体荣誉感、自豪感的话，因为六个人的作为在这个学术单位中实占有相当大的份额。

将近十年前，法国文学研究会在中国社会科学院外国文学所的大会议室，举行了一次名为"译界六长老半世纪译著业绩回顾座谈会"的学术活动，策划与主持这次活动的，是当时的法国文学研究会仍在任的会长柳某，此人在任期内还算有"敬老尊贤"的追求，眼见其他政、军、演艺影视、新闻出版各个领域、各种层次、各种范围的这种那种"周年纪念"活动（大至几十周年，小至一两周年的纪念活动）层出不穷，把各界人士的功勋业绩表彰宣扬得家喻户晓，深感本学科领域虽小，亦不乏卓有劳绩的耕耘者，不说有功于社稷，至少有益于文化积累，"同在一个屋檐下"的人对此不能熟视无睹，无动于衷，于是就把情况各不相同的陈占元、许渊冲、郑永慧、管震湖、齐香、桂裕芳这六位前辈硬捏在一起，对他们进行缅怀，这便是那次学术活动的初衷。其实，他们年龄相距甚大，只有一个共同点，那就是从事文化译述工作均已超过了五十年，因为都年长于活动策划者、主持者，故被称"长老"。这种活动只备一杯清茶，既不存在官方的"嘉奖"，也不存在媒体的颂扬，只不过是后来者基于对人文领域乃一个积累的领域、而非是取代的领域这样一个学理的理解，对先行者的一声致意的问候。倒是颇为有趣的是，一位参加座谈会的一位中年人对此一活动大生感慨，颇有点感伤，说什么等将来自己到了致学五十周年的时候，恐怕就不会有后来者举行"回顾缅怀"的活动了。其实，发此感言的此君是学界一著名的少壮派，一直锐气十足在学术道路上披荆斩棘，在当时我这样已被组织上非常及时编入了退休人员队伍的六十多岁的老朽听来，觉得他发此感慨显然早了一些，如果将来会有此种失落感降临的话，那么应该说是先轮上正在向古稀之年挺进的我辈，而还轮不上他们那一辈。不论如何，那次学术活动效果还不错，至少在同行同道之间，留下了一点慰藉与温馨，会后，多年没有联系的一位前辈还特别托人来表示了感谢。

　　时光荏苒，从那之后，我辈快速向致学达半个世纪这个年头迈进，但我对此几乎浑然不觉，更没有对上述那种"回顾"存分毫期望，原因很简单，人总得有点眼力架，总得识时务吧：从大环境来说，人文精神滑落，人文学科萎缩，人文学者急速边缘化、弱势群体化，从小环境而言，"长江后浪推前浪"，风急浪高，急功近利，新陈代谢功能亢进，连赶紧遗忘、抹去记忆都来不及呢，要"回顾"有何用？有了这些"彻悟"，自然就随遇而安，顺其自然了，于是，不知不觉到了1957年五十年后的这个金秋时节。

正在这一时节，北大57届老同学罗新璋载誉从海峡对岸归来。他原本就是载誉而去的。三年前，他作为大陆著名的法语翻译家、翻译史家得对岸著名高等学府台湾师范大学的盛情聘请前往担任翻译讲座的教授，三年来，他备受校方的最高礼遇。薪水是待遇的标杆，每月11万台币，折合人民币约2.7万；舒适宽大的住宅单元，周到的生活服务与教学服务不在话下；他七十岁生日时，译研所为他举行隆重的纪念活动，他在香港荣获翻译奖时，译研所又视为本校的荣誉，为他摆了庆功宴……他回到北京后，大概是由于游学在外三年，积攒了一些故土之恋与怀旧之情，建议六位在中国社会科学院任职工作了五十年的北大57届老同学聚一聚，吃一顿便饭，算是我们自己的纪念。我是第一个附议者，于是，我们俩人分头邀约，大家纷纷热情响应，欣然愿意参加的还有院外的两位老同学赵桂藩与王晓峰夫妇，他们在北京一所大学当教授已有多年，除了辛勤育人外，笔耕不辍，早有多部译著与论述问世。大家之所以如此一拍即合，我想，大概是因为，大家都没有忘记五十年啊半个世纪这个整数，而且是一拨人的五十年，说回顾也好，说纪念也好，说庆祝也好，反正用这么一个简朴的形式，算是对我们自己、对这五十年、对五十年来的日日夜夜、书斋劳动、爬格子生涯表示一点念想，做一点祭奠，有一个自我交代，有一点自我犒赏……

2007年10月14日中午12时，我们八个人相聚在中国社会科学院后面一条街上的美林阁餐厅。一切都再简朴不过：大家坐地铁或步行而至，因为没有一个人是家里有车的；大家点的菜基本上都是清淡的，低价位的，没有鲍鱼、甲鱼之类的东西，最为高级的两道菜是清炒虾仁与清蒸鳜鱼，因为身为每月工资仅 3400 元上下的社会科学院退休研究员，一直习惯于低消费，何况，高胆固醇过多于七十老人不宜；饮料只有一壶菊花茶，外加一瓶北京啤酒，一瓶张裕葡萄酒，因为我等并无畅饮欢庆的冲动与需要；席间没有慷慨的言谈与高调，虽然我等上大学第一年国庆游行天安门前时，都曾精神高亢、热泪盈眶；交谈中亦无业务合作的意愿与计划，因为外国文学书籍的出版日益萎缩，我等已感到难以有所作为，何况，稿费标准低，且难以兑现，还不如炒股或研究基金投资；席上亦无骚怨之语，只是自我调侃称，如像在中华人民共和国成立初期以一部译稿的收入即可购买一幢四合院那样，我等早已拥有十几处房产矣；席间亦无浓烈辛辣的话题，唯一尖锐的就是骂陈水扁很狡猾，鬼点子多，会玩花活……当然，最简单不过的是，"开宴"没有任何仪式，也没有"致辞"与"祝酒"，只是大家站起来，碰了碰杯，不约而同地说了一声：五十年，不容易，然后又参差不齐地重复了两三次："不容易，不容易"，仅此而已，没有多一句话，没有多一个字。

"不容易"这简简单单的三个字，在我听来，真是五味杂陈、不胜言表：眼看本届同窗一个个受"生存荒诞性"的律定而离去，我等毕竟活到了古稀之年不容易；大半辈子不断思想改造、斗私批修，在运动中摔打，作为"公家人"不容易；面对过障碍、阻力、打压、拖拽，在漫长的学术道路上走过来不容易；在长期营养不良、身心透支的状态下绞尽脑汁、熬过一个个不眠之夜、爬出了几百上千万的格子，终于在公共图书架上占有了一定空间，作为"精神苦力"不容易；在功利主义、商品经济大潮中，眼见善炒者、善玩者、善窃者一个个暴富，如雨后春笋，仍安贫守素、坚持清苦的精神追求、作为纯粹的人文知识分子不容易；总而言之，我等以现在的境况状态、所获所缺而存有于现实之中不容易……

这一天天气晴和，秋高气爽，恰逢星期天，美林阁外环境清雅幽静，车嚣甚少。聚餐结束，我们在马路上轻松步行了一小段路，在靠近地铁的地方分手道别，又不约而同表示，希望六十周年时再聚一次，不过不知那时能否还凑齐今天的规模……说时，调侃地笑笑，并无半点伤感……

我坐在回家的车上，也许是因为近期刚经受了白发人的哀痛，心情不朗，我忽然想起了老舍《茶馆》的最后一幕……

2007 年 10 月 24 日

一位英年早逝的绅士学者

—— 外国文学所研究员吕同六

2005 年的秋天，著名翻译家吕同六离世而去，时年六十六，比起好多好多八九十岁才上天去见马克思的先贤，可谓英年早逝。听说，他临终前曾有凄厉之声，这可理解为病魔长期折磨的结果。但友人告我此事时，我却受到了极大的震动。我想，吕同六是个好人，他不该去得这样苦涩。

吕同六是个值得纪念的人，不是靠头衔、级别、资格，而是靠业绩值得纪念。他官至副局级，是个"七品芝麻官"，但他的业绩却有望长存在社会的文化记忆里，即使人们想要忘却也是难以忘记的。

他的业绩，概而言之，就是他开辟了中国的意大利文学译介与研究的新时代。在他之前，中国人对意大利文学的译介，仅限于几个零星的景点，如象征派诗人王独清译出的但丁《新生》，学者王维克译出的但丁《神曲》，而且，他们都不是从意大利原文译出的。因此，这个领域几乎可以说还是一片"处女地"。1962 年吕同六从列宁格勒大学（现圣彼得堡国立大学）专攻意大利语言文学学成回国，来到中国"翰林院"的外国文学研究所一间简陋拥挤的办公室，开始了他的拓荒与种植，数十年劳作不息，收获了丰硕的成果，开辟出了一片相当繁荣的文化天地，如果不是绝症打断了他的行程，他的业绩与成就当更为耀眼。

作为翻译家，他的译笔纵横于意大利文学几乎整个的历史过程，上至中世纪的但丁，下至二十世纪的皮兰德娄、莫拉维亚以及格拉齐娅·黛莱达，可谓全线开花。他的译笔流畅、利落、准确干净，在意大利语文学界令人折服，在整个外国文学领域，亦属上佳水平。他不是一枝简单的"译笔"，而是一位有感受、有见地、有研究的译家，他对自己译述的作家作品的评论文字颇丰，有四五部评论文集问世，这在只重翻译不重研究评论的翻译界，就要算是难得的劳绩了。他虽然没有来得及留下文学史与学术专著，但他的评论写得明晰、精湛、有创见、有深度，我相信在我国意大利文学研究领域里是不会磨灭的。此外，他还编选、主编了一些作家选集、丛书、文丛，基本上以意大利文学为主，偶然也有扩大到了西方文学的范围，约有十来套之多，其显著成绩在本学界也要算是凤毛麟角。这不是谁都能干的活，这是学者的活，因为要做这种编选工作，没有广阔的文学史视野、没有丰富的文学史知识、没有巨大的阅读量，那是不行的；没有独到的见解、没有新颖的视角，则是做不好的；而没有足够的学术声望，就不能组成有水平的团队，就没有人响应你、配合你，那也是做不成的。从这个意义上说，吕同六也要算外国文学领域里的一个领军人物，虽然他到头来并没有当上学术机构的"首脑"，没有戴上真正的完全的长字号的帽子，尺寸总是差了那么一点。

吕同六还是一个出色的学术活动家，我在学术界所见到的为数极少几个特别出色的学术活动家之一。他是意大利文学研究会的会长。比起英、法、俄、德、美这样的文学大国来说，意大利似乎只能算是二等文学强国，而从影响与成员来说，意大利文学研究会在我国群众团体的等级中，只是"乙级"组织，然而，他却把这个意大利文学研究会搞得有声有色，在他这个空间并不太广阔的舞台上好戏连台，精彩纷呈。根据我筹办学术活动的经验，要办好一次学术活动，一是要有新颖的学术创意、学术主题，要有高水平、高质量的学术论文，二是要有充足的活动经费。毋庸讳言，在官本位制下的学术界，经常存在着这样的现象，有创见有创意的学者往往拿不到或很不容易拿到办学术活动的经费，而通过"皇粮"渠道从来不愁大笔大笔经费的长官却又常常不免有缺创见、缺创意的尴尬。吕同六基本上是属于前一种类型，但他却有本领弄到经费，他凭外交才能，能争取到"外援"，得到意大利方面的"资助"。因此，他主办的学术文化活动中，有那么好几次不仅有充实精彩的学术内容，而且规格高、场面大，甚至可以说达到了豪华的水准，会议都是在五星级的饭店里举行的，在学术界形成了一道耀眼的景观，其眩目的程度是惯于大吃大喝"皇粮"的学界大爷们望尘莫及的。说实话，我正是被邀参加过他主办的学术文化活动、心生艳羡，才下决心也要办出一次如此这般的文化学术场面来，2005年在北京国际饭店举行的首都文化界纪念雨果诞生200周年的大型学术活动，就是在他的启发与示范下办出来的，经费同样不是来自"皇粮"的渠道，而是来自个人化缘集资的方式，虽然靠虚名薄面、浑身解数解决了至关重要的经济问题，但我亲身尝到了这种"融资"活动对于一个学者来说的艰辛苦涩，我只做过这么一次，吕同六却做过多次，我由衷地佩服他。

作为一个能干人，吕同六对仕途不无兴趣并有所抱负是很自然的，遇上一个机缘，他走上了研究所副所长的岗位。他是一个很有业务主见、学术见地的学术行政官员，而且办事干练、效率很高，更重要的是他有两个为一般为官者难得的好品质，一是事无巨细，他都身体力行，自己动手，不靠秘书与助手代劳，二是处事公正，说话在理，不感情用事，不从个人好恶出发，虽然我知道，他是很有个人好恶的，而且还相当强烈。我在院一级的职称评审委员会、学术委员会里与他共事多年，就亲眼见到他对人对事作评议时一贯的公正立场与合情合理的话语态度。他在研究所里虽为"副"手，但实际上已主持了全局的"常务工作"，并显有政绩，创办并主编了《外国文学评论》就是其中一项。在中国特色的社会主义条件下，书生办刊物，殊为不易也，首先就要能够用政治眼光看学术问题。吕同六在刊物主编的岗位上学得很快，居然很快就成了一个"政治家"，至少是一个有精明政治头脑的人。在他的主持下，这个刊物办得生气勃勃，活泼而又稳当，大胆而不出格。偶尔，他也下一两着"险棋"，其中一着就是发表了我所写的一篇重新评价自然主义、为左拉的翻案文章，那是我在一次学术会议上的主旨报告，因为对恩格斯关于现实主义、自然主义、关于巴尔扎克与左拉的权威论断提出了不同的意见，因而颇被维护学界秩序的人士"侧目而视"。没有跟恩格斯的声音合拍同步，这可不是件小事！吕同六却力排众议，在他主编的刊物上全文发了这篇长文，当然他被人写了告状信，告他"搞资产阶级自由化"。好在文学上的自然主义问题离社会主义道路、无产阶级专政还远着呢，起不到危害作用，跟"自由化"实在不搭界，此事总算"有惊无险"，吕同六并没有被告倒。虽然如此，我却一直因为给他惹了麻烦而深感歉意，当然也对他的支持心存感谢！

以他的素质、能力、见识与水平，他本可以在仕途上成功地走下去，有望成为整个"翰林院"中人文学科少见的一位出色的领导者，然而，他却中途落马，无果而终。原因不外是，仕途既然是国内最吸引人的一条金光大道，想要在这道上行走的人士当然不在少数，即使在清水衙门里亦不例外。吕同六的悲剧在于，他只知道钻研学术与事业，只知道干事，把事干好、干漂亮，而不去钻研门庭学、路线学、关系学，如果他遇上的对手并不专务于学术文化，倒是大务特务这几门官场学，把官途上种种游戏规则玩到位、玩到家，他自然就不是对手了。在我看来，他的中途落马，未尝不是好事，虽然"翰林院"少了一个好官，但多了一个出色的学者，得以更多地发挥出他的学术能量。这样不见得就不能起到他在学界的领军作用，何谓学术领导？窃以为就是发言权，就是学术实力与学术影响力也，从这个意义来说，吕同六并没有落马。事实上，他此后创建了"民间学术组织"国际文化书院，并把它办得很出色，就是明证。他因此不止一次获得了意大利政府颁发的奖章，甚至被授勋。

我与吕同六在同一个研究所相处了足有四十年之久，从六十年代初直到他 2005 年逝世，而且几乎是在同一个研究室。因为意大利与法国接壤，在研究所的文学版图上就被划为一大区域，同归于一个研究室，我任这个研究室的头目达十年之久，吕同六则长期是我的副手，实际上，我只管"法国事务"，他则分管"意大利事务"，像两股道上的车，各干各的，有点"联邦制"的味道，我与他的关系，其实就是"好邻居"的关系。这是"文化大革命"后的情况。到了九十年代，他登上了研究所的副座，我与他各有其志，仍然是各忙各的，仍然是互相支持，可说是"相得益彰"。今天想来，我与他数十年来一直关系良好，就是因为有一个天然的牢不可破的基础，那便是"各忙各的"，这大大有别于他与仕途上其他同行者的关系，在那条道上，好几个人都忙在同一件事上，忙于同一个目标，必然就会磕磕碰碰，就会有矛盾、有麻烦、有竞争、有较量……除此之外，我与他之所以能够长期像朋友一样相处，更重要的原因，还在于互相尊重、互相乐观其成。我比他长几岁，在研究工作上比他早起步几年，他对我至少是有如实的认知，有赞赏与支持，这对我来说就足够了。我对他，说老实话，则是赞赏有加，这倒不是因为我胸怀特别高尚，有伯乐之美德，更多的是出于一种平凡的常情：既然一个人希望周围的人对自己的所作所为持承认、肯定、赞赏的态度，自然就要把对他人的善意、认可、乐观其成，甚至玉成其事作为自己的一种原则而恪守、而奉行，当然，这样做也会有期待落空、有"出"无"入"的"亏本"时候，但吕同六至少是一个讲究"对等原则"的忠厚人，是个有见识、通情达理的识者、智者。我这样的比喻虽然不雅，但在现实生活中，能做到这个分上的人并不特多，而做到了这一点，也就不失为一个可爱的人、可取的人了。

至于对他赞赏什么……除了他的才能外，我特别赞赏的是他内在的定力与外在的绅士风度。

我从初见他的时候起，就惊奇于他那种精神定力。那是在二十世纪六十年代初，我刚从蔡仪主管的文艺理论研究室调到卞之琳主管的西方文学研究室，我报到上岗时，吕同六也刚留学归来分配到西方文学室，我们就成了同一个办公室里的同事。在"翰林院"，中高级研究人员都是在自己家里工作，青年研究人员则集中在办公室上班，西方室的青年研究员共有十多个，办公室只有三小间，每一间都要挤四五张办公桌。吕同六的那一张，位置最不好，面对玻璃窗，窗外就是人来人往的走廊，谁路过都要往他的桌子"参观一眼"；又紧靠在门口，办公室里的人进进出出都要掠过他的身边。研究所不是政权机关，翰林院只问终极的研究成果，不大在乎研究过程与研究方式，办公室里闲聊说话自是不少，同事中还有两三个棋艺高手不时引来邻近几个办公室的爱好者前来对弈，有时甚是热闹。吕同六的研究工作都放在上班的八小时之内，下班后他经常有约会，因为那个阶段他正在"谈朋友"，而他在办公室上班的工作环境如此不好，换了别人，恐怕是一页书也看不下，一行字也写不出来。其他办公桌占地理位置较好者，往往就利用书架一挡形成一个小间隔，躲在那里面爬格子，但吕同六却无处可躲，他只能硬挺在"过道"上，嘈杂里。他这种罕见的定力与毅力，当时就使人深感惊奇，使我想起了关于毛泽东青年时期的一则传说：他为了锻炼自己的意志力，有时拿一本书故意跑到长沙南门口喧嚣的闹市中去读。还使我惊奇的是，吕同六在这种杂乱环境中的工作效率，我当时给室主任卞之琳当助手，担任室秘书的工作，从吕同六每个月的科研月报中，得知他很是"出活"，其工作进度要算是室内的一个佼佼者。后来时任中宣部常务副部长的周扬，向研究所提出了一个"事关生死存亡"的重点任务：编写《二十世纪欧洲文学史》，整个西方文学室的全部中青年研究人员全都投入了编写工作。任务重，时间紧，采取的是"大兵团"分工合作的办法，从编写资料、搭建框架，直到拟出详细提纲，吕同六独立承担了整个意大利部分，给他交代任务的时候，他无须你多讲什么，但他交活却最为准时，从不延误，交出来的活也很清爽、利索，完全符合要求。所有这些工作，他都是在嘈杂的环境里，在"过道"上的一张书桌前、靠他超常的定力高效地完成的。

这张书桌前的定力似乎可以说就是一个缩影，体现出了他一生的——不说他整个一生，至少是他大部分或重要时刻的——内在精神状态与基本的心理素质。他总是胸有成竹，自有一定之规，不论客观条件如何，不论现实环境怎样，他总是按自己的"成竹"与"定规"行事，而且能坚持到实现自我。"文化大革命"对全社会、对任何一个人的正常进程的干扰与破坏，可谓绝大矣，在翰林院里，青年才俊何其多也，有些人忘乎所以掉进了政治的泥潭，再也站不起来了，有些人在打倒一切传统文化的狂风中彻底断了对文化的任何念想与兴趣，心灰意懒，甚至把自己的珍贵藏书当作废纸卖给收破烂的，以至狂风过去，再要缓慢恢复自己的文化兴趣与学术能力往往需要好几年的时间……吕同六在那场"浩劫"中，虽然也曾狂热过、随波逐流过一阵，但看来，他仍在一定程度上保持了心智的定力，守护了自己的文化理想与学术向往，因此，"文化大革命"后，他迅速就恢复了他业务工作与学术活力，复苏之快令人惊奇。同样，他从政后，也没有陷入追名逐利、鸡零碎狗碎的旋涡，他仍然以自己的定力将才智献给学术，以致他"落马"后仍然持有充沛的学术活力。他始终是个学术实干家。他的实干出了实绩。这使他超越了空头学术活动家而且有持久的学术生命，虽然他英年早逝。

吕同六是个绅士，即使在翰林院，也是不多见的绅士，他是我所见过的最追求绅士风度、的确也最富有绅士派头的一人。由外及里，首先就表现在他的衣着上。他是外国文学界少有的经常西装革履的人士之一，这个学界很多人都喜欢穿休闲装，即使是在比较重要的学术活动中，正式穿西装的也不多，吕同六则不同，只要是在稍为正式一点的场合，他总是西装笔挺，上装、马甲、领带、风衣一样也不少，即使是平时上班，往往也打了领带，绝对可以说他总是衣冠楚楚的。他还很讲究衣装的质地与品位，他不像翰林院里好些公派出国归来的人士那样，仍然常把留学时公家统一发给的蓝色西装制服拿出来派比较重要的用场，我几乎从来没有见他穿过那种宽宽大大的"官服"。他的衣装如果不是自己定做的，也至少是有心配置添购，其品位甚高：衣料质地好，剪裁缝制得贴身，板架格式精俏，色调优雅……显然，他是在奉行"纷吾既有此内美兮，又重之以修能"的生活美学，是在把生活的每一个场合都当作自我展示、自我享有、自我愉悦的时刻，显示出他是兴趣盎然地在生活着，存在着。这里面有生活的情趣，有对现实生活的在意，对现实生活的执着与珍视，难怪他身边的一个好友在谈到他的去世时这样说："他去得很不情愿，很有痛苦，因为他热爱生活，很想继续活下去……"

吕同六的绅士风度当然更主要是表现在他一贯的行为举止、作风做派上。他举止得体，文质彬彬，从不失态；待人接物，态度温良有礼；说起话来，娓娓道来，言之有理，言必有据，措辞严谨缜密，简直就是滴水不漏；从不口出狂言恶语，也从不使用粗话，即使是在与青年人、老朋友聚集时一片哄闹谑笑之中，他说话也得体含蓄，总以微妙的幽默代替粗俗的话语；虽然他有很强烈的"个人主体意识"，有很坚硬的个人主见，但他并不偏激张狂、咄咄逼人；他当然经常有与人意见相左，甚至看法对立的时候，但他总避免红脸动气，不撕破脸皮、大打出手；他当然也有个人的欲念、个人的谋求，但他从来都注意取之有道；他在人际关系中当然也有不少摩擦、矛盾与抗争，他要采取否定摈斥态度时，总能做到拒之有理。在我们这个社会里，他能做到这个分上，应该就要算一个相当完整的绅士了。

据我所知，吕同六并非出身于古老的书香门第，他身上并没有很深厚的中国传统文化的积淀，他立世行事的方式与理念，具有更多的现代文明的色彩。他的绅士风度看来不是来自中国固有的正人君子的这种价值取向，而是来自于洋派的教养，直接与他在国外留学五年深受洋派文化熏陶有关，当然，从国外留学四五年后回到国内仍像乡下农民那样蹲在椅子上吃饭的人，在翰林院也是有的。如果说，他的绅士风度中也难免有缺项的话，那便是和蔼可亲，应该说，他待人处事中，冷静有余，而热诚、热情不足，规则、距离有余，而亲切、亲和不足。这显然与西欧文学中强烈、热情、感情零距离、不计后果的"意大利性格"格格不入，跟他作为意大利文学的专家学者似不甚合拍，倒是与矜持严谨的英国绅士的派头有点靠谱。

正像历史上的骑士风度一样，绅士风度也是一种费劲的行为方式，它至少要求操演者支付相当大的自我控制力，说得简单点，它的内核就是克己律己二词，这就是它费劲的所在。吕同六显然要在克己律己上下不少工夫、费不少毅力，克己律己，我觉得这是他作为一个人的不平凡之处，这既是他的操守，也是他的价值。

中国是一个人口多的国家，在这里，到处都很拥挤。对于吕同六的"落马"，我与一些有识之士都持有一个简明而粗浅的看法：他是被挤下去的。然而，使我不无惊奇，甚至有点纳闷的是，对此，吕同六却毫无微词，且不说"不平则鸣"了，他像绅士一样"沉默是金"，矜持而若无其事。但据我对他的了解与推析，他内心里的不平与委屈，也许也有几分像屈原的《离骚》。

把火窝在心里，这是很需要克制力的，特别是要长年累月地这样做，单凭这一点，我就佩服他，也很同情他，更伤悼他的英年早逝。

2006 年 11 月 30 日完稿

| 巴黎名士印象篇 |

与萨特、 西蒙娜·德·波伏瓦
在一起的时候

到了巴黎，安顿了两天以后，我关心的第一件事，就是到蒙巴纳斯公墓去看让一保罗·萨特。很自然，在我向法国外交部文化技术司提名要见的作家名单中，西蒙娜·德·波伏瓦也就名列首位了。我想去和她谈萨特。同行的金志平同志当然也乐于陪我去会见这位当代著名的法国女作家，萨特的挚友、终身伴侣。

其实，我去看萨特并不止一次，到达的第二天，我们在蒙巴纳斯区办事时，经过那有名的公墓，我就不大合时宜地要进去先看一看。我看见萨特就躺在进大门不远的墙根下。

正式凭吊的那天，气候阴凉，天空中迅速吹过一阵阵灰黑色的云，似乎雨意很浓，使行人有点担心，但又没有下。巴黎的10月总是这副德行，很少有晴朗的时候，不过，风倒是没有半点寒意，只使人感到凉爽而已。公墓外宽阔的人行道上，有几排高大的洋槐，在风的吹拂下奏出了和声，地面只散乱着少许刚刚发黄的树叶，如果不是前天夜间下了雨，也许它们还不会落下来。巴黎温和的10月，本来就无意于驱走绿意，更谈不上要以霜寒对枝叶相逼了。

蒙巴纳斯公墓就在埃德加·基内大道旁，外有高大的布着常春藤的围墙，看去就像一座巨大的庄院，站在大门口，面前呈一"上"形的两条柏油路，构成了墓地的主要交通干线，横路与围墙平行，从大门口往右走不上20步，就可以看到在一大片古老的灰黑色墓碑中，有个浅黄的石墓，墓碑只有一尺来高，上面有简单的两行字：

中
让－保罗·萨特（1905—1980）

要是没有那浅新的颜色，让－保罗·萨特是不引人注意的，他只在一片丛立的墓碑中挤出了一块小小的地方，远远不及那些不见经传但先占好了地盘的邻居们那么有气派，和他们那些高大的"门牌号"相比，他的那块低矮小巧，也没有任何装饰性的雕塑，朴实无华。但不同的是，我每次来的时候，萨特墓上都有鲜花：水仙花、菊花、玫瑰花、鸢尾花……有的是花束，有的是盆花，而他那些邻居巍峨的府第前，却缺乏这些鲜艳的有生命力的色彩。

尽管墙外的大马路上汽车来往不断，墓地毕竟是墓地，一片凄清，一片寂寞。在这个简朴的墓前，如果只是为了"到此一游"，一分钟也就够了。可是，因为墓中这个人物和我自己近两年的工作颇为有关，所以这天我在这个毫无游览观光价值的地方，却流连了将近一小时之久。

萨特的作品我早就读过一些，对他的情况也算还不陌生，因此，1979年在全国外国文学工作规划会上的发言（即《关于西方现当代资产阶级文学评价的几个问题》）里，专门谈到了他。那篇发言是针对日丹诺夫对西方现当代资产阶级文学偏颇的论断长期在中国的影响而发的，目的只求冲破一些不合理、不切实际的极"左"的条条框框，以促进对西方现当代文学的评介和研究。这个发言曾经引起了多数同志与读者的共鸣，也有一部分同志善意而坦率地提出过商榷，这些都使我感到亲切、自然。1980年6月，萨特逝世，我应《读书》之约，写了《给萨特以历史地位》一文，发挥了前文中的一些观点，可是，不久，我就在一次全国性的外国文学工作会议上，亲耳聆听了一个针对该文的大批判的发言，什么"批评日丹诺夫就是要搞臭马列主义"等。我没有做任何答辩，只是下决心尽早把萨特资料专集编选出来，也算是一种答复。

正因为经历过这样一些事，所以我带着一种感情在萨特的墓前站了一会儿，而后，坐在它旁边一条木头已经发朽的破长凳上，不是为了休息，而是为了在这里多待一会儿。我的思绪泛泛地想起萨特生平中的一些事：参加反法西斯斗争，反对侵朝战争、侵越战争、阿尔及利亚战争，支持法国革命群众运动，挺身而出保护《人民事业报》，拒绝诺贝尔奖奖金和"一切来自官方的荣誉"……他在哲学上提倡人进行积极的自我选择，以获得积极的本质，过有意义的生活；他的文学作品在反法西斯的斗争中曾发挥过积极作用，他还在作品中抨击和讽刺过种族主义、法西斯残余以及 20 世纪 50 年代的冷战狂热。我想，所有这些不正是汇入了当代进步事业的历史潮流中吗？不是和我们所经历过的路线平行发展的吗？为什么不可以说他是属于无产阶级的？列宁曾把托尔斯泰的名字明确地和俄国革命联系在一起。说"属于"，并不是说"等于"，更不是说"就是"，这是常识，不应该引起误解。何况，一切优秀的文化遗产本来都是无产阶级应该继承的。

看着金志平同志已经完成了参观整个墓地的任务，从远处走了过来，我结束了我的思绪，也从长凳上站起来，准备往回走。面积不大的公墓只有少数几个凭吊者，的确显得有些空旷，可是，一年多前，萨特葬礼的那天，却曾有好几万人把萨特送到这里，它怎么容纳得了那么多人呢？

两天以后，当我和一位法国朋友谈起萨特时，他以一种不可思议的表情说："我真感到惊奇，那天竟有那么多人为他送葬，什么人都有。"在另一个场合，我又听说，法国学术界对萨特的研究越来越细致，已经有了相当一批萨特学学者，不久还将成立萨特中心。萨特是人们公认的思想史上的一个伟人，这在法国已经是无须再争议的了。其实，何尝在法国如此呢？在世界其他地方，萨特也作为人类精神领域中一块高耸的里程碑而成为学术研究中的一个巨大课题。今年上半年，我在美国哈佛大学著名的怀德纳图书馆的书库里，亲眼看到世界各国出版的评介和论述萨特的专著，就有整整两大书架之多。

可惜萨特已经去世，我来巴黎太迟了。不过，西蒙娜·德·波伏瓦还在，在我的心目中，她与萨特就是不可分割的一体。他们在求学时代就相识并成了终身伴侣，只不过他们为了表示对传统习俗的藐视，而从未举行结婚仪式；他们同时开始创作活动，她帮萨特建立了人类思想发展历程中存在主义这一独特的路标，她以与萨特思想倾向一致的作品，而和他在法国当代文学史上构成了影响深远的存在主义文学；她在政治上始终是萨特的同志和战友，共同参加过反法西斯的斗争，从事过种种进步的事业，一同访问过新中国，对中国一直怀着友好的感情；在生活上，如果用简单化的语言来说，她实际上是萨特的妻子，萨特一生得力于她实在不少。20 世纪 30 年代，萨特曾一度精神不正常，是西蒙娜·德·波伏瓦在经济上和生活上给了他极大的支持，帮助和照顾他恢复了健康。他们两人在巴黎虽然各有寓所，但相距甚近，几乎是每天，萨特总是从他的住处，步行来到西蒙娜·德·波伏瓦的家，在这里看报、读书、讨论问题、修改稿件，度过整整的一天……不过，当我来到巴黎后，却听到了关于他们的生活的一些传说：萨特生前最后 10 年身边包围了一批左派青年，他又收养了一个女儿，他与西蒙娜·德·波伏瓦疏远了，甚至逝世时并没有什么遗物留交给她。有人就企图利用这些情况，把这两个人分割开。

历史的基本现实，往往总有一些局部的现象来遮盖，正像蓝澄澄的天空里，有时总要飘过几朵障眼的云霾。我把上述的传闻与数十年来的基本事实做了一个比较，觉得它们微不足道，我还是把萨特与西蒙娜·德·波伏瓦看作一个整体，因此，我几乎是怀着见萨特的心情来到了西蒙娜·德·波伏瓦的门前。

门开处，一位衣着雅致、气派高贵的老太太站在我们面前，从面部的轮廓上，我马上认出了这就是我在照片上见过的与萨特在一起的那位风姿绰约的少妇。她的老态是非常明显的，虽然体格清瘦，但是动作迟缓，远远不如我后来会见的法国当代文学中另外两位著名的老太太娜塔丽·夏洛特和尤瑟纳尔那么精悍、灵活、自若，尽管她们的年龄比波伏瓦都要大五六岁。她裹着一条浅黄色的纱巾，包裹的式样有一点像斯达尔夫人那著名的头像，她穿着浅色的衬衫，灰蓝色开胸的羊毛衫里，又露出罩在衬衫上的雪白的绒背心，下面则是一条墨绿色的绒裤。如果说她身上的色彩是丰富的话，那么，房间的色彩就不知丰富多少倍了。浅黄色的墙壁、浅灰色的窗纱、深红色的帷幕，墙壁四周的上方是悬空的书架，书籍浩繁的卷数和式样，又必然带来缤纷的色彩。屋内的陈设琳琅满目，各种美术作品，东方和西方的古董，沙发、灯罩、茶几都呈现出各种式样和颜色。鲜花也有好几种：洁白的兰花、鲜红的玫瑰……墙壁四周的下方，是一圈着地的书架，除了书籍以外，还有数不清的唱片和更加数不清的小摆设，其中有中国的泥人和皮影。室内到处都有她与萨特的照片，有的挂在墙上，有的放在书架上、茶几上或书桌上。这是她的客厅，也是她的书房，她的书桌就在一个角落里，那里更是集中地摆着萨特的照片。房间的中央，有一架好看的绿色螺旋形楼梯盘旋而上，通往一套房间，显然那是她的寝室和其他的用房。

萨特就曾在这里度过了好些时光，这就是萨特的第二个家。他常坐在哪张沙发上听西蒙娜·德·波伏瓦给他念报？他是从什么时候起，微弱的视力开始失去了对这里丰富色彩的感受？

她把我们让在房间的一角，这里有好几张彼此靠近的沙发。我先向她表示问候，并针对上述的传闻和说法，特别强调我不仅是把她看作法国当代文学中的大作家，而且是把她看作萨特最亲密的战友和伴侣来致以问候的，这使她显得有些高兴。我感到，那似乎是一种突破了沉郁心情的高兴。

我们开始谈到了萨特。陪同的沈志明同志向她介绍了我对萨特的研究和评论。西蒙娜·德·波伏瓦一听到这些，像关心自己最重要的事一样，就单刀直入地问我对于萨特的观点和看法。我陈述了我的一系列观点，她注意地听着，不插话，不出声，只是点点头，从她的表情来看，我觉得她似乎对我认为萨特是法国文学史中从伏尔泰开始的作家兼斗士这一传统在 20 世纪最杰出的代表的这一论点最为欣赏。

在我说完以后，她对我的陈述总的表示了赞同的态度："我同意您的看法。"这时，我发现，话语不多但却干脆而毫不含糊，似乎是她的习性。接着，她又详细问我《萨特研究》的内容，萨特的文论选了哪几篇，萨特的小说和戏剧选了哪几部等。我一一介绍的时候，她都频频点头，表示了赞同，并且向我提出，希望将来出版后，能寄给她一本。

这时，我发现一个对我来说颇为严重的问题，时间已经过了半个小时了，而我想要她谈的问题还没有开始。她的身体显得并不怎么太好，难道好意思占用她两个小时以上的时间？何况，听说她也是法国作家中轻易不见客的一个，每次见客时间都不长，甚至对法国那些萨特学的学者几乎一概拒而不见……

我赶快提出我的问题："您是最了解萨特的人，我想听听您对萨特作为一个战士、一个文学家、一个哲学家所具有的最可宝贵的价值的看法。"

我想用这样一个大题目引起她大段的论述，没想到她的回答却是这样浓缩："萨特作为思想家，最重大的价值是主张自由，他认为每个人必须获得自由。才能使所有的人获得自由。因此，不仅个人要获得自由，还要使别人获得自由，这是他作为社会的斗士留给后人的精神遗产。"

我并不认为这种自由观与马克思主义的自由观是一致的，但现在不是做对比和分析的时候，现在的问题是如何使她多谈一些，使她谈得具体一些，于是，我赶紧接过自由的话题，谈到了萨特与加缪在自由观上的区别，萨特不脱离社会条件，而加缪却有些形而上学。

果然她接下去了："在萨特看来，只要作为一个人，就要获得自由，并且，在争取自由的时候，要知道别人也是缺乏自由的，因此，也应帮助别人获得自由，当然，不是形而上学的自由，而是具有政治意义和社会意义的自由。是的，加缪也提倡自由，但只是人自身所要求的一种抽象的自由，而萨特，他虽然也认为自由是人自身的内部的要求，但他同时认为必须通过具体的社会环境，既要超出眼前的物质利益，也要通过物质利益表现。"她说这些话的时候，都是以干脆利落、斩钉截铁地口吻，声音有点发尖，因此，更加显得严肃，完全像是答记者问，而当她发言一完，就不再作声，等待着对方的新问题和新反应。

我把问题引到萨特与马克思主义的关系，在我看来，萨特并不是马克思主义者，但他可以算得上是马克思主义的朋友。

　　"当然，他当然是马克思主义的朋友。"西蒙娜·德·波伏瓦迅速地做出了回答，"他虽然也写过分析评论马克思主义的东西，但他是在尊重马克思主义的前提下这样做的，照他看来，马克思主义应该是发展的，所以，他主观上想要尽可能补充马克思在有生之年所创立的学说，譬如说，马克思对人本身的研究并不充分，萨特想在这方面加以补充。总的来说，他对马克思主义还是很尊重的。"

　　我很清楚，西蒙娜·德·波伏瓦是言之有据的，萨特在晚年的时候，就曾明确地说过，"马克思主义是我们时代最先进的科学"。不过，她说的"萨特企图在人自身的研究方面补充马克思主义的不足"，这与西方批评家认为弗洛伊德在对人的研究方面补充了马克思主义的不足，于是，我要求她在对人的研究和发现上，将萨特与弗洛伊德做个比较，他们之间有何区别。

　　"萨特是在尊重和吸收马克思主义的前提下，对马克思主义加以分析和补充的，而且，他主要是尊重与吸收，但他对弗洛伊德学说则不是这样，他主要是进行批评，他认为弗洛伊德主义是机械的，弗洛伊德看到了性、潜意识对人、对家庭的影响，这是对的，但他没有考虑到反作用，因为，人毕竟是人，不可能完全是性、潜意识的奴隶。"

　　她的回答简要而明确。我又赶快谈到萨特的存在主义哲学，为引起她的议论，我说，"自由选择"的主张是萨特存在主义哲学的核心，因而，这种哲学与其说是对客观世界的认识，不如说是对某种人生观的提倡。

　　她马上以萨特学权威的态度对我说："不完全准确，萨特主要的思想是自由选择，不过存在主义哲学还有另外一些意思，如存在先于本质，在萨特看来，对人来说，人最重要的是本质，不过，人还是可以改变自己的本质的，即通过存在去改变它。"

我觉得她这些话只是存在主义的 ABC，根本不是对我本意的回答，不过，她很快就表示了和我相近的理解："的确，存在主义是一种人生观，不是对世界的解释，它是一种描述，对客观人生的一种描述。"

话题又转到了萨特与人民群众的关系，西蒙娜·德·波伏瓦告诉我们："萨特的葬礼是 19 世纪以来，规模仅次于雨果的一次，从规模来看，人民很爱他，参加葬礼的人不一定很了解他的思想，但都知道他的为人，因为他曾为改善人们的生存条件而不断进行斗争。参加者有 5 万人，而且都是自发性的，不像马尔罗那次葬礼是由政府组织的，因为萨特一贯反德斯坦政府，政府当然不会来主持这件事。"从这里，我们很自然地谈到萨特的一生和他的为人，在西蒙娜·德·波伏瓦看来，萨特作为一个人是崇高的，拒绝诺贝尔奖奖金仅仅是一个突出的例子，此外，还有他保护《人民事业报》，以及为了越南难民，把个人的成见抛在一边，和他长期的论敌雷蒙·阿隆一同去向总统请愿等。她以明显外露的感情做了这样一个总结："不仅仅这几个例子，他一生都是如此，因此，他的崇高要从他整个一生来看。"

关于萨特，我向西蒙娜·德·波伏瓦提出的最后一个问题是：萨特作为一个文学家在文学史上的贡献。

她简要而全面地谈到了对萨特作品的看法，虽然并未做概括性的评价。关于萨特的剧作，她说，萨特的戏剧完全是古典式的，与现代派的方法完全不同，与荒诞性无关，他剧中的人物和情节都很完整，主人公在历史、现实中都有一定的位置，并不是抽象的人，而在所有这些剧作中，她，西蒙娜·德·波伏瓦最喜欢的是《上帝与魔鬼》。关于萨特的小说，她认为《恶心》表现了作者的世界观，是他最重要的作品，因为他在这部作品里发现了人的存在，发现了人的偶然性以及人对世界的敏感性，世界的存在是靠人去发现的，如果人不去发现它，世界有什么意义呢？但发现要靠偶然性。萨特在这部作品里表现了这些哲理，在文学史上要算是一个创举了。她还谈到萨特另一部重要的作品：自传《文字生涯》。她指出，这部作品反映了一个作家的"存在"，从萨特自己的内心生活反映了萨特作为一个作家的生活，其中很多句子看来很简单，其实有多重意思，不是单一性的，而是多重性的。她还特别着重谈到萨特的文集《境况种种》，认为这 10 本文集是人类的宝贵财富，一定能流传下去。她还告诉我，萨特最重视的也是他这一套文集，希望它能传之于后代，因为文集中有他的文学理论、哲学观点，有对当代政治和人物的看法，反映了萨特时代的人和事。

我在一种满足的心情下结束了与西蒙娜·德·波伏瓦关于萨特的对话，把剩下的时间献给她自己。

谈起她自己，她一点也没有一般人常有的那种津津乐道的劲头，其实，关于她，她可谈的实在不少。她不仅是当代的一位大作家，而且是西方妇女的一位精神领袖，她一直为争取妇女权利、为反对对妇女的偏见和不合理的习俗而进行奋斗，她的《第二性》（1949）一书已成为西方妇女的必读书之一，是当今西方女权运动的先声。在巴黎，还有这样的传说：西蒙娜·德·波伏瓦经常接见一些不相识的普通妇女，倾听她们诉说自己的痛苦、不幸和苦恼，为她们做些分析和指点，帮助她们解决在人生道路上所遇到的难题，如某个青年妇女为一个男人怀孕，负心的男人却抛弃她不管，她今后如何生活，走什么道路，在这关键时刻，她就来找西蒙娜·德·波伏瓦了。因此，西蒙娜·德·波伏瓦在法国有好心的老太太的美名。

然而，她却很少在我们面前谈自己，面对我所提出的一系列问题，她只做了最简单的回答，话语比她谈萨特时少得多，似乎她最感兴趣、最关心的是萨特，而不是她自己。关于她为什么写作、在写作中所怀有的信念和原则这个问题，她只说，她经常有所感，有很多话要讲，愿意把它们写出来，帮助其他的人了解世界，了解生活，帮助他们更好地生活。关于她自己的作品，她只简单地提了一提《第二性》一书的影响，指出她所重视的是自己的四部回忆录，因为她在那几本书里讲了自己的经历、观感、体会，以及有关和萨特的事。关于她近期的工作和创作，她告诉我，不久前她完成了对萨特晚年生活和创作情况的一部回忆录，将于12月出版，其中附她与萨特在1975年的长篇谈话，那次谈话是根据录音整理的，最近，她就是为赶阅这本书的校样而搞得很疲倦。至于将来的创作计划，现在暂时没有。关于她的生活和兴趣，她说，她经常到北欧旅行，几乎每年都在罗马度过夏天；在巴黎时，常出去看看电影，对意大利电影颇感兴趣等。

半个多月后，巴黎文坛上发生了一件引人注目的大事：西蒙娜·德·波伏瓦的回忆录《永别的仪式》出版了，厚厚一大册。正如她告诉我的那样，前半是她对萨特晚年生活的回忆，后半是她与萨特谈话的记录。那次谈话，几乎是他们两人有意对他们大半辈子共同生活的回顾，它清楚地表明，这两个人不可分割。这是一本带有应战性的书，是对在巴黎流传的关于他们两人关系的某些说法的一种回答。

一位70多岁的老太太住在巴黎市中心的一幢公寓里，围绕着她的有丰富的色彩，但她孤单地住在那里。每天，可能有一个做临时工的女仆来替她收拾房间、烧饭做菜。在这个世界上，还有什么东西对她来说是最宝贵、最亲切的呢？该是对躺在蒙巴纳斯公墓墙脚下的那个人的回忆。

"怎么可以剥夺掉她最宝贵、最亲切的东西呢？"

当我收到西蒙娜·德·波伏瓦赠给我的她那本新作《永别的仪式》时，我这样想。

1981 年 12 月于巴黎

"于格洛采地"上的"加尔文"

—— 阿兰·罗伯—葛利叶

我与罗伯—葛利叶并肩站在一个狭小的书架前，他用手攀着我的肩膀，在中国，同志式的合影经常就是这个姿势。从这张照片来看，我们似乎是老朋友了，只不过，他那巴黎风格的便装和我这身中山服，标明了我们分属于两个不同的世界。

这张照片，是我从未料想到的结果。

首先，我去巴黎时，根本没有想到会见罗伯—葛利叶，在下飞机的时候，我甚至也没有会见任何法国作家学者的计划。因为，我在国内，在美国，都不止一次听说过巴黎的作家和学者架子甚大的议论，我一直认为这种大架子是斯达尔夫人在她的小说《柯丽娜》中所批判过的那种法兰西文化自大狂在 20 世纪某些人身上的复发，我当然不准备去拜会。

然而，法国外交部文化技术司的接待一开始就甚为热情，他们主动要我提出希望会见的法国文化界人士的名单。既然外交部负责安排，那么，何妨一试？正因为我要在《法国现当代文学研究资料丛刊》中编一本《"新小说"派研究》，所以，我提的名单中当然就包括了"新小说"派的主要人物。

过了一个多星期，接待办公室的负责人马第维先生通知我，第一次会见已经安排好了，对象是罗伯—葛利叶，时间是 11 月 16 日下午 4 点半，地点在午夜出版社。

罗伯—葛利叶是我在巴黎一系列会见的"第一站"，这是我从没有想到的。

从我对"新小说"派的评论和我的观点来说，我自己也没有想到会在巴黎与罗伯－葛利叶有一次——用他后来赠书给我时所写的题词中的话来说——"友好的谈话"。对于"新小说"派，我的认识经历过一个复杂曲折的过程，即使在见罗伯－葛利叶之前，我对"新小说"派也抱着一种"复合"的看法，既有肯定，也有否定。因此，后来我在与罗伯－葛利叶交谈时，就难免要为如何在必要的礼貌、对他和"新小说"派应有的肯定与对他们的某种保留之间而费些脑筋。

过程是曲折的，认识也是复杂的，我必须在见罗伯－葛利叶以前，整理一下我的观点和思路。

起初的事情是这样的：

"新小说"派作为一个文学流派形成在 20 世纪 50 年代。1953年，罗伯－葛利叶出版了他的第一部作品《橡皮块》。它看来像一本侦探小说，但又和传统的侦探小说很不一样，其中的情节难以捉摸，整个故事扑朔迷离，很难说事件的真相究竟如何。次年，他的第二部小说《漠然而视》问世。小说写的是一件可能的凶杀案，但作者故意不把这个案件的真实确切性写出来，因之它仅仅只是可能而已。1956 年，他发表了《未来小说的道路》一文，这篇文章与他两年后发表的《自然·人道主义·悲剧》一文，共同提出了在 20 世纪要抛开现实主义小说的传统，进行新的改革和实验以建立新的小说艺术体系的主张。它与娜塔丽·夏洛特在《怀疑的时代》（1950）中提出的主张前后呼应。那位女作家早已在进行一种脱离巴尔扎克传统的小说实验，并且写出了几部一反过去小说传统而后来被称为"新小说"的作品：《向性》（1939）、《无名氏肖像》（1948）、《马特洛》（1953）。不过，娜塔丽·夏洛特那种取消了情节、没有完整的人物形象、专注于人物心理描写的小说，不及罗伯－葛利叶的小说那样容易引起注意。罗伯－葛利叶的小说并非没有情节，也并非没有人物，只不过缺少合乎逻辑的线索，事件本身的全貌难以看清，其某些方面和某些片段是通过人物精神活动和心理反应的折射而展现出来的。至于他对物的静态写生，则使人多少想起了左拉，但又比左拉更琐细。特别是，1957 年他又出版了第三部小说《嫉妒》，这一部以全新的方法来写嫉妒这一种感情的作品，更使他获得了广泛的名声。与以上这些事情平行发展的是，米歇尔·布托、克洛德·西蒙从 20 世纪 50年代初也开始创作与传统小说不同的作品。这样，这些作家自然就形成了一股潮流，由于其共同的反传统小说的特点，人们就称之为"反小说"派或"新小说"派。"新小说"派一产生，其标新立异的创作实践与大声喧哗，就使它像一个穿着奇装异服的士兵出现在战场上一样，马上就招致了各方面的火力，人们出于各种原因指责它：反对巴尔扎克的小说传统，情节和人物都不完整，内容没有确切性，意义不清楚，过于追求文字技巧等。总之，它在法国就遇到"很多反对派"，用罗伯－葛利叶与我谈话时所讲的话来说，就是"很多敌人"。这种情况不仅发生在"新小说"派的初创阶段，就是在它大发展并取得了巨大的声势时也仍然如此。这个流派在追求标新立异的巴黎，尚且受到这种待遇，在我国也就可想而知了。

我国开始注意"新小说"派是在 20 世纪 60 年代前期，那时，正是"新小说"发展的高潮时期。1959 年，法国重要的刊物《精神》为"新小说"派出了专刊。他们，包括罗伯－葛利叶、娜塔丽·夏洛特、米歇尔·布托、克洛德·西蒙，不断发表作品，其中还不止一部相继获得文学奖，特别是罗伯－葛利叶的《去年在马里昂巴德》（1961）改编成电影在威尼斯电影节上获得大奖，更是轰动了整个西方。当时法国的文学刊物宣称："……'新小说'派作家已经度过了阴冷的年头……"在巴黎，"报刊和批评界都关心'新小说'派"，以反传统的方法写小说，也成了一种时髦。既是文艺评论家，也是"新小说"派作家的克洛德·莫里亚克，当时在他的一篇报道中这样说，"新小说"派在法国"受到推崇，并继续使青年一代着迷"，而罗伯－葛利叶更是成了"巴黎文坛上的权威人物"。在国外，"新小说"派的作品在美国、西欧、日本等国家和地区都有翻译出版，被视为"当前法国文学的代表"。这个流派的新技巧也成了大学学术论文的题目，成了学者、批评家写专著的对象。正因为如此，这才在中国引起了注意。那么，那时的中国理论批评界流行的观点是什么呢？

在我国，由于新中国成立初期向苏联学习的热潮，日丹诺夫关于西方现当代文学的论断，自然影响极大，几乎被视为经典，因而，长期禁锢着人们的头脑。西方现当代文学中，除了当时在政治上属于"社会主义阵营"的作家以及少部分"批判现实主义作家"以外，几乎全都被不加分析地遭到摈斥。而且，20世纪50年代中期以后国内接连不断的政治运动，又把意识形态领域里包括外国文学评介和研究领域里"阶级斗争的弦"绷得紧紧的，因此，对西方现当代文学中的"现代派"文学，自然都一概突出一个"批"字。正是在这种条件下，我也曾批判过"新小说"派。

"四人帮"被粉碎后，在党中央的号召和推动下，我国的意识形态领域经历了一次意义深刻的思想解放，人们在马列主义思想原则的指导下，以实事求是的科学精神，打破了过去在很多问题上一些不符合实际的极"左"的框框，冲出了某些偏颇狭隘的观念。如果说，在外国文学评介和研究的领域里，也有思想解放的话，那么最明显的标志之一，就是对日丹诺夫的论断进行了置疑和分析，就是西方现当代文学重新评价问题的提出。如果这次思想解放对外国文学工作也带来什么重要的结果的话，那就是对西方现当代文学的介绍和评论，已成为很多文艺刊物以及专门的外国文学杂志的重要内容。当然，全国各地出版社出版的西方现当代文学作品，也比过去任何时候为多。我在这个过程里，对西方现当代文学的重新评价问题，发表过一些意见，但当我这样做的时候，我觉得在学术问题上应该有诚实的态度，因此，我在发表重新评价的意见的同时，也公开地承认了自己过去对西方现当代文学的评价有不实事求是的缺点，我没有在自己的文章里指明那是对"新小说"派而言，好在我对西方现当代文学"批字当头"也就那么一次，所指其实还是很清楚的，何况，我又对"新小说"派的得失功过做了重新评价。①

正因为我曾经历过这样一个曲折的过程，又因为这次安排事出意外，所以，在会见的前夜，我放弃了观光巴黎之夜的愉快，把自己关在房间里，重新整理自己的观点，做些必要的准备。

窗外是灰黑的天空和树丛的阴影，又是一个阴霾的夜晚，没有月亮。附近一大片小别墅式的住宅的百叶窗都关得严严实实的，从里面透不出一点亮来，只有路灯照着一条阒无人迹的马路伸向远方，似乎这是一个无人居住的区域，就像罗伯—葛利叶的《在迷宫里》所描写的那个死寂的城市一样。过去我看那部小说的时候，对他把一座城市描写得像神秘的梦幻一样颇不以为然，但是，我眼前的巴黎郊区之夜不同样一片死寂，同样也带一点梦幻、模

<hr>

① 《西方现当代资产阶级文学评价的几个问题》，见拙著《论遗产及其他》第169—177页。上海文艺出版社，1980年。

糊的情调吗？不论怎样，眼前是寂静的夜，正堪做理论思维。那么，我要再次明确下来的思想立场究竟有哪几点呢？

第一，不论人们对"新小说"派做怎样的评价，不论对它是肯定还是否定，人们都不能无视它的存在。以它所拥有的作家作品而言，以它的理论主张和创作实践而言，以它在法国曾风行一时而又在国外造成了轰动而言，以它在巴黎文坛上坚持了自己的阵地达30年而目前仍在活动这一事实而言，它都要算是法国20世纪中期重大的文学现象之一，它总要在法国当代文学史上占有一席地位。因此，我们应面对它，研究它。这，便是我要编一本《"新小说"派研究》的原因。

第二，"新小说"是小说艺术上的一种创新，它带有探索和实验的性质，它的探索和实验肯定并不都是成功的；但即使它的探索和实验很少成功，它在主张探索新路这一点上却是没有错的，应该得到我们的肯定。因为，如果没有探索和实验，也就不会有发展，既不会有"脱缰的发展"，也不会有正常的健康的发展，这，似乎是文学艺术发展的一条规律。

第三，不论对"新小说"派有多少非议，不论它目前的处境是如何说明了它不再会有广阔的前途，没有希望成为法国小说的主流，也不论它是怎样在相当大的程度上不会具有持久的艺术生命力，但人们对"新小说"派在艺术上的探索和实验，显然不能全盘否定，一笔抹杀。事实上，它在某些方面的确提供了一些有参考借鉴价值的艺术经验，至少提供了一些有合理成分的艺术经验，如：对内心活动、意识流、潜意识的描写；对某一事物或某一事件多角度、多重性的描写；静物写生的细致与准确等。所有这些，将不至于被未来的作家们完全遗忘。

"新小说"派的作品几乎都是在午夜出版社出版，这是他们的基地。这里出版的书都是雪白的封面，四边有四道蓝色的细线构成一个大框，作者的名字是黑色，书名是蓝色，铅字体，封面的中央有一个蓝色的"M"，乃法文 Minuit（午夜）的缩写，其左角挂着一颗由蓝线构成的五角星，这简朴的图案就是午夜出版社的标志。我和这种格式的书打交道已有多年，它那素净的封面，久而久之在我脑海里逐渐造成了这样的想象：在巴黎的一条幽静的街上，一幢风格别致、颜色洁白的楼房，那就是午夜出版社。

但，实际情形和我的想象完全不同。贝尔纳·巴里西街在巴黎一个繁华的地区，充满了嘈杂的音响。走进街口不远，在狭窄的人行道上，便可看见第七个门牌号，它像是一所普通的住宅，临街只开了一扇矮小的门，哪里有午夜出版社的影子呢？走近一看，那矮小的酱色的门正中，有一块像名片一样小的铁牌，上面刻着几个令我怀疑自己的视力是否有问题的字："午夜出版社"。

进门后，是一块只有十几平方米的过道，三个房间的门冲着这过道中央一架螺旋形楼梯，从三扇开着的房门，可以看见一捆捆包扎好的书籍，也有一些散落着尚未包扎的。大概这就是出版社的书库。楼梯相当狭小，旋转度又很大，上下都得小心。二楼和三楼的房间布局完全与底层一样，这两层都是出版社的办公室。我们到了三楼的一间房间里，一位女秘书正在紧张地打字、接电话，她招呼我们坐下，请我们稍等，说罗伯—葛利叶先生尚未来到，因为他不是每天都到"午夜"来办公，虽然，众所周知，他是这个出版社文学编辑部的主任。"他很忙，他经常不能守时。"女秘书笑着说，把两手微微一摊，似乎是表示对那位先生无可奈何，然后又去忙她的事了。

我无所事事，环视了一下这个房间。一壁是书架，上面陈列着两三百本"新小说"派作家的作品在世界各国的译本，有英文、德文、西班牙文、日文、俄文以及东欧和北欧语言等，其中以罗伯－葛利叶、娜塔丽·夏洛特和米歇尔·布托三人的译本为多，当然，又以罗伯－葛利叶的为最，特别是他的《漠然而视》《嫉妒》和《去年在马里昂巴德》；米歇尔·布托的《变》译本也不少。

没有多久，楼梯那边传来了急促的脚步声。"来了。"女秘书显然很熟悉这脚步声。接着，很快就气喘吁吁地跑进了一位先生，中等身材，浓密的长发，满脸络腮胡，一身便服。他上气不接下气地向我们表示歉意，说，他明天就要到加拿大去，今天有很多事要办，因此，来迟了一步。

他蓄的长发和胡须多少改变了我过去在书刊上常见到的他壮年时的形象，而且，他的须发白了不少，据我所知，他今年正好是 60 岁。

他把我们引到隔壁的一间房间里。这里比较宽敞，四壁几乎全是书，虽然并不太讲究，但很整洁。他进门后就向我们解释，这并不是他自己的办公室，他的那间是在楼上，于是，他灵机一动，又带我们去看他的那间。上一层像是阁楼，面积比下几层更小一些，只有两间房，罗伯－葛利叶的那间有十多平方米，狭小的书架前，有一张书桌，余下的空地就不多了。我没有想到他的办公室是这样"寒碜"，我更没有想到，他竟主动地把我们带来参观他的"寒碜"；我感到，他似乎有一种强烈的自信，相信自己的价值，他似乎要以此表明，他罗伯－葛利叶，可不在乎他的办公室是否有排场，是否有气派。

我们又回到刚才那间大的办公室，坐下后，几乎没有什么寒暄，就进入"实质性的"讨论。

"我很高兴在午夜出版社见到您，如果我没有搞错的话，也就是说，在'新小说'派的'于格洛采地'上，见到了'新小说'派的'加尔文'。"我这样开场。

于格洛采地，是指法国国王亨利四世在1598年南特敕令中所规定的新教的势力范围，那一项敕令旨在结束法国16世纪长期的宗教战争，以维持天主教与新教两派的妥协与和平。加尔文则是法国宗教改革的领袖人物，新教的精神导师——法国报刊曾在20世纪60年代以这两个史学名词比喻午夜出版社与罗伯—葛利叶。把一个寒碜的小规模的出版社和眼前这个穿便服的人提升到历史的高度来加以比喻，未免有一种明显的夸张，但我当时觉得以这种稍带玩笑性质的夸张来开始我们的谈话，也许可以使气氛更为活跃些。

罗伯—葛利叶果然显得很高兴，他马上接过我的话茬，先谈起午夜出版社来：午夜出版社经历过三个阶段，它创建于"二战"时期，那时，它出版地下书刊，参加反法西斯德国的抵抗运动；第二阶段是战后至20世纪50年代，它反对法国政府在阿尔及利亚的殖民战争，支持阿尔及利亚的民族独立，在这一时期，它出版了很多与此有关的书，因此处境相当艰苦；第三阶段就是"新小说"派时期了，它主要是出版一些与传统文学有所不同的作品，如荒诞派戏剧、"新小说"等。

他很注意突出午夜出版社在社会历史事件中的作用和贡献，而不是突出它在文学创新方面的所作所为，那么，为什么他在自己的作品里总是回避社会问题呢？以致读者在那里很难看到时代社会的影子，更谈不上时代社会巨大的课题了，如像他在《橡皮块》中所写的明明是一场政治斗争、政治阴谋，但他却有意把笔绕开了这个事件的内容，而去写琐碎的生活现象和混乱、不可理解的过程，写现实生活中那些与事件的实质毫无关系的"物"的存在和"物"的体积、形状、色彩等。他谈午夜出版社时，显然为它曾参加过进步的正义事业而自豪，那么，为什么他在自己的作品里又是那样缺乏对社会事物的是非感？他在《漠然而视》中写一个人物与一件伤天害理的案件的关系时，竟然那样无动于衷，津津乐道，这不能不使人感到惊异。嗯，这也许是罗伯－葛利叶作为社会人与作家的矛盾。但一个作家首先是一个社会人，因而，他身上的这种矛盾，不能不说是他作为作家的局限。我不由得这样想。

不过"新小说"派倒的确是一个"纯文学"的派别，它的理论和创作都不涉及社会政治问题。罗伯－葛利叶和其他同道一样，虽然没有在自己的作品里表现作家应有的是非感、正义感，但他也没有在自己的作品里宣扬某种错误的阶级主张，表现某种偏狭、消极的世界观和人生见解。总之，他似乎绕开了这些问题，而只对小说的技巧和新手法问题感兴趣。他这些年来一直致力于此，并且从理论到创作都有自己的一套，这才成了这个流派的"加尔文"。于是，我向他提出了这方面的问题。

"我想听听您关于小说艺术问题的哲理和您对于小说发展道路的观点。我想，您可能并不是反对巴尔扎克，而只是不赞成在20世纪仍然满足和沿用巴尔扎克的方法，正像贵国19世纪的浪漫派一般并不反对高乃依、拉辛，而只是反对古典主义的方法在19世纪再继续运用，是吗？"

关于他对巴尔扎克的态度，我有意缓和了他过去原有的激烈程度。要在小说艺术上一笔否定巴尔扎克，那简直就是荒唐的妄想，谁想这样做，就只会使自己变得滑稽可笑。又何必一定要把他置于那种境地呢？

他的回答是："从巴尔扎克到'新小说'派，小说艺术发生了很深刻的变化，巴尔扎克笔下有真实，'新小说'派笔下也有真实，两种真实是有差异的。巴尔扎克的时代是稳定的，刚建立的新秩序是受欢迎的，当时的社会现实是一个完整体，因此巴尔扎克表现了它的整体性。但 20 世纪则不同了，它是不稳定的，是浮动的，令人捉摸不定，它有很多含义都难以捉摸，因此，要描写这样一个现实，就不能再用巴尔扎克时代的那种方法，而要从各个角度去写，要用辩证的方法去写，把现实的飘浮性、不可捉摸性表现出来。"

他这段话当时颇给我以新鲜的感觉，它显然比他在《未来小说的道路》和《自然·人道主义·悲剧》中的论点有所变化，对巴尔扎克的态度和以前也不完全一样了。既然 20 世纪的现实如他所说是浮动的，不可捉摸的，那么，他罗伯—葛利叶当然可以而且应该把现实描写得扑朔迷离、含糊不清，像谜语一样费解了。《橡皮块》中案件的真相究竟如何？《漠然而视》中真正的凶手是否就是那个手表推销员？《去年在马里昂巴德》中那一对男女过去究竟相不相识，有没有关系？所有这些，作者都故意使读者难以从形象描绘中得出确切的结论，甚至难以得出合理的逻辑，而他这样做完全是应该的！这时，我觉得罗伯—葛利叶不愧是"加尔文"，他善于制造出一种理论形态来解释他的作品，或者说，他善于根据他的标新立异的理论形态来制造标新立异的作品。我承认，20 世纪的现实的确比较复杂，人们对纷纭繁杂、错综交织且具有多方面、多层次的事物要有全面、透彻的把握是不容易的，皮埃尔·加斯卡尔先生在和我谈话时也明确地谈到过这点，可见，在某种程度上这是法国作家的"通感"，不过，我总觉得罗伯—葛利叶的"飘浮论"有很浓的不可知的味道。文学艺术作品总要提供一定的对现实的认识，如果以不可知论来指导创作，作品中堆砌着、展现着的形象图景，自然也就不可解了。

他大概觉得刚才的那段话还不充分，不等我做出反应，便又继续讲下去，并且使我颇吃一惊地用了不少社会学甚至阶级论的术语：

"巴尔扎克的时代是资产阶级的上升时期，资产阶级的道德伦理与当时它的处境地位是相符合的，它当时并不认为自己是剥削阶级，它具有道义上的自信；但是，在 20 世纪，资产阶级被认为是压迫阶级，而且不是永世长存的，在当代法国资产阶级社会里，大家对现今的价值标准、道德、伦理都不相信了。19 世纪对我们来说，是已经失去了的天堂，当时文学中宣传的东西与社会状况是相符合的，因此，我并没有任何瞧不起巴尔扎克的地方。不过，在上面我所讲的 20 世纪的条件下，我们当然不能沿用表现过去天堂的方法来表现现在；而且，一般读者在当代小说里也不满足那种表现。"至于如何表现 20 世纪的生活，他又做了一点解释，"现在，我们不能单单复述某一现实，而必须从各方面去表现某一现实，用这种方法去写的'新小说'就不会只告诉你一种真实，而是把真实表现为浮动的。人们在现实生活里，既要在自己的内心世界里认识自己，也要从客观存在认识外部世界；但是，这两个世界都像迷宫一样难以辨识。"

"那么，您在小说《在迷宫里》中，就是要表现这种哲理啰？您是否可以对那部作品做点解释呢？"

那本小说的确很难懂，甚至很不容易把它读完，它所写的像是一个朦胧、神秘、不可理解的幻梦：一个士兵在一个巨大的城市里走来走去，城市像一个神秘的存在，几乎一模一样的街道，门窗紧闭，寂无人声，这个士兵也像一个梦游者，似乎是在完成他的朋友托给他的一件事……过去，我读这部小说的时候，就感到作者是要表现某种哲理，不过那哲理是很难看出来的，甚至有一次我在招待会上碰见一个法国朋友，他谈起这部小说来也耸耸肩。

"我那部小说就是要表现这个哲理，那个士兵想在外部世界找寻和发现一点什么，也想发现和识别自己的内心世界，然而，这两者对他来说，都像是迷宫。"

哦，原来如此。

关于哲理问题，他接着又做了这样的补充："我的哲理不像萨特的那样，他是先有哲理，然后把哲理写进小说；而我，我的哲理存在于小说形式的本身，是体现在小说的形式上，因此，我们的'新小说'并不是无思想、无意义的。"

他这些话虽然说明了他的小说的某种特点和他的某些思想，但的确更加深了我原来的印象：罗伯—葛利叶对现实的认识是不可知论。正因为他把这种认识更多地体现在小说《在迷宫里》，所以，我以为，这部小说至少比他其他的作品更不成功，如果我不说它是一部失败的小说的话。

哲理问题似乎谈得不少了。我继续我的思路，要求罗伯—葛利叶对"新小说"派的发展和得失做个总结："在我看来，'新小说'要求小说艺术的创新，这一主张是符合艺术发展规律的，而且，'新小说'派的创新，无疑将在小说史上留下它的痕迹。'新小说'如果从 1953 年《橡皮块》算起的话，到 20 世纪 80 年代，已经有将近 30 年的历史，这是一个该令人满意的不短的时期。雨果的浪漫剧从《欧那尼》到《城堡里的伯爵》，控制法兰西剧坛也不到 20 年之久。既然'新小说'派已经有了 30 年的历史，您作为一个开拓者，是否可以对你们的创新事业做出几点历史性的结论？"我这段话直截了当的意思是：今天已经到了可以对"新小说"派做总结的时候了，那么，"新小说"派的实验成功在哪些方面，失败在哪些方面呢？

也许是由于我的意思讲得不明显，也许是罗伯－葛利叶有意绕过我的问题，他做了一个根本不涉及艺术上的成败得失和经验教训而没有什么理论意义的总结："我现在是法国最著名的作家之一。我的名声是我的敌人们造成的，过去评论我的，都是反对我的，但他们的反对，反而引起了大家的注意。五六十年代，我成了新闻人物，那时评论我的人很多，真正阅读我作品的人却很少，而现在，青年人中读我的书的人就很多。"

这时，走进来一位矮个、秃头的先生，一看就是文人学者之类的人物。罗伯－葛利叶对他表示了欢迎，并且替我们双方做了介绍。他是米歇尔·里巴尔卡先生，法国当代文学的研究家，曾编过萨特的研究资料，在巴黎有些名气。据罗伯－葛利叶介绍，他现在正准备写一本罗伯－葛利叶的评传；而罗伯－葛利叶在向对方介绍我的时候，则又特别着重说明我正在编法国现当代文学丛刊，萨特是第一本，马尔罗是第二本，"新小说"派是第三本。他兴致勃勃地说着这些，似乎我与里巴尔卡先生的巧遇，正从不同的方面证明了他与"新小说"的价值。

我们坐下来继续谈话。我对他刚才的总结很不满足，为了使他对"新小说"派进行文学实验的成功与失败有所分析和议论，我提出了 20 世纪 70 年代法国的一本"新小说"《作品第一号》，请他做点评论。马克·萨波尔达的那部作品由散页组成，未装订，每页一个片段；这些散页可以任意排列组合，于是，这部"小说"就可以排列成各种不同的故事和结果，据统计，其排列组合的可能达 10263 个之多。在我看来，这部作品把"新小说"派的那种反传统的文学实验发展到了极端，倒也的确堪称一种实验；但这种实验对文学艺术创作有什么价值和意义呢？

"加尔文"对此人此作根本不予承认，拒之于他的教门之外："我没有看过这部作品。这个人是赶时髦，他不是'新小说'派，他早已销声匿迹了。"接着，他又加以说明，"'新小说'派之后，有'新新小说'派，那个人可能是'新新小说'派，而我们'新小说'派只包括我、娜塔丽·夏洛特、米歇尔·布托、克洛德·西蒙；其实最早写'新小说'的是贝克特，实际上他也是'新小说'派，还有玛格丽特·杜拉斯，不过，她与娜塔丽·夏洛特都不承认自己是'新小说'派，虽然批评家把她们都划了进来。"他展示了"新小说"派最强大的阵容。的确，就他所列举的这些作家而言，他们在法国当代文学中的地位显然都是不能抹杀的。

这时，负责接待我们的马第维先生来了。按原定计划，他6点来午夜出版社接我们到离巴黎100多公里的安布洛斯去，以便第二天游卢瓦河上的古堡。于是，我和罗伯－葛利叶的谈话进入尾声：我们一同对《作品第一号》表示不以为然，他向我表示很希望到中国来访问等。

最后，就是摄影留念了。他准备就在这间宽敞整洁的房间里进行，我却要求到他自己那又小又挤的办公室去，我开玩笑说："为了您确定的而非浮动的真实。"他欣然同意了。进到那个房间，他把窗帘拉上，因为窗外巴黎的屋顶并不美观，他又把凌乱的桌椅顺手整理了一下。其实，这些都没有必要，金志平同志把所有这些都切出了镜头，只剩下了我们两人背后那狭小的书架。

离别的时候，他告诉我，12月中旬他将从加拿大回巴黎，希望那时再约时间谈一次。

12月中旬，我从午夜出版社得知他回到了巴黎，但我那时正忙于一次、两次、三次到拉雪兹神甫公墓去仔细瞻仰巴黎公社墙，去——拜访莫里哀、巴尔扎克、肖邦、巴比塞……也正忙于一次、两次、三次以至四次到罗浮宫、罗丹博物馆去享受那难以企及的艺术美给予人的愉快。

我没有找出时间再去看望罗伯一葛利叶。

1982 年 3 月于北京

我所见到的"不朽者"

—— 玛格丽特·尤瑟纳尔

在巴黎，谁都说尤瑟纳尔很难见。

原因大致有这么几个：她经常住在美国或瑞士，较少住在巴黎；即使来巴黎小住，她也不轻易接见客人；尤其是她 1980 年当选法兰西学士院院士以后，声誉倍增，照巴黎的说法，身份太高。这，也可以理解，自从 17 世纪法兰西学士院成立以来，进入法兰西学士院就是文化学术界人士所能获得的最高荣誉，谁要是坐上了它数目固定不变的 40 个席位中的一个，就会被称为"不朽者"。而她，作为一个文学家，不仅成为院士，而且是学士院有史以来第一个妇女院士。当选以后，以学术眼界极高而著称的美国哈佛大学很快就做出了反应，在 6 月授予她名誉博士的称号，她参加了仪式，仪式一完，人就不见了，在美国这个最高学府也没有停留，就像"惊鸿之一现"。

我把将要会见的消息告诉了马第维先生，他做了一个夸张的表情："哦，太好了，我真有些嫉妒你们，能与尤瑟纳尔见面！从电视上看，她是一个非常好、非常和善的老太太，可是，要见她可真不容易！"

其实，我倒没有碰到多大困难：与伽里玛出版社董事长克洛德·伽里玛见面的那次，我向他谈到了我们准备在《法国现当代文学研究资料丛刊》中，编选一本《尤瑟纳尔研究》，表示希望能见到这位女院士，因为尤瑟纳尔是伽里玛出版社所团结的作家，她在巴黎的活动都由伽里玛负责安排。克洛德·伽里玛先生当时就表示乐于转达我的希望，他告诉我，过两天，他将与尤瑟纳尔共进晚餐，届时就可以和她谈妥。

克洛德·伽里玛先生不愧是法国文化界的头面人物、法国名作家们的好友，不几天，从他那里来了一个答复："尤瑟纳尔同意与柳先生会见。"不过，附带转达了尤瑟纳尔的一个问题，如果中国出尤瑟纳尔的选集，那么，版权问题怎么办，尤瑟纳尔对此甚为关心。

我在巴黎已经会见了不少作家，尤瑟纳尔所提出的这个问题，我倒是头一次碰见。

她住在巴黎第五区大学街的大学旅馆。这说明她在巴黎的确没有安家，只是暂住。走进这家旅馆，暗黄色的灯光、壁上的美术作品、走道里的鲜花，都使人感到一种雅致的情调，"商"味不浓，有点"学"味。一位坐在柜台里的小姐，拨了一个电话，通报了我们的来到，马上就得到了答复，她告诉了我们房间的号码：到了三楼，还要走上一道木梯，那才是尤瑟纳尔的房间。因为电梯狭小得出奇，只能挤两个人，我们4人只好分批而上，我上了三楼，正一面找那木梯，一面等后上来的两位，在木梯口，我还没有来得及抬头，有人就在上面招呼了，往上一看，一位老太太正俯身在楼梯栏杆上向下瞧，她那宽大的脸盘显然就是尤瑟纳尔的标志。她早已走出了房门，站在楼梯口，她那神情和姿态，与其说是像一个院士在迎接客人，不如说更像一位闲适安详的老太太无所事事，正在好奇地看着楼下的动静。

我赶紧走上木梯，其实不到十级。她没有等我上到她面前，就表示了欢迎，使我一下就强烈地感到了她的和善。她的脸上堆着和善的笑。但考虑到她作为学士院院士所重视的礼仪和规范，我握手问好的时候向她解释说，我没有事先征求她的同意，带来了三位中国同志，因为他们实在太想来拜访法国唯一的一位妇女"不朽者"了，"也许是世界上唯一一位妇女不朽者"。我又补充了一句。当然，我所说的"不朽者"，只是借用法国对学士院院士的习惯称呼而已。

我们被引进的那间房间，显然是她一整套房间的外间，用来见客和工作的，透明的茶几上供着新鲜的石竹花，陈设都很讲究，但又表现了主人的旅行生活的特点：有两个旧行李箱搁在一旁，没有书架，只有少数几本书散在桌子上、沙发上和壁炉上。她让我坐在一张高背的藤椅上，自己选了另一张高背藤椅，而让我的三位朋友坐在另外的椅子上，很明显地使我感到在她的和善之中颇有一种讲究和分寸。她满脸都是皱纹，头发也已经很稀疏了，白色之中偶尔露出几绺半截的灰黑。她的眼睛很和善，使你感到亲切，脸上也老是那和善的笑，似乎那笑就是刻在那脸上的。如果没有她那像礼服一般的黑白相衬的刺绣的衣裙和她走路时头微微昂起的庄严的姿态，你真会以为她是在电影中常见的一位心宽体胖、好脾气的老祖母。

她一定要以高级的饮料款待我们，提出了几种供我们选择，当她叫女侍者端上了几大杯威士忌和波尔多酒时，我又感到了慷慨，她这种慷慨在招待客人以精打细算而著称的巴黎人中，算是不多见的。

我说明了我的来意。她对《法国现当代文学研究资料丛刊》表示了浓厚的兴趣，问我出版和编辑了几本，我告诉她，萨特的专集即将出版，马尔罗的专集即将付印，"新小说"派的专集和莫洛亚的专集正在编辑，为了不至于使她对为什么选了莫洛亚感到奇怪，我解释说，这主要是为了介绍莫洛亚作为一个传记作家所取得的杰出成就，并不是把他作为法国当代文学创作中一位大师来对待，而再下去，就准备编选她的专集了。她认为丛书从萨特与马尔罗编起很有见地，选择安德烈·莫洛亚也很对，因为他的文学家传记的确写得很好，而对她自己能够入选，则谦虚地表示了"深感荣幸"。她说这话的时候，态度自然，脸上仍带着微笑，但语气轻淡，感情平静，似乎并不对自己的入选有半点高兴，一听就是一个对外界的重视早已习惯了的人所经常使用的术语。

　　我看着这位将近 80 岁的老太太，感到她本身就是一个世界，包含着丰富复杂的内容。她具有不一般的经历，出生在比利时一个很富裕的家庭，从小就在不断地旅行中度过了不少岁月，以在法国与英国的时间为长，直到 1937 年，她才总算定居在美国，她在美国任教，用法文写作，选择了东海岸一个小村子作为定居处，以便随时又可以到欧洲和世界各地去旅行；她不仅是一个文学家，还是一个女学者，她从小受希腊文化、人文主义文化的熏陶，对历史有广博的知识，对东西方文化都有浓厚的兴趣，她博古通今，学贯东西；她作为一个作家，又具有多方面的才能，她写小说，也写诗和剧本，在翻译方面亦颇有成就；而以其创作倾向而言，她又是那么复杂、不容易把握，你说她作品的风格严谨、隽永，堪称古典式的吧，可她的思想意识、道德观念又完全是现代的，属于纪德那一个传统，而且，她作品的题材也很广泛，有古代历史的，也有现代生活的……我面对着她，深深感到她的复杂性和丰富性，一大堆问题像潮水一样涌上我的脑海，我不甚了解的问题显然要比玛第厄·加雷更多，这位访问者在多次访问中所提的问题，已经使她的回答构成了一本自传性的书：《开阔的眼界》。这本书，我是在会见前两个钟头才在蓬皮杜文化中心旁的书店里买到的，封面上有她的照片，那是一种到了不惑之年的神态，安详而充满自信，正像那不大客气的书名一样……

我的问题比玛第厄·加雷多，而我的时间比他少。我只能在至多两个小时的礼节性的拜访里，争取多听听她的回答。因此，我不得不把自己的问题浓缩起来，先问她在自己的作品里力图表现什么样的人类图景。我的意思是这样的：如果说贝克特在自己的剧作里是要表现人类生活荒诞的状况和人类在等待的苦闷，萨特在自己的小说里是要表现人的存在与客观世界的关系，马尔罗在自己的作品里是要表现人类在追求、奋斗、挣扎中的激情和力量，那么，尤瑟纳尔，您在《阿狄央的回忆》和《苦炼》中写古代的历史故事，您在《致命的一击》中写1918年波罗的海沿岸国家战争中的插曲、写没落的贵族阶级在苏维埃革命前徒劳无益的反抗，您在《阿莱克西斯》中写主人公婚姻失败后的苦闷、矛盾和追求，究竟是要构成一种什么性质的人类图景？

我问的是"性质"，她答的是"情况"。她说，照她看来，人类总的状况是难于找到一种和谐，而她涉及人类状况的作品，主要有这么几部：一部是《阿狄央的回忆》，它写罗马一个到了晚年的开明君主，他看到了帝国将要面临的末日，力图为人民做些好事；另一本是《苦炼》，它讲一个16世纪的炼金术士，在一个动乱的时代，在各种政治力量的钳制下，甚至在被迫害的情况下，如何尽自己的责任；还有一本是《像水一样流》，它将于1982年出版，讲的是一个普通工人在现实生活中求生存的努力和他的所见所闻。说到这里，她做了一个总结："您看，帝王、炼金术士、工人都写到了，这就构成一个全面的人类的图景。"接着，她又做了一点补充："在《阿狄央的回忆》中，有一章谈到了对世界的观点，在《像水一样流》中，也有章节专门写到人类状况，写主人公对人生、对历史的看法，至于这些章节如何选，那就由您决定了。"她觉得她的回答已经够充分了，于是又把话题落实到她的专集问题上来。

我对她的回答既满足又不满足。满足的是，她事实上已把她自己所认为最重要的作品列举了出来，并做了说明。据我所知，这三部作品中，出版于1951年的《阿狄央的回忆》在当时曾获得很大的成功，而《苦炼》则是批评界公认的尤瑟纳尔作品中最杰出的一部，这一部以16世纪为背景的小说的主人公，不仅是一个炼金术士，还是医生、哲人，她的思想是文艺复兴时期一些思想巨人的混合物，要塑造这样一个人物，就需要对思想史有广博的知识，何况作者对历史环境和氛围的描写又是那么丰富、那么真切。

我不满足的是，她并没有对她的作品做一个概括，就像巴尔扎克在《人间喜剧》的前言里，对自己数量庞大的作品曾经做了一个高屋建瓴的说明那样。我只好再提一个与此相近的问题："您在自己的作品里力图表现哪些思想观点？"按国内的文艺理论术语来说，我所问的就是她作品的主题和思想意义，她所要提出的问题以及对这些问题的观点和态度。我觉得这个问题对我来说，比前一个问题似乎更有必要向她提出，因为，法国评论家曾经有过这样一些说法："尤瑟纳尔的叙述完全不带有她自己的观点。""她不追求任何政治意义，而只单纯地展示'人类的材料'。"在我看来，这种说法对于文艺创作来说，是不大可能的，作家所展示的形象总有一定的思想意义，只不过有外露的与蕴藉的区别而已，因此，当时我觉得，不论对尤瑟纳尔作品的形象我们将做些什么分析，都很难得有眼前这样一个机会，可以听听尤瑟纳尔谈自己作品的含义。

可是，她的回答和她作品形象的含义同样蕴藉："这是一个很难回答的问题。总的来说，对真理的探索是我的主题，我认为，要通过人，通过有生命的东西来寻求真理，这是我主要的见解。"她对这个抽象的回答并未进一步地解释，而接下去就谈到了她的另外两部作品，"这两本书是谈我的家庭的，通过自己的切身经历研究了关于家庭在政治和社会地位方面的一些问题，以及金钱在家庭生活中的角色等，现在，我正在写第三本。"

据我所知，她所指的是1973年出版的《虔诚的回忆》与1977年出版的《北方档案》。这两本书，对不起，我没有读过，不过，我知道，她出生在一个很有钱的家庭，幼年丧母，她的父亲给她提供了高级的教育，为她聘请了各种语言的家庭教师，带她到世界各地去旅行，而后来，她就进行写作，完全是一个上层阶级的知识分子，她如何通过这样一个家庭的生活去探索真理呢？这是当时的谈话在我脑海里留下的一个问题。

她似乎很愿意随便谈谈家常，而对需要做系统回答的问题看来不大热心。她告诉我们，她进入学士院是接替了一位地质学家，因此，她的就职演说是关于石头的研究。她这里所指的，大概是法兰西学士院的惯例，凡新当选的院士必须在就任演说中对自己的前任和他的学科发表评论，即使你并不是从事于这个学科的。不论这个由来已久的惯例是否合理，尤瑟纳尔所讲的这件事，毕竟说明了她的博学。接着，她又谈到她对东方文化的兴趣，她除了精通两三种欧洲语言外，还会日语，中文则略知一二，她曾经对日本文学进行过研究，对中国古老丰富的文化，她承认自己并不熟悉，虽然她根据元曲的故事写过一篇《王佛得救》的小说，她认为那篇作品不过是想象之作，并不意味着她对中国的文明有什么研究。她还说，她曾经到东方旅行，只可惜没有到过中国，她明年还要到日本去待6个月，希望届时能到中国去一次，等等。

我并不希望她谈一些为人所知的关于她的事，而总想多听听她谈自己的见解。于是，我把她和她的同胞、另一个杰出的女性斯达尔夫人做了联系对比，我谈到斯达尔夫人在 19 世纪条件下超脱了法兰西文化的局限而对全欧文化显示了广阔的胸怀和"全欧性"的眼光，我又谈到尤瑟纳尔的经历、她对东西文化的修养和兴趣，以及她堪称"全球性"的视野，并希望她谈谈自己对东西文化的历史和现状的观点。

"是的，我的确有全球性的视野，"她欣然接受了我的提法，我当时觉得她讲话的语气，正像她的《开阔的眼界》书名一样，都表现了她对自己的价值并不想表示什么谦虚，不过，她实事求是地补充了一句，"这也是应该的，因为我是生活在 20 世纪，而斯达尔夫人只是在 19 世纪，在我们这个世纪，全球性的交往是大大地发展了。"至于对东西文化的历史和现状的观点，她只讲了一两句话，"我主张应该对人类生活和人类文化的各个方面，都发生兴趣，都进行研究，20 世纪已经有这个可能了，这种研究，在美国比在法国进行得好一些。"

我有我想谈的问题，她有她想谈的问题。她开始了。她先问我，她的专集将如何编选、在什么出版社出版、如何发行、读者对象的范围有多大、印行多少册、什么时候可以出版。当然，还有她最关切的那个问题，即作者的版权、稿费问题。她始终带着微笑，兴致勃勃地围绕版权问题，接二连三地向我提问。

我向她说明了我国尚未参加国际版权协定后，总算以这样的话使双方愉快地结束了那个话题："作家最宝贵、最消耗不尽的财富，就是自己的读者，尤瑟纳尔专集在中国的出版，虽然不能带给您版权，但却将给您带来 8 亿读者，我认为，这笔'财富'是相当可观的。"

刚才那个话题一完，我赶快提出新的问题：自法兰西学士院成立以来，它就有对当前文艺状况发表批评性意见的传统，那么，尤瑟纳尔，您作为法兰西学士院院士，对法国当前文艺状况有些什么见解呢？

对我的这个问题，她回答得非常明确，看来是她早已形成的见解，而又是我所深深同意的：

"说句放肆的话，我认为法国文学当前是处于低潮，过去，普鲁斯特、纪德、萨特、加缪、马尔罗，他们是高潮，现在则没有像他们那样的大作家了。"她又随便把话题一转，"最近，我读了一本法兰西学士院奖候选作品，作者是一位西班牙血统的法国人，这本小说反映了不少西班牙的社会现实，我投了它的票，但它并没有得奖。"她举这个例子似乎是说，她对文艺的评判，有时是并不能为多数人同意的。"不过，太现代派了一些。"她对那本小说补充了一句带批评意味的评语。

"从您这句评语来看，那么，您对现代派文学有什么看法呢？您自己是否就是一个完全属于古典传统的作家呢？"

"我既是属于传统的，又不是属于传统的。传统的特点就在于不离开既成的东西，但我并不接受既成的东西。"尤瑟纳尔回答说。她又继续下去，"我的愿望是为读者所理解，现在，在法国有的文学流派，只讲形式，把时间、空间都打乱，读者很不容易懂。我希望我的作品能为读者所懂，所以，我与这样的现代派是不一样的。"

我知道，她指的显然是"新小说"派，不过，不大具体。在我进一步要求下，她做了更具体的说明："在我看来，'新小说'派不怎么好，它拘泥于文学，太文学化了，它不重视内容。我认为作品的内容很重要，人的感情很重要，作品应该有内容，应该表现人的感情。而我，我并不脱离当前世界的现实内容，只不过，我喜欢用历史来表现现实，比如说，现在世界上存在的大问题，过去世纪都存在，现代生活的许多危机，根子往往在上几个世纪。"我像抓住宝贝一样抓住她这些见解，并以挤柠檬的劲头要求她再说下去，但她所做的解释却又很简单了，"比如说，我在《苦炼》里写了两种世界的冲突，这正反映了当今'铁幕'两边世界的情形，现在欧洲的状态和16世纪差不多，现在有铁幕，过去也有，而且，今天的地理状态和16世纪也相似，此外，还有一些相似的现象，例如财富的增加、垄断的出现，等等。"

从她这一段的解释里，我又一次感到她不是用历史社会学的观点和方法来分析历史与现实，而喜欢从抽象的格局、表面的社会现象去进行联系和比较，从此得出某种抽象的结论。也许，这就是她，如人们所说，作为巴黎保守的上层在文化上的代表人物所具有的一个特点吧。我这样想。

结尾的谈话比较轻松随便，我们从16世纪这个时代谈到了拉伯雷，尤瑟纳尔表示，她更接近蒙田，因为在她看来，蒙田更有人情，对人情更加重视，而拉伯雷的书则像密码一样难以理解。她这一见解，在我看来甚为典型，蒙田是16世纪温和的人文主义者，他远不及拉伯雷具有泼辣的革命气息，尤瑟纳尔在这两个人之间有所选择和偏好，对于她来说，是完全可以理解的，只不过，我觉得她说拉伯雷的书有些像密码，实在令人难以同意。我还问到她在法兰西学士院任职的情况，她说，每逢星期四，学士院的院士们总要聚会，念念法兰西学士院字典的条目，看有没有需要修改的，这部字典最初成于1694年。她说的时候，语气随便，略带讽嘲，像在讲一个早已过时的古老的习惯，一点也不想叫她的听众对学士院肃然起敬。最后，我问起她今后的创作计划，她说，明年，她将出版小说《像水一样流》。目前正在写关于自己家庭的第三本书，此外，就是要为《七星丛书》编选她的作品集了。她兴致勃勃地讲着这些待完成的工作，显示出 80 岁高龄的人难得有的一种不断开拓的精神，特别对《七星丛书》将收入她的作品更是津津乐道，我也就此向她表示祝贺，因为，根据这套丛书的性质，她进入这套丛书也就是进入经典作家的行列了。

我们告辞后走到街上，天已经很晚了。从刚才的谈话中松弛下来，我突然感到有点疲倦，虽然会见只将近两个小时。我感到这不到两小时的谈话似乎特别费劲，我走着，心想："巴黎人讲得不错，尤瑟纳尔的确很难见。"

1981 年 12 月 8 日于巴黎

现代派文学的 "工匠"

—— 米歇尔·布托

　　"先生，我很高兴能在尼斯这样一个现代化的城市里，见到您这样一位现代派文学的大作家。"我在一间明亮的大书房里，对接待我们的主人这样说。

　　我的对面是一个穿着奇特服装的人，他里面是一件粗布衬衫，外罩一身工匠服，腰间随便挂着一条装束性的皮腰带，肩上披着一件质地特别粗糙的线衣，他这身打扮活像一个工匠。他面前的桌上有一架打字机，他背后是一大排书架。房间的四壁有各种风格的现代派的绘画和摄影，有的是几何图形，有的是几大块色彩，有的是一些错综交织的线条……靠近窗户处，养着一株绿叶肥大、藤条蔓延的高大的热带植物。

　　这个穿工匠服的人从一个高坡上走下来，我们正准备迎上去向他打听米歇尔·布托先生的住处。马第维先生给我们的地址有点奇特，那上面的街道、门牌号都好找，这个门牌号里，是一个小小的公园，里面有好几幢别墅式的小屋，地址上标明布托先生就住在这个门牌号里，住所坐落在"泰拉·阿马塔小径"，名叫"极远之地"。不过，哪里是这条"小径"，哪里是这"极远之地"呢？

　　这个穿工匠服的人从高坡上顺着石级走下来，坡上有一幢房子。他稀疏的头发长长地像乱草一样披在耳际，他满脸胡子楂，脚下蹬着一双劳动便鞋。第一眼，我以为他是一个园丁或者是一个打杂的工人。他却向我们表示欢迎了。这时，正是 1981 年 11 月 27 日上午 10 点。我们按照马第维先生在巴黎制订的时刻表，在尼斯车站下了火车，赴旅馆安顿好以后，准时到达一位世界闻名的现代派作家的寓所前，而准时出来迎接的，就是这样一个"工匠"。

尼斯，蓝色海岸上一个浅色的城市，像一条曲折有致的蓝线上一颗发亮的珍珠。我们出了幽静的南方旅馆，经过几条像花园一般的街道时，满目是乳白色或浅黄色的漂亮建筑，阳台上有一片片鲜绿，其中又点缀着星星点点的鲜红。到了滨海大道，一边是蓝色的大海和海滨浴场，一边是一排排现代化豪华的大旅舍。雪白的海鸥在大道的上空翱翔，有时像是静止不动地嵌在蓝澄澄的天空里。我们绕过一个伸在海里的小山头，往沿岸的山后走去，最后，就来到一个山坡上的"极远之地"，落座在这个"工匠"的面前。

他如此不修边幅，使我感到有点惊奇，他似乎是一个疏傲不羁的狂士。如果按照传统的习惯，他至少应该把他的胡子楂刮干净。然而，不到一分钟，你就可以发现，他一点也没有罗伯－葛利叶那种眉宇之间自命不凡的锐气，也没有我在巴黎见到的名作家们那种派头和气势，他说话的语气和态度显得那样老实、平和，甚至有点怯生、谦卑，怎么也看不出他是一个少年成名、以焕发的才华著称于法国文坛的重要人物。至于他这样不修边幅地会见来宾，显然不能归之于他的疏狂，而看来是由于他对既定的传统习惯不大在乎，正像他在艺术上根本不遵从传统的规范一样。

如果和文学史上那些早慧的"神童"相比，说他"少年成名"也许有点勉强。不过，他在"新小说"派中，是最为年轻的一人，而且是他们之中成名作发表得最早的一个，罗伯－葛利叶、娜塔丽·夏洛特以及克洛德·西蒙，都是过了30岁才出版自己的第一部小说，而布托，他生于1926年，当1954年他28岁的时候，就发表了他著名的处女作《米兰巷》，接着，相继出版了他的小说《时间的支配》（1956）、《变》（1957）和《度》。此后，他又有大量的散文集和评论集问世，时至1981年，他已经是33本书的作者，平均不到一年就出版一本。每当我在巴黎的图书馆里或书店里浏览的时候，布托的书总是一大排展示在书架上，从数量上说，他远远超过了"新小说"派的主将罗伯－葛利叶，更不用说和创作量不大的娜塔丽·夏洛特相比了。

我们的谈话自然从"新小说"派开始。布托先生先做了这样一个概述："'新小说'派作为一个流派，已经是相当老的东西了，它在20世纪50年代初到50年代末，盛极一时，那时，'新小说'派的作家都创作出了一些使人感兴趣的作品。不过，即使是在当时，我们在文艺思想、创作方法、写作技巧等各方面，就已经很不相同。'新小说'发展到今天已经有20多年的历史，在这一段相当长的时间里，我们各自的发展愈来愈不一样，在娜塔丽·夏洛特、罗伯－葛利叶与我之间，已经存在很大的区别。"

"新小说"派的出现和流行，的确是在20世纪50年代，它不仅在法国风靡一时，而且，影响所及远至欧洲其他国家、美国、日本。那时，它的声势甚为浩大，法国很多作家都赶"新小说"这一时髦，以至名列这一"强力集团"的大有人在，不仅有罗伯－葛利叶、娜塔丽·夏洛特、米歇尔·布托以及克洛德·西蒙，而且有法国20世纪批判现实主义传统的杰出作家弗朗索瓦·莫里亚克的儿子克洛德·莫里亚克、著名的电影剧本《长别离》《广岛之恋》的作者玛格丽特·杜拉斯。此外，著名的荒诞派戏剧作家萨缪尔·贝克特因为写过几本与传统小说不同的作品也被算上，更有一批"东施效颦"者，是为新"新小说"派，他们模仿"新小说"反传统的特点，并且把它发展到极端。然而，20多年来的历史证明，"新小说"派这一在法国20世纪中期文学史上的重大现象，主要还是由三个具有世界声誉的人物为其代表，那就是早在20世纪40年代就已经在进行"新小说"实验的先行者娜塔丽·夏洛特，50年代初对传统小说"揭竿而起"的主将罗伯－葛利叶和多方面进行新的探索并提供了各种样品的精巧"工匠"米歇尔·布托。

正好这个"工匠"谈到了他们三个人，于是，我问："那么，您是否可以谈谈你们三人在小说创作上的相同点与不同点，'新小说'的共性和你们各自不同的个性？"我这样提问，与其说是要到他这里寻求答案，不如说是为了印证我原有的某些看法。

他带着谦逊的微笑回答我说："这是一个很难谈的问题。要评论自己，总有困难，评论别人，也不容易，特别要把自己和别人加以比较，那就更难了。不过，我还是可以讲一点看法。娜塔丽·夏洛特在她的作品中主要是进行心理描写，特别是描写人物的'潜会话'，也就是说，她不仅写人物之间的对话，而且写他们之间并没有发生的内心里的对话，即他们心里要讲而口头上并没有讲出来的东西。她的作品所表现的一般都是巴黎中产阶级人物的生活。罗伯－葛利叶的创作分为两个阶段，第一阶段是在20世纪50年代初至50年代末，在这个阶段，他站在现实生活之外对社会进行描写，他不进入作品中人物的内在的思想，而在60年代以后，则是他创作的第二阶段，这时，在他作品里，主观意识的东西愈来愈多，他经常写一些像梦幻一样的东西。至于他们与我的相同之处，也就是构成'新小说'派共同点的东西，就在于对

'物'的描写。我们对'物'、对某一个对象都描写得很具体，这些'物'都是一些普通的东西，人们对它们都很熟悉，因而自以为对它们都很了解，比如说，对一个盆子，谁说自己不了解一个盆子呢？可是，实际上人们经常不大了解他们常见的那些东西。我们三个人对这些普通事物都进行过很具体、很细致的描写，正因为有这样一个共同点，所以评论家们把我们称为'新小说'派。"

关于娜塔丽·夏洛特，布托先生概括得很好，她的小说几乎没有什么情节，写的都是人物的内心活动，有意识流，有内心独白，也有为她所独有的"内心独白的前奏"，即内心独白前那种一瞬而逝的复杂的感觉，用萨特的话来形容，就是内心世界中一种原始的"伸伸缩缩、变形虫式的运动"。关于罗伯—葛利叶，布托先生所指的第一阶段其代表作显然是《橡皮块》《漠然而视》和《嫉妒》，头一部作品写一个不明不白的暗杀事件，暗杀的对象并没有死在有政治目的的暗杀集团之手，最后却偶然地被来当地破案的侦探一枪打死，我们可以看到这个侦探在城里跑来跑去，可以看见城里种种"物"的景象，就是看不到人物的思想感情。同样，在《漠然而视》里，我们随着主人公那个手表推销员的活动，可以看到他所见到的情景，他所听到的传闻，他自己的想象和回忆，从所有这一切，读者可以了解到可能就是这个推销员犯下了一桩伤天害理的凶杀案，然而，却了解不到他的思想、动机和感情，因为作者丝毫未加以描写。在《嫉妒》里，作者也只描写了嫉妒的丈夫眼中所见到的一切，脑子里所想象的一切，而根本没有写他嫉妒的感情。布托先生所指的第二阶段，看来可以电影剧本《去年在马里昂巴德》为最早的代表，它所描写的那一对男女过去是否认识、去年是否在马里昂巴德约定今年再会面，都像梦幻一样恍惚迷茫。至于布托先生所说的"新小说"派共同的特点是对物的细致详尽的描写，虽然是符合实际情况的，但在我看来，恐怕只是一个具体的共同点，也许更为根本的共同点是，他们都力求打破传统小说既定的规范，而在小说艺术上大胆地进行新的实验。我很可惜布托先生在上面这一段话里，一点也没有谈到他自己的独创性和他那令人眼花缭乱的种种现代派小说的新技法，从他那谦逊的微笑来看，他显然是在表示谦虚，因此，我感到应该由我来讲几句"公道话"：

"布托先生，我知道您是一个具有百科全书式的小说技巧的小说家，您是否可以对您的百科全书式的技巧做个分类，分成几个类别或几个方面？"

我这个问题显然使他非常高兴，因为它包含了对他的评价，他连忙笑着接受了我的提法，显示了一种正中下怀的表情："是的，是的，我的确具有百科全书式的方面。"然而，他以下的说明却和我的原意有了出入，我讲的是他创作技巧的多样化，而他说明的却是他创作活动的多方面：

"我不仅是作家，而且是大学教授，我近年来在日内瓦大学讲授法国文学，从现在直到明年复活节，我享受学术休假。另一方面，我曾经做过很多次旅行，在全世界转了好几圈，因为我在欧洲、美国、中东的大学里都任过教。我只没有到过中国，当然我非常希望有机会到那里去。在创作上，我经历过几个阶段，从事过不同形式的文学创作。青年时代，我在巴黎大学学哲学，当时我写诗，我的诗属于超现实主义，和哥克多、布勒东的诗歌很相像。但是，我学的哲学观点却是比较理性的，这样，在我身上就形成了一些矛盾。后来，我从事小说创作，这是我写作生活的第二阶段，当时，我觉得我的各种不同的思想都可以在小说中得到表现，因为小说是一种可以包括一切的文学形式。在相当长的一个阶段里，我只从事小说创作，但是，后来我感到这样还不行，我就开始写些论文，这是第三个阶段。在这些论文里，我解释为什么要按照我自己的方式写小说，同时，因为我很喜欢绘画，又结交了一些画家朋友，所以，我开始写一些论绘画的书和评论文章，并且重新开始写诗。这时，我觉得我的小说创作像是发生了崩裂，崩裂成各种不同的成分向不同的方向迸射出去，这一个过程在 20 世纪 60 年代初当我在美国教书的时候特别快，我到美国后，看到美国的现实，就一直考虑如何描写美国，于是，我进行了新的尝试，这就导致了我的《运动体》一书的产生。不久，我又重新开始写小说、写论文，我的论文集收集成书，名叫《文汇》，到现在已经出版了四卷。总之，在这一阶段，游记、小说、诗歌、画论，我都写，还写关于梦幻的书，如《梦幻的材料》等。"

的确，布托先生在法国当代文学中以具有多方面的才能而著称，他既是一个勇于探索并提供了各种"新样品"的文学实验家，又是一位学识渊博的学者和成果累累的理论批评家。对这些情况我并不陌生，我想要他谈的不是这些，我希望他谈谈他在文学创作中所运用的种种新的技巧，他的技巧是那么层出不穷，以至获得了"百科全书式"的评价，可是，他在上述回答中没有触及这个问题，于是，我只好进一步"抛砖引玉"：

"我想和您着重讨论您在文学创作中所使用的百科全书式的技巧，如果我没有搞错的话，布托先生的作品中既有像罗伯－葛利叶那样的对'物'的详尽而细致的描写，也有像娜塔丽·夏洛特那样的对人物内心活动的深入的刻画，并且，把造型艺术的方法运用在您的文学作品的形式上。"

我只粗略地举了以上三点，实际上，要细讲起来，布托的技巧和手法当然远远不止于此，如他在成名作《米兰巷》中，写巴黎一所公寓中几层楼上几个家庭在同一天内所发生的事情，因此，在这里有同一时间内人物故事的交叉和乔伊斯的《尤利西斯》式的结构；他在《时间的支配》中，通过对一个法国青年在英国的学业生活的描写，运用了叙述和倒叙交替、颠倒时序的手法；在《变》中，一个打字机商人由于业务关系而来往于巴黎与罗马之间，在这两个城市分别跟妻子和情妇生活，布托通过这个商人想把情妇接到巴黎来终又作罢的故事，通过他来来往往于旅途中的所见所想，把眼前的景象和人物内心里的意识流活动交织在一起；在小说《度》里，他又通过三个不同人物在同一环境、同一时间里对同一生活现象的观察和叙述，运用了多角度地表现同一现实的手法；而在《航空网》里，这位探索者更是别出心裁，花样翻新，他通过表现飞机舱中不同的声响和对话，使读者对一些旅客的状况、他们在各自家乡和国度的所见所闻，以及他们各自的生活历史，得到一种"众生相"的意象，提供了世界各地生活和人类各种状况的某种缩影，整部作品分成很多小段，每段由不同的旅客不连贯的谈话或声音组成，每段之间有一种或几种符号标志，飞机符号表示飞机的轰鸣声，人头符号表示机舱中的嘈杂声等。

布托先生像碰见了知音似的紧接着我上面的话回答说："的确如您所说的，我在以前的小说中，也像罗伯-葛利叶一样，有对'物'的具体、客观的描写，我使用过很多非常确切地表现'物'的度与量的词汇，包括一些科技方面的词汇。另一方面，我也像娜塔丽·夏洛特一样，对人物的内心独白有细致的描写。此外，我因对绘画很感兴趣，所以，我又把绘画和造型艺术的方法引进了文学创作，我做过这样的尝试，在书的每一页的排印上，使用了造型艺术，使得书就像绘画一样。在这方面，应该承认，我不是第一个，马拉尔美与阿波里奈尔都这样做过。"

布托先生所说的马拉尔美是法国 19 世纪下半叶象征主义诗人，是他最初把诗句排列成某种图案，阿波里奈尔则是 20 世纪法国超现实主义诗歌的先驱，他更进一步在诗的形式方面下功夫，有时干脆把诗句排列成某种图画，有时是一颗心，有时是一匹马，有时是一道穹隆式的门洞，我在拉雪兹神甫公墓里，就曾看见这位诗人大理石坟墓上，一首诗排列成一颗心的形状。

布托先生讲完上面那段话，请我们稍待片刻，他起身从另一间房间里拿出一本书来，放在桌子上，它厚厚一大册，我看见它封面上的书名标题是：《运动体》。

"我在这本书的形式上费了一些心思。这本书写的是世界各地，澳大利亚、美国、北半球、南半球都写到了。您看，写美国的是用蓝色的字排印，页码在下方，题目在上方，中间有一块空白，写澳大利亚的是以红色的字排印，页码在上方，题目在下方，排印的格式也不一样。其他如此类推。这样，不同的排印字体和排印格式，也就标出了不同的国家，一翻阅这本书的时候，根据各种不同的排印，一下就可以找到有关世界各国的篇章，因此，这本书的形式本身就带有某种造型艺术的性质。"

我一边听着布托先生的介绍，一边翻阅着这本奇特的旅游作品，它的确如布托先生所介绍的那样，不仅排印格式不同的页张互相交错，而且，同一页张上，也有不同格式的排印。老实说，按照我个人的文艺观点，我并不认为布托先生这种形式上的"造型"在艺术上有多少价值，因此，我想尽可能快地结束这个话题，可是，布托先生却唯恐我对这种"造型艺术"认识不足：

"我对法国的文化和欧洲的文化做了比较深入的研究，特别是对于书的历史。书籍总是以这种或那种形式出现的，每本书的形式为什么是这样而不是那样，总有一些讲究，并不是没有原因的。当不同的书以不同的形式出现的时候，就会在读者身上引起不同的反应，所以，我认为书的形式不是一个小问题，不应被忽视，这就是为什么我要在书的形式上下功夫的原因，我想，我采取这种形式，也可以算是一种创新吧。"

我本来希望布托先生对他的各种艺术技巧分门别类地加以说明，既然他没有如我所希望的那样做，我只好把这分门别类的任务留给我自己将来去完成了，我赶快转换话题：

"您在小说中既然用了各种各样的现代派的技巧和手法，那么，在您这些不同的技巧后面，是否有一个统一的艺术哲学作为总的指导？"这次我不是为了印证我的看法，而是真正的提问，因为，我对罗伯－葛利叶和娜塔丽·夏洛特的文艺理论多少还读过一些，略知一二，而布托先生的理论批评著作，我却一直没有机会读到。

"是的。通过这些新的艺术形式，我当然想表达我的艺术哲学。因为这些形式反映了我与外部世界的关系。我在世界上做过那样多旅行，每到一个新的地方，很容易发现自己对新地方一无所知，即使有了一些认识，与当地人们固有的看法也很可能格格不入，所以，在我一生的旅行生活中，我遇见了很多这类问题，而我的书，就是为了解决我所遇到的问题，我总力图用新的形式去表现我与固有的看法有所不同的认识。"布托先生在谈他的艺术哲学之前，先讲了这样一段话，按我的理解，这段话主要是就他的《运动体》这一类作品讲的，然后，他接着讲下去：

"至于我的艺术哲学，我很难用几句话讲清楚，因为，我已经写了 30 多本书，要把 30 多本书中所表述的艺术哲学用几句话概括出来是不可能的。但是，我写这样多的书的目的，也正是力求阐明我的艺术主张。关于这个问题，我想讲一点以下的想法：我们生活在这个世界上，但我们对世界的认识大部分是听说的，是来自他人的直接经验，而通过我们直接与世界的接触、通过我们自己的实践所获得的知识毕竟是占少数。另外，人生活在世界上总应该有所行动，但关于如何行动，也总是有人告诉我们应该如何如何，就以写作这一行动来说，就总有人告诉我们应该如何叙述、应该如何运用语言等，总之，我们对世界的认识，往往沿用他人的认识，我们对在世界上应该如何行动的问题的态度，往往都顺从既定的规范。我们应该改变这种情况，用自己对世界的直接经验代替从别人那里得到的间接经验，用自己对应该如何行动的认识和决断，代替既定的规范。"

如果我没有理解错的话，布托先生所特别强调的就是自己的认识与自己的自主行动，这似乎就构成了他那种不墨守成规、总追求个人独创性的艺术探索的基础，这一个看起来如此谦逊的人，却有着如此异常顽强地追求独树一帜的个性。

他继续讲下去："我曾经研究过过去文学中叙述现实的种种方法，但我们是生活在一个错综复杂的社会里，要把这社会现实本身叙述出来，就要改变原先那些叙述的方式。要叙述现实，往往会碰到障碍，那么为了克服困难、把现实叙述出来，该怎么办呢？最普通的一个办法，就是求助于虚构，用虚构的东西来表现现实。既然用直接的方式叙述现实遇到了困难，那么，就绕一个弯子，用虚构的东西来代替，比如说，18 世纪在文学作品里要讲国王就会碰到危险，或者是下狱，或者是被杀，于是，作家就虚构另一个国王，这样绕了一个圈子，小说就解决了现实生活中的困难而再现了现实。这是一个极普通的手法，当然，还有很多其他解决现实的困难的方法，因为正如我刚才所说的，再现现实是可以采取各种各样方式的。我自己就用过很多种方法，甚至，我还用过这样的方法：从法国、美国、澳大利亚几个国家不同作家的作品里，摘出一些片段，或摘出一些句子，而后把它们重新排列组合在一起，形成了一种新的叙述方法，叙述出一个新的小说世界，也就是说，产生一本新小说，一本多头小说，即好些小说交织在一起的小说。"

我听着布托先生的话，深感他要追求自己所特有的表现现实的方法，特别是适应当今现实世界复杂性的表现方法，无疑是符合艺术发展规律的，因为，文学艺术贵在独创，文学艺术的表现方法也不是永远一成不变的，应该随着现实世界的发展而更臻丰富、深刻；他认为表现现实可以采用各种各样的方式，当然也有道理，这种艺术哲学也有助于开拓艺术表现的广阔道路，使文学艺术出现百花齐放的局面。他为了自己的艺术主张已经进行了长期辛勤的劳作，他尝试用不同的方式去表现现实，也已经制造出了多种样品，我认为，他的实验有一些是成功的，有些并不成功，他的文学作品，有一部分具有艺术匠心，有一部分则未免太形式主义，以致走上了岔道，他上面所讲的这种"多头小说"显然就是一例。如果比较而言，在我看来，上述的缺陷也许还不是布托先生作为一个大文学家的根本缺陷，他的主要缺陷恐怕还是他太看重艺术技巧，而对作品的社会历史内容和思想意义过于忽略，因此，我一直并不认为他是一个在自己的作品里以巨大的艺术力量提出重大社会问题的伟大作家，而只是一个现代派文学的"工匠"。当我坐在他面前听了他这一席话后，我这个看法更牢固了，虽然我知道他的劳动量惊人，他的产品别出心裁，显示了高度的技巧。不过，我也知道，即使作者忽视了社会意义和思想内容，也不会使作品完全没有社会意义和思想内容，因为作家是社会的人，思考着的人，他的作品总会有这样或那样的意义，总会在现实中起这种或那种作用，于是，我说："布托先生，您在自己的作品里，是否有时也企图触及某些社会问题，表现您的某种思想观点，并企图使它们发生某种社会作用？"

他笑了起来："这个问题太难回答。我认为文学总应该对社会人生有点用处。对像我这样的人来说，我对社会可能做的事，我对社会有用的最好方式，就是写一些我这类的书。我写这些书本身就是对现实的一种行动。在这些作品里，究竟我表示了一些什么思想观点还在其次，重要的是，我写就是我在行动，我想用这种方式来促使人们去表达自己的感受和体会。在我所生活的社会里，有很多人没有表达自己的能力，另外，也有其他人阻止他们去表达自己的想法，还有的时候，是想要表达的人自己阻碍了自己去进行表达，我的书只不过是提供一些表达的方式，我希望我的书有助于人们去表达他们自己的思想。我作为人们的代言人是够格的，我不过在促使大家发表自己的意见，正如我是一个教授，我在课堂上讲课，正是为了使学生们能够独立地发表自己的意见。"

我觉得他讲得颇有点意思，但我还是固执地想要了解他的某些思想观点："那么，您在《变》中是否要表现某种人生见解或者触及某个道德问题，表达您的道德观念？"照我看，《变》这本小说的故事与家庭、道德、感情纠葛这类问题有关，作者总要在其中表现某种相应的意图和见解，然而，布托先生的回答，使我深感自己对这部作品认识不深、估计不足。

他说："这部小说所要讲的，主要是巴黎与罗马这两个城市之间的历史传统的关系。历史上的罗马帝国这个观念，长期以来笼罩着全欧所有的首都，也就是说，每个国家的政府都想成为极盛的帝国，每个国家的首都都想成为古代罗马这样的世界中心式的城市。特别是巴黎则更为明显，从好几个世纪以来，它一直寻求罗马式的霸权，如在拿破仑时代，拿破仑登基称帝，他修建星形广场以象征他的中心地位，建立凯旋门以纪念他的武功，这些都说明罗马帝国的观念深深刻印在他的脑子里，也许直到目前，巴黎还没有完全抛弃这个梦想，尽管世界事务已经有了很大很大的变化。总之，罗马帝国观念的影响是长期存在的，它表现了欧洲各国历史的传统关系。我这本小说讲的是一个很简单的故事，即一个人要在两个城市之间进行选择，我企图通过主人公想把情妇从罗马接到巴黎来、经过反复考虑、最后改变了主意这样一个个人感情的故事，说明两个城市整个历史的血缘关系。"

照布托先生自己的解释看，这部小说倒颇有一些历史的诗情和象征的韵味。这是我过去看这本小说时没有发现的。"那么，您在其他的作品里还触及一些什么社会历史问题，表述您一些什么思想见解？"我接着问。因为作家谈自己的创作，总可以指出一些别人看不出的深蕴的意义，何况，他的作品我读得很不全，好些作品国内根本没有。

"'新小说'派作家触及社会问题的方式与萨特的方式不同，萨特是直接介入，'新小说'派作家其实也触及了很多社会问题，只不过是采取迂回的方式，通过对具体事物的描写，通过人物具体的思想方式，以不同的形式触及社会现实。这是一种特殊的方式，关于这些，我在论文集《文汇》中都做了论述，如像在《运动体》中，我就触及了美国的种族主义问题，它是该书所涉及的一个重要的主题。总之，'新小说'几乎触及了所有的社会问题，它之所以做到了这点，是因为它所描写的具体事物，它所描写的人物的思想方式，都深深打上了社会问题的烙印，社会问题是表现在具体事物上和人们的思想方式上的。再以妇女问题而言，我的作品多处涉及了这个问题，实际上，这也是在法国、在西方人们谈论得很多的一个问题。如果你主张男女平等，你首先就会碰到语言上的障碍，男女不平等在语言上就有反映，在法文里，'教授'一词只用于男性，如果教授是一位女性，那就要在'教授'一词的前面加上'妇女'一词，这一件具体的事就反映了社会问题，你要解决男女不平等，那你在语言上就要改变上述这类情况，而要改变人们习惯的语言，那是很困难的一个问题，对此，政治家、社会活动家是无能为力的，但是作家却可以解决这个问题，他可以在作品中改变说法，改变表现的方法，这虽然是很不容易的一件事，但作家总可以慢慢地起些作用，因此，新的表现方法、新的叙述方法实际上关系到社会问题，而不是一种纯粹技巧上的变化。"

在这里，布托先生实际上是对我论证了"新小说"派的作品和创作技巧所具有的社会意义，于是，我对"新小说"派的创新技巧发表了一点意见，当然，和布托先生的话多少有点出入：

"人类文学史是由无数次创新构成的，有些创新偏重思想内容，有些创新偏重艺术技巧，它们无疑都具有社会意义。'新小说'派要求在艺术上进行新的实验，这种革新的要求当然是值得称道的，我个人很欣赏'新小说'派不满足于既定的陈规而勇于探索的精神。"我肯定的是他们的创新精神，并不是肯定他们全部创新的结果，尽管我在肯定与保留之间力求保持某种平衡，布托先生还是谦逊地深深点了点头，并且向我表示感谢。我继续说下去，并提出新的问题：

"不论'新小说'派的实验有哪些成功和不成功，也不论评批家对'新小说'派如何进行评论，或褒或贬，'新小说'派在法国20世纪文学史上已经是不可磨灭的事实，是标志着文学发展某一个阶段的里程碑，它将成为文学史研究的课题之一。我今天不仅是和一个'新小说'派重要的作家谈话，而且是与一个博学的教授先生谈话，您作为一个文学史家，是否可以谈一谈'新小说'与法国小说发展的关系问题？我们知道，'新小说'派显然与19世纪的小说家巴尔扎克、福楼拜有很大的不同。"我的问题实质上就是"新小说"派的反传统与传统文学的关系问题。

　　"的确有很大的不同，"布托先生肯定了我的提法，而后，他着重致力于说明"新小说"与传统文学之间的不可分割的关系："虽然有很大的不同，但'新小说'对于帮助人们更好地了解巴尔扎克式的小说很有好处。'新小说'派的创新不仅将影响小说创作的未来，而且影响了小说创作的过去。这种创新对于研读巴尔扎克式的传统小说也提供了新的角度。'新小说'派出现以后，人们经常责备我们，说我们的小说与巴尔扎克的小说不同，如何如何不好，但是，我们应该看到，在巴尔扎克时代，人们读小说是一种读法，而到'新小说'出现后，人们再去读巴尔扎克的小说时，就有了一种新的眼光，从而能够发现巴尔扎克作品中过去为人们所遗漏、所忽略或者所不理解的东西，因此，'新小说'的出现对巴尔扎克的小说带有一种贡献，即，使人们加深了对巴尔扎克小说的理解和认识，可以说，'新小说'实际上对传统的小说发生了一种反作用。"

　　"关于'新小说'派影响未来小说的创作，我个人甚为理解，至于它影响过去小说的问题，是否可请布托先生做一具体的说明？"

"举例来说，'新小说'与传统小说的区别之一是，传统小说总有开头、高潮和结局，'新小说'则没头没尾，当中写上一段，然后再回溯到过去，再又跳到将来，时间的次序被颠倒、被打乱，其实，这种手法并非从'新小说'开始，过去的传统小说中也有，如在巴尔扎克的小说里，就有不少这种写法，往往小说是从事件的当中写起，而后倒叙过去，最后再到结局，次序不是1，2，3，而是2，1，3，而且，巴尔扎克在他的《人间喜剧》的前言里，也已经谈到过这种写法，他说，他的《人间喜剧》虽然是一部编年史，但并不完全按年代的顺序，所以，实际上巴尔扎克当时已经多少有意识地采取了这种手法，而'新小说'派则十分有意识地运用了这个方法。以前，人们对这种手法谈得很少，不大予以注意，自从'新小说'派出现以后，人们的注意力就被唤醒了，视野也扩大了。"布托先生在上述对比中，显然夸大了传统小说"颠倒时序"的程度，而缩小了"新小说"派"颠倒时序"的程度，但他不想和传统小说"彻底决裂"的意图却是很清楚的。

　　我想继续和布托先生讨论对"新小说"派创作实践的评价，并想讨论得轻松一些，我半开玩笑地说：

　　"布托先生，我记得您曾经说过这样一句话：'每写出一个字就是对死亡的胜利。'我想，您已经写出过千千万万的字，按照您的话来说，也就是已经对死亡取得了千千万万次胜利，那么，您早就已经是一位'不朽者'了，我很希望您结合'新小说'派的创作实践谈谈对这句话的哲理性的见解。"

　　布托先生很有幽默感，还没有等我讲完这段话，他就开怀大笑起来，我们大家也都因这个玩笑而大笑，笑声一停，布托先生做了认真的回答："我刚才讲过，每写一个东西的时候，总要碰见现实的困难。写作，就是克服困难，也可以说，是推迟一次死亡，当然只是推迟一点点，不可能推迟得很多。"布托先生的意见，也许是说，永存不朽其实是不可能的。

他接着说："举一个例子来说，一个人在生活中碰到某个困难而又解决不了的时候，他就会发疯、自杀，要避免发疯、自杀，就要想法克服这困难。其实，我们作家写一本书就是解决一个问题，克服一个困难，实际上也就是推迟自杀和疯狂。"

我在听这段话的时候，感到布托先生的创作经验中似乎渗透着某种苦味，如果创作就是为了推迟自杀和疯狂，那么，作家本人在那现实中必定碰到过不少困难和矛盾？必定有相当大的苦闷？据我所知，由于法国大学教育传统保守的习惯势力，布托先生即使是在成名以后亦长期未能走上大学讲坛，他至少也感受过自己和那个社会的矛盾。现在，布托先生已经是世界闻名的小说家、理论批评家，他有稳定的职业，他在美丽的尼斯一个幽静的山坡上，有自己一幢宽敞的房屋，在这明亮的书房里，在这些书、这些画和热带植物所构成的氛围中，他还感到有弥漫在天地之间的苦闷？像他这样的知识分子，他是否苦闷显然是不能以他物质生活条件是否舒适为转移的，因此，他经常穿着一身工匠服，怀着避免疯狂和自杀的心情，在这桌子面前坐下，把罩在打字机上的那灰蓝色的尼龙布撩开？

既然是为了避免疯狂与自杀而进行写作，那么，必然就产生一个写作者与他那个社会现实的关系问题，果然，布托先生对此又发表了一些意见："当一个作家遇到困难和问题而进行写作时，他所写的东西和社会上其他人的看法很可能不一样，碰到这种情况怎么办？有两种办法，一是改变这个与大家不一致的人，另一个办法则是改变大家。改变大家是很困难的，那就只好改变这个与大家不一致的人，如何改变他？要么使他不再这样写，不再这样讲，要么就干脆取消他的存在，但这个办法也不解决问题，因为，过一些时候，又会出现另一个与大家不一致的人，那么，是否又要如法炮制呢？我看最好的办法还是，既保留与大家不一致的人，也保留大家，允许与大家不一致的人写书、作画、发表自己的意见和看法，大家可以不同意他，但他的意见和看法也许最后又得到大家的同意，如果是后一种情况，那就再好不过。"

我很明确感到布托先生是在谈现代派文学特别是"新小说"与西方现实社会的关系，因为，现代派作家包括他们"新小说"派作家的确属于"与大家不一致的人"之列。布托先生所讲的上述第二个可能，当然也就是他的"理想境界"了。不过，在我看来，"新小说"派作家已经写了不少作品、发表了不少意见，他们做了一些符合艺术发展规律的创新，但他们也任凭自己的高兴，制作出一些在形式上走向极端的作品，如像马克·萨波尔达的《作品第一号》就是一些散装的书页，每页一段，读者可以像玩扑克牌一样地任意去排列组合，我想起了这种越出了常规的"创作自由"，在话里不禁带了一点"不以为然"：

"我想，'新小说'作家以及其他一些先锋派艺术家，在法国恐怕已经享有拉伯雷的格言所说的，愿意干什么就干什么那种方便了吧？"

布托先生又笑了起来："哦，那可差得远呢！自由写作、自由发表意见，这只不过是一个理想而已，在法国现实社会里，到处都有墙，有些墙是难以逾越的。不过，我们总可以找到另外的途径，因为，在法国碰到的某种困难、某种墙，在美国就不一定有，反之，在美国碰到的另一种困难、另一种墙，在法国倒没有了。包括语言障碍也是如此，有些东西用法文表达很容易，用英文则很难，反过来的情况也有，在法文中难以表达的东西，在英文中则很容易表达。"

我们的谈话到这里不得不结束，因为这时已经将近午后一点。最后，他送我一本他的小说《度》作为纪念，同时，他欣然表示，为了支持我在《法国现当代文学研究资料丛刊》中编选一本《"新小说"派研究》，他还要另外送一些书给我，只不过，他手头没有，他会写信要午夜出版社寄给我的。回到巴黎后不到两星期，我收到了一大包书，足有十几公斤重，其中每一套书有好几种好几册，除了送我的一套外，我的两个同伴也每人各得一套。也许是因为布托先生住在尼斯，感染了南方人热情的性格，所以，他赠书如此慷慨，大大超出了巴黎的规格，是我所没有料想到的。

他那南方式的热情，还表现在他最后的送别中。他把我们送出了"极远之地"，还下了他那幢平房所坐落的高坡，高坡下竖着一个19世纪式的路灯，上面写着"极远之地"的字样。他解释说，因为他经常在世界的远处旅行，并从事教授的职业，所以，当他在尼斯这一高坡上从事新的文学产品的制作时，也就是隐居到了另一个"极点"。走出了他那个门牌号的大门，他又一直把我们远远地送到街口，并且详细地告诉我们，哪里是我们旅馆的位置，哪里是公共汽车站，如何走才可以找到公共汽车等。最后，他那工匠般的背影才带走了他的热情、殷勤、谦和，以及对客人无微不至的关心……

我们往前走了一大段路，蓝色的海岸就在前方，海浪不断卷到海滩上，泡沫在沿岸形成了一条或隐或现的白色的丝带，涛声则清晰可闻。我回过头去，再看布托先生的"极远之地"，但它已经消失在山上一片浅色的建筑群中，似乎是隐藏在一朵白色的云里。

在那里，当然听不见涛声。

她耕种自己的园地

—— 娜塔丽·夏洛特

娜塔丽·夏洛特是我旅法期间所访问的第三位"新小说"派作家。这倒并非是因为我在罗伯－葛利叶、米歇尔·布托与她之间做了主次的区别，而只是由于联系、时间等一系列技术性原因；说实话，我不仅没有把她摆在一个较次要的地位，相反，内心里对她更少一些保留。

她的照片大多是从侧面拍摄的，我几乎没有见过她的正面相，只除了1959年她与"新小说"派全体同人在午夜出版社门口合影的那张，但那是一张远景，只有一个大致的轮廓。如果从当代文学书刊上常见的那张侧面相来看，她面部的线条比较硬，使人很容易猜想她是一个性格冷淡、不易接近的人，至少我个人是这样想的。

然而，当我们来到她面前的时候，我很快就得到与过去的猜想完全不同的印象。她自己出来开门迎接，帮我把外衣脱下，然后，引我们进入她的书房兼会客室。她的语气、她的态度、她的动作，都是那么平易近人，甚至有一种长者母性的亲切，使你并不感到在你面前的是一位世界闻名的大作家。我当时就有一种模糊的直觉，感到她和我所见过的法国文学中另外两个杰出的妇女西蒙娜·德·波伏瓦与尤瑟纳尔似乎有很大的区别，那两位都有一种高级职业妇女和名流的气派，而娜塔丽·夏洛特却丝毫没有。是的，她的经历的确与她们完全不同，她早就结了婚，是一个家庭的主妇、三个女儿的母亲，她主要是待在自己的家里，把精力几乎完全贡献给了自己的孩子和自己的书，而远离充满了喧嚣的巴黎文学界的社交活动，当然，更不像西蒙娜·德·波伏瓦和尤瑟纳尔那样，从事广泛的社会活动和世界旅行。

她的衣着朴素，色调深暗，只是随便地围在脖子上、飘在胸前的那条薄薄的黄色绸围巾，显示出了巴黎服式的潇洒风格。她的书房有些老气，四壁是深咖啡色的天鹅绒的帷幕，沙发和陈设虽呈不同颜色，但基调也像她的衣着一样深暗。书架上有些古旧的书，墙上有几幅美术作品，其中现代派的居多。

我首先按照惯常的礼节向她表示，我能来会见法国文学界中一位现代派的大作家"深感荣幸"，但我还没有讲完这句话，她就谦虚地把"深感荣幸"的所有权抢过去，笑着说，"深感荣幸"的应该是她，因为活到了这样大的年纪，没有想到会有一位中国作家来看她，这对她来说，还是生平第一次。

她的法语讲得纯正而漂亮，一点也没有俄罗斯血统所带来的杂质，当然，早在1904年，当她两岁的时候，她就离开了那个国家，一直在巴黎长大、求学、就业、写作，早已完全是一个巴黎人了。不过，问题不在这里，她的法语的确要比一般巴黎人讲得更悦耳，不仅吐词清晰，语调自然而富于变化，而且，音色特别好，她有着女中音的素质，她的声音本身就有一种深厚、深沉、圆润的魅力，对不起，它使我想起了苏小明……而且，她的面貌轮廓和线条，也并不像照片上那样冷、硬，而当我说，我来到巴黎会见了一些法国当代最著名的文化界人士，有如同走上了法兰西文化的奥林匹斯山之感时，她理解了我这个比喻中某种开玩笑的成分，也笑了起来，这使我感到了她性格的随和和富有幽默感，她一点也不企图赋予我们这次会见以一种肃穆的格调，就像西蒙娜·德·波伏瓦那样。在我面前的这位老太太的确非常令人喜爱！那些该死的摄影记者，怎么把她的形象拍摄成那样的呢？

我本来准备一开始就和她谈现代小说中的心理描写问题。但我前次在与罗伯—葛利叶会见的时候，曾听他说起了娜塔丽·夏洛特，据他说，娜塔丽·夏洛特并不完全同意批评界把她划入"新小说"派。因而，我先就此向她提出一个问题，究竟她是否把自己视为"新小说"派作家。本来，这对我来说，是一个不成问题的问题，只不过因为有了罗伯—葛利叶先生的那句话，我才不得不向她提了出来。

"我完全同意把我划在'新小说'派之中，因为归类和划分的问题，不取决于自己的意愿，而是一种客观事实的反映。"她迅速而明确地做了回答，接着又详细地叙述了她所走过的创作历程，"不过，事实上我比其他被称为'新小说'派的那些作家写被称为'新小说'的小说要早得多。我开始写第一本小说是在1932年冬天，但是，这本小说到1939年才出版，出版后没有任何反响，因为第二次世界大战很快就爆发了。战后，1947年，我写了《无名氏肖像》这部小说，萨特还为它写了一篇序，但也没有多大反响。我继续写下去，在当时，基本上只有我一个人在写这种'新小说'，可以说是在'孤军奋斗'。不过，我在这样做的时候，并没有想故意独树一帜，创建什么新的流派，我的想法很简单：为什么不可以改变原来传统的写法，用另外的手法来写小说呢？比如说，不一定写出一个完整的故事，不一定按时间顺序去写，也不必严格拘泥于编年史的概念，人物也不一定要写得很完整，非得要有历史、有身份、有形貌不可，对话也不一定要连贯、系统，按我的想法，倒是可以集中只写很短暂的片段时间里的那种复杂的心理活动。我这些想法，这些考虑，并不是有意要反对巴尔扎克，我对巴尔扎克是很崇敬的，他的《人间喜剧》的确是规模宏大的天才巨著，但他的写法完全是传统的，我只不过是想在手法方面另外找一条路子而已。到了1950年，我专门写了一篇论文，那就是《怀疑的时代》，我在那篇文章里阐述了写小说不是完整地写而是分解式地写、解剖式地写的观点，以后，我又写了其他的文章，于1956年汇编成一本论文集，书名仍叫《怀疑的时代》。这本书所论述的理论问题，大致有这样三个方面：第一，为什么就不能用分解的办法来写小说呢？第二，表面的对白与内心的对白，即口头上的对白与不是通过平时的话语而在内心之中进行的对白。第三，对事物的描写是满足于摄影式的外部描写，还是要追求艺术性的更深刻、更内在的描写？这个论文集的出版，使文学界开始注意到我和我的主张，由此导致了以后一系列的事情。"

在娜塔丽·夏洛特所讲述的这个过程中，有一些情况虽然是我过去从法国书刊上读到过的，但总不及作家本人加以说明来得宝贵，特别是，她的说明在有的问题上，还订正了我过去所掌握的材料，比如说，过去有些材料说她从1947年开始进行"新小说"的实验，那只是从《无名氏肖像》的出版算起而已，事实上，她所讲的那第一本小说《向性》要比这早得多。这是一本与传统小说不同的作品，在这本小说里，萨特后来在《无名氏肖像》的前言中所总结的夏洛特式的心理描写已经表现得很清楚了，照萨特的说法，娜塔丽·夏洛特笔下的人物的内心世界，是一种像"原形质的活动的图景"，是"一些伸伸缩缩、变形虫式的运动"。请看这样的句子："他的思想好像鱼吐出来的一种唾液一样向她渗透，紧紧贴住了她，深深地粘在她身上……"然后，第二部著名的作品就是《无名氏肖像》了，在这里，既无完整的故事，又无动人的情节，只不过是写叙述者自己如何去窥探一对父女，然而，它却得到了萨特高度的赞扬，萨特认为这部作品"把一种能超过心理学而在人类存在本身中达到人类现实的技巧，发展到了最高顶点"。

既然娜塔丽·夏洛特早在20世纪30年代初就进行了新的实验，40年代又创作了成功的作品，当然她在文学史上作为"新小说"派的开拓者的地位是毫无疑义的，虽然，"新小说"派的出现的确是在罗伯—葛利叶的作品和理论发表以后。这种情况和过去的浪漫主义文学运动也有相似之处。雨果以他的《〈克伦威尔〉序》和剧本《欧那尼》，成为这个运动的领袖人物，但在他之前，还有斯达尔夫人，以她的理论和创作而言，她无疑是法国浪漫主义文学的先驱了。我接着娜塔丽·夏洛特的那一大段叙述，按我以上的理解，讲了讲我对她作为一位开拓者的认识，也讲了讲我把《怀疑的时代》也视为"新小说"，也就是"反小说"的最早的理论宣言的看法。因为我用了萨特在《无名氏肖像》的序言里第一次用的新术语"反小说"，所以她对此又做了一点简单的补充："萨特的意思是说，我的那本小说是与传统的写法反其道而行之的。"也正因为我提到了《怀疑的时代》在理论上的意义，所以，她又对有关的情况做了详细的说明：

"《怀疑的时代》中的那些文章，是在萨特创办的《现代》杂志上发表的（其实，她自己记得不准，其中《对白与潜对白》并非发表于该刊——笔者），当时，罗伯—葛利叶已经出版了《橡皮块》和《漠然而视》，正在写他的《嫉妒》，他因为有那两本小说，所以比我更为读者所知。他读了《怀疑的时代》以后，就来看我，我们两人交换了对小说的看法和写作的心得，然后，又在一个古堡里聚会，罗伯—葛利叶提出建议说，既然我们志同道合，为什么不能创建一个团体性的流派，把我们的意见集中地表现出来？

因此，他为《怀疑的时代》写了一篇文章，他又另写了一篇文章，那就是《未来小说的道路》，文章有一副标题，引用了《怀疑的时代》中的一句话，大意是说，小说与其他艺术形式一样，也可以进行改革。1957 年，当《嫉妒》在午夜出版社出版的时候，罗伯－葛利叶把我那已经绝版了的《向性》也再版了，因为他是那个出版社的主任。不久，《世界报》上发表了一篇评论文章，作者是爱弥尔·昂里欧，他看了这两本书后，认为它们是'新小说'，'新小说'这个词就是他第一次用出来的。后来，爱弥尔·昂里欧又发现了米歇尔·布托、克洛德·西蒙，这样，就形成了'新小说'派这样一个团体性的东西了。不过，罗伯－葛利叶在论《怀疑的时代》时就已经指出，我们的共同点仅仅在于认为小说也应该像其他艺术形式一样可以加以改革，至于我们的方法，彼此却有很大的不同。我是着重在内心描写，在这方面有完整的一套方法，罗伯－葛利叶对内心描写则不感兴趣，他主要是致力于描写外部世界，描写物。而物，对我来说，只不过像化学中的催化剂一样，它们只起催化作用。"

娜塔丽·夏洛特把这些情况讲得有条不紊，使我当时就觉得她勾画出了"新小说"派形成的过程，其中的某些细节，显然只可能由作家本人来提供，书上是看不到的。我静静地听着，贪婪地做了记录，一点也不嫌她讲得过于琐细，何况她的声音是那么悦耳，如果要形容的话，真有点像音乐。

我结束了关于"新小说"派全局问题的谈话，开始谈到她自己："我知道您青年时代在大学念过社会学，毕业后又从事律师的职业，您的学历和职业一定使您对外部世界、社会生活、人情习俗、现实问题，拥有丰富的知识和深切的体验，这些都是造就一个传统的现实主义作家的条件，以您这些条件来说，您本可以成为巴尔扎克式的小说家，但是，为什么您成了'新小说'派作家，用有些人的说法，也就是反巴尔扎克式的作家？""很简单。正因为我在开始创作的时候，对现实有所了解，所以，我深知，如果我完全陷入巴尔扎克、司汤达的道路，置身于他们那个派别，我不过是重复他们而已，他们已经把外部世界、社会现实写得非常杰出了，几乎所有描写现实的方法都被他们用到了顶点，我跟着他们走就肯定不会有打上我自己个性烙印的东西。于是，我通过巴尔扎克与司汤达的世界，发现了我自己的小小的天地，这个天地不论怎么小，毕竟还是我自己的，我所指的小天地就是我对人的内心世界的描写，这是我第一次发现的东西，我写作的方法，我语言表达的形式，都是在文学中第一次出现的，和过去传统的写法完全不一样。"

为什么她要强调是"第一次出现的"呢？她把普鲁斯特、伍尔夫、乔伊斯这些描写意识流和潜意识的先驱置于何地呢？"您在开始写作的时候，读过普鲁斯特的作品，受过他的影响吗？""您20世纪20年代曾在牛津游学，那时伍尔夫、乔伊斯都已经发表了他们的作品，您是否在那时接触过他们的作品？""您认为在对内心世界的描写上，您与他们有什么共同和不同，您认为在哪些方面发展或修改了他们的方法？"我接二连三地提出了这些问题。

她的回答很坦然，也很具体："我是在1924年读了普鲁斯特的作品，以后，1926年、1927年又读了伍尔夫和乔伊斯的作品，他们对我都有很大的影响，使我发现了我自己。特别是普鲁斯特，首先给了我启示，使我看到了一个整个的内心世界，从而找到了我自己的道路。"然后，她又满足了我的要求，把普鲁斯特、乔伊斯和她自己做了一些对比，"我从普鲁斯特的作品里，看到了一个微观世界，这个世界写得很深很细，不过，我发现，普鲁斯特笔下的微观世界是静止的，比如说，他通过人物的回忆，通过一件客观事物引起人物的联想，把在人物内心里呈现出来的情景和过程，再现得很清楚，但这些只是静止的画面。他微观世界中的具体事物都是静止的，他只不过是把原先遗忘的东西重新很细腻地描写了出来而已。乔伊斯却不是这样，他把内心的独白表现为一种运动；如果说普鲁斯特表现的是一种静止的形式，那么，乔伊斯则表现了一种运动的形式。至于伍尔夫，她对我也有影响，伍尔夫的特点是表现人对现实的一瞬间的感受。他们对我都有启发，都有影响。不过，我没有像普鲁斯特那样对内心世界进行描绘性和分析性的描写，我与伍尔夫、乔伊斯也有不同，他们写的都是内心独白，而我不仅写内心独白，而且写内心独白的前奏，即内心独白前一瞬间的心理活动。我总是抓住某种感觉刚开始发生的那一刹那，比如，一个人脸红了，他脸红的这一瞬间的感情是很微细、很复杂而很短暂的，他为什么脸红，他是怎么脸红的，他脸红的心理内容是什么等，我经常写的，就是这类心理活动，这是我的特点。我个人认为，在一瞬间的感觉这个问题上，所有的人，不论是什么民族、什么阶层的人，都是一样的，或者说都是相像的，甚至在思想、言论、行为等各方面相差天壤的两个不同的人，在这一点上也是相同的或相像的"。

不论当时或现在，我都觉得娜塔丽·夏洛特的这段话是颇有价值的，尤其是对我们中国的文学研究界和批评界。近年来，国内文艺界对西方文学中的意识流和潜意识的描写很感兴趣，然而，往往把意识流这样一个随着 20 世纪心理学的发展而在文学中出现的描绘手法，当作了一个流派，这是一个显然的误解。意识流描写的手法事实上可以为不同流派的作家所运用，也可以出现在不同风格和流派的作品中，而且，意识流描写、潜意识描写也是一个广阔的天地，可以允许不同的作家采取不同的手法，呈现出丰富多彩的面貌。国内一些论者过去对这个问题的理解无疑有些笼统，似乎只要被称为"意识流"，就都是一回事。而娜塔丽·夏洛特却在我的面前，分析了普鲁斯特、伍尔夫、乔伊斯和她自己在意识流描写上各自的特点。

的确，我们不妨把普鲁斯特的名著《追忆似水年华》看作是关于过去生活的一幅幅"静物画"，在叙述者内心中呈现出来的，是现实生活一幕幕完整的场景，是具体事件脉络清晰的发展过程，甚至连主人公听到的乐曲和对乐曲的感受，也被作家凝固为描绘性的文字，只不过，所有这些都连续地出现在叙述者的回忆里，因而形成了一股意识之流。而在乔伊斯的名著《尤利西斯》里，则不是静止凝固为形象画面的往事在脑海里符合逻辑的连续搬演，而是代表着、体现着现实生活某些内容的形象、意象，杂乱地在头脑里的跳跃飞动。至于娜塔丽·夏洛特，她并没有完全重蹈普鲁斯特、乔伊斯的旧路，而致力于表现人物口头的话语和内心的话语以及隐藏在这些话语后面的一刹那的近乎生理性的精神现象，她以那些情节平淡无奇的小说：《向性》《无名氏肖像》《马特洛》《行星仪》《金果》《生与死之间》，显示了她在心理描写上的特点，以至她在一个中国研究者面前完全有资格自称找到了自己的创作个性和自己的形式，自称自己的方法在文学史中是第一次出现！我感到她的这段分析对比不仅展示出了西方文学中意识流描写的多样化，而且标出了现当代文学中这几位意识流描写的大作家各自不同的贡献以及他们在文学史上的地位，因而，在听着的当时，就为获得了这段有价值的谈话而深感高兴。

既然她在心理描写上有如此的讲究，那么，她在形成和运用这个方法的时候，是否钻研过心理学，比如弗洛伊德学说呢？我在上述谈话的基础上，又向她提出了新的问题。她的回答，如果不是使我大吃一惊的话，至少也是大出我的意料的：

"我向您透露一个秘密，我很讨厌弗洛伊德。他正好和我相反，他的心理分析学把人类的感觉划成各种各样的类型，而我却不是这样。我认为，人内心一瞬间的感觉正好是不能分类的。特别令人不能忍受的是，弗洛伊德把人类的任何行为的根源都归结为'性'，这是把人类降了一格，贬低了人类，其实，人类的感觉并不是像弗洛伊德所描绘的那样。"

夏洛特说到这里，我叫好起来，连称"这是一个精彩的观点"，我们都不约而同发出了笑声，这笑，显然对 20 世纪的那位心理学大师有点不敬。娜塔丽·夏洛特继续她的批评："拿对儿童的教育来说吧，要用弗洛伊德的学说就会很糟，弗洛伊德把任何事情都归结为性，那么如何解释一个孩子对父亲、母亲、祖母的任何感觉呢？怎么能把一个孩子所有的感觉以及他们与自己长辈的关系都归结为性呢？那是不近情理的，那歪曲了人类的心理，您同意吗？"她问我。

对于一个习惯于把人的一切归结为社会历史根由的中国研究者来说，怎么会不同意她对弗洛伊德的批评呢？她对我的同意表示高兴，并且在兴头上又向弗洛伊德打了一巴掌："弗洛伊德的观点，真是一个极大的不幸。"

接着，她几乎没有停顿地把她的观点更深化一步："再比如说，我对弗洛伊德学说的潜意识也不感兴趣，因为，我们不知道潜意识中究竟有些什么东西。正因为不知道潜意识的确切内容，所以，谁高兴说里面有什么就有什么，当然也就可以把所谓潜意识中的任何东西都归结为'性'了。我认为，人类的心理活动都是有意识的，只不过这个有意识的活动发生得很快，在人的感觉中一闪而过，我们不能因为它们是一闪而过，就认为它们是无意识的，而不是有意识的。"

娜塔丽·夏洛特不赞成潜意识，这对我来说，又是一件出乎意料的事，不过，这倒更加深了我对她作为一个现代派心理描写大师的认识，而且，深感过去我们国内某些论者把潜意识和意识流画等号有失细致，意识流和潜意识并不是一回事，夏洛特写意识流，可她反对潜意识。

关于她的小说，似乎谈得差不多了，我开始提关于她的戏剧创作方面的问题，请她谈谈她是如何把她的内心描写的方法运用在戏剧创作上的。娜塔丽·夏洛特回答说："在小说中，可以对人物在现实生活中的短暂的感觉进行描写，但在剧本中就不允许这样做了。我在剧本创作中，主要是把短暂的感觉用会话的形式表现出来。在现实生活里，两个人进行对话时，总要有思想感情的交流，比如说，一方谈他的童年，谈他的生活，如果另一方无动于衷、毫无感觉，那谈话的一方就无心再讲下去。我在自己的剧本中，虽然是表现人们这种思想感情并不交流的状态，但我却让讲话的一方继续讲下去，就像另一方很愿意听而且听进去了似的。"

我感到她所讲的她的戏剧特点，似乎和她小说中人物对话的特点并非完全不同，那些人物的对话都是"老生常谈"，实际上并没有真正的思想感情的交流，而只有各自内心中复杂隐秘的感觉和心理活动，于是，我接着她的话谈到了夏洛特研究中经常用的一个术语：Lieux Communs，它是萨特在《无名氏肖像》的序言里最先用出来的。

"啊，Lieux Communs，这正是我的不幸。这个术语有两重意义：一是'大家碰头会面的地方'，一是'老生常谈'。按照萨特的观点，人是不能避免 Lieux Communs 的，文艺也不能避免，因为文艺本身就是大家碰头会面的领域。所以，也可以说，我把人们碰头的地方都收在我的作品中了，也就是说，把现实生活中那些老生常谈都收在我的作品中了。但是，我同时又把老生常谈底下那些心理活动表现了出来，那些又正好是平时的老生常谈中所不具有的，是不形之于外的隐秘的内心活动。从这个意义上说，我所描写的并不是老生常谈。"她讲这些话的时候，多少带点幽默的笑，我也就半开玩笑称颂她这段思辨性的话里颇有辩证法，这使她笑出了声。

我们接着从"新小说"派问题谈到文学艺术的创新，娜塔丽·夏洛特说："我认为任何模仿性的东西，都是令人遗憾的，一个艺术家应该具有自己的特色，在艺术上要追求这样的境界：只有我这样写过，而别人从未这样写过。"接着，她针对后来一些模仿"新小说"派作品的青年作家（即新"新小说"派）不成功的例子，举出了法国20世纪大诗人瓦莱里的一句话，大意是说，成功还不够，还要别人在我成功的地方遭到失败，那才是真正的成功。她认为，这句话颇为玩世不恭，但也有点值得玩味的意思。我也强调了艺术创新在艺术发展中的重要性，在我看来，文学艺术的历史其实就是由不断地创新和改革所构成的，并且，我认为，在"新小说"派的创作实验中，娜塔丽·夏洛特的方法比较符合艺术创作规律，它开阔了心理描写的道路，因而有一定的价值。对我的这段话，夏洛特表示了感谢，并且说，"这话出自像您这样一个中国评论家之口，对我这一生来说也就足够了！"我不得不自我解嘲地说："也许我是一个先锋派的评论家。""哦，有这样一个也很好了，但是在我们法国，倒还有一些后锋派的批评家呢。"我知道她所指的是那些拘泥于传统而反对"新小说"派创作的批评家。的确，"新小说"派作家包括她娜塔丽·夏洛特，过去和现在都受到过这些批评家的非难和谴责，但我总觉得对"新小说"派应该细致地加以分析，既不能全盘否定，也不能毫无保留。于是，我提出了一个带保留性的问题：

"您的作品在内心世界方面，的确有自己的特色，请问，您除了要表现这种感觉的状态和图景外，是否还想表现某些带社会性的见解和问题？"毕竟我没有把她所有的作品都读全，不能由我用估计代替论断。

"不，我的小说没有这类东西。"她的回答证实了我的估计。她回答得很干脆，似乎并不认为这是她的弱点，而且充满自信地说，"使我高兴的是，我的作品并不因为没有描写别人的生活情景而不为别人所理解，所接受。比如，一个工人读我的《行星仪》，当他读完的时候，他说'这很容易理解'，没有什么比这更使我高兴的事了。因为，我并没有写工人的生活，但他们却理解我写的东西。有一些感觉，对人类是共同的，如，虽然我们并不了解陀思妥耶夫斯基所处的社会现实，但我们在读他的书的时候却很理解他。"

既然是交换观点，我也就不得不把我的保留讲得更清楚些："如果说可以通过一滴露珠看阳光，可以通过一朵野花看天堂①，那么，如果能让读者通过您所描写的某种心理感觉，看出更多更深刻的社会性的东西，难道不是更好吗？"

"对！"这是她简短的回答。我倒并不觉得是我得了一分，我只觉得娜塔丽·夏洛特具有一个正直的作家实事求是的良知，她毕竟是承认了那无情的艺术规律以及自己的创作和它之间的差距。这个矮小的老太太，既没有走巴尔扎克、司汤达的路，也没有去模仿普鲁斯特与乔伊斯，又与弗洛伊德保持了距离，她所耕种的那块园地虽然气派很小，但毕竟是她自己的！

①　典出英国诗人威廉·布莱克。

"铃兰空地"上的哲人

—— 米歇尔·图尔尼埃

"《阿芒迪娜或两个花园》，是我最好的作品之一。"米歇尔·图尔尼埃如是说。

他这话使我颇感意外。

他坐在对面一张带白扶手的蓝沙发上，穿着得很有生气，蓝底白花条纹的衬衫配白帆布长裤，上下都有些紧身，显得还颇有年轻人的气息，虽然，我知道他正好比我年长 10 岁。看上去，他像一个身手轻捷，颇有活力的农村中年人，而不像一个在书房里进行精神劳作的 64 岁的长者。这正与他在文学中的形象相称，记得法国当代一本文学评论的书，就曾称他为"矫健有活力的米歇尔·图尔尼埃"，认为他能进入当代文学经典作家的行列，与那些德高望重的前辈元老比肩而立，确实令人惊奇。

1982 年 1 月，我怀着满意之中又稍显美中不足的心情离开巴黎回国，在那次为期三个月的学术访问里，我会见了法国当代文学中将要名载史册的一些经典作家，从尤瑟纳尔到西蒙娜·德·波伏瓦，从娜塔丽·夏洛特到罗伯－葛利叶与米歇尔·布托等，然而，我却没有见到米歇尔·图尔尼埃与玛格丽特·杜拉斯。为此，我感到很大的遗憾，因为我的确很欣赏、很看重这两个作家，我一直认为，如果说西蒙娜·德·波伏瓦、尤瑟纳尔、娜塔丽·夏洛特等人是法国文学中当时尚存但却盛期已过的不朽者的话，那么，图尔尼埃与杜拉斯就是已经取得了经典地位但却尚有潜力，看来还会有一番好前景的人物。因此，在国内，每当有人要我谈谈法国当代文学时，我总把他们作为前程未可限量的名字提出来。

"大丹士认为不精通形而上学，一个人不可能出类拔萃。他要像莫里哀那样，先成为深刻的哲学家，再写喜剧。"巴尔扎克在《幻灭》中这样说过。我之所以特别看重米歇尔·图尔尼埃，就因为他正是这种"出类拔萃"的人物。他有形象，也有哲理，"把形而上学转化为小说，我必借助传说故事"①，这似乎是他的创作纲领。而以我个人的也许过于简单化的文学观看来，形象之中寓有哲理，虽然不是作家是否杰出、是否伟大的唯一标志，但却是重要的标志之一；一个真正出众的作家，要么是以其艺术上的独创性见长，要么就是以深刻的哲理或者以提出了重大的问题取胜，三者必居其一。

他倒并不像大丹士那样为了成为文学家而先要成为哲学家。他本来就是哲学家，而后，怎么说呢，才迟迟走上文学的道路。他显然是热爱哲学的，这也许和他那日耳曼化的家庭有关，他的父母都是通晓德国语言文学的知识分子，他从小就受到德语教育与德国文化艺术的熏陶，这离德国哲学就只有一步之远了，因此，当他在大学里得到文学学士与法学学士两个学位后，又到德国去专攻哲学，钻进了康德的本体论、黑格尔的体系，以出色的成绩拿下了文凭。肯定是因为运气不好，他回国后在哲学教师会考里落第，通往哲学教授席位的大门对他关闭了。他不得不转换职业方向，到电台、在出版社当起编辑来。在新的生涯中，他身上逐渐形成了一个新的"本体"，小说家的"本体"。这个过程慢得够

---

① 米歇尔·图尔尼埃：《圣灵风》。

可以的了，直到 1967 年，当他 43 岁的时候，才发表了他的第一部小说《礼拜五或太平洋上的虚无缥缈境》。

他人生中这一曲折未尝不是好事，如果不是落第，他的本体论哲理很可能只在课堂上使那些青年学子领略其高深莫测，他不由自主地成为小说家，他就为自己的哲理找到了古典文学的风格与特具魅力的形象，通过诉之于大众的感情而渗透到社会的理智中。他成功了，处女作一举获当年的法兰西文学大奖。3 年后，他的第二部力作《桤木王》又获龚古尔文学奖，他自己也进入了龚古尔学院，成为文学界的一个权威人物。这时的他与多年前一心准备哲学会考的他是两个不同的"本体"？对于他自己来说，看来仍是同一个"本体"，同一个"自在之物"。一根绳索、一把左轮手枪、几枚毒菌，对于那个具有一种"天赋的形而上学的禀能"的少女来说，不都只意味着同一个事物"死亡"吗？[①] 他的不同的职业、他不同的短篇与长篇，对于他来说，也只是意味着同一个事物："哲理"。

这样，在法国当代文学中，就出现了一个既有出色的画面、又有深邃的思想、隽永的寓意的"哲人作家"，他的这个特点使他有可能上升到马尔罗、萨特、加缪这些巨人所站立的高远境界。对于这个类型的作家，我多少有点偏爱，这倒不是因为我以追求艰深的哲理为乐，而只是因为我觉得这类作家的作品有"嚼头"，回味无穷，经常给人的思想以有力的启示，甚至某种动力……而米歇尔·图尔尼埃，他使我特别仰慕的是他那部名著《礼拜五或太平洋上的虚无缥缈境》，在这个长篇里，他沿用了笛福的《鲁滨逊漂流记》的题材，妙不可言地进行了逆向处理，颠倒了鲁滨逊

---

① 米歇尔·图尔尼埃：《少女与死亡》，见其小说集《大松鸡》。

与礼拜五的关系，在其中注入了关于人与大自然关系的既有本体论的色彩，又有卢梭主义气韵的哲理，在 20 世纪的现代化生活中吹进了一股清新的风。因此，当我几年前筹创《法国二十世纪文学丛书》的时候，就把图尔尼埃的那两部长篇力作列入了选题计划，并约请了两位同志承担翻译，准备将其中的一部作为"丛书"第二批书中的一种在 1988 年推出。但是，承担《礼拜五》的那位同志由于出国进修而渺无音讯，另一位承担《桤木王》的同志，则因为要筹划未来的出国进修也没有下文。我的计划彻底泡了汤。

这样，我只能两手空空地坐在开往巴黎远郊的地铁上，去会见米歇尔·图尔尼埃，时为 1988 年 6 月 20 日。

地铁已经出了地面，像高速火车一样在平原上奔驰。这是一条新的线路，沿途车站一个个崭新光亮，本来大可观赏，但我却嫌车站太多，车行的速度太慢。一片焦躁。原来的安排是下午 2 点整，图尔尼埃到预定的车站来接我们，然后再乘他的汽车到他的乡间住处去，而现在已经是 2 点半了，也就是说，图尔尼埃已经在那说定的车站干等了半个小时，而从地铁车厢上的路线示意图来看，前方的车站仍有不少，看来我们还需要半个多小时才能抵达。

迟到至少整整一个小时！这不仅仅是一般的失礼了，在巴黎生活中，这简直是一种极其野蛮的行为！而且是对米歇尔·图尔尼埃！一两句"对不起"、"请原谅"是远远不能弥补的，如何才能稍稍消除对方的恼怒与反感？如何做出解释？由我的住所到这条通往远郊的路线，要转好几次车，路程之远是原来没有估计到的，何况，特别倒霉的是，又误了两班通往远郊的地铁……所有这些在我自己看来都是情有可原的，然而，在图尔尼埃看来呢？

不论怎样，他白白地浪费了一个多钟头！被掠夺掉 60 多分钟的生命，而且，这样的事发生在他这个有地位、有声望的人身上……一路上，我不断地看表，怀着一种闯了祸的心情，想象着与米歇尔·图尔尼埃的第一个照面……他不会怒形于色的，以为他会把恼怒摆出来给对方瞧，那肯定是低估了他……但他可能在一种冷淡的态度中蕴含着一种高傲，有教养的人士往往会以这种高傲对不文明的行为、失礼的行为表示自己的轻蔑……他也可能诙谐地口吐妙语，带点哲理味道，但其中的分量却够你受用很久……最大的可能是，当等到半个钟头的时候，他驾车一走了事，给野蛮人留下一个空空的站台……

终于到了预定的车站，果然，站台上空空的，只有阳光，只有下午 3 点多钟使人感到燥热、叫人穿不住西装上衣的阳光。

出于一种绝望时的习惯动作，我不由得还是朝车站那小建筑物走去，那是出入站台的必由之路。我们一跨进门口，从门旁一张座椅上霍地站起来一位先生，他那宽大的几乎占了半个脑袋的智者型的前额，使我一下就认出来：米歇尔·图尔尼埃！

道歉！解释！但是，所有这一切似乎都没有必要，他毫不在意，亲切地笑着："我知道你们如果不是在路上遇见了困难，肯定不会来迟！"

他的宽厚一下就把我们引出了由于失礼迟到而可能形成的尴尬的"低谷"。我舒了一口气，得以从容地开始摄取对他最初的印象。他不如各种书上的照片那样白胖，整个面部与颈脖晒得红红的，显然是经常在阳光下活动。他穿得很随便，甚至不太整洁，衬衫一看就不是新换的，更谈不上挺括，他的态度也很随便，有身份的人那种架势与派头、高级文化人物那种优雅的举止与知识分子化的习惯动作，在他身上都没有一点踪影。他动作轻捷，带有一种乡野的气息，如果不知道他的身份，你第一眼真会以为他是一个农民。

他那辆相当旧了的轿车在急驶着。周围的景色使人想起柯罗与卢苏①的田园风味的画面，本来，这两位画家都是从巴黎远郊的风光中吸取灵感的，而今，这一片风光仍保留着19世纪的古典风格。绿色的平原徐缓地起伏有致，大片的林子与小丛的树木参差散落，光洁而灵巧的公路在绿丛中蜿蜒伸展，每转一个弯，眼前的景致总给人以新的愉快，这里，看不见有长方形、方塔形、圆罐形的现代风格的建筑，路上没有人迹，也没有旁的车辆，与繁忙、紧张、充满了呼啸声的现代化高速公路截然相反，是一个宁静的世界……这就是他笔下与高速公路对照的"七号国家公路"或"狭窄的省级公路"？在那篇小说②里，这两种公路是对立的，高速公路被描写成人的自然生活异化的一种象征。

偶尔，在远处，在近旁，树丛之中露出农舍的一角，平地上也散布着一群群黑白相间两色的乳牛。

"每当我在巴黎忙了一天，开车到这里见到这些牛，我就高兴又回到了自己的家。"

从他这简单平淡的话里，我感到了图尔尼埃的一种浓浓的乡情。在他感情深处，一定存在着巴黎的喧嚣与乡间宁静生活的尖锐对立，以致他一回到这里就感到了慰藉。看来，我没有错，他不仅外貌像一个农村人，而且他的内心世界里肯定有着深沉的田园倾向。

似乎是要证明他所生活的这块天地是法国土地上最美好、最

---

① 柯罗（1796—1875）与卢苏（1812—1867）均为19世纪法国画家。
② 米歇尔·图尔尼埃：《铃兰空地》，见其小说集《大松鸡》。

令人羡慕的处所："每年，总统都要到这里来看我一次，就在前几个月，还在这里和我一道共餐。"

和他的本意相反，这话却打开了我世俗考虑的发条。密特朗总统！他与米歇尔·图尔尼埃有私交，是因为他要塑造自己作为文化总统的形象？是因为他期望图尔尼埃帮助他竞选总统，就像弗朗索瓦兹·萨冈那样？不过，密特朗总统本人就是一位散文家，他一定很欣赏图尔尼埃那凝练纯净的风格，而且，在堂皇的爱丽舍宫待久了，在繁忙的政务中疲倦了，来到这宁静优美的乡间旅行一次，面对着一个才智高超的人物谈艺说文，未尝不是一桩乐事。不论怎样，密特朗这样一位对自己一言一行都有精妙构思的政治家，选择了与图尔尼埃经常交往，正说明了图尔尼埃在法国当代文学中的重要。

车行约二三十分钟后，停了下来。这是一个直径有二三十米的圆形空地，图尔尼埃用手环指一圈做了介绍：家，旁边是一个小教堂，另一边是一座古堡。

空地周围郁郁葱葱，教堂在空地的另一尽头，树丛后面耸立着钟楼的尖顶。至于古堡，我没有看出来，只见一排石座上有铁栅栏，里面是一大片树木，也许，古堡就藏在那后边。

图尔尼埃的家在空地一侧的边缘上，是一座高大体面的三层楼房。据图尔尼埃的说明，它原来是小镇本堂神甫的住所，故坐落在小教堂的旁边。这是一个名叫舒瓦瑟尔的小村，有一百来个居民。但是，在这个作为村落中心的教堂所在地的"小广场"上，我只看见一个小孩在骑自行车玩，周围杳无人迹。好一个清静的世界！图尔尼埃家的大门不是朝着"小广场"，由屋旁一条碎石小路往里走，有一个大草坪，周围是灌木丛与各种花草，他家的两个大门就对着这个草坪。在其中的那个便门前，铺着漂亮碎石的空地上，竖着一个像华盖般的蓝色大遮阳伞，伞下的小台儿上有两本打开的书，旁边有躺椅与靠椅各一张，看来，主人经常在这里，面对着美丽的草坪，悠闲地进行阅读。

入门，是一个古朴风格的大厅，可以看见头顶上粗大整齐的木梁，大厅之大足以举行小型的舞会，但只摆了一张粗大厚重的长条桌，其式样，颇像电影中所见的中世纪古堡里封建主大宴宾客的桌案，看来，这也许就是他与总统共同进餐的地方。大厅的一侧，是几张线条明快的沙发与桌椅，那里靠近楼梯与一个小书房，我们在这一侧落座，开始了谈话。

我首先感兴趣的是他近些年的文学创作。我知道自从他发表了那两部长篇力作以后，在 20 世纪 70 年代，他曾有小说《流星》、自传体散文《圣灵风》、短篇小说集《大松鸡》问世，此后，就所知不详了，我希望从他那里得知他近 10 年来的创作。

于是，他一一列举了自己的全部作品，从他 1967 年成功的处女作到 1985 年的新作《金滴》。显然，他不是一个多产作家，甚至还可以说是一个低产作家，在六七十年代，他只发表了五六部作品，而在 80 年代，除了《金滴》外，他就只有为数不多的一些短篇了。

"我的作品愈写愈短，愈写愈简练，很多批评家都以为我在为儿童写作，其实，我并不是专为儿童而写，但如果儿童也能看懂我的作品，我认为自己就成功了。"

他这种美学追求，我倒不难理解，因为在我们的祖先中，就曾有白居易"老妪解诗"的佳话，而且，对他这番见解，我也已经有了思想准备：早在几天前，我在书店看到了图尔尼埃的一个作品集，封底就刊印着他的这一条价值标准："如果所有的人都能读懂我，甚至儿童也能读懂，那就证明我献出了我最好的作品。"

接着，就是使我没有思想准备、颇感意外的那句话了："《阿芒迪娜或两个花园》是我最好的作品之一。"这是 1978 年问世的短篇集《大松鸡》中的一篇，区区几千字，竟有这样高的价值？而且，内容看起来也似乎很平淡：一个 10 岁的小女孩的日记，记述了她对一只母猫怀孕与生小崽子的观察，以及她如何不满足于待在自己家的花园里，而要爬过墙头去探看另一个神秘花园的情景。这篇小说的语言的确非常简洁纯净，整个作品流露出小女孩的天真情趣，如果说它有什么含蓄的内蕴的话，照我看来，那就是一个女孩的朦胧的性觉醒与完全不自觉的性意向。

也许是感到我对他的话有点感到惊奇，他进一步做了解释：很多人以为这是篇儿童文学，其实大有寓意。对于这个小女孩爬梯子看墙外这个情节，就有好多种分析，社会学家认为这有妇女解放的寓意，心理学家认为这表现了性的压抑与对墙外的性关注，哲学家则把它视为超越的象征，甚至东德学者认为可理解为要从东德看西方，对中国批评家来说，未尝不可以理解为要从长城内往长城外看等。

他讲的前几例，看来是确有其事，最后一例，似乎带点开玩笑的意味，真有这么一个中国批评家？也许他还带有一点不自觉要启示对方的意图。我感到高兴的是，我对于这篇作品中不自觉的性意向的理解，总算标中了其中的一项。"总之，这篇作品提供了各种理解的可能，我就是要通过越墙这一个简单的行为，表现深刻的寓意，事实上，这篇作品也引发出各种理解，它发表后，社会反应很热烈，当时的第一个试管婴儿就以这篇小说中的女主角阿芒迪娜的名字为名。"图尔尼埃又做了有力的补充。

为了加深我的印象，图尔尼埃起身到旁边的小书房里取出一摞书出示给我看。首先是《阿芒迪娜或两个花园》的两个单行本，都是精装，每页都配有色彩缤纷的插图，可见此作的确广为流行。接着他又出示另一个作品《皮埃罗或夜的秘密》的单行本，同样是精装并配有插图，显然又是一篇广为流行的作品。

"《皮埃罗或夜的秘密》也是我最好的一本书。"图尔尼埃接着介绍了此作的价值与其中的精髓，"我把这个故事念给非洲儿童听，他们都能听懂故事内容，但这个故事的哲理含义却是很深的，它包含了本体论的寓意和其他的思想。"

这是《大松鸡》之后的一篇新作，表面上看起来只是一个爱情传说：面包坊伙计爱着洗衣坊的少女，但少女被新来的油漆匠所吸引并随他私奔，但冬天来到，为饥寒所迫，少女回到了面包坊伙计的温暖的家，油漆匠也来投靠，面包师接待了他们，三人分享一个人形面包。但在作品的故事内容与那些很有表现力的形象描绘中，的确闪烁着极其丰富的寓意的磷光。在我的理解中，面包师、油漆匠、洗衣女似乎都是某种象征：炉火、面包、颜料、白天、黑夜、花花绿绿的奇装、雪白素净的衣服、五颜六色、黑白素色、人形面包等，无不有某种隽永的含义。所有这一切都启迪人们的思想走向真正的善、真正的美。不过，说实话，我还没有充分理解其中的本体论的寓意。啊，本体论，又是他那费解的本体论，还得溯本求源，跑到康德那里去，跑到古希腊哲人那里去！《皮埃罗》那最后的象征性、带有某种暧昧双关意味的结局，是否意味着现象对本体、对自在之物的回归？

不等我对那个人形面包的含义有充分的领悟，他又从那一摞书里取出另一本做介绍，那是他前几年才出版的长篇新作：《金滴》。我是第一次见到这部作品，对它的内容一无所知，因此，也就只能囫囵吞枣似的吞下图尔尼埃的说明：

在这部作品里，一个阿拉伯小青年发现一个半裸的欧洲少女对他拍了照，他向对方索取照片，但一直没有得到。于是，他到欧洲寻找自己的照片，但看到的照片都是完全歪曲了的。在法国的阿拉伯人有 200 万，巴黎有一个区名叫"金滴"，就住了很多阿拉伯人，因此书名叫《金滴》。这个民族习惯于文字与符号，而讨厌形象，但他们所生活的法国却到处充满了形象，这样，就存在文字、符号与形象之间的矛盾。而他，米歇尔·图尔尼埃正是力图通过阿拉伯人在法国的生活与感受来表现这些寓意。

由于我在说明来意的时候，曾告诉他我在《法国二十世纪文学丛书》中已经对他的两部长篇做了安排，并表示愿意从他近 10 年的作品中再选出一种列入丛书，他带有试探性地提出一个问题：在《金滴》中，有一个场面是写妓院里妓女在玻璃后面表演脱衣与其他的动作，客人只能看，不能碰，他担心这样的作品在中国可能是不允许出版的。我虽然对他的这个问题表示了一种开放性的看法与乐观的估计，但当时根据他的介绍，我心里已排除了这部作品入选的可能，因为我对法国文学中的阿拉伯题材缺乏兴趣，而且，觉得这部作品中的哲理过分"法国化"，即过于"纤细"，陷入了精神活动的细枝末节，有多少读者会对有关文字、符号与形象之间矛盾的哲理感兴趣呢？

他出示给我的最后一本书是一册精美的摄影集，名为《背影集》，拍摄了生活中形形色色的景象，构图与光线都很别致，每一幅照片下面有图尔尼埃的文字说明，文字说明当然都很精练而富有哲理。图文并茂，的确是艺术精品，看来图尔尼埃先生很珍视它，但我却难以把它当作他的杰作。

他始终不忘记他独特的美学追求，最后又回到了他的那条标准："我判断我的作品是否成功，是根据不同年龄儿童的反应"，然而，他在总述自己在当代文学中的影响时，却又着眼于另外一些标准了。大学讲台的推崇："《礼拜五》《桤木王》及其他作品已进入了大学课堂，有的章节已经作为大学选讲的范文"；学术界的重视："已经有300本论文以我的作品为对象"；世界各国的翻译介绍："我的作品已经被译成25种外文"；还有盲人的兴趣："《礼拜五》已经被印成了盲文书"……在我看来，所有这一切都是图尔尼埃在法国当代文学中经典地位的种种表现，这些反应虽然来自不同的角度与标准，但并不矛盾，它们倒的确表明了图尔尼埃作品"雅俗共赏"的性质。

我感到以上概况性的谈话是相当充分的了，于是想进入专题：他的哲学、他的思想渊源、他对音乐的爱好等。我开始谈到了法国文学中哲人作家那个传统，以及我个人对这个传统的重视；谈到了从马尔罗到萨特、加缪等哲人作家所构成的"存在"文学流派，以及我个人对它的偏好；还谈到他作品中的哲理倾向，以及当代其他几位作家如莫第亚诺、勒·克莱齐奥作品中的哲理寓意，我问图尔尼埃先生，如果把他与这两位作家视为特点相同的"新寓言"派作家，他自己是否同意并对此划分有何看法？

"我同意并很乐意把我们归在一起，称我们为'新寓言派'，我们这一个流派，为首的可以说是尤瑟纳尔，多米尼克·费尔南德斯与于连·克拉克也可算上，当然包括莫第亚诺与勒·克莱齐奥。"

他把尤瑟纳尔拉了进来，我没有想到。尤瑟纳尔无疑是法国20世纪文学中的一个巨人，有史以来唯一进入法兰西学士院40位"不朽者"行列的女作家，已于前两年去世。她的作品倒并不完全像图尔尼埃的某些作品那样，在相当大的程度上刻意地追求某种寓意，而是在古典风格中蕴含着隽永的哲理意味，当然这一点就足以使图尔尼埃引为同类，显然，他把尤瑟纳尔推为"新寓言派"的首席代表，可以大大地增加这个流派在20世纪法国文学中的分量。图尔尼埃承认莫第亚诺与勒·克莱齐奥为本派同人，是我意料之中的事，这两位作家很有才华，比图尔尼埃更为年轻，在当代法国文坛风头正健，他们都是我这次访法中想要会见的人物，可惜一个天马行空，踪迹不定，难以谋面，另一个在尼斯，而我又无意到尼斯去故地重游。他所列举的于连·克拉克是与尤瑟纳尔大致上同辈的老作家，在法国20世纪文学思潮的变化发展中阅历甚多，其多方面的倾向不是一词所能概括的，他也是一个文学建树颇丰的人。而多米尼克·费尔南德斯则是图尔尼埃的同一代人，也属于作家兼学者的类型。对图尔尼埃所开列的这个名单，我表示了自己的钦慕，我认为它展示出了"新寓言派"坚实强大的阵营，而其中的三种年龄层次，也表明了这个流派、这种倾向在当代文学中的生命力，我蛮有把握地预言，这个派别将给中国的法国文学研究提供又一片有待开拓的空间。

　　接着要做的，就是和图尔尼埃先生讨论他作品中的哲理了。在我看来，他作为一个哲人作家，显然与马尔罗、加缪、萨特还有些不同，马尔罗与萨特都有自己自成体系的哲理，他们经常是在众多的分散的作品中，表现同一个基本哲理，这个基本哲理就像乐章的主调一样，在不同的段落变化出不同的旋律与和声。加缪则是从一个基本哲理出发后又有了明显的发展，而其出发点与终结又首尾呼应。图尔尼埃不像马尔罗与萨特那样有一个统一的君临自己全部创作的总体系，也不像加缪那样有一条内在逻辑联系的哲理脉络。在《礼拜五或太平洋上的虚无缥缈境》里，是《鲁滨逊漂流记》的反义，是现代人向大自然的复归；在《桤木王》里，是命定性与象征；在《流星》里，是人逃避自然关系的徒劳。即使是在《大松鸡》这个短篇集里，各篇的哲理寓意都似乎各不相干，不构成一种统一的倾向，在《鲁滨逊·克鲁索的结局》中，是鲁滨逊的平庸化、猥琐化与"不能再涉足于同一水流"式的世事皆变的哲理；在《铃兰空地》里，是关于现代生活作为自然状态之异化的寓意；在《少女与死亡》中，是康德式的感性的先验形式的神秘主义倾向；在《圣诞老妈妈》中，是妙不可言的折中主义精神；在《特里斯丹·沃克斯》中，是对以假顶真、名实错位的荒诞性的揭示；在《愿欢乐常在》中，是商业化的现实环境与人的天赋禀能的矛盾对立；在《阿芒迪娜》中，是人的超越本能与向性的象征；而在独立成书的《夜的秘密》中，则又是本体论了，等等。

当我正要开始提问的时候，大厅另一侧的小房间里响起了电话铃，图尔尼埃先生起身去接。这一间歇使我发现谈话已经进行将近两个小时了，而图尔尼埃今晚还要和全家一道动身出国旅游度假，特别是让他在车站上白白浪费了一个多小时！……我再次为耽误了他的时间表示歉意，并表示急于结束谈话。虽然图尔尼埃一再说还有不少时间，可以充分谈下去，但我还是有意识地朝结束的方向迅速走去，我只提出了一个问题，那就是他创作中的哲理寓意是否有某种整体性？他在不同作品中所表现的思想是否有某种哲理的核心？因为我毕竟对他经常离不开的本体论没有吃透，我始终没有时间进入康德哲学的大门，只是在门外张望张望而已，谁知道本体论是否有某种神奇的力量，把图尔尼埃先生的哲理与寓意都黏附于其中？

"我每本书、每篇作品的哲理核心都不同，每一篇作品都是重新开始，都有自己的新起点、新的哲理核心。"

他的回答杜绝了我的顾虑，我也因自己原来的理解与图尔尼埃的回答不谋而合而有了"良好的自我感觉"，"新寓言派"的寓言家不是谋求建立思想体系与某种主义的哲学家，你能在《伊索寓言》里找到一种核心的哲理吗？

的确该结束谈话了，因为后面的花絮还占用了不少时间：图尔尼埃先生兴致勃勃地带我们参观他的储藏室、书房与工作室。他的储藏室里存放着一大堆以他为题的学位论文打印稿，都是各大学的毕业生呈献给他表示敬意的。他的书房里陈列着大量的书籍，以新书为多，在这里，他又向我出示了1988年法国新出版的两本论图尔尼埃的专著，也是在这里，他盛情地送给我他的两部作品。他进行写作的工作室是在三层楼的阁楼上，这里的乡野气息更浓，从一架大木梯上来，如同进入了农村里一大间木头房子，底面与四墙都是木质的，巨大而规整的梁木则交错地斜在头上不到两米的高处，一个巨大的天窗下侧是一张大木头桌子，仅有的两腿呈 Y 字形，上面安放着一块足有两寸厚的木板，又宽又大，像糕点师傅做面包点心的大案，这就是图尔尼埃制作精神糕点的地方。整个房间里的一切都是粗糙古朴的风格，只有大案上的一个直径约有一尺的像摩托车头盔一样的大台灯，以它现代的式样与质地，提醒人们现在已经是高速公路的时代。

图尔尼埃又驱车把我们送回车站，路线与原来的不同，沿途零星散落的房屋比较多一点，但仍是看不到人影，仍是小巧漂亮的"省级公路"，仍然离繁忙的高速公路远远的，仍然是一片片安宁秀美的田野风光。

好一个清静的世界！

鲁滨逊爬上一株高高的南洋杉，他在一片被微风吹动着的叶丛与花朵的海洋里，又沐浴着初升的阳光，他凝望着大鸟在天空中翱翔，感受到生平从未有过的欢乐。他发现了"野蛮生活"的幸福，他不愿再回到充满了灰尘、耗损与破坏的"文明世界"中去进行种种选择，决定留在这个荒岛上，在这里享受既无过去、也无将来的现时绵延①……

在地铁车厢里，我想起了《礼拜五或太平洋上的虚无缥缈境》中的那些描写。

在一片紧张又充满了声响的高速公路旁边，有一块到处都是青枝绿叶、长有铃兰花的空地，那里色彩鲜亮、宁静自然，与那"混凝土的地狱"形成强烈的对照，图尔尼埃先生小心翼翼地用铁丝网把它圈了起来，使它与那疯狂的水泥长带隔离开来。一个充满了活力的小伙子被那优美的空地所吸引，朝那空地跑去，在穿过高速公路的时候，他被车压倒在这"混凝土的地狱"② 上……

我又想起了图尔尼埃的这样一篇小说。

他在离现代巴黎不远的舒瓦瑟尔乡间，在高速公路旁边的铃兰空地上，他无视一侧的紧张与忙碌，悠悠地在进行编织，他滤除五光十色的现代生活景象，在简约单纯的构图中填进一点点精

---

① 米歇尔·图尔尼埃：《礼拜五或太平洋上的虚无缥缈境》第九章。
② 米歇尔·图尔尼埃：《铃兰空地》，见其小说集《大松鸡》。

粹的理念，今年 64 岁了，"我愈写愈短，愈写愈简练"，他将把自己的构图简约精减到什么程度？对此，我有点担心。毕加索的《头像》，不规则的长形块状上，有两根简单的线条，在这简约的构图中，又何尝没有画家的某种寓意？

我在车厢里继续想着关于图尔尼埃的一切，视而不见地看着窗外，沿途的情景几乎没有给我留下任何回忆，至今我只隐约有这样的印象：那是一条新的线路，车站都是崭新的。

1988 年 12 月

"硬粥"式的序言篇

八卷本《当代思想者自述文丛》代总序

院落的较深处，圆锥形的柏树簇拥着一块大理石的基座，上面坐着那个著名的思想者。他全身赤裸，一手放在膝上，一手托着下巴支在腿上，牙齿使劲地顶着他自己的手，全身的肌肉则紧张隆起，似乎在进行一种强度极大的体力劳动。他是一个在思考某种永恒问题的智者？或者就是思考着一切问题，永远也不能从沉思中解脱出来的人类的缩影？不论是前者还是后者，人类进行思考探索，从事精神劳动的崇高与艰辛，不是都完美地、强烈地体现在这苦思冥想的形象中，体现在这既强有力又毫无遮盖与庇护，因而最易于招致伤害的身姿上吗？谁要是为了探索与研究，为了思考与创作而曾竭其心智，而曾度过不眠的夜晚，而曾两鬓添上了秋霜，而曾尝过辛酸与苦涩，一来到这赤身裸体经受着日晒夜露、风吹雨打的形象面前，怎么会不百感交集、怆然而涕下？

《在"思想者"的庭院里》

诺贝尔奖作为一种价值标准

—— "全球诺贝尔奖获得者传记大系"（23 种）总序

古往今来，在世人的头上，曾高悬着各种价值标准，而种种名义的荣誉，从爵位勋章、圣徒称号到奖状奖金，则为价值标准的最高物化体现。价值标准连同它们的"绶带"，如巨光吸引着芸芸众生竞相追求，舍命飞扑，造成了历史的与人生的五光十色的景象。价值标准是人制定出来的，绶带奖章是人制造出来的，人又以自己的造物为理想为目标，人是奇妙的上帝，他自编自导自演了规模宏大、壮丽非凡的追求奇观。

每一种价值标准，不论是政治法权的，宗教道德的，社会文化的，学术技艺的，都曾力求保持自己的庄严崇高的"仪表"，都曾声称自己的绝对与永恒。然而历史是无情的，它总要把各种价值标准召唤到它的审判台前来加以检视，让它们辩明自己继续存在的理由，它严格地精选出符合人类发展方向、有助于历史进程、适应广大人群的利益与需要的那些价值标准，让它们成为支撑人类永恒精神文明建构的有力支柱，而汰除掉那些出于谬误观念、狭隘利益、偏激需要的价值标准，不论它们是以何种神圣的名义而显赫一时，且具有不可抗拒的威严。

1888 年的一天早晨，艾尔弗雷德·诺贝尔醒来，竟读到了他本人的讣告。这是新闻界报道失误，去世的原来是他的哥哥。这则讣告把他盖棺论定称为"甘油炸药大王"，给他提供了一个身后的视角来认识自我，他看到了自己在世人心目中的形象，不禁感到了震动。正是这个原因，促使他立下了遗嘱，用他的巨额财富设立奖金，以奖励对人类和平进步事业以及创造性精神劳动做出杰出贡献的人士。

诺贝尔所发明的甘油炸药因带来大规模杀伤性的战争，而常遭到诅咒，只有当人们需要开山劈岭时才想到它的益处。然而，诺贝尔终于以诺贝尔奖的设立而更著称于世。人对抗自己，人也可以弥补与重建自己。诺贝尔提供了一个范例。

从 1901 年起，诺贝尔奖分物理、化学、生物、医学、文学与和平六个方面开始颁奖，1969 年，又增设了经济学奖。每年颁奖一次，至今获奖者已达到数百人之多，在价值标准如林、奖章奖杯奖状何止千万的 20 世纪，诺贝尔奖无疑已成为影响最大、涵盖面最广、最为崇高、最受人景仰的一种殊荣。诺贝尔奖获奖项目已成为 20 世纪人类创造性精神活动与进步事业的集中展现，而摘取了诺贝尔桂冠者已形成了 20 纪人类真正精英的一支不小的团队。

在 20 世纪这样一个各种意识形态、各种制度、各种民族国家利益、各种思想观点尖锐对立、激烈撞击的时代，诺贝尔奖历年各方面的颁奖对象，并非从未引起过任何异议。这是不可避免的，是很自然的。但比起各种偏激狭隘的标准，诺贝尔奖毕竟更具有广阔的视野，博大的胸襟，公正的态度，合理的取舍，毕竟是为地球上更广大的人群所认同、所推崇，毕竟更经得起历史的检验，而它之所以能保持这种全球性的崇高地位与长存性，就在于它的价值标准中有一最简单然而也最可贵的精髓，那就是提倡为全人类的进步而有所作为。

有所作为，是人存在的真谛。虽然中外均有不少彻悟出世、超凡脱俗之士曾提倡过无为的人生，但所幸从者甚少，且亦难以做到，若人群皆以无为为本，人类恐怕还处于茹毛饮血的原始阶段。正是人的有所作为，推动了人类的进步，而且，个体人的有所作为，不见得就是迷途入世而未达到彻悟，最深刻、最有力的彻悟，是西西弗推石上山式有所作为的彻悟。个体人在推石上山时所要付出的艰辛，足以使他内心感到充实。当然，西西弗推石上山也有不同的境界与层次，当其理想目标、坚毅精神、艰苦奋发达到了促进人类进步的境界与层次时，其人生即为充实的人生，即为超越于死亡之上的不朽的人生。

诺贝尔奖获奖者，就是西西弗式的巨人，他们的人生是充实的、不朽的人生。

1996 年 10 月

十卷本 《盗火者文丛》序

鲁迅曾把从事西方文化研究、翻译、介绍工作的人，称之为普罗米修斯式的"盗火者"，对这类人来说，这无疑是一种荣誉。

在此称谓中，其行为性质之有益、目的理想之崇高与行为方式之尴尬、之被侧目而视，虽成强烈的反差，但其所具有的悲怆性是不言而喻的。不过，以平常心观之，而不加拔高与崇高化的话，那么，应该说，这种悲怆性与其说是完全来自这种工作与事业本身的内在价值，不如说在很大的程度上是侧目而视的社会环境、时代条件所造成的，是"时势造英雄"的结果。

说到"火"，人们常常很容易联想到"星星之火可以燎原"的那个"火"，那"革命之火"，其实，这是一种偏狭的理解。"火"在人类的发展过程中，远远并非"革命之火""斗争之火""造反之火"，并非我们曾亲身感受过其炽热度、其灼伤度、其毁灭性的那种"火"，而是人类从野蛮状况走向文明状况的第一个标志、第一个牵动力。对于人类而言，它首先意味着光亮，意味着温暖，意味着熟食，它代表了文明，代表了进步，代表了工艺，代表了科学，代表了光明，代表了思想意识的飞跃，代表了可持续的社会发展与确确实实的社会进步。

以此观之，在 20 世纪中国的条件下，这"火"，概而言之，就是科学与民主，是人文主义、人道主义，就是新观念、新思维、新视角、新方式、新方法。在泱泱古国里，这些东西有多少根基，有多少存货，我们不必妄论，但至少可以说是不够用的，于是，就有一个引进的需要。而引进者不过就是古丝绸道上的贩运者、驼队，就是在大江阻隔下的摆渡者而已。鲁迅所指不外如此，并无惊天动地之意，只不过由于中国社会积习甚深，惯性甚大，反倒常常容易引起"侧目而视"，甚至阻力重重，引进者、摆渡者反倒成为"盗者"。

在 20 世纪的中国，不论引进的通路是否崎岖，不论摆渡的航道是否曲折，这条道上之人倒是络绎不绝的，完全堵塞的时日毕竟有限。在这条道路上前者呼，后者应，行者不绝于途，即使也有杜绝、被根除的时期，但"春风吹又生"，后继者仍踽踽前行不止。于是，一个世纪下来，在中国就形成了一种特定的文化景观，盗火者景观、摆渡者景观，这一景观就像古丝绸道上的行者与驼队的景观，值得后人念想，值得后世留存，哪怕只是若干浮光掠影、"断简残篇"。

这便是我编选"盗火者文丛"的初衷与立意。

20 世纪，在中国，致力于研究、翻译、介绍西方文化并有突出业绩的人士，多如满天繁星。当然，其中更对跨学科文化有广泛兴趣，更对社会现实有人文关切，并常发而为文，产生了社会影响，形成了学者散文此一特定文化景观的才人，其数量相对会较少一点，即使如此，为数亦很可观。以这一景观为编选对象，本应是一项巨型的文化积累工程，然而，在物质功利主义大为膨胀的条件下，人文出版殊为不易，加以版权壁垒的限定更增加了难度。幸有中央编译出版社，特别是其负责人韩继海先生出于无私的人文热情，大力予以支持，得以出版目前的 10 种①，权作为抛砖引玉，以对社会人文积累略作奉献，以期待更有希望的来日。

最后，对各集作者与作者家属的合作表示衷心的感谢！

2004 年 8 月

---

① 这十种书是：冯至《白发生黑丝》、李健吾《咀华与杂忆》、卞之琳《漏室鸣》、梁宗岱《诗情画意》、萧乾《旅人行踪》、许渊冲《山阴道上》、绿原《寻芳草集》、高莽《心灵的交颤》、蓝英年《历史的喘息》、柳鸣九《山上山下》。

《本色文丛》（32 种）总序三篇

—— 学者散文刍议

总序一

深圳市海天出版社似乎颇有点"散文随笔情结"，前几年，他们请季羡林先生主编了一套"当代中国散文八大家"丛书，效果甚好。于是，他们再接再厉，又策划出新的书系"世界散文八大家"。可惜此时季老先生已经仙逝，他们只好退而求其次，请柳某出面张罗。此"世界散文八大家"，召集实不易，漂洋过海，总算陆续抵岸。但书系尚未全部竣工之际，海天又策划了一套新的文丛，以现今健在的著名文化人的散文随笔为内容。大概是因为柳某与海天社已有一次愉快的合作，自己也常写点散文随笔，又身居"人杰地灵"的北京，便于"以文会友"，于是，他们又要柳某出面张罗。这便是这套书系产生的来由。

什么是散文随笔？前几年，一位被尊为大师的权威人士曾斩钉截铁地谓之为"写身边琐事"。我曾努力去领悟其要义，但就自己有限的文化见识，总觉得这个定义似乎不大靠谱。就"身边"而言，散文随笔的确多写与自己有关的人或事，但远离自己的人与事入文而成经典散文者实不胜枚举；就"琐事"而言，散文随笔写人写事的确讲究具体而入微，见微知著，以小见大。但以经国大业、社稷宏观、高妙艺文、深奥哲理为内容的名篇也常见于史册。不难看出，对于散文随笔而言，"题材不是问题"，任何事物皆可入散文，凡心智所能触及的范围与对象，无一不可成就散文也。故此，窃以为个人心智倒是散文的核心成分。

那么，究竟何谓散文呢？散文的基本要素究竟是什么呢？如果用定义式的语言来说，散文就是自我心智以比较坦直的方式呈现于一定文学形式中，而自我心智者，或为较隽永深刻的自我知性，或为较深切真挚的自我感情。说白了，如果是思想见解，当非人云亦云，而多少要有点独特性，多少要有点嚼头与回味；如果是情感心绪，那就必须是真实的、自然的、本色的、率性的，而要少一些矫饰，少一些虚假，少一些夸张。是的，尽可能少一些，如果不能完全杜绝的话。诗歌中常有的那种提升的、强化的、扩大的感情似乎不宜入散文，还是让它得其所哉，待在诗歌里吧。

至于"一定的语言文学形式"，不外意味着两点，一是非韵文的，这是散文有别于诗歌的最明显的标志；二是要有一定的修饰技巧，一定的艺术化，这则是散文随笔不同于公文告示、法律条文、科普说明以及各种"大白话"的重要标志。

这便是我所理解的散文随笔。我在自己的学术专业之外也经常写一些散文随笔，就是按照自己以上的理解来"炮制"的。今天，我被委以主编重任，也是按照自己以上的理解来操作的，至于我在自己的散文随笔中是否完全实践了自己的理念，是否达到自己的理念，在这次主编工作中是否有不合理、不入情的要求与安排，那就很难说了。呜呼，知与行的脱节与矛盾，人的永恒悲剧也。

出版社在策划这个书系的时候，规定约稿对象为当今的文化名家。当今的文化名家种类何其多也：有在荧屏上煽情与讲道的主持人，有靠摆 Pose 与哭功而大富特富的影视大腕，有靠搞笑与搞怪的演艺奇才……人人都在写散文随笔，这大有成为当今散文随笔的主旋律之势。但按我个人的理解，这里所讲的文化名家不外是两种人，即具有作家文笔的著名学者与具有学者底蕴的著名作家，这两者的所长正是我对何为散文理解中所谓的"心智"这一大成分。

由于我自己的圈子所限，这一辑的约稿对象全是上述的第一种人，即具有作家文笔的著名学者，而且基本上都是弄西学的学者或游学国外多年的学者①，多散发出一点"洋味"的人。

学者写散文似乎有点"不务正业"，有点越界，侵入了文学家地盘。但对于学者来说，特别是对人文学者来说，却完全是性之所致，是一种必然。他本来就有人文关怀、人文视角、人文感情，这种心智状态、心智功能，一触及世间万物，就莫不碰撞出火花。只要有一点舞文弄墨的兴趣、冲动与技能，自然而然就可以产生出有点意思的散文随笔了。虽说舞文弄墨也是一种专门技能，需要培养与操练，但对于弄西学的人文学者来说，整天在世界文库里打滚，耳濡目染，这点技能是可以无师自通的。况且，人文学者于散文更有自己的优势，毕竟，他的知性是向全人类精神文化领域敞开的，他的目光是向全世界各种事物投射的。其散文随笔的题材，自是更为丰富多样，投射观察的目光自是更为开阔高远。而得益于世界各种精神文化的滋养，其可调配的颜色自是更为丰富多彩；说不定，也许我们这个时代有意思的散文随笔正是出自学者笔下呢，学者散文实不容当代文学史家忽视也……

所以，我有理由相信，这一套"本色文丛"多多少少会给文

---

① 本辑的八位作者及作品分别为：许渊冲《往事新编》、叶廷芳《信步闲庭》、刘再复《岁月几缕丝》、柳鸣九《子在川上》、张玲《榆斋弦音》、高莽《飞光暗度》、屠岸《奇异的音乐》、蓝英年《长河流月去无声》。

化读者带来一点不一样的感觉。

2012 年 5 月

总序二

"本色文丛"的缘起，我已经在前序中做了说明，只不过，在受托张罗此事的当时，我只把它当着一笔"一次性的小额订单"：仅此一辑，八种书而已，并无任何后续的念头与扩展膨胀的规划，于是，就近在本学界里找了几位对散文随笔写作颇有兴趣、颇有积累的友人，组成了文丛第一辑共八种。出版后不久，我正沉浸在终结了一项劳务后的愉悦感之际，海天出我意外地又提出了新的要求：要柳某把"本色文丛"继续搞下去，且不排除"做到一定规模"的可能……看来，我最初的感觉没有错：海天确有散文情结，不是系于一般散文的"情结"，而是系于"文化散文"的情结，而且，也不仅仅于此一点点"情结"，而是一种意愿，一种志趣，一种谋划，一种努力的方向，一种执着的决断。果然，最近我从海天那里得到确认，他们正是要在深圳这块物质财富生产的宝地上，更多营造出一片郁郁葱葱人文文化的绿意，正是他与海天近年来特别致力的目标。

在物欲横流、急功近利、浮躁成性、人文精神滑落、正面的价值观有时也不免被侧目而视的社会环境中、在低俗文化、恶俗文化、恶搞文化、各种色调的作秀文化（纯白的、大红色的、金黄色的）大行于道、满天飞舞的时尚中、在书店一片倒闭声中，有一家出版社以人文文化积累为目的，颇愿下大力气，从推出

《世界散文八大家》再进而打造一套文化散文的丛书，这种见识，这份执着，这份勇气是格外令人瞩目的。每当我看到或遇到有出版社表示出这一类的人文激情，我就情不自禁表示敬重，情不自禁唱几句赞歌，当然，也乐于应邀略尽绵薄之力，这几年来，我这么干已经不是第一次了。

海天要的文化散文，不言而喻，即文化人的精神文化产品。关于文化人，我在前序中说过这样的理解：主要是指有作家文笔的学者与有学者底蕴的作家，如果说"本色文丛"第一辑的作者，基本上是前一种人，第二辑则基本上都是第二种人①，这样，"本色文丛"总算齐备了文化散文的两种基本的作者类型，有了自己的两个主要的基石，形成了一个初步的平台。

不论这两部分人有哪些差别，但都是以关注社会的人文状况与人文课题为业，不同于以经济民生、科技工艺、权谋为政、运营操作为业者，也不同于穿着文化彩色衣装而在时尚娱乐潮流中的弄潮者，也可以说，这两部分人甚至是以关注人文状况与人文课题为生，以靠充当"精神苦役"（巴尔扎克语）出卖气力为生，即俗称的"爬格子者"，他们远离于社会权位与财富利益的持有与分配，其存在状态中也较少地掺和着权谋与物质利益的杂质，因而其对社会、对人生、对人文、对自我、对普世价值也就可能有更为广泛、更为深刻、更为真挚的认知、感受与思考。

---

① 《本色文丛》第二辑八种是：邵燕祥的《坐看云起时》、李国文的《纸上风雅》、刘心武的《神圣的沉静》、谢冕的《花朝月夕》、王春瑜的《青灯有味忆儿时》、何西来的《母亲的针线活》、肖复兴的《花之语》、潘向黎的《无用是本心》。

在时下这个物质功利主义张扬、人文精神滑落的时代环境中，且提供一些真实的不掺杂土与沙子的人文感受、人文思考，为我们这个时代留下一份份真情实感的纪录，留下一段段心灵原本感受的再现，留下一幅幅人文人生的掠影，这便是"本色文丛"所希望做到的。

2013 年 4 月于北京

总序三

存在决定本质。

本质不是先验的，不是命定的，而是创造出来的，是发展出来的，是做出来的，是自我选择的结果，是自我突破与自我超越的结果。对于一个人的发展是如此，对于《本色文丛》何尝不是如此。

《本色文丛》已经有了三辑的历史，参加三次雅聚的已有二十四位才智之士①，本着共同的写作理念，各献一册，色彩纷呈，因人而异，一道人文风景已小成气候矣，而创建者海天社则面对商品经济大潮、低俗文化、功利文化与浮躁庸俗风气的包围，仍我自岿然不动的守望人文，坚持不懈，合作双方相得益彰，终使《本色文丛》开始显露了自己的若干本色。最为明显的事实是，参

---

① 《本色文丛》第三辑的八种是：乐黛云的《山野命运人生》、赵园的《散文季节》、梁晓声的《好女人是一所学校》、施康强的《秦淮河里的船》、李辉的《亦奇亦悲二流堂》、龚静的《行色》、卞毓方的《美色有翅》、谢大光的《春天的残酷》

加《本色文丛》的雅聚的终归就是两种人，即具有作家文笔的学者与具有学者底蕴的作家。这构成了《本色文丛》最主要的本色。

以学者而言，散文本非学者的本业，对散文写作有兴趣而又长于文笔、乐于追求文采者实为数甚少。以作家而言，中国作协虽号称数十万的成员，真正被读书界认为有学者底蕴、有厚实学养、有广博学识者，似乎是寂寂寥寥。《本色文丛》所倚仗的虽有两种人，但两者加在一起，在爬格子的行业中也不过是"小众"，形成不了一支"人马"，倒有点 élites 的味道了。究竟这是中国文化昌盛、文学繁荣的正常表征？还是文化文学底气不充足、精神不厚实的反映？我一时还不好说。

实事求是地说，我个人在《本色文丛》中的"潜倾向"是更多地寄希望于"有作家文笔的学者"，这首先与我职业的限定性与人脉的局限性有关。我供职于学术研究单位，本人就是学林中的一分子，活动在学者之中较为便利，较为得心应手，而于作家界，我是游离的、脱节的，虽然我也是资深的作家协会会员，是两届作家代表大会的代表。但有上述"潜倾向"，更主要是源于我对散文随笔的认识，或者说是对散文随笔的"偏见"。

在我看来，散文随笔这个领域本来更多的是学者的、智者的、思想者的天地，君不见，在散文随笔的早期阶段，哪一位开辟了这片天地的大师不都是这一类的人物？英国的培根、法国的蒙田、美国的爱默生……也许，是因为散文随笔的写作相对比较简易、便捷，不像小说、诗歌、戏剧那般需要较复杂的艺术构思，对于笔力雄健、下笔神速而又富有学养的作家而言，似乎只是"小菜一碟"，于是，作家中有不少人也在散文随笔方面建树甚丰，如雨果、海涅、屠格涅夫以及后来的马尔罗、萨特、加缪等，马尔罗是先有小说名著，后有散文巨著《反回忆录》，萨特与加缪，则一开始就是小说、戏剧创作与散文写作左右开弓的。不论怎样，主要致力于形象创造的作家，如果没有学者般的充沛学养、丰富学识，没有哲人、思想者的深邃，在散文随笔领域里是写不出一片灿烂风光的。

以文会友之聚的参加者是什么样的人，自然就带来什么样的文，自然就带来什么样的文气、什么样的文脉、什么样的文风、什么样的文品，甚至是什么样的文种。《本色文丛》的参与者，不论是有作家文笔的学者，还是有学者底蕴的作家，其核心的特质都是智者、都是学人、都是真正意义上的文化人，而不是写家、写手，更不是出自其他行当、偶尔涉足艺文、前来舞文弄墨，附庸风雅一番的时尚达人。因而，他们带来的文集，总特具知性、总闪烁着智慧、总富含学识、总散发出一定的情趣韵味，如果要说《本色文丛》中的文有什么特色的话，我想，这大概可以算吧！对此，我不妨简称为学者散文、知性散文，我把"学者"二字作为一种散文的标记、"徽号"，并没有哄抬学者、更没有贬低作家的意图与用意，以"学者"来称呼一个作家，或强调一个作家身上的学者一面，绝非贬低，而是尊敬，刘心武先生在他的自我简介中，干脆就把自己的学者头衔置于他的作家头衔之前，可见他对自己的学者身份的重视，我想，这是因为，他从自己的"红学"研究里，深知"学"之可贵、"学"之不易。我且不说"学"对于人的修养、视野、深度、格调的重要意义，即使只对狭义的具体的写作，其意义、其作用也是不可估量的。

学者散文的本质特征何在？其内核究竟是什么？其实，学者散文的内核就是一个"学"字，由"学"而派生出其他一系列的特质与元素，有了"学"，才有见识、才有视野、才有广度、才有大气；有了"学"，才有思想闪光、才有思想结晶、才有思想深度、才有思想力度；有了"学"，才有情趣、才有雅致、才有韵味、才有风度。从理论逻辑上来说，学者散文理当具有这些特质，具有这些优点，这些风致，至于实际具有量为多少，具有程度有多高，则因人而异的，决定于每个人不同的经历、学历、学养、学科背景、知识结构、悟性、通感、吸收力、化解力、融合力等主观条件。

就人的阅读活动而言，不论是有意地还是无心地去读某一本书，或某一篇文章，总带有一定的需求与预期，总是为追求一定的愉悦感与审美乐趣才去读或者才读下去的。如果要追求韵律之美、哦吟之乐，以及灵魂与主观精神的酣畅飞扬，那就会去找诗歌，如果要观赏社会生活的形象图景、分享人物命运际遇的苦乐哀乐，那就会去找小说与戏剧。那么，如果在读散文随笔，那又是带着什么需要、什么预期呢？散文随笔既不能提供韵律之美、哦吟之乐，也不能提供现实画卷的赏鉴之趣，它靠什么来支付读者的阅读欣赏之需呢？它形式如此简易，篇幅如此有限，空间如此狭小，看来，它只有靠灵光的一闪现、智慧的一点拨，学识的一启迪了，如果没有学识、智慧与灵光，散文随笔则味同嚼蜡矣，即使辞藻铺陈、文字华美。而学识、智慧与灵光，则本应是学者的本质特征与精神优势，因此，在散文随笔天地里，自然要寄希望于学者散文，自然要寄希望于学者写散文，自然要寄希望于多多展示弘扬学者散文了。

这便是《本色文丛》的初衷，《本色文丛》的"图谋"，《本色文丛》的夙愿，而这，在物欲横流、人文滑坡、风尚低俗、人心浮躁的现实生活里，未尝不是一股清风，一剂清醒剂。

2015 年 9 月 8 日

《回顾自省录》自序

我的确做过一些事，有了一些学术文化劳绩与社会影响，溢美之词也听了不少，现在轮到我自己来说自己，自己来剖析自己，自己来评论自己，我该怎么办？

综观中外古今的先例与世态，办法显然不止一个。

最通常的做法是：固本守成。既已有所作为，功成名就，最明智的做法是，正襟危坐，不动声色，谨言慎行，不苟言笑。切忌言多必失，敏感的问题一定绕开，有暗礁的险处一定远离，明面的事情讲得周到圆满，风言风语的事情讳莫如深，总而言之，严谨严谨再严谨。在表述自己、倾诉自己、袒露自己上，保持着高度的理性与自制力，已有作为业绩，何须多言，固本守成足矣，以求善始善终，功德圆满。这是一种无可厚非、本分而正派的常规做法，屡见不鲜。

之二，树碑立传。高奏凯歌，扩大声势，乘胜而为，在已有的作为上，趁势扩充成果。先夯实基础，把不完善的地方修饰修饰，把尴尬的地方掩盖掩盖，把说得过去尚有可取的地方增色添彩，把见不得人的地方涂抹涂抹，把光彩的地方增色增色，形象得完善，高度得上调，成果劳绩的名单得扩充增添，内涵得加重，意蕴得深化，影响得扩大。总而言之，放大成就，拔高身姿，美化形象，粉饰缺陷，以高、大、全的形象示人，以求对世人有典范教育作用，令人膜拜，甚至流芳百世。

此外，还有一种更加非常规的做法，简而言之，就是报告文学的客观叙述与小说人物的艺术虚构相结合的办法，补全、增彩、修饰、扩充、想象虚构、艺术构思等，各种手段，无所不用。这种方式，一般人是做不出来也不敢做的，只有特别胆大包天的勇者，才敢于这么做，而且无一不是为了一个大企图、为了一个大目标，为了一个大用场。

还有一个最简单的办法，那就是如实说来，直抒胸臆。这是一种最正常、最合理、最令人信服的方式，当然，也是一种最不容易做到的方式……如果要举出什么范例的话，我想卢梭的《忏悔录》与萨特的《文字生涯》应该算得上。

……

所有这些办法，在我们这个时代，都有各自的需要，各自的理由，本来，每个人愿不愿意谈自己，如何谈自己，谈什么不谈什么，这本身就是他的自由，是他的自我选择，甚至可说是他的天赋人权，至于真实度、由衷度，意义与价值，作用与影响，那就只能任他人评说了。

我怎么做呢？报告文学的实述与小说人物虚构塑造相结合的那种奇特的方法，我当然是不会沾边的，且不说屑不屑于、耻不耻于这样做，至少是根本就没有这种需要，没有这种自我美化、自我理想化的需要，因为，我既无任何大企图、也无任何大计划。

树碑立传的办法，我也敬而远之。我是深知自己的斤两，自知绝非一块值得树碑立传的料，而且，即使自我膨胀，敢放开胆子去做，也不可能达到"各领风骚数百年"的境界，更不用说"流芳百世"了。我们这个行当就是在文化之桥上干点搬运活，即使是"功成名就"，其影响期不过多则十几年、几十年，如果竟然企图树碑立传，岂不流于笑话。

我也决定不采取固本守成的办法，因为，要细心地包裹自己，周密地层层设防，做起来挺费劲、挺累的。我有些偷懒，不愿意费这样的功夫，而且就年龄来说，已身临墓外，似乎也没这个必要了。

想来想去，对我来说，最适合的办法，那就是忠于历史、忠于事实、忠于自我，如实道来，直抒胸臆，这样做，省事省力省心，而且有一次自我袒露、自我倾诉、自我宣泄的难得机会，积淀了这么多年，郁结了这么多年，能有一次释放，岂不是一件痛快的事，甚至也可说是一件幸事。古代治洪有夏禹疏导之策，医术治郁结有舒解之方，安慰悲伤之人有"哭吧，哭出来就好了"的开导语，自我倾诉、自我宣泄，说不定倒有益于健康，有助于延长寿命，何乐不为？

我之所以这样想、这样做，也多少与我的彻悟意识有关。关于彻悟意识，古今中外的先贤，均有不少高论，在《红楼梦》中的色空说与《好了歌》，就是中国彻悟意识的形象表述，曾经影响了马尔罗、萨特、加缪的巴斯卡尔关于人的命定性哲理，则是法兰西彻悟意识哲理体系的一个源头。"彻悟意识"，其实是我自己的一种理解，甚至可以说是我生造出来的一个术语。我所理解的彻悟意识，说得俗一点，就是看透了、看穿了、想通了。我在书斋生活中，拾得先贤的牙慧，多少还认识到了个体人是脆弱的、个体人是速朽的、个体人的很多努力，往往都是徒劳的，如西西弗推石上山。在漫长的历史长河中，在既看不到开头、也看不到结尾、永无穷尽、永无终结的时序中，个体人是渺小到了不能再渺小的程度，就像一根速朽的芦苇。历史上那么多实在而辉煌的事物，从华丽的宫殿到"笏满床"、"歌舞场"、"金满箱"、"银满箱"，到头来都已经烟消灰灭；历史上那么多典籍都已经尘封泯没，何况是自述文字中故作姿态，做作装扮，添彩美化，虚张声势，最后不过是白费力气，还不如顺乎自然，求真求实。本来活得实在、活得真实，才是整个人生的真谛，何况写作、特别是写自己乎？这该是有为者的胸襟与风度，这样做，何尝不又是一种作为？

基于以上理解，我在自述中要求自己诚实面对自我、面对世人，讲实话、讲真话、直抒胸臆、如实叙说。关于自己写自己的文字，我钦佩、仰慕两本书，一是卢梭的《忏悔录》，二是萨特的《文字生涯》，原因很简单，就是他们写得真，不掩盖自己的缺陷与毛病，做到了有疾不因自我讳。我曾不止一次为这两本书唱过赞歌，今天轮到我来写自己，岂能说一套做一套乎？

这便是我写《回顾自省录》的基本立场。

当然，我们任何一个人，讲任何话，特别是要形之于白纸黑字的话，面对人群与社会的话，不能不受到时代、社会、人群以及制度规范、人际关系、道义责任等各方面的制约，哪些事能讲，哪些事不能讲，如何讲，讲到什么程度，都大有讲究、大有忌讳。因此，有些话题能不能碰尚需"与时俱进"，以待时日。要绝对地讲实话、讲绝对的实话是很不容易的，有时甚至是不可能的。讲真话、讲实话，在很多时候并不决定于讲话的人，而决定于客观的条件、规范、人际关系以及道德标准。不言而喻，我这本书作为自述自省，不能说是完全的，也不能说是彻底的。

但是，不管怎么样，我至少可以说清楚我是怎么一个人，我是芸芸众生中怎么一个凡夫俗子，我的一些事情是怎么做出的。我并不想藏在严肃理论与学术术语所织成的意识形态厚厚帷幕的后面；我并不想在富有诗意的文化面纱之后若隐若现；我也不想在我那些人文书架的左右，借文化的光彩照亮我自己；我也不想穿着或闪闪发亮或高雅美观的外衣，呈现为一个光亮的形象。我想，我也只应该如罗丹的思想者那样，没有遮掩、没有装点、赤着膊臂面世。这是思想者的本性，也是思想者的软肋，这是思想者的命定，也是思想者的使命。在这本书里，我正就是着力于讲清楚两件事：我不过是这么一个凡夫俗子式的人；我所做的事，不过是如此这般做出来的。

2016 年 4 月 30 日

| 演辞篇 |

在首都文化界纪念雨果诞生 200 周年大会上的开幕词

尊敬的来宾们：

1881 年，法国人开了为作家提前做寿的先例，这年的 2 月，巴黎公众以纪念雨果华诞 80 周年为名，举行了盛大的庆典，政府首脑、内阁总理前往雨果寓所表示敬意，全市的中小学生取消了任何处罚，60 多万人从雨果寓所前游行通过，敬献的鲜花在马路上堆成了一座小山……这庆典再一次表明，在一个人文精神高扬的国度里，拥有声望的作家，其地位可以高到什么程度。

2002 年 2 月 26 日是雨果 200 周年诞辰，我们眼前的纪念大会提前了一些时日，在不少人有感人文精神失落的今天，这种超前的行动不能不说是表现了中国文化界与人文学者对雨果的特别关注与格外尊崇。

雨果是人类精神文化领域里真正的伟人，文学上雄踞时空的王者。在世界诗歌中，他构成了五彩缤纷的奇观。他上升到了法兰西民族诗人的辉煌高度，他长达几十年的整个诗歌创作道路都紧密地结合着法兰西民族 19 世纪发展的历史过程，他的诗律为这个民族的每一个脚步打下了永恒的节拍。他也是文学史上最伟大的抒情诗人，人类一切最正常、最自然、最美好的思想与情感，在他的诗里无不得到了酣畅而动人的抒发。他还是文学中罕见的气势宏大的史诗诗人，他以无比广阔的胸怀，拥抱人类的整体存在，以高远的历史视野瞭望与审视人类全部历史过程，献出了诗歌史上绝无仅有的人类史诗鸿篇巨制。他是诗艺之王，其语言的丰富，色彩的灿烂，韵律的多变，格律的严整，至今仍无人出其右。

在小说中，他是唯一能把历史题材与现实题材都处理得有声有色、震撼人心的作家。他小说中丰富的想象，浓烈的色彩，宏大的画面，雄浑的气势，显示出了某种空前的独创性与首屈一指的浪漫才华。他无疑是世界上怀着最澎湃的激情、最炽热的理想、最充沛的人道主义精神去写小说的小说家，这使他的小说具有了灿烂的光辉与巨大的感染力，而在显示出了这种雄伟绚烂的浪漫风格的同时，他又最注意，也最善于把它与社会历史的必然性与人类现实的课题紧密结合起来，使他的小说永远具有现实社会的意义。尽管在小说领域里，取得最高地位的伟大小说家往往都不是属于雨果这种类型的，但雨果却靠他雄健无比的才力也达到了小说创作的顶峰，足以与世界上专攻小说创作而取得最高成就的最伟大小说家媲美。

在戏剧上，雨果是一个缺了他欧洲戏剧史就没法写的重要人物。他结束了一个时代也开创了一个时代，是他完成了从古典主义戏剧到浪漫主义戏剧的发展。他亲自策划、组织、统率了使这一历史性变革得以完成的战斗，他提出了理论纲领，树起了宣战的大旗，创作了一大批浪漫剧，显示了新戏剧流派的丰厚实绩，征服了观众，几乎独占法兰西舞台长达十几年之久。

如果仅把雨果放在文学范围里，即使是在广大无垠的文学空间里，如果只把他评判为文学事业的伟大成功者，评判为精通各种文学技艺的超级大师，那还是很不够的，那势必会大大贬低他。雨果走出了文学。他不仅是伟大的文学家，而且是伟大的社会主义斗士，像他这种作家兼斗士的伟大人物，在世界文学史上廖若晨星，屈指可数。他是法国文学中自始至终关注着国家民族事务与历史社会现实并尽力参与其中的唯一的人，实际上是紧随着法兰西民族在19世纪的前进步伐。他是四五十年代民主共和左派的领袖人物，在法国政治生活中有过举足轻重的影响，在长期反拿破仑第三专制独裁的斗争中，更成了一面旗帜，一种精神，一个主义，其个人勇气与人格力量已经永垂史册。这种高度是世界上一些在文学领域中取得了最高成就的作家都难以企及的。作为一个伟大的社会斗士，雨果上升到的最高点，是他成了人民的代言人，成了穷人、弱者、妇女、儿童、悲惨受难者的维护者，他对人类献出了崇高的赤诚的博爱之心。他这种博爱，用法国一个著名作家的话来说："像从天堂纷纷飘落的细细露珠，是货真价实的基督教的慈悲。"

从他生前的20世纪，雨果经历了各种新思潮的冲击，但这样一个文学存在的内容实在太丰富坚实了，分量实在太庞大厚重了，任何曾强劲一时的思潮与流派均未能动摇雨果屹然不动的地位，一个多世纪漫长的时间也未能削弱雨果的辉煌，磨损雨果的光泽，雨果至今仍是历史长河中一块有千千万万人不断造访的胜地。

从林琴南以来，中国人结识雨果已经有了100多年，雨果的《巴黎圣母院》与《悲惨世界》等等经典名著早已成为中国人的精神食粮。中国人是从祥子、春桃、月牙儿、三毛等等这些同胞的经历，来理解与同情《悲惨世界》中那些人物的，因而对雨果也备感亲切。当然，百年来中国的历史状况：民族灾难、战祸、贫困，都大大妨碍了中国人对雨果的译介、出版、研究、感应的规模与深度；雨果那种应该被视为人类精神瑰宝的人道主义精神还曾在"横扫"、"清污"之中遇到过麻烦。

随着社会的进步与开放，时至今日，在中国，对雨果进行系统的、文化积累式的译介已经蔚然成风，大厅里所展示的图片，就说明了近些年中国文化学术界、出版界在这个方面卓有成效的努力。我们这个一改过去简单形式的纪念活动，也凝聚了中国学术文化界对雨果不可抑止的热情，反映了当代中国作为有悠久历史文化的世界大国，熟悉世界文化并持有成熟见解的文明化程度。

人文文化的领域，从来都不是一个取代的领域（莎士比亚并不取代但丁），而是一个积累的领域。文学纪念总蕴含着人文价值的再现与再用。我们对雨果的纪念不仅仅是缅怀，也是一种向往与召唤。在现实生活中，我们还需卞福汝主教这样具有崇高的人道主义精神与人格力量的教化者，需要马德兰市长这样大公无私、舍己为人、广施仁义的为政者，需要《九三年》中那种对社会革命进程与人文精神结合的严肃深沉的思考，需要《笑面人》中面对特权与腐败的勇敢精神与慷慨激昂。

我们今天的社会进程与发展阶段还需要雨果，需要他的人道精神与人文激情，因为雨果的《悲惨世界》所针对的他那个时代的问题，如穷困、腐败、堕落、黑暗，至今并未在世界上完全消灭。作为一个发展中国家，我们还有很多很多的事要做。

感谢大家的倾听！

2002 年 1 月 5 日
于北京国际饭店大宴会厅

"在中国最有影响的十部法国书籍" 评选揭晓发布会上的致辞

诸位来宾：

先讲几句个人的由衷之言，今天的揭晓典礼要一个人出来致辞，作为评委，我义不容辞，作为主持人所说的"评委会主席"，病夫老朽实不敢当。被帕金森氏收归门下多年，脑供血不足，思维短路，牙齿漏风，实不宜担此重任。"不敢当"这话，已对有关领导讲了多次，但固辞未果，终于只得"恭敬不如从命"，现遵命致辞，以完成今天典礼的一个程序。

这次评选工作胜利完成，首先应该归功于《光明日报》别出心裁的构思、细致的组织工作与周到合理的安排，应该归功于公众的深切关怀与热情参与，应该归功于诸位贤人能人评委贡献了自己的文化专业学识与权衡取舍的智慧。

这次大型评选是一次别具一格而又十分有意义的文化庆典，它是对中法两个民族、两个国家精神文化交流史的一次珍贵的回顾，也是对当今中法两个大国友好关系中渊源与思想文化内涵的展示，很好地反映出中法友好关系的水平与特色，历史久远的交流、灿烂丰富的人文内涵、崇尚文化的品位，互相心仪倾慕的情谊，这就是中法友好关系中所具有的独特内容与风采，而这种独特内容与风采，正是其他世界大国关系中罕见的。

评选工作本来就是仁者见仁、智者见智的事，是各有所好、众口难调的事，我们不必把今天的名单，视为绝对真理、视为永恒的"状元榜"，它只是那么一个意思，只是那么一种表述，它表述了我们的诚意，对发展中法文化交流的诚意，它表述了我们的敬意，对中法文化交流中做出过贡献的先驱先贤以及书本典籍的敬意！

我们今天首先致敬的对象是孟德斯鸠的《论法的精神》与卢梭的《社会契约论》这两部巨著，因为它们早在十九世纪末二十世纪初就进入了中国，给了正在上下求索的中国人很有力的启示，前者影响了中国维新改良的政治思潮，后者则传播了民主主义的政治思想，直接影响了辛亥革命时期的民主革命派。

我们也没有忘记在清朝末年林纾所译出的《茶花女》，它当时的确使人耳目一新并几乎带来了一点"洛阳纸贵"的效应，故称得上是法国文学飞到中国人群中的"第一只燕子"，此后，它作为一本通俗流行的作品，在中国人气一直不减。

我们特别重视先贤鲁迅、陈独秀、苏曼殊都曾翻译介绍过的雨果的《悲惨世界》，这部书足以在任何时候都深深感动中国人，因为书中所写的悲惨者，很像中国人身边的祥子、月牙儿、春桃、三毛这些同胞，而作者对劳苦大众那种热烈的人道主义同情与怜悯，正投合了中国人心灵的需要。

巴尔扎克的《高老头》也深得中国人的重视，不仅因为它把资产阶级的金钱冰水如何腐蚀人类最自然的亲情，表现到令人痛心扼腕的程度，而且因为它是规模宏大的艺术巨制《人间喜剧》的代表作，面对着这样一座包括九十多部作品的宏伟文学大厦，谁能不肃然起敬呢。

《约翰·克利斯朵夫》也是一部很多中国人都念念不忘的书，主人公那种不向恶俗世道低头、坚守自我尊严与骄傲的倔强性格，曾经是好几代中国青年在污浊社会环境中进行精神坚守的榜样，成了他们与低俗抗争的支撑点。

《红与黑》是中国人特别喜爱的一部书，司汤达此书是写给"少数幸福的读者"看的，他恐怕没有想到，他的"幸福读者"在中国竟如此之多，中国人读懂了这部书所描写的，时代巨变之际，两种价值标准在一个青年人身上的冲突，这种冲突，中国的年轻人也曾感受过，这就足以使它高票当选，何况对这部书高超的颇有现代性的心理描写艺术，中国读者也很懂味，非常赞赏。

《小王子》是在中国特受欢迎的一本书，中国人重视儿童教育，讲究从起跑线、甚至从胎教就开始，自然重视为自己孩子置办有助于启迪智慧的书籍，而《小王子》正是世界上首屈一指的、内涵丰富的经典儿童读物，而且其思想深邃，带有一定哲理性，也是一部成年人耐读的书。老少皆宜，使得《小王子》在中国销量惊人，独占鳌头。

这次选评既然有公众的投票，必然就有合乎大众口味的书籍当选，大仲马的《基督山伯爵》与小仲马的《茶花女》一样，也是受益者，可见大小仲马父子二人在中国的粉丝人数之众多，他们显然很喜爱这两位作者引人入胜、魅力十足的叙述艺术。

托克维尔的《旧制度与大革命》是近年来在中国广受关注、深得青睐的一部史学专著，它的高票当选，表明了中国人读书品位的严肃性与对历史知识的热情追求，表明了中国人对社会历史发展规律的深切关注与执着思考。

好书无数，有影响的书很多，远不止以上所列出的十本，例如，由胡适最早译出的都德爱国主义名篇《最后一课》《柏林之围》，对中国二十世纪新文学起过重要作用的左拉的自然主义巨著，莫泊桑脍炙人口的短篇小说，蒙田影响了中国好几代散文名家的《随笔集》，卢梭以坦诚的人格力量感召过不止一个中国文学大师的自传《忏悔录》，改革开放以来，很多知识精英所热衷的萨特哲学著作与哲理小说，梅里美在中国知名度很高的小说《卡门》，加缪风格纯净而内涵深邃的《局外人》，以及杜拉斯风靡世界的《情人》《广岛之恋》等等，等等，都曾在这次评选中获得了广泛的支持与大量的选票。然而，座位只有十个，我们只能选十部书，因此我们这次评选不可能不是一次永恒的遗憾，好在任何评选即使再周全、再圆满，从根本上来说，也都是"遗憾的取舍"、"遗憾的智慧"，好在法国的先贤先哲、才人雅士重视的是读者，是受众而不是其他。一个作家能在中国获得自己的读者，这本身就是一种荣誉。

最后，愿这次评选活动能对中法文化交流提供若干启示与参考，愿这次评选活动成为更进一步促进中法文化交流的助力！更为重要的是，愿这次评选活动有助于激励我们"耕种好我们自己的园地"，Il faut cultiver notre jardin，以求创造出在世界人民眼中更光辉灿烂、更魅力十足、更有亲和力、更得到普遍认同的当代中国文化。当然，在当前商品经济法则比人文价值似乎更说了算的今天，作为一个人文学者，请允许我附庸时尚也讲那么一句，愿出版商们从这次评选中获得营销商机与发财灵感。

谢谢！

（2014 年 3 月 25 日，北京）

在《柳鸣九文集》（15卷）
北京首发式及座谈会上的答辞

我知道感恩，因为"恩"在我的生涯中很宝贵，之所以很宝贵，是因为它来之不易，它主要来自我的两个上帝：一是器重我的出版社，一是厚爱我的读者。出版社使我的陋室个体劳作得以转化为一种社会现实，读者则是我即使在倒霉的时候，也可以指望的精神支撑点。在《且说这根芦苇》中，我讲过这样两句话："我这个人最经受不住的就是别人对我好，凡遇此情形，我就有向对方'掏心窝'的冲动。"今天，大家对我这样好，我想讲几句掏心窝的话。

我感恩，我感谢海天出版社的知遇之恩，他们的尹总尹昌龙先生早就因萨特与我神交已久，几年前，是他们的老总与责编敲开了我那寒碜不堪的陋室的门，门口一直挂着"年老有病，谢绝来访"的纸牌，他们以诚相见，委以重托——《世界散文八大家》与《本色文丛》的主编工作，而后，又主动提出了出版《柳鸣九文集》的建议与要求。感于他们的诚意与他们的效率，我把《文集》交给了他们，在这个问题上，我对不起另一家对我也有知遇之恩的河南文艺出版社，实际上，是河南社早于海天向我提出了出版15卷《文集》的要求。在这里，请允许我向河南文艺出版社表示我衷心的歉意，并向你们保证，一定尽我的努力帮你们把《当代思想者自述文丛》办起来，以作为弥补。当然，我还要对海天出版拙《文集》所付出的辛劳表示感恩，他们对《文集》的重视大大出乎我意料，仅首发式与座谈会就开了三次，一次在北京，一次在香港，一次在深圳。

我感恩，我感谢今天来参加首发式与座谈会的朋友们对我的包涵之恩（我有不少毛病与缺点）；对我的关注之恩（我本是不起眼的矮个子）；对我的抬举之恩（面对如此多的溢美之词，我受之有愧）；对我的捧场之恩、合作之恩（在场的有很多都曾是我的一些项目合作者）。能与诸位同道、同行，与诸位合作结缘是我生平的幸事。

在座不止一位朋友都言及我为本学界做过的善事，甚至用了"有知遇之恩"、"提携支持"等溢美之词。其实，要答谢知遇之恩的，应该是我。我还要请在座的诸君，向由于各种原因而未出席的朋友，转达我的问候与祝愿！

按照致辞的一般惯例，我应该感恩、感谢的，不言而喻，还有祖国、人民、父母、师长、母校、组织、领导、亲人亲友……对我而言，特别还有并非亲人却情同亲人的一个农民工三口之家，他们使我长期在空巢老人的生活中，也得以享受了准天伦之乐、亚天伦之乐，并且四体不勤而衣食无忧。

我身高一米六差一厘米，智商水平为中等偏下，既无书香门第的家底，又无海外深造的资历，不论从哪个方面来说，在人才济济的中华学林，都是一个矮个子，幸好有北大燕园给我的学养为本，凭着笨鸟先飞、笨鸟多飞的劲头，总算做出了一点事情，含金量不高，且不免有历史时代烙印。归根结底说来，我只是浅水滩上一根很普通的芦苇，一根还算是巴斯喀所说的那种"会思想的芦苇"。

我知道，个体人是脆弱的，个体人是速朽的，个体人的很多努力往往都是徒劳的，如西西弗推石上山。但愿我所推动的石块，若干年过去，经过时光无情的磨损，最后还能留下一颗小石粒，甚至只留下一颗小沙粒，若果能如此，也是最大的幸事。历史文化发展的无情规律便是如此，我们面临的必然天命便是如此。

　　谢谢！谢谢！

2015 年 9 月 5 日

于北京飞天大厦

人文观察篇

且说大仲马移葬先贤祠

—— 当代法兰西文化观察随笔之一

一、世界的头条文学新闻

有一条世界性的文学大新闻已经过去快一年了。如果在当时就发表议论，那就是作时事评论，而作时事评论似乎是电视台、报纸评论员的专务，但事过一年，如果表述表述看法，那就只是文化思考的事了，而在当今世界上，多元的、多视角的文化思考，正是 21 世纪"世界丰富多彩性"最应该有的、最正常不过的表现形态，怎么多也是不过分的，中国的文化人越来越多地参与其中了。

这条消息当时在全世界显然产生了轰动性的效应，远比某位作家获得了当年的诺贝尔文学奖的消息要轰动许多，因为从巴黎发射出来的电波，使全世界在荧屏上看到了如此隆重的画面：法国巴黎举世闻名的先贤祠里，灯火通明，大仲马的灵柩由 6 名共和国卫队士兵肩负，移入了祠内，陪送的有共和国的总统、总理、政府大员以及各界名流，盛大的场面，足以使人一生难忘。而盛典中对大仲马的崇高评价则使人耳目一新，如称大仲马如同江河般浩大的文学业绩，"展开了一个永恒、多虑、战斗、英勇与优雅的法兰西的画卷"，等等。

这显然是一个政府行为，而且是精心策划、出手漂亮、效应巨大的政府行为，是当代世界中政府文化运作的一次杰作。首先，它靠大仲马这个在全球闻名遐迩的名字，再次提示并强化法兰西在世人心目中世界文化大国的声誉与地位。其次，它通过将大仲马"挪个窝"，从他的故乡移葬到先贤祠，宣示了一种颇有新意的文学价值观，这种价值观尽管尚未以理论语言有明确的表述，但已经使人有了实实在在的感觉，我们对它姑且暂以"通俗文学崇尚"一词名之，它是否会像麦当劳在当代饮食文化中那样标志着的快餐时尚，在文学中将引导"通俗文学美学崇拜"，虽然不敢过早断言，但毫无疑问的是，法国当局已经非常成功、非常戏剧性地显示出了自己独特的文学见解与专业水平。

而且，令人赞叹的是，如此全球范围的轰动效应竟是如此轻巧、如此低成本就取得了。若要争取推出本民族一个诺贝尔文学奖获得者，那要经历若干年的历程；若要在本国举办一次世界性的文化大会，也要费许多人力财力。比较起来，此举要简单得多，省劲得多，将一口棺木从东北部的一个外省移运到巴黎，在现代技术条件下是相当容易的一件事，想必花钱是甚少的，除此之外，此举还开辟了一个"可持续发展的前景"，要知道在法国没有葬进先贤祠的文学伟人还多着呢，巴尔扎克、司汤达、福楼拜、莫里哀、乔治·桑……如果过两年就来这么一次迁葬，移葬的对象资源如此丰厚，全球轰动性的文学新闻，就得由法国来垄断了！

这么说来，此举确实绝顶聪明。

二、试与前人共比高

然而，当一个民族的文化成为全球人民共同的精神财富之后，当一个作家成为全世界都认知的公共人物之后，在这种文化中所发生的一切，对这个作家的态度与定位以及给他什么待遇、什么评判，往往不可避免会引起各方面的议论与思考，这是精神文化领域里的常态与定律。大仲马移葬先贤祠，引起了议论纷纷就是如此。

说实在的，这个消息一传来，在对法国文化与大仲马有所了解、有所认识的人士中，首先引起的是惊奇与纳闷，坦率地说，我个人就是纳闷者之一。

我们知道，先贤祠中原先所供奉的都是曾经对法国历史发展起过极其重大影响与作用的人物，别的领域且不论，就以法兰西从来都引以自豪的文学领域而言，所供奉的五位作家，不仅都有辉煌的文学成就，而且，都在法兰西民族发展过程中留下了光照千秋的历史功绩。

第一位伏尔泰，他是18世纪启蒙文学中的巨擘，其哲理小说至今仍魅力长存、兴味盎然，令千千万万读者着迷，在当时，他是整个法国乃至欧洲启蒙思想运动中的精神领袖，在反对封建专制政权的斗争中，起了"统率"的作用。他"战略思想"超前，当时就发明了类似"边区根据地"的斗争方式，身居于法国与瑞士的边境费尔奈，从这里对官方与教会频频发出猛烈的抨击，叫对方抓不着他，拿他无可奈何，他由此享有至尊的权威的地位，整个欧洲的进步人士尊称他为"费尔奈教长"，纷纷到这个小地方来向他朝拜。

第二位卢梭，他是在精神领域中开辟了一个新时代，为法国大革命做好了理论准备的思想伟人，他的《社会契约论》成为现代资产阶级共和国的理论基础，直接写进法国的《人权宣言》与美国的《独立宣言》。他关于政治、社会与教育方面的多种论著在全世界都有广泛而深远的影响，他既高扬着激昂精神又充满了诗情意趣，而在严酷的自我分析上更有足以惊世骇俗的《忏悔录》，至今仍是自传文学中首屈一指的经典，是有文化、有教养的人士必备的案头书。

第三位雨果，他在文学创作的各个领域，都算是一位大师，他是法兰西文学中唯一称得上"民族诗人"的诗人，他是西方文学史上的浪漫主义运动名副其实的领袖，他是小说中最具有崇高人道主义精神的代表，他的《悲惨世界》《巴黎圣母院》大概是在全球拥有最广大读者的法国小说，他还长期投入了反专制独裁的斗争，在法国 19 世纪的政治社会生活中，他长达几十年之间，都是一种精神、一种主义、一种人格、一种决心的象征。

第四位左拉，他是 19 世纪下半叶法国文学主潮自然主义不争的巨匠与领袖，其代表作家族史小说作为整个一个历史时期社会现实的艺术再现，规模宏大，是文学史上后人几乎难以超越的"王屋山"、"太行山"。他所代表的思潮流派影响遍及全世界，还延伸到了 20 世纪，同样，他也是他那个时代社会政治生活中有全国性影响的重要历史人物，他敢于伸张正义，以个人的思想力量与人格力量与整个资产阶级国家机器对抗，在法国赢得了崇高的威望。

第五位马尔罗，他是 20 世纪雄浑文学的代表人物，也是悲怆人生哲理的大思想家，其文学影响与思想影响曾经不可一世。他同时也是欧洲 20 世纪三四十年代法兰西与反法西斯斗争时代风云中的一只勇猛高翔的雄鹰，真正驾驶着战斗机在空中拼搏，其作为轰轰烈烈，其功勋卓绝不朽。二战后，他又是法国政治中戴高乐主义的核心人物，在长期国务部长的任期里，对法国文化建设起了极为重要、极为出色的作用。

总而言之，这五位不仅文学成就盖世，皆堪称一时的泰斗，一代的宗师，而且对法兰西国家建有功勋，上升到了民族历史领域的高度，他们之得以进入法兰西这个最高的庙堂受到供奉，完全是几个世纪来民族历史的评估结果，认定结果，体现着整个一个民族在历史评价上精心而令人信服的平衡感与深思熟虑。

与以上这几位先入祠者相比，大仲马显然是稍逊一筹，他之所以入先贤祠，无疑要算是一次"落差"。

作为文学家，大仲马的确很有名，他的长篇小说《三剑客》在全球都称得上是闻名遐迩，已经不止一次被搬上银幕与荧屏，让全世界的人看得到法国剑客那种忠义、勇敢、潇洒与多情。法国人的风趣魅力广为世界所知，相当一部分得归功于这本小说（当然别忘了，还有电影电视的编导、演员、舞美、灯光……），他的《基督山伯爵》写出了近代社会中一个善恶报应传奇的故事，引人入胜，令人拍案叫绝。他作品的数量惊人，仅以历史题材居多的小说就有 500 卷以上，而剧本则有将近 90 个之多，所有这些无疑都是他的亮点与辉煌，对他青睐有加，也不是没有根据的。

三、纯文学的质疑

但是，众所周知，大仲马在文学史上，在世代读者的心目中，从来都是定位定格为通俗作家，他以历史故事题材的小说数量众多，都不能说是历史小说，而只是历史传奇、历史演义、历史戏说之类的玩意儿，与法国文学中像尤瑟纳尔的《阿德里安回忆录》这样富有历史内涵与历史哲理的作品，不是一回事。因为：其一，它们在历史真实上经不起推敲，甚至往往只是根据佚闻野史，大加附会想象的结果；其二，是谈不上有任何历史哲理与历史的真知灼见，作者甚至对这方面毫无兴趣。总之，大仲马只求把故事写得热闹好看，如果要做一个类比的话，那就不妨说他的"历史小说"颇像我国古典小说中的《包公案》《七侠五义》之类的东西。同样，大仲马以当代生活为题材的小说，如《基督山伯爵》，也难以与司汤达、巴尔扎克那些描写19世纪现实生活的杰作媲美，缺乏那种对现实关系深刻的理解、洞察与真切、有力的描绘，而仅以传奇式故事与引人入胜的情节取胜，因而在真实、深度与含义上远为逊色，如果也作一类比的话，大仲马的这类作品则颇有点像我国20世纪三四十年代张恨水的小说，同样也属于通俗文学畅销书的范畴。

　　毋庸讳言，这里的确存在着一个通俗文学与严肃文学的区别差异问题、层次级别问题。不过，话说回来，大仲马写这些作品的时候，本来就不是要制作什么"严肃文学"的作品，本来就没有要进入文学的大雅之堂的奢望，他是为当时兴起的报纸连载专栏写作，而这种文学制作与文学运营，显而易见更直接，也更多地是为了商业运营。报纸靠味道浓烈的连载专栏扩大销售量，专栏作家靠连载而"来钱容易"、"收入丰厚"，大仲马成为当时百万巨富，不仅拥有豪宅山庄，而且还拥有私人剧院，实与此种文学制作、文学运营有关，在这种前提下，在这种方式中，文学写作中的艺术追求与商业驱动，二者各占多少比重是不言而喻的。

　　还有一点，可说道说道，虽然文学创作一般都是作家个体进行的精神劳动，用巴尔扎克的话来说，就是"精神劳役"，但在大仲马这里也开始"变了样"，他不再像巴尔扎克那样单打独拼，靠透支自己的脑力与体魄来铸造一部部作品，而是俨然像一个班主，一个"工作室的头"，一个作坊老板，指挥着若干个写手制作出一期又一期连载，一本又一本畅销书，而在他的写作班子中，就有一个历史教师，他名叫奥古斯特·马盖。

　　各得其所，似乎可以说是万物应有的正常而合理的秩序。大仲马去世后，自得其所安静地躺在自己家乡的故土中，作为一个仍有艺术生命力的作家，享受着一个多世纪以来千千万万，一茬又一茬爱看故事的读者对他的赞赏与喜爱；作为一个获得了文学畅销巨大成功的制作人，拥有着文学市场上的崇高声誉。而今他被挪到一个陌生的寝地，一个他从来就不准备进入的殿堂，今后，他固然要享有这个殿堂带给他的光圈，但也永远摆脱不了严酷的历史带给他的若干质疑，这些质疑多多少少会蕴藏着"戳脊梁骨"的意味。

　　质疑一，以文学成就而言，以在文学史上的地位而言，以纯文学的艺术追求而言，以作品所显示的思想力量与意境而言，以作品在社会现实生活中的审美认识意义与思想意识的社会作用而言，排列在大仲马之前的法国作家大有人在，名列前茅的就有司汤达、巴尔扎克、福楼拜、萨特、加缪，而且好几位就葬在巴黎，巴尔扎克在拉雪兹神甫公墓，司汤达在蒙马尔特公墓，萨特在蒙巴纳斯公墓，要把他们改葬迁入先贤祠，实在是太方便了。

　　质疑二，的确，大仲马的名声太大太大，他的小说流传太广太广，拥有读者之多，无疑要超过严肃文学中一些地位高、成就大的作家，这似乎是他被请入先贤祠的最大理由，但这个理由也受到了再明显不过的挑战，像他这样流传广，受众多的作家世界上是不少见的，如果按此标准，创造了福尔摩斯的柯南道尔，以《尼罗河上的惨案》等代表作闻名全球的克丽斯蒂娜以及销售量已达2.5亿册的《哈利·波特》的作者 J. K. 罗琳，岂不都该作为宗师泰斗供奉在文学殿堂之上？至少，岂不都该获得诺贝尔文学奖？

质疑三，满纸泪水与心血，从来都是作家全身心投入艺术创作的至极境界，写作的纯个人性、纯个性化是文学创作的特质与标志，可大仲马却把个性的文学创作在一定程度变成"写作班子"、"工作室"与写手们的事，却又并不妨碍他把全部创作劳动都归于他本人纯个性化的署名之下，这就颇像一些领导人靠秘书班子出版文选，总统靠写手捉笔，长官雇学人写博士论文谋取学位。如果说政治人物的文章、报告、文选，本来就那么回事，人们都见怪不怪的话，那么对于文学大师来说，写手、创作班子、工作室的参与，就未免是一件难为情的事了。毫无疑问，大仲马这条"软肋"因他入供先贤祠而更显得触目刺眼了。

当然，这些尴尬都不是大仲马本人想要造成的，他不过是不由自主地任人挪来挪去而已。他被挪来挪去也不止一次了，1870年12月5日，正当普法战争进行中，他逝世于第厄普城附近的普依，当时由于第厄普城被普鲁士军队攻占，他就被葬在离第厄普城一公里远的涅维利。战争结束后，其子小仲马将他的遗体移葬在故乡维累尔—科特雷，与其父母同在仲马家族墓地，小仲马在移葬的墓前致辞中这样说："我的父亲希望永久安眠在这里。"大仲马生前是否曾遗言要"落叶归根"，我们不得而知，但维累尔—科特雷是他度过了童年时代的地方，这里自由雄浑的氛围与繁茂的林莽正投合他强壮豪迈的气质与热情奔放的性格，且不说有其家族的墓园，用小仲马的话来说，还有"他的朋友保存着对他的回忆"，在那次移葬中就是"由许多忠实的朋友来代替搬运工人把他的遗体抬进教堂"的。把大仲马安葬在这里，应该是最符合他本人的心愿，而今，他被拽离自己的家园故土、亲朋好友，移进庙堂般的先贤祠，在晦暗的石壁厅堂之中，与一些陌生人相伴，也许是他本人最不愿意看到的事，至少是与他那豪迈奔放、放纵无行的性格颇为格格不入的事。看来，此举实在并非大仲马自身的需要，而是当代法兰西权力意志的体现，政府作用影响的需要。

四、拿破仑情结及其演绎

统观历史，法兰西曾经好几度在权力意志、影响作用上都达到了辉煌的顶点，那就是中世纪的查理曼大帝时期，封建专制时代的路易十四太阳王朝与法国大革命后的拿破仑时期。查理大帝的帝国东至易北河多瑙河，南面包括意大利，西南至厄布罗河，北面直达北海，版图与西罗马帝国相等，后来的意大利与德意志原本都是它的组成部分。路易十四王朝在 17 世纪的欧洲可说是权势赫赫，光焰逼人，整个欧洲的君主政体无不以它马首是瞻，视为典范。拿破仑帝国则是以军旗征服了几乎整个欧洲，并把法国资产阶级革命的新思维、新观念与法治理念推广到了它所征服的地域。欧洲国家中没有一个像法兰西这样经历过如此权势的辉煌，这对于法兰西民族精神与民族心理的形成无疑起了潜移默化、源远流长的影响与作用，正像中华民族念念不忘远祖黄帝，不忘秦皇汉武一样。当然，对于现代法兰西而言，查理曼大帝与路易十四远矣哉，属于与现代截然不同的遥远过去，但拿破仑的辉煌却不过是 19 世纪的事，他的文韬武略都是现代型的，他也就更成为现代法兰西缅怀向往的对象，心理情结的根由，司汤达、巴尔扎克固然都力图在文学领域中建立拿破仑式的业绩，戴高乐主义中那种独立不羁的精神与骄傲自重的姿态，何尝又没有拿破仑主义的基因？

然而，从 19 世纪下半叶开始，一直到 20 世纪 40 年代，法兰西一直"时运不济"，甚至可以说是每况愈下。首先，在 19 世纪

70年代的普法战争中，一败涂地，自家的皇帝老子成了普鲁士人的俘虏，阿尔萨斯与洛林两个省份的大部分割让给了战胜者，真可谓丧权辱国。到了20世纪的第一次世界大战，战争一开始的1914年，法军即惨遭全线溃败，德军几乎攻抵巴黎城下，法国政府不得不迁往波尔多。法国与英国并肩作战，苦苦支撑，即使是在战争临结束的1918年，德军又一次威逼巴黎，仅距几十公里。这次世界大战虽以协约国的胜利告终，但在战争中，法国绝非欧美军事强国，名次仅列于二等。及至第二次世界大战爆发，法国输得更惨，在希特勒的进攻下，几乎不堪一击，迅速崩溃，沦于纳粹德国的占领之下，直到美英等盟国军队在法国北部诺曼底登陆后才获解放。二战之后，尽管法国在联合国也取得了五大国的地位，但相当长一个时期里是靠马歇尔计划才消除了战争创伤，此后，一直在世界事务中的作用与影响，远远屈居世界超级大国之后。

一个多世纪的时运不济，国力疲软，境况尴尬，力不从心，对于一个曾经辉煌一世、君临一切、唯我独尊、举世瞩目的民族来说，当然是一种强烈的反差，巨大的失落，深切的遗憾。在这种状态中，自会产生怀古的盛世情结与现实的弥补需求。巴黎的罗浮宫、凯旋门、枫丹白露的一景一物无时无刻不唤起法国人盛世的回忆，提醒法国人记着本民族在现实中的尴尬与失落，刺激法国人自我突破的憧憬与尽可能对某种弥补方式的追求。在这种心理情结的长期作用下，法兰西在20世纪越来越清晰地呈现出一种复式的精神结构、人格组合，其表现形式不妨略列数端：

其一，在自我疲软无力，尴尬艰难的现实境况中，愈是追求与显示自我精神上的硬度与坚挺。这种复合的自我状况，不仅被现代法兰西充分加以展示，甚至被提升到美学的层次境界。抵抗文学的名著《海的沉默》就是突出的例子，德国占领军已经住进了自家的园子宅第，老弱幼小的祖父孙女，长期在与占领军军官亲近的、朝夕的相处中，面对着对方的强势、权威、命令以及亲善、通情达理、文明礼貌、修养风度、个人魅力的进攻，始终保持着坚硬的沉默，这种沉默被比喻为有力量的深不可测的海。

其二，只要是在某种关系中，处于次要的、二等的、从属的、依存性的、跟随性的、受惠性的地位，自我总要特别显示出格外独立不羁、格外倨傲不凡、我行我素的姿态，爱作独立秀、唯我至上秀，这种精神素质与人格结构集中体现在戴高乐主义中，其成分包括独立、骄傲、尊大、说不、威严、固执、顽强、无畏。众所周知，戴高乐主义力图以第二流的国家实力扮演第一流大国的角色，对盎格鲁—撒克逊世界的摈拒与抗衡，特别是对美国霸主地位的挑战，都是举世闻名的，对于一个从少年时代起就爱读拿破仑的《圣赫勒拿岛回忆录》的人来说，成为这种主义的创造者、身体力行者，就是很自然的事了。

其三，愈是在事态已经不可逆转的情势下，自我明确意识到了某种颓势，却在姿态上往往都不认可、不认输，撑着、抗着，颇有一股犟劲，这种复合的精神心理在对英语的态度上就相当明显。法语曾经是世界的"大语"，不仅在国际交往中广泛使用，而且曾经是国际上正式的法律语言，甚至在19世纪欧洲一些国家的宫廷中与贵族沙龙里，人们均以讲法语为时尚、为风雅。到了20世纪，法语在全世界流传与使用的范围越来越小，通用的程度越来越低，沦为了"小语种"，原来的流传与使用的优势越来越被英语所取代。不久前，又传出消息，本来与英语同为国际奥委会工作语言的法语，在明年雅典奥运会上却面临"失踪"的危险。面对着越来越占压倒优势的英语，法国上至官方政府下至平民百姓几乎都是自觉地参加了"法语保卫战"，官方长期大力在世界各国推广法语，如强烈要求所在国的电台、电视台举办法语节目，对当地推广法语工作有成绩的教师授勋，勋章级别之高往往出人意料，等等，而法国外交人员与巴黎的出租汽车司机，会讲英语而偏不讲英语的"节操"，也是相当有名的。

要在不尽如人意与尴尬的境况中保持盛世怀恋、拿破仑情结，并力图有所表现，有所舒展，这是很有难度的事情，因而，也就必须讲究技巧，追求行为艺术。正是在这种条件下，长期以来，法国人练就了一种技巧，一种艺术，那就是以自我有限的实力发挥最大的作用，花最小的代价造成最大的影响，乃至轰动效应的技艺，这种技艺在法兰西很多公众人物的身上都可以看到。且看，萨特 1964 年获诺贝尔文学奖时，他却宣布拒绝领奖，来了一个"缺席"，"此时无声胜有声"，他的拒绝在国际文化界所造成的轰动与影响，远比他获奖一事来得更大，带给他更大更好的名声。且看，当今的国际舞台上，美国领导人劳民伤财，到伊拉克去输出民主自由，结果不仅"无人喝彩"，反而身陷泥潭，狼狈不堪，倒是法国的政治家未付任何代价，只动动言辞、摆摆手势，却赢得了全球的关注与重视，抢尽了风头，在整个局势中发挥了举足轻重的影响。

五、大仲马移葬的文学匠心

大仲马的移葬，正是在以上法兰西精神心理背景上导演出来的，历史的发展将证明，此举是法国人借用低成本，甚至可以说是零成本而取得世界性轰动文化效应的一次典范之作，特别是把它放在近 20 年来法国文学发展的背景上，更是可以看出这一葬礼的"匠心"。

从 20 世纪 80 年代以来，法国文学发展的势头渐入低谷，当时，就有不止一个文学权威作这样的感叹：法国文学在马尔罗、萨特、加缪这些巨人之后，已经是处于低潮了。虽然从 50 年代起，法国的"新小说"席卷西方，具有全球性的影响，但在 1985 年克洛德·西蒙获诺贝尔奖后就完全画上了句号，法兰西将近 30 年的这一大笔文学积累报了一次总账，舱底也就没有多少有分量的"硬货"了。从 80 年代以后，除了新寓言派的几个作家，法兰西几乎再也没有推出世界性的思潮、流派，再也没有推出巨匠式的作家，世界性的头条文学新闻往往也不是来自巴黎。将近 20 年，法国作家跟诺贝尔文学奖一直无缘，与上半个世纪法国作家屡屡获诺贝尔奖的频率相比形成强烈的对照。这种冷寂的局面怎么能发生在塞纳河畔？这里一直是世界文学新思潮的发源地！世界的目光怎能不投向巴黎？这里一直是世界文学的心脏！巴黎的声音应该在世界上空远播，巴黎的景观应该吸引全世界的目光，巴黎的才人应该得到举世的景仰。于是，请出了大仲马，把这位通俗作家推到庙堂高位，于是，法国又成为世界性的头条文学新闻，而进行这一运作却是零投入，低成本。

大仲马的移葬，反映了法兰西的脾性，也表现法兰西的机巧，法国经常会有惊人之举，经常会出人意料。对法兰西这样一个重要的国家，对法兰西这样一个朋友，中国人有必要更增多一些了解，更加深一些认识。

2003 年 11 月

诺贝尔文学奖选莫狄亚诺很有道理

—— 当代法兰西文化观察随笔之二

莫狄亚诺何许人也？他怎么得的诺贝尔文学奖？不少人这样问。

在法国不止一种著名的文学史书籍中都可以看到这样一张照片：1978 年 9 月 15 日法国一档著名的电视节目中，有三位嘉宾出席，一位是当时的总统密特朗，另两位都是著名的作家。密特朗是一位爱文艺、懂文艺、在文艺界有不少好友、自己也能写出一手好散文的总统，他亲莅重要的文化活动并非寻常之举。与他并列而坐的，一位是儒雅的老者，一看就是文化界的大家。另一位却是一个年轻人，年龄只有三十岁上下，生气勃勃，英俊潇洒，似乎只像一个体面的普通工作人员，但他明明是与总统并列的另一位嘉宾。谁？他就是莫狄亚诺，时年三十三岁，已经是当时法国的著名的"一线作家"了。

他不到二十岁就开始写作，二十三岁以《星形广场》获得尼米叶文学奖而成名，此后，成功之作不断，主要有《夜巡》《魔圈》《凄凉别墅》《户口簿》《寻我记》《一度青春》《初生之犊》《荒凉地区》《往事如烟》《半夜撞车》等。在法国国内，龚古尔文学奖、法兰西学院小说奖等文学奖，他都拿过，他今日能获得诺贝尔大奖，君且莫惊奇意外，且莫困惑置疑，人家是从小奖到大奖，从国内奖到国际奖，一路拿过来的，可以说是"水到渠成"吧。

他是凭什么作品获奖的？不止一个媒体记者这样问。答曰：是凭他一个集束作品群获奖的。应该注意，莫狄亚诺的一些主要的作品，都具有某些共性与相似的特点，在意境上，在思想内涵上相互映照，相辅相成，相得益彰。至于哪些是他的主要的作品，在我个人看来，恐怕还要数他在上世纪末以前那些具某些共性而形成了一集束群的作品，包括《夜巡》《魔圈》《星形广场》《凄凉别墅》以及《一度青春》《往事如烟》，等等，而这一集束群中的核心则要算《暗店街》这部作品。"暗店街"是直译，而如果采取更有表现力、更能标出其内在含意的意译，似乎译为《寻我记》更好，我个人更偏爱后者，因此，我所主编的《法国二十世纪文学丛书》于1992年推出的莫狄亚诺的第一个专集时就是采用了这一个译名。

莫狄亚诺成名甚早，历久不衰，自有其吸引人的独特魅力。你进入他的小说里，首先能感受到的是他的文学语言的魅力，他与法国20世纪文学中那些著名的"长句作家"不同，他的语言特别洗练精简，他尽可能避免用从句，而经常用状语、补语与分词句，这就使他的文句简练到了几乎是最大的限度。他的简练，并不等于平淡、单调与贫乏，但是很有含量、很有弹性、很有表现力、很是传神，如他这样写战争时期萧条的巴黎："街上空空荡荡，是没有巴黎的巴黎。"他这样写一个乐队极其糟糕的演奏："乐队正在折磨着一首克里奥尔的华尔兹……"这种语言，既体现出一种锤炼的功力，也闪现着一种诗的才华。

莫狄亚诺的小说还具有一种使你一拿起来就放不下的情趣魅力，如果考究其因，那么，你也许会觉得是其中某种近似侦探小说的成分在起作用，在《夜巡》里，一个青年人充当了双重间谍，危险的差事使他的生活与精神无时不处于高度紧张的状态下。在

《魔圈》中，一个青年人打进一个形迹可疑、犯罪气息很浓的圈子，想要与陷入这个集团的父亲相认并了解他的过去。在《寻我记》中，主人公在一次劫难中丧失了全部对过去生活的记忆，一些年后，他当上了一个私人侦探，要在茫茫人海中找寻蛛丝马迹，以求搞清楚自己已完全遗忘了的前半生的真相，在《户口簿》里，又有一个人的生平经历有待查清，在《星形广场》与《凄凉别墅》里，也有扣人心弦的逃亡与躲避。总之，莫狄亚诺小说里，老有某桩不平常的事件、某种紧张气氛与压力，老有一个与所有这一切有关的悬念在等着你，使你急于知道它的究竟与结果。但是，他的悬念显然与柯南道尔、克里斯蒂、西默农这些侦探小说大师的悬念不同，在侦探小说家那里，悬念是很具体的，只关系到一个具体事件与具体人物的某个行为真相，而莫狄亚诺的悬念却是巨大的、笼统的，往往是关系到一个人的生存状态的悬念（《星形广场》《夜巡》），或者是关于一个人的实在本质的悬念（《魔圈》），要不就是关于一个人整整一段生活的悬念、全部生活经历的悬念（《寻我记》《户口簿》）。而导向悬念最后结果的，则总是一个个平常的细节、淡化的场景，绝不会有枪声、血迹、绳索、毒药瓶，倒是在这些平淡的场景细节中，充满了当事人自己即自我叙述者本人充满感情色彩的思绪，甚至发自内心深处的呼声。这样，在他的小说里，就有了评论家所指出的那种"紧扣人心弦的音乐般的基调"，而到最后，与所有侦探小说中悬念都有具体答案的结局完全相反，莫狄亚诺小说的悬念答案仍是一个巨大的问号。由此，小说的结局就有一种强烈的揪心的效果，与读完侦探小说时的那种释然的感觉截然不同，而且，它还留下了好些耐人寻思的余韵。于是，你会非常明确地意识到，莫狄亚诺的作品与侦探小说实有天壤之别，如果说，莫狄亚诺有使你要一口气把作品读完的魅力的话，那么，他更具有使你在掩卷之后又情不自禁要加以深思的魅力，一种寓意的魅力。这对莫狄亚诺来说，显然是他致力追求的一个主要目标。

从作品的历史背景来说，这些小说的故事几乎都是发生在第二次世界大战中法国被德国法西斯占领的时期。莫狄亚诺出生于第二次世界大战结束的1945年，他毫无第二次世界大战时期的生活经验，莫狄亚诺绝无从第二次世界大战时期摄取历史生活场景的意图，他只满足于使用这个时期的名称与这个时期所意味的那种沉重的压力，这种压力直到战后很久还像噩梦一样压在法兰西民族的记忆里。于是，第二次世界大战时期的背景，在莫狄亚诺小说里，所具有的意义就只是象征主义的、而不是现实主义的了，而象征，正是最能包含寓意的形式与框架。

从小说的人物形象来说，莫狄亚诺几部主要作品的主人公几乎都是犹太人、无国籍者与飘零的流浪者，他们无一不承受着现实的巨大压力，莫狄亚诺从德国占领时期那里支取来的象征性的压力，就是压在他们的身上。

在全面了解了莫狄亚诺笔下人物的存在状态之后，我们就逐渐接近莫狄亚诺的寓意。面对着黑沉沉的、看不见的压力与周围那种令人不安的气氛，面对着自己的存在难以摆脱魔影这一可怕的现实，这些人物无不感到自己缺少存在支撑点、存在栖息地的恐慌，无不具有一种寻求解脱、寻求慰藉、找寻支撑点与栖息处的迫切要求，无一不具有一种向往"母体"的精神倾向，似乎是尚未满月的婴儿忍受不了这个炎凉的世界，仍然依恋着自己的胞衣。引人注意的是，母亲、父亲、祖国以及象征着母体祖国的护照与身份证，成了人物向往的方向、追求的目标，成了他们想要找到的支撑点，但他们的这种向往与追求无一不遭到悲惨的失败。

莫狄亚诺小说中这样一个个故事，都集中地揭示了人在现实中找不到自己的支撑点、自己的根基的状态，表现了人在现实中得不到确认的悲剧，或者说，现实不承认人的存在的悲剧。

不仅仅是得不到现实的确认，而且更惨的是得不到自己的确认。莫狄亚诺继续深化自己的主题，在表现人物寻求支撑点、栖息所的同时，又表现了人寻找自我的悲剧，从而使他的小说具有了又一个深刻的寓意，也许是 20 世纪文学中最耐人寻思的寓意之一。

在《寻我记》中，寻找自己的主题发展到更明确更清晰的程度，在这里，叙述者"我"几乎丧失了全部的自我：自己的真实姓名、生平经历、职业工作、社会关系，他成了一个无根无底的人，一个没有本质、没有联系的飘忽的影子，一个其内容已完全消失泯灭的符号，而"私人侦探居伊·罗朗"这个符号仅仅是他偶然得到的，他真实的一切都已经被深深埋藏在浩瀚无边的人海深处，他要到这大海中去搜寻一段段已经散落的零星线索，他所从事的这件事，其艰难似不下于俄底修斯为了返回家乡而在海上漂流十年的经历，在这个意义上，莫狄亚诺创造了一部现代人寻找自我的悲怆史诗。

寻找自我，是一个深邃的悲剧性的课题，它不仅摆在莫狄亚诺小说中那些具体人物的面前，而且也摆在所有的现代人的面前，也正因为这是一个世人都面临的问题，所以，他才把为人物写一部确定自我、寻找自我的传记视为一件需要"足够勇气"的事情。在莫狄亚诺的作品里，确认自我、显现自我、寻找自我之所以特别艰巨，就因为在现代社会里，人都经受着自我泯灭与自我消失。这种自我泯灭与自我消失，首先是发生在社会生活的过程中，发生在"流通过程"中，在这里，不仅有严峻的政治、经济、社会等等种种原因促使这种不以人的意志为转移的自我泯灭、自我消失，而且，复杂的社会流通过程、现代复杂的生活方式也促使自我的泯灭与消失，正像《寻我记》中的"我"所感受到的："人们的生活相互隔离，他们的朋友也互相不认识，"于是，在开放性的现代社会里，纷繁复杂的社会交往实际上倒成了这样一种情景："千千万万的人，在巴黎纵横交错的街道上川流不息，就像无数的小弹丸在巨大的电动弹子台上滚动，有时两个就撞到一起。相撞之后，没有留下任何踪迹，还不如飞过的黄萤尚能留下一道闪光。"

也许是更主要的：自我消失、自我泯灭还取决于个人是否具有获得自我、确立自我、显现自我的主体意识，如果没有这种主体意识与相应的努力，自我的消失与泯灭也就是不言而喻的了。不幸，这恰巧是芸芸众生的常态。《寻我记》中有这样的寓意深长的一大段：

经历很快烟消云散，我和于特经常谈起这些踪迹泯灭的人。忽有一天，他们走出虚无，只见衣饰闪几下光，便又复归沉寂。绝色佳人、美貌少年、轻浮的人。他们当中大多数人，即便在世的时候，也不过像一缕蒸汽，绝不会凝结成型。于特给我举出这样一个例子，即他所谓的"海滩人"。此公在海滩上、在游泳池旁度过了四十个春游初秋……在成千上万张暑假照片里的一角或背景里，总能看到他穿着游泳裤，混迹在欢乐的人群中，但是谁也叫不上他的姓名，也不知道他为什么待在那里。有朝一日，他从照片上消失了，同样不会引起任何人的注意。我不敢对于特明讲，我认为自己就是那种"海滩人"。况且，即便我向他承认了，他也不会感到惊奇，于特曾一再强调，其实我们都是"海滩人"，拿他的话来说，"我们在海滩上的脚印，只能保留几秒钟"。

这是莫狄亚诺又深一层的寓意，也是他在小说里多次加以阐释的寓意："也许我什么也不是，仅仅时强时弱的声波透过我的躯体，漂浮空间，渐渐凝聚，这便是我。""谁知道呢，也许我们最终会烟消云散。或者，我们完全变成一层水汽，牢牢附在车窗玻璃上。""他们几个人也渐渐丧失真实性，世间曾有过他们吗？"直到小说的最后，莫狄亚诺又用包含了这个寓意的一句话来结束全书："我们的一生，不是跟孩子这种伤心一样，倏忽间在暝色中消失吗？"

莫狄亚诺也像法国20世纪文学中杰出的哲人作家马尔罗与加缪以及萨特那样，有心于在自己的作品里碰触人存在状态中带有悲怆性的课题，力图描绘出自己心目中的人类状况图景，他图景中的寓意尽管不具有马尔罗哲理那种超越精神，也不像加缪的西西弗神话那样带有坚毅的色彩，而倒有几分茫然若失、悲凉虚幻的意味，但仍不失为一种醒世的寓意，它将有助于人认识现代社会中种种导致自我泯灭、自我消失的现实，也将启迪人的某种自觉要求与自为意识，以挑战那种像"海滩上的脚印只能保留几秒钟"一样的存在状态，在这个意义上，莫狄亚诺也具有他吸引人的思想魅力。

诺贝尔文学奖，一般来说，选择的对象都还靠谱，至少是选得有一定道理，没有听说过有什么暗箱操作，权威指定的丑闻。但选得不那么恰当，令人不那么信服的情况，也不是没有的。2014年选了这样一个法国人莫狄亚诺，就我的认识而言，这次选得对，选得好，我觉得这个选择很出彩。

纯净空气与人文书架

　　有幸活到 20 世纪终结之年，不免对即将来临的华夏新世纪东张西望。积数十年之布衣经验，深感在社稷大事上愿望不能太多太急切，否则就会自寻烦恼，甚至更糟，当然，有些事更不能去越位奢想奢谈。作为一个北京市民，但愿下世纪的空气尽快达到一二级，我自己恐怕是呼吸不上了，只是为后人着想。作为精神文化领域里的一个劳力，则希望，在提倡购置汽车的热潮中，每个家庭多添两个书架，上面多陈列几套有人文价值的世界文化名著，这也不是因为与我本人的工作有关，我辈不久就将完全退出这个领地，但我深知，一个人文精神失落的社会将是一个不健全、甚至是很危险的社会。

1999 年元旦

　　这是十好几年前的事情了，时值 1999 年，北京某大报在新年元旦，为了辞别旧岁，迎接新年，决定发表一组文化人的祝词。由于是这么一个年份，这就不仅仅是一个新年元旦的祝词了，而且也带有新世纪祝词的意味。我应邀写了一则，也登载出来了。

　　前些时候，整理陈年旧稿时，无意发现此文，出于好奇，瞄了一两眼，虽然立意浅薄，词语粗糙，但深感文中的愿望仍然没过时，仍然没失效，甚至问题更加突出，事情更为严峻。以空气而言，近几年又添加了一个"霾"字，气象台经常告诫人们，"尽量少在户外活动"；以汽车热潮而言，又多了一个"挤"字，车挤路堵，比 1999 年更甚，以至在北京一想起出行就犯愁；而以人文书架而言，前几年以来，一直有书店纷纷倒闭声不断传来。不进则退，不进反退，没想到十几年前一点小小的愿望，倒更加成了离我们更遥远的"共产主义理想"……

正是因为这个原因，且允许我把这张破纸再收进这个集子。旧稿重用，需略作说明，绝非为了稿费。根据国家标准，这篇小破文的稿费，大概可以让我早晨到小馆子里去，吃一顿还算比较丰富的早餐，一碗豆腐脑，再加两个油饼。

2016 年 3 月 12 日

莫狄亚诺获奖消息传来的那天

—— 文学出版观察感言

10 月 9 日傍晚，我正在吃晚饭，电话铃响了，因为我家座机号公开的程度连我自己都想象不到，所以，我经常关机，但在晚饭前后，朋友们都知道可以找到我，这个时段的电话不能不接，于是满口饭菜拿起了话筒。原来是媒体的采访电话，事由是：莫狄亚诺获得了诺贝尔文学奖。记者的问题很"原始"、很简单，但回答起来很费口舌，为什么莫狄亚诺获得了诺贝尔奖？满嘴食物要回答这么空泛的问题，着实不易。

坐下没吃几口，电话铃又响了，因为这个时段，对我的座机来说是上班时间，我非接不可。又是一个采访电话，事由又是：莫狄亚诺获诺贝尔奖了……就这样，短短的半个多钟头，电话铃响了六七次，每次都是采访电话，事由都是莫狄亚诺获诺贝尔奖了。六七个电话来自不同的媒体，不同的网站，不难看出，9 日这一天的傍晚，中国的新闻界为了莫狄亚诺忙得不亦乐乎，高度紧张地在探问、在打听、在查询、在采访……我也就被拽着顾不上吃一顿正常的晚饭。

其实，纷至沓来的这几个电话采访所提的问题都是简单的、ABC 的、起码的、"小儿科的"，如果采访者略微动一下手，去查查基本的资料，他们就不难知道莫狄亚诺是何许人也，他的主要作品有哪些，他的文学风格有何特点，他的文学成就怎么样。

对此，不止一个采访者答曰：我们找不到有关的资料啊，很多文化人、作家都不知道莫狄亚诺是何许人呀。这就奇了怪了，采访者都是来自大媒体、大网站，这样的新闻单位、这样的文化机构总应该有一个像样的资料室吧，总应该很容易找到像样的图书馆进行一点查阅吧。要了解莫狄亚诺其人其作，并非难事，甚至可以说是举手之劳的事。开卷有益，而不去开卷；想要开卷，又无卷可开；或者想要开卷又无开卷之地……于是，采访者、宣传者就拿起电话筒拨通某一个电话，也不管通过电话是否听得真切，就这样以"道听途说"的"只言片语"为根据加以宣传报道，一场热热闹闹的莫狄亚诺新闻节目就将要出台了……什么都图个热热闹闹，什么都图个快，什么都图个急功近利，什么都图个简便省事，这样底气发虚的热闹对一个文化昌盛，文化繁荣的社会来说，总不该是正常健康的吧，照我看来，这便是浮夸、这便是浮躁。

莫狄亚诺，法国当代作家也，1968 年发表第一部小说《星形广场》，此后成功之作不断，主要有：《夜巡》《魔圈》《凄凉别墅》《户口簿》《寻我记》《一度青春》《初生之犊》《荒凉地区》《往事如烟》等等，在法国国内，多次获奖，龚古尔文学奖、法兰西学院小说奖等文学大奖他都拿过，用中国话来说，他早就拿奖拿得手软了。

个人档案：长得帅，风流倜傥，称得上是一个美男作家，年少即登上了文坛，二十一岁成名。

文学特点：才华横溢，光华外露。文句短促精练，然而却很有含量、很有弹性、很有表现力、很是传神。小说写得都很引人入胜，情节往往扑朔迷离，具有悬念，所构设的生活形象，既具情趣，又有寓意，甚至有深邃的、严肃的哲理。这些特点使他成了新寓言派的一个代表人物，与米歇尔·图尔尼埃、勒·克莱齐奥同为这个流派的三大巨擘。

新寓言派，请记住这个名字，它几乎可以说是法国 20 世纪文学最后的一个最出彩的节拍，历史将证明，这个文学流派一定是值得法国人骄傲的一笔精神财富。

他一直是我所特别喜爱的作家，我喜爱他在情节框架上对扑朔迷离情趣的追求与在思想内涵中致力于植入空灵飘忽、却又亲切可感的寓意，欣赏他那种探询、查找、追求式的叙事构设与他关于人存在悲怆性的哲理的水乳交融，以致达到了现代人寻找自我的悲怆史诗的格调。这样一位作家，既能引人入胜，又有永耐品尝的韵味，当然应该作为重点引入国门，于是，我在自己所主编的《法国二十世纪文学丛书》中曾前后两次隆重推出他的作品集共六部小说代表作，一次是 1992 年的《寻我记·魔圈》一集、一次是 1993 年的《一度青春》一集，大概要算是最先颇具规模地把这位作家介绍给了国人，从现在的发展来看，这虽然不敢说是"慧眼识英雄"、"有先见之明"，也许可以说是"认准了"吧。而对于莫狄亚诺来说，早在二十多年前，他的代表作就已经在中国得到了礼遇与赞赏，也不失为一件值得欣喜的事。

中国的文化精英，对莫氏随《法国二十世纪文学丛书》引人注意地来到中国一事，大概是"记忆犹新"的，因为，《法国二十世纪文学丛书》是一套知名度比较高的书，有文学修养的人士几乎都知道它、熟悉它。这套书有一个缩写名《F·20 丛书》，从 1986 年到 1999 年历时近十三年出版了七十卷，是少有的一套规模宏大的丛书，几乎将法国二十世纪文学中所有重要的作家作品尽都推上了自己的展台，既有开拓性，又有系统性，其选目选题的准确精当又显示出了较高的专业学术含量，译文水平的整齐则显示出整个法语翻译界精英的集体合作精神，而全部的译序写得都很用心，有特色，且几乎出自主编一人之手，则反映出主持其事者的诚意与认真态度，这些也都得到业内人士的首肯。

事隔多年，每当我遇见文化学术界的精英，甚至是特别重要的文学大人物，我都当面听到他们对《F·20丛书》的怀念与溢美之词。然而《F·20丛书》老碰见一个致命的克星："不赚钱"以致"赔钱亏本"。由于这个克星，它在20世纪90年代末，被第一家出版社漓江只出了三十五卷后离弃停办，所幸它又得到了第二家出版社的青睐，但出了三十五卷后，又于1999年被第二家出版社安徽文艺离弃停办，于是《F·20丛书》就永恒地定格在七十这个数字的框架内。又事隔一些年，直到2008年春夏之交，我接待了两个来访者，他们是上海译文出版社的黄昱宁女士与冯涛先生，此二位是该社的中坚业务骨干，能文、能译、能编，是全能型的才俊之士，我过去和他们从未见过面，更没有任何业务关系，他们此行的来意有二：一是要再版我主编的《加缪全集》，二是表示愿意重新推出整套《F·20丛书》，为此二者希望与我合作，在我看来，这两个建议不仅有着巨大的经典文化积累热情，而且在出版经营上也显示出了难得的品位与罕见的精明，建议如此美好，当然一拍即合。于是，《F·20丛书》变身为《法国二十世纪文学译丛》而由上海译文出版社出版了，我把这喜称为《F·20丛书》的"凤凰涅槃"。从2010年一直到前不久，新的《F·20译丛》出版了三辑共二十一种，每一辑出版的时候，我都收到沉甸甸的一箱样书，书出得很美观雅致，赏心悦目，令人爱不释手，这构成了我老年生活的一大愉快。

时至 2014 年 10 月 9 日上午 9 时，我收到了一封电子邮件，是责编发来的，他向我通知了几个月前已做出的一个决定：《F·20 译丛》出版到第三辑为止，今后不再继续出版了，原因很简单，销路不好，不止一种书印刷了八千册，却只销了不到三千册，不仅没办法赚钱，肯定是要赔钱亏本。据称，出版社领导做出"绝不考虑再出版"的决定是在今年年初，只是责编先生十分好心地想在第三辑最后一种出齐后再通知我，才对我"封锁消息"了好几个月，仅仅因为我在国庆节前，仍在一厢情愿地安排《F·20 译丛》的继任者以使它能继续运转下去，他才不得不立即通知我，让我明白"凤凰涅槃"已被判终止。责编先生的邮件写得很有感情，他最后这样说："我是这套书的编辑，论感情虽然没有您那么深切，但感觉也像是自己的孩子一样。"

责编先生已经做了最大的努力，他面对各方面的职责与义务，都做得很好，很周到，很到位，我过去感谢他，现在感谢他，将来仍然感谢他。至于出版社的领导，在我看来也情有可原，值得理解，作为一个企业，要自负盈亏，要上缴利润，还要纳税，怎么能不讲究经济效益？亏本的买卖当然不能做下去……于是到了最后，在一个耄耋老翁脑子里只留下了一个问题：对于一个实力充足、财政殷实的国家，是否所有的文化建设项目都应该赚钱？如果赚不了钱，是否就没有继续存在的理由？当然，还有一个重要的问题：对于一个文化繁荣的社会而言，书店纷纷倒闭，人文书籍的读者群日益萎缩，总不应该是自然而正常的事吧？对此，总不该熟视无睹吧？

带了这个问题，到了这天的晚饭时分，老头子就迎来了纷至沓来的采访电话，对不起，在和媒体记者的应对中，这个心情不爽、满口又塞着饭菜的老头难免也带了一点王志文、陈道明式的不耐烦与不配合……

2014 年 10 月 11 日

| 巴黎之行足迹 |

巴黎圣母院： 历史的见证

一

在巴黎的时候，我不止一次地这样度过我的一天：先是在圣米歇尔广场上的吉贝尔书店的三层楼里流连大半个上午；然后，沿塞纳河而行，在河岸旁的一家餐馆里吃一顿午饭；饭后，漫步在河畔一个接着一个的旧书摊前，这里琳琅满目的旧书和画片，总叫人情不自禁要为它们破费；结果，我总是提着旧书商给我的塑料包，跨过塞纳河桥，来到与旧书摊隔河相望的"巴黎圣母院"。

巴黎十月的阳光还使人有点燥热，我总在圣母院前的广场左侧树荫下找一张椅子坐下休息，慢慢呷完一小罐橘子汁，仔细审视巴黎圣母院这奇妙的建筑物，观看广场上的情景，思绪随着这一切漫无目的地飘荡。我觉得，此时此地此种方式，似乎最适合体味巴黎的古意。

如果说吉贝尔书店和旧书摊展现出了法兰西文化源远流长的图景的话，那么，眼前这幢建筑本身就是法兰西历史的实物，甚至可以说，就是法兰西历史的象征。

请你不要相信《巴黎四日游》之类导游书和百科全书之类工具书上的彩色照片，也请你不要相信那美丽的明信片，巴黎圣母院的色彩实际上远不如它们所表现的那样鲜艳、光亮。它起初一定光辉夺目，用乳黄色的砖石砌成，衬映着绿色的树丛，该是一幅多么美的图画！可是，在它身旁的塞纳河水不断流走了历史的过程里，它那身衣袍也褪了颜色，时间、风雨、灰尘……又在原来的乳黄色之上蒙上了一层灰黑，于是，我所看到的是：它又旧又暗地站在那里，像一个满脸积垢的老人在为时间作证。

的确是古老的象征，它奠基于法兰西最古老的土地——法兰西岛。这是塞纳河上的一个岛屿，最初的巴黎就是起源于此，因此，此岛又被称为"城区"。塞纳河原是围绕这"城区"的"第一道城壕"，塞纳河的堤岸就是它的"第一道城墙"。巴黎圣母院位于这个岛的后端，从鸟瞰图上可以看到，法兰西岛的尾巴伸在塞纳河里，微向右偏，就像一只大船歪斜的后舵。

20个世纪以来，巴黎圣母院的这块地方就是人们向神祈求祷告的场所，这似乎是法兰西一块永恒的圣地，人们就在这里寄托自己的信仰，向神提出自己的请求，在神的面前寻求灵魂的平静，虽然神的名字、神的形象以及神的箴言，由于人世的变化，在这里也经历了"沧海桑田"。

古代法兰西这块土地，原称高卢，直到公元2世纪末奴隶制的罗马帝国入侵，它还处于氏族公社解体的阶段，在此之前的法兰西岛，也许还是一个荒芜不毛、人迹不到的地方，这块土地的"灵性"，还沉睡在初开的混沌里。

罗马人带来了奴隶制也带来了他们的多神教。从公元前1世纪古法兰西大地上开始有了奴隶制文化起，最早的巴黎人就开始在圣母院这块地方向"全能的""至高无上的""众神之父和万人之王"朱庇特供献祭品。他们在这里请示过阿波罗的神谕，他们在这里祈求过司农神沙特恩赐给丰收，他们每当新年开始的那天就向代表着"善始善终"的雅努斯祷告，以求获得好运。

从公元4世纪基督教成为罗马帝国的国教时起，古老的巴黎人在这里膜拜的对象有了变化，上帝、耶稣基督取代了朱庇特。人们在这里祈祷，在这里仰望着缥缈的天堂，在这里怀着对地狱的恐惧表示忏悔。

早先，这里也许只是一块并无任何建筑或陈设的圣地，也许曾经有过简单地用几块石头砌起的祭坛，也许曾经有过小小的神庙，也许有人曾在这里竖起了最早一个耶稣受难的十字架。可以确定的是，从8世纪起，这里总算有了两个供奉圣母玛利亚与圣安德勒的教堂；直到公元1163年，现存的巴黎圣母院这一座庞大的建筑，才开始在这里奠定了自己的第一块基石。

它的建成，首先应该归功于那些来自民间的人物。莫里斯·德·絮利，他是一个穷苦的伐木女工的儿子，1159年被任命为巴黎教堂的司铎，次年又被任命为巴黎主教，任职达36年之久，是他，决定要在法国的京城修建一座奇美的教堂。其次，应该称颂让·德·谢尔与皮埃尔·德·蒙特叶这两位建筑师的杰出才能，他们绘制了蓝图并领导了第一期的工程。还不要忘记了巴黎的石匠、铁匠、细木工、雕刻师、玻璃工以及千百劳动者，他们以极大的热情投入了巴黎圣母院的建筑。圣母院于1345年最后完成了原定的设计方案，基本落成，整个工程历时近200年之久。

这个带着神性的殿堂，这个散发着来世和彼岸世界气息的处所，只不过是人类的作品，是社会历史的产物；而反过来，它又是人类历史的见证者。早在全部竣工之前，它就成了法国宗教、政治和民众生活中重大事件和典礼仪式扮演的场所：

1248年，法王路易第九扬起十字军的旌旗，从这里出发进攻埃及，这是西欧封建主对中东的第七次十字军掠夺，巴黎圣母院当能看见这位以"德行"、"廉洁"著称而被称为"圣路易"的国王的贪婪与凶恶。

1302年，菲力普第四为了谋求全国一致对抗教皇，在这里召集了有市民参加的"总议会"，这实际上是法国历史上有记录可查的第一次三级会议，它标志着资产阶级市民进入了政治生活。

1430年，这时的巴黎圣母院已经最后落成，蔚为壮观，但法国却在"百年战争"中节节失利，整个北部已被英军占领，巴黎在英国人手里已经15年了。英国国王、刚满10个月的婴儿亨利第六被宣布为法王的加冕典礼在巴黎圣母院举行，圣母院第一次蒙受了法兰西民族的屈辱。

1455年，"百年战争"中的民族女英雄贞德的昭雪仪式在这里举行，这时，"百年战争"已在两年前以法国的胜利而结束。农家女贞德曾在对英作战中立下了不朽的功勋，落在英军手里后被交付教会法庭审判，最后被诬为"女巫"，在卢昂广场受火刑而死。巴黎圣母院里的昭雪仪式，终于洗刷了法兰西民族的耻辱。

1594年，亨利第四在沙脱尔教堂举行加冕典礼后进入巴黎，成为法国国王，来到巴黎圣母院感恩，他总算结束了历时数十年的宗教战争，重振王权，为以后封建王朝的鼎盛打下了一个基础。

1654年6月，路易十四加冕大典在这里隆重举行，巴黎圣母院看到一个"太阳王的朝代"即将开始，在这个时期，封建专制王朝将发展到历史上空前绝后的顶峰。

1774年，巴黎圣母院又举行路易十六的加冕典礼，圣母并没有祝福这位国王，15年后，法国发生了资产阶级革命，19年后，他在革命高潮中被推上了断头台。

1789年7月15日，国民议会和巴黎市政府来到巴黎圣母院欢庆前一天巴黎民众攻陷巴士底狱，这象征着封建专制政体被彻底推翻，一个新的资产阶级统治时期的来到。

1804 年 12 月 2 日，拿破仑在这里加冕称帝，其典礼之豪华、规模之巨大皆前所未有，巴黎圣母院看到了那著名的惊人的一幕：拿破仑不是像历代国王一样让教皇加冕，而是自己用手把冠冕拿过来戴在头上……

1918 年，巴黎人在这里为第一次世界大战对德国的胜利而向圣母感恩。

1945 年，巴黎人在这里欢庆粉碎了法西斯德国的胜利。

1970 年和 1974 年相继在这里举行了戴高乐将军、蓬皮杜总统的追思弥撒……

有史以来，在这里举行过的仪式、典礼远远不止这些。巴黎圣母院亲眼见证了法兰西几乎全部历史的发展，它的台阶上印着漫长的 9 个世纪历史发展的足迹，它的祭坛上记录了法兰西历史的"要目"，甚至详尽的篇章。

当然，还有"爱斯梅哈尔达"与"敲钟人加西莫多"的历史，只不过，那是雨果的艺术构思，巴黎圣母院并没有见过这一出中世纪的悲剧。然而，这悲剧故事是写得那么动人，以至来这里的游客都情不自禁地想寻找哪里是爱斯梅哈尔达婆娑起舞的地方，哪里是加西莫多劫法场的处所，哪里是克罗德·孚罗洛被推下钟楼的方位，人们往往沉浸在对《巴黎圣母院》小说故事的遐想里，而忘记了在这里曾一一扮演的真实历史的场面。

二

现在是 1981 年的秋天，我在巴黎圣母院倒的确没有看到任何有历史意义的场景，我所看到的，是像塞纳河水一样平静地流着的日常生活。有时我来的时候，是阳光和煦的下午，圣母院前的广场上满是人群，一队穿着黄色制服衬衫的学生，在老师带领下坐在草坪上休息，不时响起了他们的小号与小鼓声，他们是从外地到首都来参观游览的。有时是热闹的假日，一所小学校的学生，在圣母院前搭起了一个大台，在上面演出查理第九时代宫廷中的阴谋和斗争的史剧。木台上支着一个十字架，上面挂着一个圣像，这就算是全部的布景。小演员并没有化装，只是象征性地穿着中世纪式样的服装，表演的动作也很幼稚，甚至可笑，但却招引了大群的旅游者和参观者，密密集集围着木台，观看他们的演出。有时我来这里是雨后冷清的时分，鸽子在广场上、在周围的人行道上蹒跚；带着老式玻璃罩的19世纪式样的路灯旁，不时有游览者把照相机对着圣母院的正面截取不同的镜头。但不论是哪一次来，我都要走到圣母院的面前，然后再进到里面去，为了仔细欣赏那著名的"石头的交响乐"，这次着重欣赏这一"乐章"，那次着重体味那一"旋律"……

"石头的交响乐"，这是雨果形容巴黎圣母院的名言。它那千万块砖石，每一块都像一个音符，不仅组成题旨不同但和谐一体的几个大的"乐章"，而且还组成了千百段优美的"旋律"，还有无数奇妙的音调变奏。任何一个画家都没有那样的才能，也没有那样的勇气，以简单的线条去勾画巴黎圣母院的形象，它整体的各个方面是那么具有不同的风韵，它的细部又是那么繁复有致，简单的线条生怕砍杀了它的丰富和细腻。它是欧洲哥特式建筑的最完美的典型，庄严的仪态，富于变化的结构，华丽的外表，高远宁静的姿态，神秘虚渺的神情，写实如生的装饰，它哪样不有？

它不像另外两个著名的哥特式的建筑——德国的"科伦教堂"与法国的"兰斯教堂"那样，正面就是刺向天空的尖端结构，或者在自己立方形的上端带着雨后春笋般的尖顶。它的正面是立方形，棱角分明，使它显得格外庄严。当然，如果这正面只是一个立方形的平面，那你就会感到有些刻板，可是，这平面上却充满丰富多彩的变化。最底层是并排的三个像桃子一样的门洞，门洞的弧形是由平行的几长串浮雕所组成的，每一串浮雕或表现《圣经》中不同的故事，或表现地狱中种种的景象。所有这些雕刻，线条细致逼真，形象栩栩如生，它们在圣母院建筑的正面上，构成了三组现实主义雕刻艺术的珍品。在这三个门洞之上，是一长条壁龛，就像圣母院门面上的横额，其中排列着28位耶稣基督的先祖、穿着绣花衣袍的帝王。从这横额往上看，那是圣母院正面建筑的中间一层，而在两个门洞之间，则是一个比门洞更大的圆形和花窗，它宛如一大朵团花开在圣母院门面的中心。再往上看，则是一排雕花的石柱，支撑着另一层阳台，阳台的石栏杆上，每隔一段距离，就有一个石雕的怪物，体积大致与人相同，头上有角，背上有翅，面目怪异，用手肘支着石栏杆，向下俯视着巴黎城的动静，它们的形貌和神情，不像天使那么圣洁，但又比妖魔善良。据雨果的描写，加西莫多就是在这一层往下倒铅水，对付攻打圣母院的乞丐军的。在这一层楼台上，两旁耸立着两座巨大的钟楼，其中的一个就悬着加西莫多敲打的那口大钟——玛丽。

　　圣母院正面建筑的背后，隐藏着一个长方形的大教堂，教堂的正殿比两旁的附属结构要高出许多，像是鲸鱼露在海面的大背脊。在它的后半部，一座尖塔从屋脊兀立高耸，巍峨入云，它有90米之高。其实，这90米，塔只占了不到一半，塔上是足有几十米的菱形的尖顶，它上面有着对称的椋次，像一柄长着利刺的长剑，而其顶端，就是一个细长的十字架，看上去几乎与云端相接，似乎教堂里那些圣歌圣诗悠扬的乐声、那些喃喃地祈祷声，就是从这里"通向天堂"的。往下看，从教堂正殿两侧的屋檐下，伸出一排凌空的扶壁，与比正殿低矮的附属结构相连，它们既像是桥梁，又像是从正殿喷射出来的一股股泉水倾泻在附属结构的屋顶上。两侧的附属结构并不低矮，墙上雕刻着精美的花纹与图案，一些高大的圣者贴壁而立，就像站在空中俯视着圣母院右边的街道与左边的塞纳河。正殿的末尾是一座圆堡式的建筑，它的屋顶像一片覆盖着的圆形的荷叶，而朝天的那枝茎上，又插着一枝美丽的花朵。圆堡的四周都有扶壁凌空射下，远看去，仿佛圣母院背后披着一绺一绺垂地的轻纱。

　　如果说圣母院的正面是庄严华贵，它的侧面和尾部是精巧俏丽的话，那么，它的里面则是肃穆与神秘了。中间是一个狭长的厅堂，容纳了上千张木制的坐椅。厅堂前面是一个宽大的祭坛，祭坛的中央供着天使与圣女围绕着殉难后的耶稣的大理石雕塑，而在厅堂的尽头则是一个巨大的圆形天窗。整个狭长的厅堂给人以幽深之感，以至从那远处状如花朵的大天窗透过来的日光，似乎就是渺远的天国。而厅堂的穹顶是一道道优美的抛物线，它们构成了像天空一样的高高的穹窿。厅堂的两旁是圆形的石柱，圆柱的外侧是相当宽阔的走道，再靠外侧，有一些小小的房间，有的是神父听忏悔的地方，有的是神父指点迷津的场所。过道旁边有些圣徒和天使的塑像，还有《圣经》故事的浮雕。整个教堂内，基调是深灰色的，光线暗淡，每一块砖石都显示出自己古老的年龄，都在诉说落后、愚昧、黑暗的中世纪的历史。我感到这里的氛围既有些神秘，又有些老朽，你到了这里面，似乎就有一种无形的东西罩住了你的身心，使你的思想不那么自由自在，你的生机不那么跃动。我不太喜欢巴黎圣母院的内部，虽然我不止一次进去参观游览，但它整个的气氛总未能使我在这里面久留。

　　我还是喜欢待在巴黎圣母院的外面，我宁愿拿着一本说明书，到巴黎圣母院左侧的那个长条形的公园里去读，同时欣赏它美丽的侧影。这里有树荫，有草坪，草坪上有修剪成圆锥形的柏树。鸽群在这里飞翔，不时落在坐椅前游人的脚旁，分享他们落在地上的面包屑，你即使恶作剧地用脚使劲一顿，它们也不会惊恐地飞走，它们早就习惯了与人相处，似乎有把握自己决不会遭到伤害……公园外沿的堤岸上挂着一丛丛碧绿的藤叶，在微风的吹拂下，就像是堤岸身上随风飘动的绿色披肩。你来到堤岸前，塞纳河就在你脚下喃喃细语，你的眼光顺着柔波而下，可以看到远处河上一座又一座漂亮的拱桥，它们在那里召唤你去欣赏巴黎的另一番风光……

我也宁愿出了圣母院往右转弯，来到它旁边那条阿尔戈尔横街，这里有好些家小店铺专门出卖巴黎的纪念品，有巴黎每一个名胜的彩色图片，有各种带着巴黎标志的小摆设和装饰品，包括铜制的埃菲尔铁塔、巴黎圣母院、凯旋门的模型，还有在圣母院阳台上那观察着人间善恶的怪物的雕塑……它们制作精巧美观，就像山阴道上的每一朵鲜花，吸引着你的目光，叫你应接不暇……

总之，我与巴黎圣母院的圣殿没有建立起感情，只有一次例外，那是在圣诞节的下午，但那也是我最后一次去看巴黎圣母院了。

三

我在"圣心教堂"度过了圣诞节的上午。下午，我来到了巴黎圣母院。这天人群当然特别多，大都是来望弥撒的，也有一小部分像我这样来观光的参观者、旅游者。教堂的门口拥挤不通，正厅里近千张椅子都已坐满。正厅两侧的献烛台上插满了白色的蜡烛，照得教堂格外明亮。烛台上的残烛几乎堆得有一米高，有很多仅仅只燃了一小截，那是因为先来者献上的烛，很快就被后来者献上的烛代替了。

弥撒正在进行。宣教台上的布置极为简朴，从高处垂下来一块白纱帘把正厅尽头的祭坛遮着，构成宣教台的背景。台上有一长桌，四周点着六支巨烛，桌上供着一大束白色的花。一排神父站在白纱帘前，着一式的白色长袍，袍领上带一白色的斗盔。在他们前面，一侧是主持弥撒的主教，另一侧是主持宣讲的主教。在宣教台的右侧，又整齐地站着男女混合的唱诗班，他们则身穿黑色的服装。主持者按照一定的程序领着弥撒的进行，从后排神父队伍里走出来一名，来到台前左前方，念一段经文，念完后合掌缓步走向原位，另一位神父来到台前的右前方领唱圣歌，有时只有唱诗班应和，有时则由神父指挥，全厅起立，齐声合唱，然后，又一神父来到台前宣道。如此不断反复，只是所念的经文不同，所唱的圣歌和主教宣讲的内容不同而已。

我完全以教外人的好奇心听着和看着这一切。不管那些经文中的神话内容是多么不可信，但眼前的弥撒仪式却有点脱离了原来宗教迷信的陈习而有点哲理化了。台上不仅没有圣像，也没有圣物，甚至十字架也没有挂一个，而只有几座台烛和一大束素净的鲜花！这种朴素的布置倒可以使人把那些经文和宣道当作一种哲理来对待；尽管那些神父以那么认真的态度去诵讲现实世界中不可能的事而多少有些可笑，但他们那悦耳的声音、庄严而抑扬顿挫的语调，却不失为上好的朗诵艺术。至于对那些圣歌，我只听曲调，不听歌词，说实话，我倒真有点喜欢：它们柔和，似乎可以平息人心里的骚怨；它们宁静，似乎可以使人从日常生活的烦扰中得到解脱；它们具有一种神圣、崇高的格调，如果不使人着迷到那样的程度以至向往虚无缥缈的天国，至少也可以使你的心灵似乎得到了一次洗涤。这时，我不禁想起了《警察与赞美诗》，那个精神已经麻木的流浪汉被赞美诗的音乐钉在寒冷的街头，不禁百感交集，向往着严肃的人生……

我沿着大厅旁边的走道绕了大半圈，不仅大厅里坐满了人，而且走道上也站满了人，走道上的人像坐着的听众一样，也在专心听布道，也在胸前画十字，也随着神父的指挥唱圣诗圣歌。整个教堂一片肃静，音乐声和神父的声音一停顿下来，上千人的大厅里竟没有一点嘈杂声，更听不见一声咳嗽与擤鼻涕声，人群只在唱圣歌的时候，在齐声回答"阿门"的时候，才发出声音。这里什么人都有，有穿着讲究的，也有服装寒酸的，有老夫老妻，也有年轻的夫妇和他们未成年的孩子，还有各种身份、各种年龄的男男女女。他们的表情都是一式的虔诚，法国人平时脸部常有的那种机智、活跃、调皮甚至玩世不恭的神情，都不见踪影了。他们完全沉浸在宣道和音乐声中，有的人低着头在沉思，有的人把木椅转过来，跪在椅子上。过道上倒总不断有人走动，但他们的动作缓慢轻柔，似乎每走一步，气都不敢大出，即使是一些青年人，也早已收起了他们一出教堂门也许就要恢复的放肆轻佻的常态。过道的一侧，小房间里坐着神父，正在接待来请求"指点迷津"的男女。我看到一个男子坐在神父的面前，这是一个练达世故的中年人，从讲究的衣着来看，他显然在世俗中混得相当不错，现在，他却两手合在胸前，在和神父作严肃认真的谈话。

眼前的这一切使我惊异了起来，从我所了解的几个世纪以来法国的精神生活的进程来看，我感到眼前的这一切是多么值得深思！

在法国封建社会，从教会成为统治阶级的工具以后，神父和教士就成为讽刺揭露的对象，宗教教义就受到诘难。拉伯雷在《巨人传》里几乎把有关宗教的一切神圣的事物都嘲笑遍了：诺亚方舟的传说、神学教育、宗教信条、宗教裁判所和教皇等等。到18世纪，宗教和教会更是遭到彻底的否定，先是这个世纪早期的思想家贝尔·封德奈尔等人提出了以科学的信仰代替宗教信仰的主张，然后，伏尔泰、狄德罗、卢梭对宗教意识的整个思想体系又加以摧毁性的打击，他们对修道院生活的黑暗腐朽、反动教会的宗教迫害，进行了无情的揭露，作了坚决的斗争。历史的发展最后就必然导致这样的一幕：在18世纪末资产阶级革命的高潮雅各宾专政时期，巴黎圣母院的主教堂被封闭，政府禁止在这里举行宗教仪式，过了不久，1793年11月10日，巴黎民众干脆拥入巴黎圣母院，打碎了原来的宗教偶像，在这里举行了理性女神即位的典礼。这是革命政府力图以新的合理的信仰取代宗教信仰的尝试。然而，理性女神在巴黎圣母院的地位却难以巩固。

1801年7月，拿破仑与教皇签订协议，在法国恢复宗教信仰，承认天主教是"大多数法国人的宗教"，于是，巴黎圣母院停敲了十年之久的大钟又敲了起来。此后，虽然雨果在他的《巴黎圣母院》里，描写了教会神职人员所制造的一桩令人发指的冤案就发生在这个宗教圣地，把这个圣地写成了黑暗邪恶的大本营，然而，巴黎圣母院的"香火"却没有再断过。

他们真相信天主？现在已经是科学高度发达、人类进入了宇宙空间的20世纪，他们仍然相信诺亚方舟那陈旧的神话？我在圣母院教堂里的过道上一边走着，一边思考。我仔细地观察着坐在教堂正厅里的人们的面部，力图发现某一种能流露出内心深处真实思想的表情，然而，我看到的仍然是虔诚与肃穆。"你们真相信天主吗？"我记得两三个星期前，我和一对老夫妇坐在圣母院广场旁边的椅子上聊天时，我这样问他们。那位衣着整齐的老先生回答说："的确相信。如果您不相信，您怎么解释这样奇妙的世界是谁创造的？而且，人，总应该相信一点什么。"

人，总应该相信一点什么。我眼前所看到的，就是人们在相信着一点什么的情景。现在，他们的那种态度和表情，十分清楚地告诉我，对于他们来说，这是一个严肃的神圣的时刻，他们从生存竞争、灯红酒绿中完全超脱了出来，正在思考一些严肃的事物。面对着这一切，我不禁感动了，我由一个观察者，变成了一个思考者、沉思者。我深知，他们所相信的东西只不过是虚妄，是并不存在的彼岸世界，然而，他们却相信得这样认真、这样严肃、这样执着、这样热烈，这是多么值得深思……原来，我为了观察我感兴趣的东西而在过道里有目的地走动，这时，我却由于完全陷入了自己的沉思而漫无目的地踱来踱去，显然，在巴黎圣母院这一片静谧的宗教氛围里，我成了一个奇特的来客。

我走出教堂的大门，向右转弯，取道阿尔戈尔横街，准备到地下铁道的"城区"这一站上车回我的住所。我知道，"城区"站的旁边有一个花市，那是一个五彩缤纷的地方，还有一个鸟市，在那里我曾听到各种奇珍鸟雀的啾叫与婉转啼鸣，但今天是圣诞节，恐怕不会开市。我走完了阿尔戈尔街，到了塞纳河边，河对岸一排大电影广告赫赫在目，画的是……请允许我不加复述，画面实在不雅，而且，画的下方还有一句隐晦的粗话。我知道这张广告在地铁的走道里、在街口、在河岸，到处都有，它像海洋一样包围着巴黎，因为，圣诞节期间，这个片子正在巴黎各影院上演。

这时，我产生一个感觉：比起这张广告来，我刚才在巴黎圣母院里所见识到的那一点"灵性"，似乎是巴黎世俗氛围里的一缕青烟。

畅饮希龙的红葡萄酒

—— 在拉伯雷的故乡

我高举起我的酒杯

品尝着你古老的宁静

到了昂布瓦斯之后，我听说希龙离这里只有 100 多公里，而那附近有拉伯雷的故居。在法国这样一个文物保存得很好的国家，作家的故居的确不少，尤其是 19 世纪作家的故居有很多都成了国家或地方的博物馆。当然，这些故居都是我很感兴趣的，但是，拉伯雷的故居对我显然更多一层吸引力，一个 16 世纪作家的故居，究竟还保存了一些什么遗迹？也许，我是沾上了一点好古癖，因此，一打听到不远的地方有这样一个所在，就不禁有些神往了。

在"舒瓦瑟依爵爷"那美丽的花园里，我和马第维先生闲谈的时候，用开玩笑的口气向他提出了一个建议：

"我想用国王的两个宫堡换拉伯雷一所普通的房子，可以吗？"

马第维先生是一个富有幽默感的人，他理解了我的意思，欣然表示了同意。同时，他补充我的建议，告诉我说，在去希龙的路上，可以经过沙希，那里还有一个巴尔扎克的故居，也可以去看看，但是，他仍然为我惋惜："我们原计划要参观的尚波尔宫堡和希龙索宫堡实在太美了，不看真是可惜。"

第二天早晨，马第维先生在座位旁边放了一本地图，边看着图上的路线，边驱车向希龙方向开去。汽车在拿破仑时期修筑的一条小型公路上急驶，这种小型公路像网一样遍布全法国，宽度可容纳两辆汽车擦身而过。讲求效率的马第维先生即使在这种公路上，也没有忽略他的速度，几乎是以每小时近 100 公里的速度前进。汽车迅速穿过了平野和市镇，在渐渐接近希龙的时候，我眼前出现了一片昨天所没有见到的景色。

前面是起伏的大丘陵，起伏的坡度很大，就像是大海中的巨波。公路随着丘陵的起伏而伸展，远看去，你真以为是铺在一大片绿色地面上的一条灰黑色的地毯，它是那么笔直地伸延到看不到尽头的远方。地毯是灰黑色的，似乎并不漂亮，但两边的白色路标和中间的分界线，却构成一种现代派美术的图案，看来别有风味。特别有一处远景，几乎使我惊叫起来，前方是一个巨大而相当高的丘陵，甚至可以说是一个高原，上面全是葱绿的森林，这一条灰黑色的细线笔直地把这一个庞大的绿原切成了两半，而这绿原又以它那厚密的森林，构成了两道绿色的高墙，紧紧地夹着这一条细线，这一情景既使人感到那条灰黑色细线的劲利，又使人感到那绿色高原的浑厚与威赫。我指着前面的这一片奇景，向马第维先生表示了高度的赞美，他则以外交官优雅的风度回答："我很感谢您对法国风景的欣赏。"

快到希龙的时候，就可以闻到拉伯雷的气息了，你可以看到"拉伯雷商业中心"、"拉伯雷加油站"一类的招牌。商业的第一窍门，就是引起注意，"拉伯雷"这个名字如此响亮，商人们怎么会放过？

希龙是一个人口不到一万的小城。当我们从它身边掠过时，它给我一个明亮而宁静的印象。明亮，是因为它的建筑多为浅色，古旧的房屋相对较少；宁静，是因为路上行人寥寥无几，有的街道几乎是静悄悄的，只有从各户人家放在紧闭着的窗户和房门外的一盆盆鲜花，你才能感觉到那里面还藏有仍然活动着的人的恬适的生活。而拉伯雷的父亲就曾经是这个小城市的律师。

拉伯雷的故居并不在希龙城里，而是在城外的瑟意乡。从希龙出来，车行约 10 分钟，就向一个坡度很缓的高地驶去，它被称为"纳拉伯雷西"，据说《巨人传》中好战的国王毕可霄的战场就是此地，而在这高地的中心，就是名为"拉·德维利叶尔"的拉伯雷故居了。

汽车在山坡上一个小院落前停了下来，寂无人声，只有树叶在秋风吹动下发出的沙沙声，我看见正面那幢不起眼的古老房屋前，竖着一块木牌，上面写着"拉·德维利叶尔博物馆，拉伯雷之家"。

马第维先生走到旁边一间墙壁上布满了常春藤的小屋前，它的门上挂着一个看来已经生锈的小铁钟，它比我上小学时在学校里常见的那个敲打上下课铃的破钟显然还要古旧得多，下面垂着一根似乎同样古老的绳索，这一切使我闻到了扑鼻而来的一股古旧气息。马第维先生把绳索拉了一拉，响起了 16 世纪的"电铃"声，不等主人出来开门，他就推门进去，然后很快就出来了，手里拿着两张门票和两份说明书。其实这门票只是君子通行证，看门人根本不出他的小屋，任何人只需推开屋前那虚掩的栅门，就可以走进这小小的博物馆。

这是一幢 15 世纪的建筑，长方形，罗马式，以大石块建成，石块是乳白色的，但也多少泛出一点点浅黄，有些则因为年代久远、积尘过多而变成灰黑色。说明书指出，这很可能就是拉伯雷出生的房屋，但如果考虑到他的《巨人传》第一部《卡冈都亚》所具有的某种自传性质和地方色彩，那么，拉伯雷也许像他小说描写的那样，出生在希龙到拉·德维利叶尔的途中，因为拉伯雷父亲的家正是在希龙，而在拉·德维利叶尔则有一处田庄。至于拉伯雷自己，他成年后在瑟意这一乡当过教堂的长老，因此拉·德维利叶尔这个田庄的确是他常住的地方，堪称他真正的故居了。

建筑分为两层，楼下的一层有两间房子，均为长方形。我们走进前一间房间里，入口旁的墙上两组展品，一下就吸引了我的注意力，一组是法国节日生活的一些照片，上面有嬉闹狂欢的人群，围着一个个庞大的卡冈都亚与庞大固埃的头像模型，那真是巨人的模型，每一个头像足有常人的 5 倍大，就像 20 世纪五六十年代我国国庆节游行时彩车上巨大的棉花、小麦、纺锤的模型一样，使人在它面前显得渺小。不过，我觉得那照片上的模型大得并不过分，因为按照拉伯雷的描写，卡冈都亚一出娘胎，就喝了17913 头母牛的奶，他的一件衣服就用去了 12000 多尺的布料，有其父必有其子，庞大固埃也是一个这样的巨人。在这些照片的旁边，贴满了小学生以拉伯雷笔下这两个著名的巨人为题材的图画，幼稚的线条和凌乱而不协调的涂色，表现了孩子们的天真、趣味和想象，表现了他们对拉伯雷笔下人物的喜爱。这些 20 世纪的照片和图画，比任何展品更清楚地表明了这样一个事实：拉伯雷所创造的人物，已经进入了法国人的日常生活，和它融为一体，并且不时发出某种特有的异彩。

"为什么呢?"这两组别具匠心的展品把我吸引在它们面前足有一二十分钟之久，并引起了我的思索：仅仅因为这两个巨人写得有趣吗? 不，我想起了《巨人传》中我所喜欢的章节。这是两个富有诗意的象征形象，他们代表了文艺复兴时期人文主义思想家对人的信心和理想，他们是那么高大，那么博学，那么充满了力量，那么开朗乐观，本身就标志着人从中世纪愚昧中的解放，这样两个极富艺术的生动性和精神的象征性的形象，怎么不会变成人民生活的一部分呢？

　　房间里静悄悄，只有我和马第维先生两个参观者。屋外四周也静悄悄，只偶尔可以听到附近村舍的狗吠声，还有一次远处传来的钟声。这是星期天的上午，是望弥撒的时候，钟声悠悠，引人滋发思古的幽情，这是从拉伯雷早年当教士时主持过的瑟意教堂里传出来的？

　　房间里还展览着《巨人传》在各个历史时代、在法国不同的版本；我对版本学从来不想高攀，很快就一掠而过。不过各种版本上拉伯雷的画像却引起了我的兴趣。这些画像约有 50 种之多，各个有别，有些只是细节的小异，有些则是形貌完全不同，似乎画的是不同的对象。原来，拉伯雷在世时的画像没有流传下来，当然他更没有摄影以传后世，后人只好根据传说以及对他作品和气质的理解，来想象他的形貌了。

　　这些为数众多的画像，归纳起来有三个大类别。最早的一类是蒙特伯利叶类，它们把拉伯雷画成一个温文尔雅的年老学者，面部没有突出的表情，只从眼睛里所射出的那深邃的目光，可以看出是一个思想深刻的智者。该类最早的画本成于 1601 年，是由雷阿纳·哥缔叶根据拉伯雷生前的一幅油画绘制的，此类画像之所以有蒙特伯利叶之名，是因为拉伯雷戴着蒙特伯利叶城医学院的一顶无边的软帽，拉伯雷还俗后，正是在这个医学院里注册学习医学的，并先后获得了三个医学学位。据考据家认为，此类画像可能比较接近拉伯雷的真貌。第二类是萨哈巴类，该类之名来自最先绘制的艺术家的姓氏，它们把拉伯雷画成一个壮年人，多少有点庄稼人那种强悍的气质，脸上还带着爽朗的嬉笑。第三类为雅内类，拉伯雷的形貌基本上与萨哈巴类相近，多一点文静，少一点粗野。虽然说明书上的论断指出这两类画像很不真实，但我却始终忘不了画像上那似乎使人可以听见的嬉笑，它使我想起了《巨人传》中对教会、封建王权的讽刺与嘲骂，想起了拉伯雷那种泼辣与犀利的风格……我觉得这类画像比其他类更有意思。

特别有意思的是，在这房间正面的墙壁上，挂着特制的两个巨大的酒瓶，它们虽然像是古物，但显然不是拉伯雷故居原有的陈设，而是后人根据《巨人传》中庞大固埃在巴汝奇和若望修士陪同下，长途跋涉、阅尽世间罪恶，终于找到了"神瓶"的故事，而有意用来装饰这间房间的。我开玩笑地用手指着它们对马第维先生说："看，你们法国人智慧的源泉，真理的象征！"马第维先生也开玩笑说："是的！"接着以抑扬顿挫的声调，自得其乐地朗诵《巨人传》中庞大固埃从"神瓶"那里得到的箴言，"请畅饮吧，请你们到知识的泉源那里去……研究人类和宇宙，理解物质世界和精神世界的规律……请你们畅饮知识，畅饮真理，畅饮爱情。"这一段箴言的主要语句以古法文的字体写在一条横幅上，横幅就悬在靠近横梁的上方。"是的，是的，这就是法兰西最核心的哲理之一。"我指着箴言中的"Buvez"这个词（法文，意即"喝吧，畅饮吧"），它和其他的词不一样，是以红颜色写在那上面的，特别闪闪发光。

第二个房间，主要陈列了一些有关拉伯雷的文献和图片，有拉伯雷手迹的复印件、拉伯雷在巴黎居住过的地点图、拉伯雷所居住过的其他城市图，还有当时的希龙地图和瑟意地图、他作品中"德廉美修道院"的平面图、拉伯雷所描写过的建筑和地区的图样、拉伯雷构思"德廉美修道院"所依据的建筑物的图样等，还陈列了世界各国出版的拉伯雷作品的译本和有关拉伯雷的论著，可惜我在这里没有看到《巨人传》中文的全译本，而只看到了我国 1953 年发行的拉伯雷纪念邮票。但在法国，看到了这一小张邮票，我却感到特别亲切。

这些展品都排列在房间的四周，中心有一张 16 世纪的长桌，当然肯定不是原物，而是仿制品。房间的尽头，正中是一个相当大的壁炉，壁炉的上面刻着拉伯雷这样一句名言："子孙们将会发现一种有奇效的仙草，如加以服用，人类将飞月，将控制雷电，将调节晴雨。"这当然并不是拉伯雷的迷信谬见，要知道，他不仅通晓天文、地理等各门自然科学，而且是法国解剖学的先驱。这是他形象化的哲理预见，其中显示了他作为文艺复兴时期一个精通各种学科的知识巨人对人类科学发展的预见，以及他作为一个人文主义思想家对人类创造力的信心。当我在壁炉前欣赏这一名言时，马第维先生走了过来说："这句话很好，是吧！"接着，他告诉我，"叫人啼笑皆非的是，现在法国有些吸大麻和鸦片的青年人，自称就是正在服用这种仙草的拉伯雷的子孙，现在，不正是到了人类可以飞到月球上去的时代了吗？"他这话使我惊奇得"啊"了一声："竟然以拉伯雷的名义干这种事！"他所讲的这种吸大麻和鸦片的青年，我倒也见过，只要是夜比较深一点的时候，你漫步到卢森堡公园附近，偶尔就可以看到这种青年，他们衣衫褴褛，头发蓬乱，精神萎靡不振，正在因为他们那种瘾在发作而苦苦地受着煎熬……

楼上的房间是拉伯雷的卧室，从建筑在屋外的一道石梯上去，石梯宽不及一尺，约 20 级，几乎每一级中间都有两道深深的痕迹，最深者约有半寸，我从马第维先生那里知道，这些坑都是几世纪以来络绎不断的参观者所共同刻印下来的足迹。房间铺着浅红色的砖，面积约 20 平方米，陈设一如当时，极为简朴。房间的门户朝南，门口的右边墙沿是一个木柜，西墙有一壁炉，靠近壁炉南墙的角落有一张床，北墙靠床处有一小窗，其旁另有一小柜。

两柜一床以及床铺、床帐皆非原物，但系根据原物复制，铺帐为灰蓝色，上有几道深蓝色的线条和红色的圆点所组成的简单图案。门户的左边靠南墙处有一短短的过道，墙上辟有一小壁龛，分为上下两格，据说明书介绍，上格是放食物用的，下格是放脸盆用的，故有一小窟窿通往墙外，是为拉伯雷家的"下水道"。过道的对面是与卧室隔开了的一小房间，看来是个储藏室，其中有一木梯通往屋顶的阁楼，现已封闭。

最后，在故居里略为流连了一会儿后，我们又来到栅门外故居的外面，我再一次端详这一幢房子，看到它的屋顶下，墙砖被砌成一个个小方格，有 150 多个，我正在猜度它们的用途时，马第维先生告诉我，那是拉伯雷养小鸟的一个个"鸟笼"。我本想还到屋后的小山坡上去看看，手表却向我表明，我在这简朴的屋子里已经度过两个小时了，而且，阴沉的天空正开始洒下雨点，于是，我们结束了对拉伯雷故居的访问，这已经是将近正午的时分。

马第维先生驱车到希龙附近一家雅致的饭店里安排我们的午餐。他叫了鲜红的葡萄酒，要为我斟一杯。因为我们已经是熟朋友了，不拘客套，所以我表示"滴酒不沾"仍是我奉守的信条，他只好对此表示遗憾。但是，我转念一想，我毕竟是在拉伯雷的故乡，于是，我以郑重其事的态度把酒瓶拿了过来，为自己斟了一些，我举起了酒杯，对他说了一声："以拉伯雷的名义！"他轻轻地鼓了鼓掌，叫了一声："Bravo!"（法文："好！妙！"）

沿着巴尔扎克走过的路

—— 在沙希巴尔扎克故居

沙希小城，一个方形的小广场。也许巴尔扎克当时从巴黎来时乘坐的马车就曾打这里经过，我们也正是在这里下了汽车。

从那广场向左一拐，沿着一条街往下走，满目的景象散发着两个世纪前的气息，也许我们和巴尔扎克经过这里时所看到的没有什么不同。走上五十来米，眼前是一排古旧得像要颓倒的房屋，灰黑色，房梁和横木都露在正面的墙上，一看就是老掉了牙的木质结构。

"我想，这大概是 18 世纪的房子吧。"

"不，比这更早，也许是十五六世纪的。"马第维先生纠正我。

我抬头一看，这房子临街沿的屋角上，挂着一块盾形的招牌，黑颜色中有几个褪了色的白字："12 世纪饭店"，似乎在那里提醒人们不要对它的古老估计不足。

一转过这家饭店的街角，就是一片乡野景色，再走十几步，就是一个古堡，它门口的木牌上写着："沙希古堡，巴尔扎克博物馆。"

古堡的主人并不是巴尔扎克，而是一位名叫马尔哥勒的先生。这里并不是巴尔扎克的家，它怎么成了巴尔扎克的博物馆？

巴尔扎克的老家在杜尔，离沙希很近，不过几十里地。巴尔扎克的父亲在杜尔混得相当不错，他的沙龙成了附近地区的一个社交中心。正是在这里，巴尔扎克认识了他母亲方面的朋友马尔哥勒先生一家。他在旺多姆中学念完了7年书以后，曾来到沙希做客，在马尔哥勒先生家待了一个时期。

波旁王朝复辟以后，巴尔扎克举家迁往巴黎，马尔哥勒作为巴尔扎克的世交好友，又总是不断接他来这里小住。于是，沙希古堡就成了巴尔扎克在外省的第二个家了。特别是在1847年以前，他几乎每年都来，居住时间长短不一，长者达两三个月。他来这里寻取灵感，构思作品，进行写作或修改他的小说，仅仅标明写于沙希的著名作品就有：《高老头》《玄妙的杰作》《高内里厄斯老板》，而实际上写于这个古堡、修改或完成于这个古堡的作品数量是很大的。他来这里躲债，他一生始终被债主追逼，在巴黎不得安宁时，他就来到此地；他来这里休养身体，积蓄自己的力量，然后又回到巴黎去当"操笔墨的苦役犯"；他还来这里躲避社会风潮，1848年革命时，他就来到了沙希。但是，这是他最后一次在此小住了。此后，他带着长期被劳作严重损害了的身体，不仅仍然辛勤地进行创作，而且拼命去追逐与韩斯迦夫人的结合。这样，不到两年，终于消耗了他全部的精力，仅仅在和韩斯迦夫人结婚后几个月，就与世长辞了。

在巴尔扎克的一生中，沙希无疑是个重要的地方。每当他推开这个木栅栏门，走进院落的时候，他该有战士那种从前线回到后方基地的感觉？他从巴黎的喧嚣与困扰中逃了出来，这院落异乎寻常的宁静该给过他多少愉悦？这是他恢复力量的隐蔽所、养息场，用他自己的话来说，是他"亲切的祖国"。

我过去从巴尔扎克的传记作品中知道了这个地方，因此怀着极大的兴趣和好奇，同马第维先生沿着巴尔扎克来沙希的古老的道路，来到大门前，推开了那木栅栏门。它咯吱咯吱地作响。

这是一幢古老的建筑，建于文艺复兴时期。说它是古堡其实并不确切：它既无高耸的堡垒和箭楼，也没有壕沟和横跨于其上的吊桥，它只是一幢灰色的房子，与卢瓦河流域常见的一些古老的房屋相比，差别不大，只不过规模大些而已，有三层，面积相当大，像殷实大户的别墅。但是，从门口望去，它坐落在一个风景如画的大草坪上，多少有点孤零、细突。我来不及欣赏那堡外动人的风光，急于要看这个文学巨人居住过的房间，心里打算：把里面先看个够，再来欣赏这一片奇美的草地。

楼下展出了一间大客厅，这是马尔哥勒先生的沙龙。一个富裕人家的摆设，在这里应有尽有，虽然说不上豪华，但也非常讲究，完全是1830年的样式。也许正因为比较讲究，所以，战祸和动乱已使原来的家具散失了不少，现在展出的并非都是原件，不过墙上暗红色的、被巴尔扎克描绘过的"印着狮子的彩纸"，总算保存下来了。正是在这个客厅里，每当晚饭以后，巴尔扎克和友人们度过不少恬静而愉快的夜晚，向他们讲述自己所构思的故事和人物……

一架螺旋形的沙石楼梯，把我们引上了第二层。这一层房间比较多，有三大一小，还有三个过道，其实它们也是面积不小的用房，目前都作为展览室了。在第一间大房间里，展出了有关巴尔扎克生平的文献原件和照片，展出品构成了巴尔扎克的一个简略的编年史：这是巴尔扎克父母的画像和巴尔扎克6岁和15岁时清秀的面容；这是巴尔扎克的父亲所出版过的一本关于被引诱和遗弃的少女的书。这个精力充沛的商人，不仅在法国19世纪初频繁的政权更迭中左右逢源、如鱼得水，甚至成为当地政治社会生活中一个小有地位的头面人物，他还附庸风雅，出版过两本书和一本回忆录，他的精力过人，他那不安于现状的性格以及他那种多少有点闯江湖味道的习性，显然对巴尔扎克有着不可忽视的影响，巴尔扎克早年尝试过各种事业，企图发财致富，就是证明。展览室里有他经营印刷所的文物：他的印刷所出版的书籍、他所做的广告、他一封谈及"奥诺雷·巴尔扎克印刷所"的信件。经营印刷所的失败几乎使他遭到了灾难性的破产，幸亏有柏尔尼夫人救了他，并在他生活中起了重要影响，这里展出的是他们1830年在那里待过的拉蒂叶地方景物的水彩画。接下去就是当时画家为巴尔扎克所作的一系列画像的原件，有他25岁时的，有30岁时的，有40岁时的，这时，巴尔扎克早已成名，他已经是艺术家们乐于摹写的对象了。还有在巴尔扎克生活中扮演了重要角色的几个妇女的画像：这是柏尔尼夫人，她把巴尔扎克当作孩子一样倍加宠爱，使他从一个要破产的穷小子变成了一个衣着讲究的"花花公子"，后来，她被巴尔扎克描写成小说《幽谷百合》中的"百合"；这是卡斯特累公爵夫人，巴尔扎克后来以她为原型创造了朗杰斯公爵夫人这个人物形象；这是居勒玛·加洛夫人，她是巴尔扎克的诤友，他们两人的通信直到1935年才第一次被出版，从那里，我们可以读到巴尔扎克向居勒玛·加洛夫人倾吐了他与自己的保皇党政治态度不一致的政治思想的秘密；当然，还少不了韩斯迦夫人的画像，那是在巴尔扎克死后，她披着丧巾，由画家惹古写生出来的，我们经常在巴尔扎克传记中见到的就是这一幅。

特别珍贵的展品是一份巴尔扎克修改过的校样。巴尔扎克把作品校样涂改得难以辨认，是非常有名的，当时的排字工人，往往不愿意排印他的作品。这一份校样就是一个例证，它上面有各种各样修改、勾画、调整的记号。字句改动很多，几乎涂满了校样，上下和两侧的空白则又添加了一些文字和段落，添加的部分甚至超过了排印的部分，因此，这份校样在某种程度上就是一种改写，就是作品的第二稿。我深知这样一份校样包含了多少辛勤和艰苦的脑力劳动。我站在它面前，不由得以肃穆的心情向它注视。

另一间房间里，展出的多为巴尔扎克作品在世界各国的译本。他的作品已在 40 个国家被翻译出版，在世界作家中，只有狄更斯的作品被译成了这样多的不同文字。这些译本被陈列在玻璃柜中，有近 300 种之多。在这里，我非常高兴地看到了傅雷先生翻译的《高老头》《欧也妮·葛朗台》《邦斯舅舅》《贝姨》，它们被陈列在书柜的显要位置，表明了法国巴尔扎克研究界对中国文学翻译成果的重视。在这样一个场合下，我想起了傅雷先生长期锲而不舍、严肃认真、精益求精的译述工作，想起了他后来的命运和有学霸作风的人物对他、对他的译品所进行的攻击，那些攻击就像秽气一样在时代长风的吹拂下消散了，现在屹立着的是傅雷先生留在巴尔扎克博物馆的劳动实绩，无疑，它将随着这个博物馆在法国继续留存下去。

也许是因为下雨，这天在博物馆里参观的，就只有我与马第维先生两人。我们每走一间房间，都发现毫无人迹。但当我们走进一间展览室时，却意外地发现了一个金黄色头发的少女，她穿着雪白的衬衫、灰色的羊毛衫和灰格呢的裙子，她那素净的形象和娴静的身姿，使我想起了欧也妮·葛朗台。她正坐在窗口的一个角落读一本小说，发觉我们进来，抬头轻淡地笑了笑，算是友好地打了个招呼，那轻淡的笑容在这古雅的环境中似乎显得特别动人。

"我想，你一定是在看巴尔扎克。"马第维先生虽然并不认识她，但像熟朋友一样这样说。

她"嗯"的一声表示了肯定，又一个轻淡的微笑表示了善意与欢迎。这时，我才发觉这一间房间里展览的都是巴尔扎克的作品在各个时期的不同版本，显然，这个姑娘是博物馆的工作人员，她担负着看守这些版本的任务；然而她埋头读书的形象是那么娴静，和周围静寂的氛围是那么融为一体，甚至她衣装的色调与那灰白色的石头墙壁、洁净的柜橱都协调一致，使人丝毫也没感觉到她是一个看守者，而似乎觉得她就像巴尔扎克笔下一个温存的女性。

在这三间较大的展览室以及连接它们的通道里，几乎都有巴尔扎克的塑像，大小不一，神态不一，出自不同艺术家的创造。大卫·当格斯所做的头像，长发披肩，眼光敏锐，相貌英俊，表现了巴尔扎克精力充沛的形象；傅尔里叶所做的石膏胸像，构图和姿态基本上与大卫·当格斯的所作相同，但艺术水平显然要差得多，远不及前者精神抖擞。另有巴尔扎克一大胸像颇有历史意义，那是巴尔扎克的故乡杜尔城的一个名叫弗朗索瓦·西加尔的人所作，原为巴尔扎克在杜尔城民族路的老屋里的装饰品，胸像下有一行文字，说明巴尔扎克生于该屋，但 1940 年 6 月杜尔城一场大火，把这幢房子烧掉了，只剩下这一胸像，后来，人们把它就近迁到了沙希的巴尔扎克博物馆，而没有放到巴黎的巴尔扎克故居去。至于大雕塑家罗丹的塑像，在沙希古堡更不止一个。罗丹生于 1840 年，他 10 岁的时候，巴尔扎克就逝世了，当他受"文化人协会"之委托为巴尔扎克作塑像时，那已经是这个文学巨人逝世以后 40 年的事了。没有原型如何创作塑像？相传有这样一个故事：他来到巴尔扎克的故乡搜集创作素材，有人就告诉他："你应该到阿惹·勒·黎多去，那里住着一个车夫，名叫爱斯达热，长得很像巴尔扎克，当地人干脆就叫他巴尔扎克。"罗丹以这个车夫为原型工作了一个月，画出了无数张草图，这些草图现存于巴黎罗丹博物馆。正是在这些草图的基础上，罗丹创作了不止一个巴尔扎克塑像。比起巴尔扎克在世时艺术家为他作的塑像，罗丹的所作更为强健而有力，巴尔扎克的头和脖颈就像雄狮一样粗壮雄武，这是不是因为那个车夫的体型比巴尔扎克更健壮？但不论怎样，罗丹的艺术创作远比真实的临摹更充分地表现了一个文学巨人雄心勃勃的精神和威武有力的气派。

除了这些引人深思的塑像外，还有很多艺术家为巴尔扎克笔下的人物和故事创作插图和漫画，以及拍摄巴尔扎克在自己作品里所描写过的沙希地区风光的照片。这是沙希古老的教堂，这是安特河上优美的景色，这是里昂桥旁别有风味的磨坊……难怪法国著名的传记作家安德烈·莫洛亚这样说过："在法国，没有一个地方比沙希更幸运，它整个的地区都被巴尔扎克描写过，它优美柔和、令人赞赏的风光，就是《幽谷百合》的背景。"

在整幢房子里，当年给巴尔扎克居住的只是一小间，离楼梯和过道较远的幽静的一小间。这显然是主人对这位作家优厚的照顾。它既是巴尔扎克的卧室，也是他的工作室。房间约有 20 平方米，两道门之间，是巴尔扎克的床铺，现在一如昔时，蒙着灰白色的床单，挂着同一色调的帷帐，床内侧的墙上还挂着一个十字架，可见巴尔扎克是很标榜他的宗教信仰的，正如他在《人间喜剧》的前言所宣称的那样。床铺的对面是壁炉，炉台上摆着一口式样古老的时钟和一个烛台，旁边有一张长条桌，这是巴尔扎克工作的地方。桌上有一台小小的切纸机，是他用来切稿纸用的，算是他的文具，还有一盏 19 世纪的旧油灯和一个小小的咖啡壶。咖啡壶支在一个小铁架上，下有一玻璃器皿，可以点火煮咖啡。这几样简单的用具十分有力地呈现了巴尔扎克生活的情景，可以想见，每当深夜或清晨，当马尔哥勒全家已经就寝或尚未起床的时候，巴尔扎克为了不打扰他们休息，就在自己的房间里点起灯、煮些咖啡来提神以进行写作。咖啡壶已经被煮成黑颜色了，它该消耗了他多少体力和精神，而后才终于使他的心血浇成了《人间喜剧》这一丰碑。桌旁有一扇窗户，可以看到下面的树林、林前的草地和沙径，树林不知有多深，它那幽深黑绿的景象，该在巴尔扎克"服劳役"的空隙，曾给他片刻的宁静和闲适？

这个窗口一定曾多次召唤巴尔扎克下去，下到那空旷的草坪上去。我们也听从了这召唤，来到堡后的空地上。蒙蒙细雨已经停了，那一大片草地绿得发鲜，倾斜的坡度更增添了它起伏有致的风韵，沙径蜿蜒其中，径旁偶尔有鲜艳的花丛。这一片景色包围了古堡的两侧与后背。草地的边缘，则是那幽深的森林，森林伸展到看不到尽头的远处，它似乎把这古堡与外界隔绝了起来，与一切音响隔绝了起来，只让它偶尔听见几声清脆的鸟叫。古堡的右前方也是一片树丛，深处露出一座 15 世纪古老教堂的钟楼，教堂的那边，就是"12 世纪饭店"了。这时，是下午 3 点钟，教堂的钟声敲了一次，在这一片寂静的环境中，它是那么悠扬、徐缓，余音缭绕，真有音乐的效果，我真愿意它继续敲下去，敲下去……可惜它只敲了一下。

"我们到草地里走走，好吗？"马第维先生提出建议，这正与我的意愿不谋而合。我们沿着沙径漫步，走到一处斜坡下，草地中间有两棵参天的松柏，相距 20 来米，其粗均有两围，其高均有三四丈，看来总有几百岁的年龄了，但枝叶繁茂，生机旺盛，毫无衰老之态。

"我很喜欢这样走走，巴尔扎克一定也常在这里散步，他一定像我们今天这样，仔细观察过这棵柏树，在这里考虑他的《人间喜剧》。"马第维先生这样解释他刚才的建议。

我觉得他这时似乎动了"诗兴",为了助兴,我建议他站在巴尔扎克肯定观察过的那棵柏树前,由我替他拍了一张照。

一个星期以后,照片洗出来了,在去枫丹白露的途中我把照片送给他的时候,加了一句友好的玩笑话:"以这张照片,我祝您沿着巴尔扎克走过的路,走向成功。"

我指的是他的学位论文。他连连称谢,并且大笑起来。

| 文友交谊篇 |

交往信函与短札

致刘再复二函

再复兄：

收到了小攀君发来的尊稿《两度人生》，不胜欣喜，当即拜读，已深感此书的分量与价值，不仅要谢谢你"交稿了"，而且更要谢谢你给中国文化学术界又贡献了一份精神财富《我的写作史》。

对文化积累的献身精神、对家国、对人民的赤子之心，纯思想者、纯学者的人格风度，令人感谓的境况，厚实的内涵，开阔的视野，丰富的学识，准确老道的文笔，无不尽在书中，我即使只来得及初读一遍，已感到受益匪浅，对我自己是一次提升。

难能可贵的是，兄胸怀大局，掌握分寸，在我看来，即使按出版社严格的标准与规范，亦达到了"一字不改，全文照发"的标准，不论是作为读者，还是作为《当代思想者自述文丛》的"门房"，我会很明确的向出版社提出这样的意见与要求。当然，出版社自有其三审制，这是他们的职权，也是他们的职责，我这个"门房"是无权过问的。

在匆匆拜读后的第一时间，先致此信，以释吾兄远念。

　　专此即祝

文安

柳鸣九

2016 年 1 月 30 日

再复兄：

顷接来信，您过奖了，这都是我应该做的，能为诸公张罗张罗，是我的荣幸，但愿自己能把这个"门房"当好。

前几天，小攀君向我通报尊稿情况时，我曾建议把《写作史》排在最前，昨天看到书稿后，倒是觉得他原来把《两度人生》的问答，放在最前似乎更顺理成章，呈现出从成长成熟到著书立说的人生历程。因此，我在昨天晚上和他通话时，又同意了他原来的编排秩序，可否？仍请吾兄定夺。

发给我的书稿上，原署名为："刘再复讲述，吴小攀编选"，想必您已过目，我只建议改一个字：把"讲述"改为"著述"。

小攀君问我，此书是否需要序或跋，我的意见是，此事全由您自己决定，您愿意写就要，您不想写就不要。

至于整个文丛，出版社的确是要我写一个总序，我把此事大大地简化了，我只从我过去的散文中截取了一段二三百字的文字，对思想者的形象、状态与命运作一意象化的呈现，权且当作"代总序"。

兹将这段话作为附件发来，请指正。

根据《思想者自述文丛》的统一规格，还要有一小篇"作者简介"，不超过三百字，另需要提供作者的标准照一张，以及与本文内容有关的图片若干张，多则二三十张，少则十几张均可。作者简介与照片都不用寄发给我，将来请小攀君直接与河南社的责编打交道就行了。

预祝大作二十卷顺利出版问世！《两度人生》拟收入文集，我个人完全支持，但河南文艺出版社可能会在意他们是组稿者与首发者。我想两全其美的办法是，您将《两度人生》收入二十卷文集时，略作一两句说明，大意是：此书原为河南文艺出版社的

《当代思想者自述文丛》而作。

春节将至，特此拜个早年！

柳鸣九

2016 年 1 月 31 日

致钟叔河①

叔河先生：

惠书及大作收到了，非常感谢！

先生学识渊博，学养丰厚，鸣九开卷有益，不胜钦佩！

《本色文丛》本当尊重先生的意向，知趣而退，唯先生自谦过甚，顾虑多余，自设心篱，于《本色文丛》、于文化读书界皆为一憾事，鸣九不得不再冒昧进言。

以中国之大，人口之多，读者之众，需要量之大，名家多选集，早已成常态常规，自然合理，未尝不是文化供销两旺之一景。先生乃知性散文一大家，三五个选本，即使六七个选本何多之有？《本色文丛》致力于弘扬学者散文、知性散文，以在人文滑落、物欲横流之中守望本色自我，如先生缺席，实为《文丛》一大憾事，且《本色》篇幅不大，小开本精装书，作为先生的另一种选本，定将令人耳目一新。

先生写有大量散文随笔，精选出 12—15 万字，实游刃有余，编选结果则可望一钟氏范文集问世，如编选的角度、编选的范围

---

① 这是一封为《本色文丛》争取稿件的信件，叔河先生收到此信后，慨然赐书稿一部《一片、两片、三四片》，此稿已在《本色文丛》第四辑中出版。

有自己的特色，文集定有其精彩与魅力，得此钟氏精选，于《本色文丛》、于读书界皆为一大幸事。

鸣九不才，再次诚邀先生光临《本色文丛》，先生可以无《本色文丛》，《本色文丛》不可以缺先生，望先生权且将此事当一公益赞助善事对待，慨然赐稿为感。

专此即祝

秋安

柳鸣九

2015 年 9 月 30 日

致施康强二函

之一

康强先生：

惠书收悉，谢谢！

足下妙译《都兰趣话》，捆绑于"专有出版权"绳索之中，寸步难行，不能诙谐自如，实令人惋惜。君为人清雅，洁身自好，与世不争，无意于与出版社协商，他人自当格外尊重，不在话下，请放心。"巴尔扎克系列"将于明年夏秋问世，尚在尊译忌期之内，当然得让此一趟"系列"车无《趣》开走了事。

目前又另有一际遇，河南文艺出版社的《外国文学经典》丛书正在安排 2015 年—2016 年出版计划，求佳品若渴，此社待译者实诚忠厚，书籍印制亦甚精美，名译如新璋君《红与黑》、武能君《少年维特》等均已入座该丛书。足下如感兴趣，可预签一约，以免将来排队后延，亦因老朽来日有限，凡事宜"只争朝夕"、提前安排。足下只需在合同上注明"2015年6月以前版权他属，不宜出版"即可，我亦可在合同上加批注强调"2015年6月"此一红线，有译者与主编的"双叮嘱"，河南社决不会越线提前盲动，何况，在此之前，他们只来得及消化过去签约的相当一大批名著。

合同格式，请见附件。

足下如对此不感兴趣，即可一笑置之，不必作答。

专此即祝

译安

柳鸣九

2013年12月4日

之二

康强先生：

七日的电子信收到了，我不会玩电脑，尊稿所需秦淮河风光配图，没想到可以以足下所说的方式解决，所幸家里有一个贤惠的晚辈，即我在拙文《送行》中所记述的农民工夫妇之一，她是我家的"电脑秘书"，她已下载了若干幅秦淮河风景图，并刻成光盘，我将与尊稿一并寄交出版社，请放心。兹发过来，供足下过目。

大作《秦淮河里的船》，大译《都兰趣话》均为佳品妙作，出版合作，实属应该，且为双赢互利，根本不存在施惠受惠的问题，老朽玉成其事之心的确有，"提携"二字不敢当，与君前后同窗，在同一条道上行走，也是一种缘分，能与学界诸多出色才俊合作有成，我从来都视为幸事。

此船仅标志足下散文之旅的一段行程，前方风景尚大有可看，施君正如午后一两点钟的太阳，光照灿烂，以散文译品双璧，才情卓著，言"收摊"、"洗手"为时太早，如挂笔退隐，当今文化界之损、之憾也。

　　至于拙《文集》，虽多少反映了一点历史面影，终将速朽，足下以大字眼 Couronnement 形容，万万不可，实受之有愧，无地自容，承足下宽厚嘉言，心领了！多谢了！

　　专此即祝

夏安

柳鸣九

2015 年 6 月 8 日

致谢冕

谢冕兄：

　　先哲有言，山不到穆罕默德这边来，穆罕默德就到山那边去，面对谢兄书稿自重如山，鸣九且以先哲智慧行事，特此奉告，请放心。

　　此事了结，可谓双赢，谢兄赢在"我自岿然不动"，鸣九亦赢，赢在变通有方，成事为上。合作成功，即为双赢；不欢而散，则为双输矣！如今赢而未输，《当代思想者自述文丛》之幸也！

　　专此即祝

秋安

柳鸣九

2015 年 9 月 26 日

致韩慧强

慧强先生：

　　顷接电函，不胜欣喜！

　　首先热烈祝贺"大道行思"正式挂牌亮相，此名号集大气、正气、雅气于一体，尽显堂皇、儒雅与文采，更与海天相连，空间更为辽阔，且编撰高手汇集，定将欣欣向荣，昌盛发达。

　　足下才情焕发，学涉中西，眼光独到，文辞功底深厚，于"大道行思"，实良禽择佳木而栖，相得益彰，足下尽可展翅高翔，大有可为，特此祝贺！

　　拙文集得一古雅名《文墨一甲子》，喜出望外，欣然同意，惜未收入一甲子代表性文字，多为老年期的"剩文余墨"，建议改为《文墨后甲子》或为《后甲子余墨》，以避有夸大容积之嫌。

　　有关本集文字内容，兹稍做说明，我生来就是"精神苦力"的命，耄耋之年亦无福享用清悠闲之乐，心为形役，仍然这个项目那个项目压身，相关事务纷繁，每日净在书斋过枯燥干涩的日子，不外是写书、译书、编书、做书，既无遨游山川美景之乐，亦无花草鱼虫观赏之趣，即使是世事交往，友情应答，往往也没离开编书、做书、赠书之类的纷繁琐事，甚至是俗务，偶尔所写带那么一点散文随笔性质的文字，亦均在上述枯涩书斋生活方圆半径十来步偏狭范围之内。无琴棋书画之雅，与五光十色、色彩缤纷的生活更不沾边，离足下供职于《博雅文丛》时所崇尚的散文随笔理想境界，诸如"或谈古论今，或畅述乡土市井、校园风物时尚"之丰富多彩，"或从性灵中撷取闪光……披沙拣金，集腋成裘"的灵秀隽永，均相距十万八千里。单调贫乏的生活必产单调贫乏的文字。文如其人。我这点可怜的散文随笔，往往离不开书架与书柜几步之遥。特别是时光流逝，年老体衰，帕金森氏对老朽腿脚下手更狠，活动范围日渐缩小，渐至方圆一二百米之内。余墨之干枯可想而知，幸亏散文这位文体君王胸怀宽广，气度博大，所辖领地宽阔无边，势力范围更难估量其大，故慈悲为怀，也容我这一点可怜的小文字有一席栖身之地，然而捉襟见肘之尴尬，我自知之也。

韩君视野宽阔，目光精到，老朽承青睐有加，深感荣幸，又承为"卓尔文库大家文丛"约稿《后甲子余墨》，不胜感谢！在此，特通过足下，向掏钱购此书一阅的读者表示感恩。他们就是我的上帝。

专此即祝编安

柳鸣九

2016 年 6 月 3 日

致"笔会"首编

首编先生：

足下所编辑的多期"笔会"中，不止一次刊载了周克希先生的关于翻译的文章，令人瞩目，我几乎每文必读，文章都写得很好，言之有物，有见解、有深度。克希先生的翻译业绩堪称丰硕，他这些总结与见解当然也很宝贵，首编能组织、刊载这样的系列佳文，彰显出了令人钦佩的文化见识与精到眼光。

克希先生与我神交已久，相知相识多年，亦曾有友好的合作与文字来往，虽一直未曾谋面，但堪称同行好友。我有幸与文化界才俊之士、高朋挚友合作而从未谋面者实为不少，克希先生仅为其中之一。他的谦和与儒雅一直是我念念不忘的。很不应该的是拙文《京城有个中法同文书舍》中，竟然把他的名字疏漏掉了，实为老朽昏庸之过也，当时，列举本学界有成就者、有贡献者的名单时，盲目自信尚未老年痴呆，仅凭实已严重衰退的记忆力，仓促下笔，至有此失。

但愿拙文尚未上版，麻烦首编替我把克希先生的大名补上，名单排序在中国是一个很有讲究的学问，我在此文中的排序上实在是毫无讲究，大致上只是按老、中、青三代的次序，克希先生基本上属于中年一代，可排在名单次序的中间部位。

如果拙文已经上版，来不及补上了，那我只好请首编先生向克希先生转达我的歉意，现唯一可稍作弥补的实诚办法是：麻烦首编把我这封信转发给他，谢谢！

《本色文丛》第三辑即将问世，该辑的总序今日已见《文汇读书周报》，如有不当，请批评指正。《文丛》第四辑八种，也都已经齐备，明年可问世，在《文丛》略具规模之际，我再一次向足下曾作为《文丛》的合作者所提供的佳品以及其他帮助，表示衷心的谢意！

专此即祝

编安

柳鸣九

2016 年 4 月 4 日

赠书题词背面的交谊

赠钱林森先生《为什么要萨特》卷题词

伯牙子期有高山流水美誉，

鸣九与林森兄曾作萨特长谈，

君子之交淡如水，

仅此一席话，足以为友情交往添彩矣！

柳鸣九

2016 年 2 月 25 日

2005 年恰逢萨特诞生一百周年，钱林森先生作为《跨文化对话》的执行主编，专程对我进行了访问，我将答词整理为文《萨特中国之旅的思想文化意义》发表于该刊，为 80 年代中国一公共事件"萨特热"画了一句号。此刊乃国内中外比较文化研究的权威刊物，如今出版已逾百期，郁郁葱葱，蔚然成林矣！该文近又收入 15 卷本《柳鸣九文集》第三卷，作为友情交谊的记录。

赠李辉先生《名士风流》卷的题词

我关注"翰林院"，君回溯"二流堂"

殊途同归，共趋中华人文精神

柳鸣九

2015 年 7 月

李辉先生乃文坛青年才俊，硕果累累，其中关于二流堂诸多文字令人印象深刻，已自成一家。我主编《本色文丛》，恰逢第三辑组稿，忽生一念，何不请李君就有关此题提供一专题散文集，二流堂流芳中国现代文化史，有异香扑鼻。

俗话有言："舍不得孩子套不着狼"，且赠《名士风流》一卷，即《翰林院内外》一、二合集，以抛砖引玉，邀约佳作。果然，《本色文丛》第三辑如愿喜得李君书稿《风雨二流堂》，即今更名面世的《风景已远去》。

| 自我篇 |

儿时两奇遇

1934年农历二月初四生于南京，净重九斤，故从小被父母称为九斤子。小时候，家庭的亲戚朋友都以此名称呼，甚至成年以后，老辈亲戚仍沿用不改。

总得有个正式的大名吧，父母亲没有文化，但敬畏文化、仰慕文化，特请隔壁邻居一位有文化的老先生，给我正式取了一个大名，老先生根据净重九斤的来由，以"鹤鸣于九皋，声闻于天"之意，取名为"柳鸣九"。此名甚为张扬，大有"个人英雄主义"气味，而此人一生颇有点好名，不止一次公开发表"君子好名，取之有道"的谬论，大概与这个名字的命定性有关。

诞生前后，父亲乃一打工仔，家境贫寒，小儿九斤子也不叫父母省心，据母亲回忆，九斤子不止一次抽风，"全身痉挛、眼睛发直，吓死人啰"！九斤之重的先天体质，为何有此惊疯，实在难考，大概是因为在家请私家产婆接生，卫生条件不佳，而得了脐带风所致？

幼小婴儿，一片混沌。身体健壮不说，干干净净的小样，甚得邻居的喜爱，但这小子在幼年就有令人惊心动魄的时候，一天，母亲掀开摇篮的被子，发现这小子身边竟然躺着一条大蛇。古城南京的老屋有蛇并不奇怪，大概因为老屋的蛇都是无毒蛇，故未对这小子造成伤害，但此人生平最怕蛇，而且此人胆小成性，也许是在摇篮时期已经被蛇吓破了胆了。

童年无传奇，我唯一的一个"传奇"，是这样一段经历，据母亲不止一次讲述，我三岁的时候，在大门口跟几个小孩一道玩耍，我的一个舅妈在家里听到大门口有一个邻家的幼童高声喊道："九斤子，你得快点回来啊，我们还等着你玩哦。"及至我的母亲得悉此事，赶到大门口一看，九斤子已不见踪影，邻居家的幼童说："一个不认识的叔叔把他带走了。"于是，家里人急成一团，纷纷出动寻找，这个九斤子被这个"叔叔"带到了什么地方去了？

被带到了什么地方？我只模模糊糊记得他把我带到了一个寂静的深巷，找了一家门庐，把我身上那件崭新的毛衣脱下来，他拿了毛衣就扬长而去。原来他目的有限，只看上这件毛衣。比起当今中国的儿童贩子，这位"叔叔"的"职业道德水平"稍高，走的时候，还往我手里塞了一个橘子。

我是怎么哭着离开那个门庐，走出那个深巷的，完全记不得了，记得的是我终于走到了一条街上，那条街正在修路，大块大块的街石都已翻转了过来。我又是怎么走过这一段街道的，也不记得了，只记得我手里拿着橘子，在街上哭着，小店里面的老板坐在门口，好奇地瞧着我，没有一个人搭理。我感到恐惧，我只想见到亲人。没有办法，我只有哭。最后怎么跌跌撞撞终于走到了我家的大门口，我已经完全没有印象了，反正没有人帮助，用长沙人的话来说，就是靠我的"狗屎运"（即莫名其妙的好运），终于摸到了自己的家门口。

这就是我生平唯一一次《奥德赛》式的经历，据家人后来的考证，正在修路的那条街离我们家约有两站路，靠什么摸回去的，显然不是靠神明保佑，也非得好心人相助，看来就是碰上了"狗戴帽子"的运气，的确是走了"狗屎运"。

此事对我影响甚深远，我有了儿子，他在幼年和童年时期，我就采取了种种措施，防止他丢失，有的措施其小心翼翼的程度实在甚为可笑……有了小孙女，又采取种种可笑的措施，防止小孙女丢失……

这大概是我三岁左右的事，一直到五六岁，我没有完整的记忆，只记得有时候，母亲带着我和大弟弟柳仲九住在乡下，寒夜青灯，颇为凄凉。有时则母子三人住在小船上，在河畔过夜，只有小船的咿嚯声、小船颠簸的头晕感。有一次因为生病必须到长沙去看医生，经过长沙的一些街道，只见一片焦土，房舍都已烧掉，有些地方还在冒烟，后来我才知道，这就是抗战时期有名的长沙会战，是当时湖南的地方长官、军政首脑薛岳的焦土抗战，他三次火烧长沙，我所看到的是哪一次，那就不可考了。

我大概是从1940年进小学开始，总算有了比较成串成片的记忆，那时我们全家和外婆及我两三个舅舅的家已经安置到了湖南省中部的一个名叫耒阳的小县城里，长沙已经被日本鬼子占了，湖南省政府迁到了耒阳。父亲把他的妻小也安顿在耒阳，和我外婆、舅舅一家居住在一起。父亲和母亲挺能干的，居然经过几年的奔波，到耒阳后不久又生了一个小弟弟，从此，就是一个五口之家了。这个小弟就是后来中华人民共和国成立后官至湖南省建委副主任的柳志九。关于他，且顺便补充两句，在任期间，他很有政绩，且两袖清风，是个好官，可惜五十多岁就因三脂过高，患心脑血管病而英年早逝，在讲究美食文化的湖南当官，官场吃喝成风，他的身体成了受害对象。

我劳作故我在

面对着两书柜印刷品的劳绩，回味着评论者溢美的评价，如："硕果累累"、"有文化积累使命感"、"有学术胆识"、"才情并茂"、"文采斐然，自然成章"，等等等等，再回顾自己作为一个天赋不高，五力不旺又贫无书香家底、文化底蕴不厚的草根学人的素质，我有时不禁有这样的怀疑：我怎么能有此作为？我怎么能干出这么些活来？对这个潜意识里有点自鸣得意的问题，不失常情的理智很快就会不客气地做出回答：蚂蚁啃骨头。以毕生之力，啃了好几十年，不啃出点东西来，那才令人感到奇怪呢，何况，记得好像有位气吞江河的大人物曾经说过这样意思的话：书本是死的嘛，搬来搬去有什么了不起？这位先生说得没错。因为我们这些知识劳力在一定意义上就是搬运工，我就不止一次说过，我是桥上的搬弄工，中西文化交流桥上的搬运工。我们的作为不外是把外国的搬运到中国来，把过去时代的搬到当今时代。的确，把书本与知识搬来搬去，不可能有什么"大出息"，没法和搬挪山河、搬演历史相比，享用不到那两种"搬运"的莫大荣光，但这是另外一个话题，还是回到现在的话题去吧……

当然，干什么事情都需要有主观意识，有主体精神，有自我能耐，即使是像一只蚂蚁那样搬动一颗饭粒，也需要主观努力。记得我小的时候，常常蹲着看地上忙忙碌碌的蚂蚁，一看就是大半个小时，我看到的蚂蚁都是急急忙忙，跑个不停，到处找吃的，从来没有见过一只在慢悠悠地闲庭信步，而它找到块头比较大的一点食物时，那股拼死拼活奋力搬运的劲头实在使人印象深刻，即使是块头超过自己体积的食物，不多一会儿也被挪到好远的地方……难怪在人类的语言中有"蚂蚁啃骨头"之喻。蚂蚁虽小，虽微不足道，能把骨头啃下来，靠的就是它的执着与勤奋。

终于我发现了，如果要总结我的作为之所以然，首先，就应该把原因归结为我的勤奋，蚂蚁式的勤奋，我这样一个"矮个子"有所作为，正是"天道酬勤"的结果，这是如"蚂蚁啃骨头"一样合乎常理常情，是最颠扑不破的结论，也是在"文人相轻"的领域里、最不引人有争议的鉴定，最容易为世人所首肯、所认同的鉴定。不要到不旺的五力中去找证明自我的"救命稻草"吧，至于那些善意的评价，那就自己留着去"偷着乐"吧！

我之所以认定这个结论，最初还是得自一位前辈革命家一句评语的影响，二十多年前，我听到过这样一句话："柳某某这个人还是很勤奋的嘛。"

如果向我转述的人引证无误的话，据我所知，此话系出自胡乔木之口。那是在1982年夏炽热的日子里，我的一篇文章《给萨特历史地位》与一本书《萨特研究》引起了轩然大波，成了全国性大批判的"众矢之的"，自己则成了多方面人士政治思想工作的教育对象，甚至是"挽救对象"。当时社科院的一位高官找我个别谈话，我被要求就萨特问题写出"再认识"的文章，实际上也就是要作自我检讨。正是在这个时候，我听到了向我传达的上述这句话，记得是这样说的："我知道，柳某某这个人还是很勤奋的嘛。"对此，我当时理解为这是领导上为了教育挽救"失足者"而在其身上发掘"积极因素"，以促使他转变立场，当然是高屋建瓴、居高临下而又仁至义尽的，我再迟钝，也不至于感受不到其中的好意。但我当时并无感激之情，我从一个不懂无产阶级政治的书生的虚荣心理、浅薄情绪出发，觉得此语对我评价并不高，至少远不如文化界、读书界对我的赞语，对此，我甚至还调侃地说过：领导同志对我并没有什么肯定，不过是说我是"笨鸟先飞"、"笨鸟多飞"而已。我当时之所以没有奉命去写"再认识"的文章，主要原因固然是要坚持自己的学术观点、不做违心的"改口"，另外似乎还有一个小小的潜意识的原因，那就是没有得到足够的"礼贤下士"之"礼遇"，没有感到有"知遇之恩"而愿"士为知己者"改变立场的冲动。

但时至今日，过了古稀之年，我倒觉得"勤奋"二字恰巧是对自己致学经历最基本、最具体、最确切的概括与总结，我深知，我在本院是一个历来都"有争议的人物"，即使如此，即使是在社科院对人对事的评价"仁者见仁，智者见智"、大有争议的现实环境里，这个评价也算是坚硬得颠扑不破，谁都认可的，就像算术中的最大公约数。

其实，勤奋是中国学子、中国学人的普遍共性，并不是一个什么了不起的特点，因为，说到底，中国人是勤劳的，我只不过是一个一般的、正常的中国学人而已，而且，勤奋度也只属于中等水平。

我并非一个天生勤奋的人（当然也不是生来怠惰之人），我的勤劳度、勤奋度往往最初决定于生活的需要，如，到一个环境，为了自己生活得舒适，我总要打扫打扫卫生，布置环境，我从小也有每天整理房间、扫地、擦桌椅的习惯，但从来都无意于做到"明窗净几"的程度，仅仅满足于大体上过得去就得了，因此，常被我母亲评为"表面光"。我每面对一种境况，绝非勤劳成习，以自己动手为乐，而天生有点求轻松、喜安逸的倾向，能得闲时且偷闲，如：我平生不爱做饭洗衣等家务劳动，早从四十多岁起，就不惜支付稿费收入，雇人代劳家务，至今已完全解脱数十年。这一点我颇像我的母亲，她毕竟不是勤劳成性的农村妇女，而像小市民阶层的妇女那样，颇善于"享点小清福"，抗战相持阶段，父亲在桂林供职，收入稳定也还算充裕，我母亲在耒阳带着我们兄弟三人生活，她本人健康而能干，但家里就用了一个"老妈子"，对我这样的家庭而言，这是很罕见的⋯⋯

我喜欢闲适而不紧张，安逸而不艰苦的性格，在我年龄偏小的时期，表现得较为明显。我的童年过得轻松懒散、四体不勤、安逸恶劳，没心没肺，近乎顽劣，既不美好，也不纯真，没有什么事值得怀念。但在我小学毕业到上中学这一段不长的时期里，我却有了很大的变化，从不懂事到懂事，从好逸恶劳到手脚勤快，从读书不用功到开始用功，整个人就像是脱胎换骨了似的。变化的契机是我一场大病。那时，我们家住在重庆，父亲没有工作，只靠打零工维持全家生活，过得很窘迫，几乎像衣食难保的城市贫民，这时，偏偏又碰上病灾降临，不知是怎么搞的，我得了盲肠炎，而由于家里人在医学卫生方面的愚昧无知，也由于家庭经济条件不好，一直没有正式就医，拖了半个来月，等到正式医院一瞧，已经发展成了晚期腹膜炎。肚子里一个大脓包随时可溃破，已经不能开刀，时刻有生命危险，需要立即住院，绝对静卧，每四个小时打一针盘尼西林，权且将死马当活马来医。那时的盘尼西林刚发明出来上市，价钱极为昂贵，我父母亲变卖了他们少有的积蓄两个金戒指，才保证用上了此药。我经过三个星期的医治，总算转危为安，康复出院，但家里则往前又穷了一大步，而且，在这三个星期里，我父母亲备受煎熬，极为劳累，我住在离家十几里远的医院里，需有亲人全天陪护，我父亲白天不能离开病房，夜晚则把几张椅子拼在一起，权且当作床铺打打盹。我不仅需要绝对静卧，而且还需进高营养的纯粹流质，不能有任何渣滓，我母亲就每天在家熬牛肉西红柿汤，父亲则要走上十几里路，把牛肉汤送到医院给我喝。在这几个星期里，我从生死边界亲眼见证了家境的窘迫，生计的艰困，父母的愁苦与辛劳，我从一个没心没肺的少年，变得很有家庭忧患意识，很有多愁善感亲情，只要父亲稍迟一点回家，我便忧心忡忡……这时，在我心目中，这五口之家就像一只漂流在大海上的小船，周围是沉沉黑夜与惊涛骇浪……

我对自己家庭境况有了清醒的认知，也就真正从心底悟出了我作为一个家庭成员、作为长子该做些什么、该如何做。我开窍了，我懂事了，我知道了努力上进、勤奋读书才是我的正事，才是我面对父母、面对家庭的分内的职责……这是我上了路的开始。

如果说，家庭生存的压力使得我开始懂事上路的话，那么，接着而来的中学教育以及大学教育的学习压力则使我在勤奋求学的路上走得更坚定、走得更用心。再后，工作岗位上持续了一辈子的业务压力、在士林中立足的压力，则使我勤奋的劲头从来不敢放松，至今，终将完成我以勤奋始、以勤奋终的文化生涯。

我所上过的四个中学，南京的中大附中、重庆的求精、长沙的广益与省立一中，都是出类拔萃的名校，以相对悠久的历史、雄厚的教育资源、优秀的教育质量而著称，它们有两个共同特点，一是师资水平高，二是生源质量好，也就是说学生的文化知识基础较好，很多都出自"书香门第"或知识阶层。这对我来说，首先就构成了学习成绩的压力与身边同学关系的压力，我一进入这样的环境，不可能有如鱼得水之感，不可能轻松自如，我必须比别人加倍勤奋努力才能待下去，由此，我才开始养成了"笨鸟先飞"、"笨鸟多飞"的习性。与此同时，我还养成了一个习性，那就是喜欢跟周围的同学比较，不是争强斗胜的"比"，我文化功底不及他们，谈不上争强斗胜，而是找差距的"比"、不怕痛的"比"，一比之下，自己的短处与弱项就一目了然了，由此自己在课内就努力追赶，在课外则进行恶补。我在中学期间恶补"准文言文"的写作、多背诵古文观止、勤练作文、恶补英文语法等等就是这么来的，我虽无语言天分，但"勤能补拙"，毕竟缩短了差距。当然有些方面，我再努力也收效甚微，如数、理、化，我毕竟不是那块料，始终是个低等生。另外，扩大课外的阅读面，也是我奋发图强的一部分，正是在初高中阶段，我读了相当多中国与外国的文学作品，鲁迅、茅盾、巴金、郁达夫、郭沫若、叶圣陶、丁玲、朱自清，以至张天翼、张资平等等这些作家的主要作品，尤以茅盾与郁达夫为多，我的中国现当代文学知识基础，就是在中学阶段打好的。至于外国文学，凡是能见到的所有中译本，我几乎都读过，书源一是从图书馆借阅，二是在书店的书架前"站读"，一站一读就是一两个小时、两三个小时，我把过去的懒散贪玩改成了经常泡书店的习性。

与我的找差距、努力赶有关系的，还有一点值得一提：由习惯于找自己与别人的差距，又引发出另一种习性，那就是喜欢对周围人进行观察，分析其长短、优劣、得失、成败，并重在善于发现他人身上的特点与优点，逐渐又发展为比较善于发现其内在的积极因素与正能量原子，我自认为自己一辈子看人看事，尚不失宽厚，不失通情达理，其渊源由此而来，当然，我并不是说自己眼睛不尖，过分天真迂腐。这种识人之道，于我一生待人处世大有好处。甚至可以说，这种识人之道，对我认知我散文作品所描写过的那些人物至关重要，对研究与分析文学名著中那些重要人物形象，也不无助益。

总之，我的中学时代在我一生中开了个好头，它给我带来了毕生的立身之本：勤奋努力，有了这个"本"，才谈得上有其他的"派生"，有其他的结果。

上了北大，有了明确的专业方向，更是十分自觉地勤奋用功，不仅要求自己把课内的专业学好，而且还在课外给自己加码，重重地加码，如像学了外文，早早地就在课外找了一本文学名著来进行翻译，我最早的一个译本《磨坊文札》就是这么来的；历史课老师只要求交写一般的读书报告，自己偏偏扩大规模成为一篇"准论文"；修了王瑶先生的中国现代文学史的课程，就要求自己在一个学年之内把《鲁迅全集》当作课外读物全部读完，而且还逐篇做了主题摘要；闻家泗教授指导我写学年论文，论的是雨果的一部浪漫剧，我却又把浪漫派的文艺理论建树也扩充了进来，洋洋洒洒一写就近三万言……那时在北大，向科学进军的号角吹得很响，课程既多又重，自己又在课外如此重重加码，除了在自己平平资质所允许的范围里提高效率外，主要就是靠挤时间、拼时间、开夜车去完成了。如此下来，到了三年级，就爆发了严重的神经衰弱，每天晚上只能入睡一两个小时，而且还老做噩梦，种种噩梦中总有那么一个经常上演的"保留节目"，那便是梦见一个炸弹从天而降，掉进自己的脑壳，在那里面开花爆裂，噩梦机制是那么缺德，它让你不能动弹地躺在那里，慢慢地细腻地体验炸弹在脑壳里爆炸的过程、巨响与能量……神经衰弱如此凶猛袭来，眼见就有辍学病休的危险，于是，自己就赶忙又"勤奋"地跑医院，扎针灸，煎中药……总算勤奋劲又不负我，我较快地摆脱了神经衰弱的阴影，胜利地完成了学业。

　　一种行为方式成为一种惯性后，持续下去也就是自然而然的事了。我在中国社会科学院之所以获得"勤奋"的这个"最大公约数"式的评价，不过是多年来凭惯性这样做下来了而已。概说起来，也很简单：几十年来，我基本上过的是没有星期天、没有节假日的书斋生活，从没有享受过一次公家所提供的到胜地去"休假"、"疗养"的待遇，也很少到国内好地方去"半开会半旅游"，当然每天夜里 12 点钟以前就寝也是极少的。所谓"勤奋"，说到底，基本上就是一个"挤时间"的问题，尽可能地在学业上多投入一些时间。如果没有挤的自觉性，一个人每天的时间不过就是那么一些，特别是从 20 世纪 50 年代一直到 80 年代改革开放前的那一个时期里，每个人所能有的时间总量还大大打了折扣：几乎连续不断的政治运动、路线斗争、斗私批修、政治学习……把业务工作时间分割成了零星碎片，且不说"文化大革命"一场浩劫就误了大家整整十年……如果，再不"只争朝夕"，自己所剩下的时间就很有限了。我远没有先贤"头悬梁、锥刺股"那种苦读精神，只不过是不放松、不怠惰，按平常的"勤奋"的程度往前走而已，当然，为了多挤出一些时间，免不了就怠慢某些自己认为无意义的集体活动，如像游行集会、义务劳动、联欢郊游之类的，甚至溜会、称病不出这种不入流的事也干过不止一次两次。群众的眼睛是雪亮的，久而久之，自然也就引起了诸如"脱离群众"、"重业务轻政治"之类的非议与侧目而视，当暴风骤雨的政治运动来临时，还领受过一些大字报、大批判，诸如："修正主义苗子"、"走粉红色道路"（身上涂那么一点红色，骨子里实为白色，岂不就成了粉红色?)、"严重个人主义"、"名利思想"，等等。

如果说，我的确将"勤"视为治学之本，那并不是因为我对"学而时习之，不亦说乎"、"诗书勤乃有，不勤腹空虚"、"学问勤中得"以及"业精于勤"之类的古训格言自幼就诵读牢记而后身体力行。我的文化底蕴没有这么厚。我不是出身于书香门第，这些格言我是很迟才读到的，以勤奋为治学之本，完全是我自己的存在状态所决定的。这一种主观精神与原则只不过是从主体存在中生发出来的结果。事情很简单，我出身于劳动者的家庭，父母费了很大的劲才使我获得了良好的教育条件，我不能不以"勤"来善待这些条件。而要争取将来能得到比我父母优越一点的生存状况，我也必须努力、勤勉。这便是最初的原动力。及至进入到了专业的领域，起作用的便是专业技能的压力与周围环境的压力了。

学海无涯，任何一门学问都是如此。我所从事的学科是法国思想文化，在整个西学中它占有非常重要的比重与地位，在这里，有人类最为美好的社会理想：自由、平等、博爱，有深沉的人道主义思想体系，有充满独特个性的艺术创造，对我来说，这种文化其高度真如喜马拉雅山，其浩瀚真如大洋大海，而且充满了无穷的魅力与奇妙的引力，足以把一个人的全部生命与精力都吸收进去，就像宇宙中的黑洞；足以使人在其中忘乎所以、流连忘返，就像童话中的幻境。这既是专业魅力所具有的吸引力，也是对投入者贡献自我的要求与压力，因此，面对着这样一个如高山、如大海的学科专业，我以自己的中等资质实不敢稍有懈怠，实不能不献出自己全部的精力与时间，不过，我同时也是很怀着热情与愉悦去献出自己的精力与时间的，在这过程中，如果有所收获、有所拓展进而得到了社会承认与公众赞赏的话，那其乐就更大矣！

另一个推动力则是鞭策性的，那便是客观现实环境的压力。我大学一毕业，就分配到"翰林院"这样一个最高的学术机构。在这里，比肩而立的翰林令我辈只有抬头仰望的份，本学术专业领域，早有钱锺书、朱光潜、李健吾、卞之琳、冯至等学术标杆高悬在头上。要攀登的学术阶梯更是使人见而发怵，我一进文学研究所，就眼见不止一个不无才能的青年研究人员已经在最低一级的学术阶梯（实习研究员、助教）待了七八年未动窝，面对这种形势，自己不加倍努力，就意味着放弃，就意味着出局。说实话，那个时期，"翰林院"的业务压力似乎比现在要大一些，当年，不无成绩、不无学养的中级研究人员因无代表性的著作而被炒出"翰林院"的屡见不鲜，而研究员没有出版过几本书的人则几乎就没有。这种压力当年鞭策着我辈青年埋头往前赶，这未免不是一件大好事，也可以说是一种"必先劳其筋骨"的磨炼吧。

从事精神生产的人，都乐于把自己视为体力劳动者，与工人、工匠无异，并无意于强调自己高人一等，巴尔扎克就曾把自己称为"苦役"，罗丹的《思想者》也不是一个衣冠楚楚、道貌岸然、文质彬彬的上等人，而是一个全身赤裸裸的"苦力"。他全身饥肉紧绷，拳头紧攒，显然在支付巨大的体能，如果说他与一般的体力劳动者有什么天然区别的话，那便是他从事的不是简单、重复、机械的劳动，而是要达到较大创造性的劳动，他必须关注自己产品的创造性、独特性、突破性。我很高兴自己的一生是不断劳作的一生，而不是"四体不勤"、"不劳而食"的一生。作为一个劳作者，我自然也有所有"劳动者"的习性，除了要求自己有不断操作的勤劳外，也很要求自己的"所出"尽可能带有创造含量、独特含量、知性含量，因为我知道，我们从事精神生产的人，是面对着有头脑、有理性的人群，如果你对他们有起码的尊重，而不把他们视为任你哄骗、任你忽悠的小孩或白痴的话，你就必须殚思竭虑，绞尽脑汁，拿出真货色来，我不敢说，我这么做做好了，但我的确是要求自己这么做的：

如，我努力追求学术研究就是提出问题与解决问题这样的境界。我对自己有此要求，并非我有慧根悟出来的，只不过是听从何其芳的指导而已，其芳同志，——他生前我们都这么称呼他，充满了爱戴与敬意——他是诗人，是文学批评家、文学史家，也是从延安"鲁艺"来的老资格"文艺战士"，因此，成为文学研究所的创建者与第一任所长、"党组书记"。作为党政"双肩挑的第一把手"，每当政治运动、"路线学习"来临时，他总有责任做"动员报告"、"运动总结"之类的讲话。说老实话，我一直觉得他身上存在着诗人、学者与"党员政治家"的矛盾，他在上述那些政治报告中总免不了要检讨自己的"重业务"、"没有突出无产阶级政治"等等，也总免不了要谈些科研工作、学术工作的话题。在我看来，他的"政治报告"中最动听的恰巧就是这一部分，因为，这里有他自己的经验、真知灼见与自我体验，其中，"学术研究工作就是提出问题与解决问题"，就是经常出现的一个题旨。在这个问题上，我倒的确称得上是他的弟子。我信从这一学理，当条件允许时，我也力求身体力行，予以实践，而且多少也做出了几件广为人知的"大事"：六十年代提"共鸣问题"大概可算是其一；最大的一件则要算是1978年对长期统治外国文学领域的"日丹诺夫论断"揭竿而起、进行系统的批判；此外，就是同一时期重新评价萨特及存在主义以及后来针对恩格斯的有关论述对左拉与自然主义进行重新评价，等等。这些事之所尚可称为"大事"，是因为它们都有全国性的文化学术影响，并已经被时间与历史证明了它们是有道理的、起了积极作用的。

再如，在劳作中尽可能从难从重以求产品有扎实的劳动含量，切忌避重就轻，虚而不实。在学术文学界，一旦拥有一定地位后，就会有一些诸如搭顺风车署个名、借已有权位不劳而获、分一杯羹的"美事"，窃以为此类行径实非诚实劳动者之所应为也，宜慎戒之，还是应要求自己保持劳动者本色为是。我自己主持多卷本书系的编译工作时总要亲自动手，编选一卷或翻译出一卷作为"标本"，至少要提供出有新颖的编选视角、有思想闪光点且分量扎实的序言，作为其劳动品牌标志。至于具体的编辑工作，更是要亲力亲为，有时丛书达数十卷之多，其每一卷的序言皆出自我手。

至于为文作评，则力求有一点新意，有一点创意，尽可能去陈言避套话，虽然我们这一代人为时代社会条件所辖，几乎逃脱不了讲套话、重复官话的命运。在知性上则以自己有限的才力，尽可能师法钱锺书、朱光潜、李健吾等先贤典范，纵不能做到引经据典，穷历万卷书，妙语连珠，华章熠熠生辉，总也要达到"及格"水平：言之有理，言之有据，议论行文时而也得有一两个亮点，一两处深度。我智力平平，天生无"才思敏捷"助我，这样做虽不说有"苦吟"之窘迫，劳作的艰辛还是很有一些的，但每得一篇还看得过去的文章，劳动之后的酣畅与愉悦就构成了一种乐趣，这是我生活中最珍视的一种乐趣。面对着那些署有自己名字的产品问世时，则因为其中无一不存有自己或多或少的思想观点、感受体验、思绪情愫、文笔文风、凝现着自己的心血而感到欣慰与满足。

"我思故我在"、"我劳作故我在"，这种存在方式、存在状态，带给了我两书柜的劳绩，也带给我简朴的生活习性、朴素的人生，甚至我的"生活享乐"与生活情趣也是再简单不过的。这么些年以来，我从来就没有过任何一次高消费与高享受，日常生活的主要内容不过是劳作（包括阅读与爬格子）、散步、听音乐、看电视、体育活动而已，虽然生活如此平淡，甚至在旁观者看来甚为清贫、寒碜、索然寡味，但我还能从其中体验出不少乐趣：为文作书，从无到有，言之有物，亦有亮点，首先就有劳作的乐趣、创造的乐趣。文章发了，书出了，拿了稿费，虽然为数不多，但其乐多矣，带小孙女去餐馆用稿费"撮一顿"，此一乐也；带着稿费去逛书店，随意购些喜欢的书，此二乐也；收到扣税单，再次确认自己作为纳税人对社会又做了一次"奉献"，此三乐也；如果文与书在社会上得到佳评，有好反应，则又是一乐也……小乐趣之所以多多，根本原因就在于这一切都是劳作的结果，这种劳作者的自豪与乐趣，这种简朴的平民乐趣，这种心安理得、毫无愧疚的乐趣，恐怕是躺在安乐椅上一支烟在手之际，就有种种"入账"、"奉送"、"名利"、"回报"、"献礼"纷至沓来的高级人士所体验不到的。

　　这种存在方式、存在状态同时也必然在我对人对事的价值取向与态度倾向上打上深深的烙印，这里既有合情合理，也有不全面与偏颇；既有真知灼见，也有浅显局限；既有社会公理，也有个人不平。加以我脾性直坦，又自信"靠劳动吃饭"，有恃无恐，忘乎所以之时，论人议事就不免口无遮拦，直言不讳，如此只求自己痛快，棱角分明，必然引起矛盾与争议，给自己平添不少阻力与困顿，我的学术生涯并不顺利，与此不无关系。成也萧何，败也萧何。自己既是自我的打造者，也是自我的敌人……这正是我作为一个劳作者自我存在生态的两个方面。

"欧化"的"土人"

我是一个"土人",虽然我一生所摆弄的是洋文化。

我之"土",首先是指洋派的、洋式的、洋制的东西,在我生活中所使用、所享受的比重,实在很少,甚至不及普通中国人所享用的一般水平。

我很少像知识界洋派人士那样喜欢喝咖啡、经常喝咖啡,说来寒碜,我一生中喝过的咖啡总数大概不会超过五杯,而且不止一次仅仅只抿了一小口而已,剩下的大半杯都浪费掉了。我生平的第一杯咖啡,是随着改革开放时代而来的,在此之前,我从没有想到要去喝咖啡。改革开放以后,人情交往才使得我面前出现了一杯咖啡,但我从第一次起,就不喜欢咖啡那种苦涩再加上一些有点令人发腻的甜味,后来,一直忠于自我、尊重自我的味觉而未尝试着去培养兴趣形成"喝咖啡"的习惯与"风雅",即使是为了和这个圈子的氛围合拍与交往的需要。这样,我大半辈子从来仍以茶作饮料,而且,完全是粗人式的"喝",毫无文化含量,与"品"、与"茶道"几乎完全绝缘,到了耄耋之年,干脆连茶也不喝了,每天就喝个几大杯白开水。

洋酒我也不喝,即使我在享受贵宾待遇的期间,我也多次放弃了品味高级洋酒的机会,记得在罗瓦河旅行时,法国外交部文化司的陪同人员马第维先生每到就餐时,总要很有礼貌地点一两种高级名酒助兴，而我则从来都坚守了"滴酒不沾"的习惯，只有一次例外，唯一的一次例外。那是在拉伯雷的故乡希龙的时候，参观完拉伯雷故居后，法方陪同人员安排我们在一家雅致的饭店就餐，这次，根据当地的农业生态特色，他点来的是葡萄酒，同样他按老习惯替我斟上，我也按老习惯辞谢未饮，但一转念，觉得自己毕竟是在拉伯雷的故乡，这位人文主义的先驱大师竟把丰富深邃的哲理凝现为他那著名的象征性的口号："畅饮吧，畅饮吧！"在希龙不喝葡萄酒，那真叫"无趣"、"没劲"，两者兼而有之，于是我举起了酒杯，对马蒂维先生说了一声："以拉伯雷的名义……"虽然在希龙开了葡萄酒的戒，但此后并没有养成经常喝点葡萄酒的习惯，即使是为了"有助睡眠"、"有益于心脏"，至于品尝名酒佳肴以形成名士风度更与我无缘，故至今我仍不知香槟、威士忌、伏特加等等为何味，于洋酒文化，连及格入门的资格也不具备……

我基本上不吃西餐，早年我虽然也生活在大城市里，并非没有见过西餐店，但作为家境清贫的子弟，西餐西点对于我来说就像是天堂里的东西，有时我们听话、表现好，父母亲满意，父亲也买点好吃的奖励我们，但也不过是一小包油炸花生米和几片油炸锅巴。说来寒碜，我一辈子对美食追求大概就是这个水平，油炸锅巴与油炸花生米都洒了盐，那股香味加上那点咸味，基本上就构成了我美食追求的两个基本元素。我第一次吃到西点，是我十三四岁在广州的时候，给父亲跑了两趟小腿，父亲奖励我一块奶酪面包，面包上一个口塞了一大坨奶酪，当然也很好吃，但似乎抵不过油炸花生米的香味与咸味。也许就是这种先入为主的原因，油炸花生米式的香气与加咸味这种模式始终压过了西点的香味与甜味，而成为我的首选。20世纪50年代，北京开了一家莫斯科餐厅，那是有点文化修养的人士必去尝尝鲜的地方，我就从来没有感觉到有这种必要与冲动。20世纪80年代，我家住在崇文门，马路对面就是马克西姆餐厅，开业后很久很久我都没去过，至今也只去过一两次，那是我的夫人请我去的，她多年在国外生活，西餐是她的生活方式，然而麻婆豆腐、宫保鸡丁加米饭仍是我的美食取向。

我在国外期间，每次在经济物质上都享受贵宾待遇，被招待吃西餐的机会也不少，但我始终没有培养起对西餐的兴趣，尤其是当主人热情地给我点上西餐中的美味，半生不熟的牛排时，我实在有点头疼，吃吧，我实在是不喜欢、不习惯，咽不下去，不吃吧，似乎有点失礼，说实话，每次吃西餐，最后我都觉得我没吃上我想吃的东西，一点儿也没吃饱，经常有这样的想法：要是给我再上一盘鸡蛋炒饭就好了。因此，两次生活在巴黎期间，虽然法方给我的生活待遇相当优厚，我几乎从来没有上过西餐馆，而是老去中餐馆吃我的鸡蛋炒饭与麻婆豆腐。年轻的时候为了装装门面，还注意学学吃西餐的规矩和习惯，如何拿刀、如何拿叉等等，到后来，连这些门面化的规矩我也不讲究了，干脆一手持勺或者一手持叉，权当作筷子使用吃完了事，幸亏我极少应邀吃西餐，我请客吃饭几乎都用中餐，故我很少露这种欠缺西方文化教养之怯，我这种目无西餐规范的土人面目，才没有广为世人所见所知。

我也不喜欢穿西装，在服饰上，国内已形成了这样一种时尚：西装成了正装与礼服，每当正式场合，或各种各样的大会，或宴请，或重要的文化学术活动，国内知识界、学术界人士大都正式着西装，特别是从事中华传统文化学术工作的人士，几乎毫无例外地一丝不苟地穿西装、打领带，至于官方人士，更是酷爱西装，只要稍有正式意味的场合，都无一不西装笔挺，西装不仅成了他们正式的礼服，甚至已经成了他们的制服，他们日常的工作服……可见，西装在国内已经成了身份的标志，文明程度与文化水平的标志，甚至构成了一种严肃认真的生活态度……而这种时尚、这种文明、这种审美取向，这种对自我要求的"责任感"，似乎我都没有沾上边。几十年来，在国内，我大概只穿过两次西装，一次是在2002年首都文化界纪念雨果200周年诞辰大会上，因为，那是一次带有外事性的学术活动，有不少外交官与外国朋友与会，而我又是大会的"主角"。另一次是在北大100周年的校庆之际，我被校方当作"杰出校友"邀请去人大会堂参加纪念大会，大概是因为第一次进人民大会堂开会，又因为做了一套西装从没有穿过两次，两个原因加在一起，我就穿了那套几乎崭新的灰白色西装去了。除此以外，我从来不正式穿着西装。总的来说，我在着装上、在洋文明化的程度上、在文明化状况显示度上，都大大低于国内的常规水平。

至于我的日常衣着，虽然我每逢上街外出，见客约会，上门拜访，都甚为注意，但是，如果是在陋室中爬格子，我那身上工作服就不堪入目了，上身往往是一件陈旧不堪，污渍斑斓的衬衫，下身就是一条松松垮垮的长裤，裤脚总是卷了一截，高于脚腕，低于膝盖，两边还不整齐对称，一边高一边低，不伦不类的，完全像一个粗俗的工匠……由于我的生活基本上都是在陋室中进行劳作，我一年之中，衣着如此不伦不类、乱七八糟的时候总是居多，加以我平时不注意刮胡子，于是，在生活中我经年累月的外观，可以说是处于粗野不文的低端状态居多……

这就是我在日常生活中的常态，是我粗糙难看、简陋不雅的一面，如果我的文明化、修能化程度仅止于这种衣仅蔽体的亚原始水平，那么我就完蛋了，那我就不成其为一个有点名气的人文学者了，即使勉强成为一个人文学者，那也是极为不堪、不屑一顾的一个，因为，实际上的文明化程度不能不影响一个学人的精神呈现、精神境界、精神水平，而特别是人文学者，其精神风度、其文化魅力，其思想内涵、其灵智闪现，其知性高度，实与其文明化密切不可分，甚至是与文明化共融为一体的，未尝不可以说，文明化是其精神品位的一种标杆、一种刻度。

谢谢上帝，我的文明化程度，并不如我外观所显示的那样低端。这里有一个区别，有一个差异，那就是追求外观的文明化，还是追求内在的文明化，是具有外观的文明化，还是具有内在的文明化。实事求是地说，我所放弃、我所忽视的只不过是外观的文明化而已。我对内在的文明化倒是蛮重视、蛮在意，因此，只要在意或注意的时候，即使是外观，也还是说得过去的。

在人际交往中，我当然要注意外表外观，见客时，总要把平时不修边幅那种种粗糙简陋统统收起来，胡子是必须刮的，衣着至少要整齐、清洁、合身，还要讲究点式样的大方与得体、颜色的配搭、风格的素雅，并以颇为用心而不着痕迹为原则，文明法典不是有言"善于衣着者，往往不显刻意用心"吗？款式则几乎都是休闲装，以追求洒脱自然的风格，绝少穿西装、打领带，也为的是自远于严肃正经、一丝不苟、煞有介事的态势。总的说来，我在衣着上，是向卞之琳看齐，甚至以他为偶像，他即使只穿一套面料中山装，也能穿得合身、贴俏、素雅，穿出都雅潇洒的风致。

在人际交往中，更要注意的是礼仪与教养，行为上的彬彬有礼；Lady first 的习惯；"谢谢"一词常不离口，这些常规是不可少的，礼多人不怪嘛！姿态正规、"站有站相，坐有坐相"、举止文明，也完全可以做到。如何称呼对方更为重要，既包含了礼仪规范，也显示了自我素养，我经常客客气气称对方为"阁下"，哪怕是比我年轻的客人，这称呼中，尊重占 50％，礼仪占 40％，略为夸张与轻微玩笑占 9％，幽默调侃占 1％，这 1％不可或缺，就如在一碗汤里，撒上几粒味精，有助于提升"亲切"的味道……我自己之所以乐于别人戏称我为"柳公"，也是因为我颇为欣赏其中揶揄幽默的成分……对女性的称呼则更需讲究，当视情况而定，对有一定年岁、一定身份地位的女性，我常称呼为"先生"，有时对年轻的、事业型的知性女性，偶尔也如此称呼，对于一般女性皆称为女士，但避免称"你"，而是称"您"，尤其是对漂亮的女士，更是如此，以自觉地保持距离感，避免对方对你产生"自来熟"、"套近乎"的印象，而这种讲究主要是得益于法语称呼中第二人称单数与复数的区别。在交往中，我由于性子急，说话坦直，有时不免影响交谈氛围，令人不快，为此，我只好靠文明化的习惯话语来尽可能给负氛围打点折扣，常抱歉在先地做这一类的表示："恕我直言"，"容我冒昧请问"等等，经常，经常，几乎就成口头语了……

我颇重视通信的礼仪，在我看来，通信礼仪是文明化的重要标志，它比是否穿西装、打领带，更反映文明化的程度，千万不能马虎。我倒没有细致讲究到行文的格式与信纸折叠方式也一丝不苟的程度，那是中国的经典礼数，我有点嫌烦，但每信必复是起码要做到的，称呼问题则要细致对待，对有职有权的人士，最好以其职务相称，以表示我并非不敬官本位文化，虽然我自己有意识远离仕途；对致学同道、文化人士，务必恭敬有加，但绝不轻易称兄道弟，以免有套近乎之嫌，而信末的祝愿，应该尽可能表示尊重与敬重，不是"教安"、便是"编安"、不是"夏安"，便是"秋安"，以示自己谦谦有礼，即使对年轻的编辑、记者亦不例外，即使对方并不向我问安，我也照常单向问安不误，并不计较是否对等……

饭局既是文明化的润滑剂，也是文明化的展示台。饭局上座次排列与朝向的礼数烦琐，我顾不上，但力求谦让是我最高原则，至少我绝不在主宾位上就座，这是其一，其二在饭局交往中，我以为，其实最为重要的是"来而不往非礼也"，这至少是文明化中最起码的平等原则，也是"饭局交往"得以良性互动，持续下去的关键，我一直恪守不渝，我吃了请，我就必须回请。这一点对我来说不难做到，因为我喜欢请客吃饭，与朋友与熟人共同进餐，于我单调的书斋生活是一种调剂，甚至是一种愉悦，于人于己皆相宜，也就习以为常了。

我外观上的文明化状态大抵就是如此，我觉得基本上够用了。这种水平、这种状态对自己比较合适，既没有亏待自己，没有因文明化的追求、文明化外观而苦了自己，也给自己提供了一定的装点自我、美化自我的愉悦。对客观人际关系也说得过去，在仪态上既未对他人失礼，也没有让自己露怯、显得不堪。我只准备达到这种水平、这种状态，我也满足于这一水平、这种状态，因为在我的理解体系里，外表、外观的文明化不是全部，而只是一个人文明化的一部分，甚至只是一小部分，而另一大部分则是精神世界、内心世界的文明化。两者孰为重要，是不难理解的。

外观上、外表上的文明化毕竟是外部的附着物、装点物，它往往是呈现于一时一事，是一种人为做作的东西。而内在的精神文明化，从浅的方面说，往往包括个体所具备、所持有的精神条件、精神能力，如音乐修养、造型艺术鉴赏力、风雅美趣、美食技艺等等。从深层次来说，则往往是指个体人所具有的素质与格调，诸如境界胸襟、眼光见识、人格风采、文化内涵、品格操行、精神高度、自省能力、自我态度，等等。无论是从哪方面而言，内在的文明化，不再是附着物、装点物了，而已经与主体紧密结合，融于一体，浑然天成，以至于几乎成了主体人的一个组成部分。如果说外观的文明化在人身上往往是作出来。那么，所有这些内在的、深层次的文明化，在个体人身上则是一种自然地流露，是一种本性的展现。在我看来，这才是真正的文明化，货真价实的文明化，这才是个体人文明化实际水平。个体人的文明化追求的目标主要就应该是这些内容、这些项目，如果真正在这些方面修炼有成，即要算是卓尔不凡的文明人了，要是能在这些方面修炼成正果，那就称得上是伟大的人文主义者心目中"万物的灵长，宇宙的精华"了。个人精神修炼的着力点，显然就应该放在这里，这比穿西装、打领带、喝咖啡要重要得多。这就是我对文明化比较成系统的理解，也是我自我修炼的着眼点与着力点，这个行程早从青少年时期就开始，至于自我修炼的发轫点何在，那么坦率地说，与荷尔蒙的潜作用有关，发轫于我的初恋。

那是我初三在广益中学的时候，各中学联合办了一个类似暑期夏令营的学习营，把各校的学生集中在一起复习复习上学期功课，预习预习下学期的新课程，当然还有一些文娱活动，如跳跳集体舞，组织合唱队等等。虽说是"营"，但学生并不集中住宿，而是采取各自家居，每天走读的方式，正是在这个暑期学习营上，我认识了她。她来自长沙名声响亮的周南女子中学，未见到她之前，就听同学们说，周南女中来了一个叫林某某的，是一个有名的"才女"，学习优异，成绩拔尖，而且是该年级的班长，人也很漂亮……及至见面，我倒并不觉得她特别漂亮，不过是清秀的脸庞、端正的容貌令人耐看之中又颇露出一种俊秀之美，属于端庄大方、富有知性的那种类型。她步履轻盈，走起路来似乎有弹性，身姿苗条，正在发育的身材似在向高挑方向发展，如果我碰见大学时期的她，那我肯定不是她的个，我一定会自惭身矮……从第一次见她，我对她便念念不忘，加以她优秀生的名声在外，我的喜爱之中，还有一种明显的崇拜成分，双目定睛的注视中往往有一种仰视的感情。我青少年时期讷于言，更怯于与异性说话，又不善于掩饰内心活动，情感易流露于形色，却又绝不敢表于言行。对于这一切，她一定是注意到了，她固然言行端庄、言笑很有分寸，但一看还是一个敏感的少女，她似乎也颇关注我，跟我还算是有所接近，至少没有任何规避的表示，也算和善亲切，可谓"友好"二字。但我与她之间，除了同营学友之间一些最必要的打交道外，就没有任何带有其他意味的来往，甚至没有任何带有感情色彩的话语，我也很满足这种一般的同学友好关系，没有也不敢有往前迈一步，甚至小半步的意图与勇气，比如说递一个小纸条，说句带感情色彩的话，等等。我安于这种无所作为的状态，在这种状态中我得到不少愉悦。她的形象缭绕着我，我想象时感到愉悦；我和她作最普通的交谈时感到愉悦；我的直觉告诉我她对我有所关注时，更是感到愉悦；我朦胧地感到她与我之间有那么淡淡的一点感应感知，那就更是心满意足了，甚至有一点幸福感。就这样一个暑假很快就过去了，我们就像普通同学一样道别了。不久，我情不自禁写了一封信寄给她，绝非表白信，连半句表白的话也没有，而是仍然沿袭着本来的同学关系，仅限于谈了谈别后的学习情况，没有想到的是，很快就得到她的回信，同样友善，同样矜持。虽然通信的内容平淡如水，但男女同学有了通信关系，就意味着不太平常，当时在长沙的中学环境里，这往往被视为"有了恋爱关系"。对此，我很有幸福感，我自己也认为我是在恋爱；她呢，是否也认为是在谈恋爱，我不敢说，但她与我通信至少说明了她没有拒绝我一般的来往……我们这种"君子之交淡若水"的通信有了两三个来回，没有持续很久，最后，无疾而终，不了了之，从认识到最后，我们并未单独见过面，甚至我从来也没有拉过她的手……却有点像但丁仅在佛罗伦萨街头见雅特丽一次就对她感念终生……

虽然"什么事儿都没有"，但我自认为我的确经历了一次恋爱，而且是一次扎扎实实的恋爱，很有真情实感，很有精神内涵的恋爱。因为，对对方的真挚喜慕，持续思念，心电感应，再普通不过的交谈所带来的愉悦、心跳、面红耳赤以及事后的回味无穷，等等，等等。可说是全面体验，应有尽有。特别起主导作用、占主要成分的一种情感活动，就是不断将对方加以美化、理想化、意趣化，以至在自己心目里，对方成了一个清纯天使、温情天使、知性天使、母性天使，而自己呢？则是仰视、心仪、爱慕、膜拜，特别是经常自省：我配不配得上她？从而竟然产生一种精神原动力：向上、向上、向上，提升自我，强化自我，美化自我……这种自我激励力，在我最初所经历的三两次初恋性的情愫中都曾有过，并在我的成长中扮演了重要角色。略早一点，在重庆求精中学时，对一位黄姓的女同学产生暗恋情愫后，便经常去她所经管的"小图书馆"（靠一位大小姐的捐助而建立起来的）去借书看，我最早读到洛蒂的《冰岛渔夫》与屠格涅夫的《春潮》便是那时候的事，两本书都是文化生活出版公司出版的，白净的封面，显得很高雅，那是我第一次真正接触外国文学……后来，我在北大时真正的一次初恋，更是成为我奋发努力、积极向上、力求自我完善化的动力，一直持续了好几年……我应该感谢我的初恋，它在我的精神成长过程中起过十分良性的作用，我之能够还能成为一个真正有教养的人，一个文明人，与它是分不开的，这是我在叙述自我文明修炼过程中为什么插进一段初恋往事的原因。

有了要提升自己、美化自己的意愿与动力，朝什么方向努力，以什么为理想目标？坦率说，关于人生理念、人格修养这类问题，我是没有什么系统的学识，我也从未进行过系统的阅读与研习。我往往只是随性所致，碰到某一句特别欣赏的佳句名言，就反复玩味，奉为至理，以至引入自己的生活，当作座右铭，或当作提示性的警句，或当作启迪性的谶语。

进初中后，我从阅读中东一榔头、西一棒子摘取的佳句名言，有那么三两句是我最喜爱的，一句是莎士比亚《哈姆雷特》中"人是宇宙的精华，万物的灵长"；一句是屈原《离骚》中的"纷吾既有此内美兮，又重之以修能"；再一句是高尔基《我的大学》中的"即使是对自己的小胜利，往往也能使人坚强许多"。没有想到的是，这三句话竟成了我在文明化进程中、人格塑造中、人品的修炼中，起了越来越大的作用，几乎成为召唤的目标，指引的明灯，律己的规范。莎士比亚关于人的理想，对一个青年学生来说，有点大而不当，颇嫌笼统，但它能鼓舞人、督促人向美好、高远、智慧、知性、文明的方向提升、奋发、前进；屈原诗句无异于经常提示内外兼修的重要性，灵魂人格美与外在修饰装点皆为重要，缺一不可；高尔基名言，则是使我经常想到自我提升、自我修炼过程中习惯惰性的无处不在，必须要有毅力，从小处做起，寸土必争。青年时代，在青春恋爱的心理背景上，我固然要一直不断地致力于自我修炼，后来年岁有长，则又因为已经登上了文化台面，受到了一定程度的关注，更不得不注意自己的文化修养与行事风格，以致在风骨人品、自我提升、自我修炼的过程不敢懈怠，只不过，年轻时的自我修炼偏重于"修能"性，而年长时，倒相对比较注意"内美"性了。

凡是与恋爱、青春有点关系的精神心理活动，往往都带有一定程度展示性意向，干脆就是为了展示，我青年时期的自我提升、自我修炼、自我修能化的努力，几乎都带有这种潜在的因素，潜意识动因。最先的一例就是我在广益中学时几乎是以一己之力创办了一份油印刊物《劲草》。这个灵感是从广益中学里那些琳琅满目的墙报引起来的，这些墙报就像一期一期的文学刊物，一开始就令我仰慕。由此我产生了办"一个能移动的、能散发的墙报"，也就是一份油印刊物的意念。要办出一份大篇幅的墙报，从撰写、编辑、抄写、美工到出墙张贴，总得有五六个人才行，我作为一个插班生，还没有这么齐全的人脉，我如果要做什么，只能找到一个"同伙"，那就是一位英文特别好的黄姓同学。如果把墙报的形式改为油印小报的形式，事情倒要简单易行一点，只要有了可用的文稿，自己买两三张蜡纸，把文稿刻在蜡纸上，然后放在油印机上一印，一份油印刊物就呼之而出了，而且发行范围还远远不止于一面墙壁……经过一段时间的考虑与筹划，又争取到了那位黄姓同学的赞同之后，我终于行动了起来。其实，整个事情并不太复杂，比较困难的倒是稿源问题，因为我力求避免"雷声大，雨点小"，怕成为笑柄，故不考虑公开征稿。没有稿件怎么办？自己写！在这件事上，黄姓同学毕竟只是一个友好的赞助者，对此事本无多大的热情，他提供了一两篇文稿，算是给了我最大的面子，其他的就只能由我一个来"包圆"了，从发刊词到主打文章与搭配文章以至花絮补白，总算我都一一诌了出来，形式则有散文、有小故事与议论文，除了发刊词外，其他文章均署笔名，而且每文各异，似乎参与刊物的至少有那么几个主将，至于文章内容，说实话，都是"为赋新词强说愁"之类的矫情凑数之作，不值一提。总之，凑足了几个版面，于是一份名为《劲草》的油印刊物就炮制出来了。当然在校内多处的墙壁上少不了都要贴上一份，以供大家欣赏，而且，还自己充当邮差，将它投放进了附近的几所中学（周南女中自不可少了），以求在更大的范围里出名。但毫无反应，默默无闻，显然没有引起什么注意。对此，我自己仍不识趣，接着，又使了一把劲，弄出了《劲草》第二期，这一期更是我一个人的"单打独斗"，那位黄姓同学已经仁至义尽了，对不起，乐观其成，但不再奉陪。结果仍是没有反响，这才使自己完全泄了气，从此罢手，"停刊"。就像小孩子吹起的一个肥皂泡，我的文学刊物梦就这么很快地破灭了。

虽然整个这件事有些幼稚可笑，但对于一个初中学生来说，多少还有点别致，带点创造性，而我之所以把这样一件事儿做了起来，坦率地说，就是为了展示自己，展示自己的才能，展示自己不同于其他同学的风采，因为那个时期，我已经进入青春恋爱期，自觉或不自觉地需要引起女同学的关注与兴趣，就像孔雀开屏是为了招引异性那样。

在我有意识地提升自己、美化自己、充实自己的努力中，培养对音乐的爱好、增强音乐修养一项占有很重要的地位，在这方面，我花的时间最多，从大学时代起，这种努力、兴趣与习性一直持续下来到中老年。

在北大时，校内的文化活动丰富多彩，有很多很多的社团活动吸引着同学们的兴趣，而我参加最多的是音乐社团每周必举行一次的外国古典音乐唱片欣赏会，我虽不敢说次次必到，但也可以说是常客了。在这种活动中，除了听唱片外，还有有关的知识介绍以及技法欣赏的讲解，而所欣赏的唱片则基本上都是欧美的古典音乐。我之所以对这个社团的活动特别感兴趣，首先当然是这些古典音乐本身十分有魅力，一有接触就会如痴如醉地爱上它，其次则因为古典音乐与西欧古典文学关系密切，我作为一个西方语言文学系的学生岂能对西方古典音乐无知无感觉？我得积累我这方面的知识，我得培养出自己的真情实感！这便成了我积极参加的动力，也正是从这里开始，我知道了从巴赫、莫扎特、贝多芬、肖邦、舒曼、门德尔松、斯特劳斯直到柴科夫斯基、李莫斯·科萨科夫、德沃夏克等等这些大师的名字并开始有了相关的知识，更重要的是我总算对西方古典音乐中的那些鸿篇巨制以及优美名曲有了初步的认知与感受，通过这种社团活动，我得到了音乐的启蒙与辅导。

从此开始，以此为基础，我成了一个对西方古典音乐的附庸风雅的"粉丝"。"附庸风雅"并非我妄自菲薄之语，我全身绝无任何音乐细胞，五音不全，不会唱歌，乐理不通，不会识谱，从来没有碰过任何一种乐器，哪怕在青年人中最为普遍流行的口琴。但我却自认为是西方古典音乐的爱好者、欣赏者、知音。不过，我的"附庸风雅"倒是下了一番"苦功夫"，并长期持之以恒，那就是我花了不少时间去吟记甚至背诵那些曲中的著名乐段，至少是其中的主旋律。我开始是吟记那些短小的名曲，如舒伯特的《圣母颂》，圣桑的《天鹅》，舒曼的《小夜曲》，斯特劳斯的《蓝色多瑙河》、柴科夫斯基的《徐缓的歌》、卡门的《斗牛士之歌》等等。能够自由自在吟记背诵这些名曲哪怕是若干片断，那也是一种绝妙的自得其乐，能随着原版乐声而应和，那更是有种得意扬扬之感……不久，我又更进一步，吟记背诵起大型交响乐中著名的旋律乐段来了，最初，我从贝多芬的田园交响曲第二乐章开始，也就是树林中小溪流淌、雀儿啾啾、布谷鸟啼鸣的那一大段美不可言的音画诗，然后，又回到第一乐章久居城市之人外出踏青时的轻快与欣喜，再到第四乐章暴风雨之后天空的平和与宁静……在北大期间，我吟记背诵了多少古典名曲我实在是记不清了，反正，从北大期间开始，而后数十年持之以恒，随着自己听音乐的条件改善了，逐步有了自己的起码的音响设备，吟记背诵的量也逐渐增加起来，到后来，我所吟记背诵的就有贝多芬的第五交响乐，第七交响乐、第八交响乐、第九交响乐以及舒伯特《未完成交响乐》、德沃夏克的《新大陆交响乐》等等，特别是贝多芬的《命运交响乐》更是陪伴着我岁月中一些坎坷的日子，第三乐章中，节节抗争之后的休整小憩与沉思，经常给了我以慰藉与鼓舞，第八交响乐中对美好前程的憧憬与一步一步坚定走下去的段落以及葬礼哀乐段落，则不止一次使我流泪……德沃夏克的《新大陆交响乐》更是在我一生的生活中占特殊地位，我最初是喜爱它的清新与充满希望。后来，因为去美国的儿子特别喜爱它，我对它也就有了特殊的感情，如今儿子已英年早逝，我只要一听《新大陆交响乐》这个名字，心里就一酸……

我很庆幸在自己的吟记背诵库里有这么一份财富，它之得来，我当首先感谢燕园的音乐文化生活，我对音乐的用心不存在什么实用功利的问题，我一生既没有就此写过音乐评论，也没有当众炫示卖弄，这只是一个自我感觉愉悦与精神享受的问题，自得其乐的问题，如果一定要说还有什么实际的功效，那便是我这份爱好多少培养了我一些艺术感受的能力以及对不同艺术形式的通感，而这对于一个文学评论者、文学研究者来说，是相当重要的。但我宁可把它视为我个人修养的一部分，自我文明化的一部分。当然，事实上也会带来某些具体的功效：在日常的书斋生活中，我看闲书时，我写文章时，经常放点古典音乐的乐曲，我觉得那种氛围、那种情致妙不可言，美不胜收，也许有助于文笔如行云流水……我有时也喜欢用古典音乐欢迎与款待来客，我觉得这种方式文明而雅致，可以提升交往的格调……我不止一次以卡拉扬的贝多芬交响乐全集进口音碟作为礼品赠人，我觉得这比名酒、名烟、黄金月饼更易于长久保存，不会变质……对欧美古典音乐的热爱与欣赏，已经深入到我的现实生活，使我这张无趣、苍白的脸上总算有了一点红润，使我枯涩的书斋生涯中，多少有了清新润泽的气息……

除了听古典音乐外，我另一个重要的爱好是欣赏绘画作品。不过，我所欣赏的主要是西洋油画，说来很不应该，也很感惭愧，我对中国画是不怎么欣赏的，除了少数几个画家，如齐白石，吴冠中外，其他人几乎过目即忘，而在这几位之中，我最喜欢的是吴冠中，他超过齐白石，位居第一，之所以如此，也是因为他的作品有西洋油画的成分。众所周知，在中国举办的外国油画画展是极少极少的，即使是油画画册出版得也不多，按我的条件来说，几乎没有什么机会见到油画原作，我怎么会对它产生兴趣的？说来也凑巧，在北大二年级时，我经历了我第一次真正意义上的初恋，不久就因对方远行而分手，正是沉浸在惆怅忧郁心情中的那个时期，在西直门的苏联展览馆举办了一次苏联油画展览，不知怎么搞的，我也去看了，那些优秀作品灿烂鲜艳的色彩，其中所描绘的自然风光，以及俄罗斯文艺作品中惯有的抒情格调与优美诗意，给了我念念难忘的印象，持续经久的感染与陶醉。总而言之，是一种纯美的感受，而我那时，刚过去的初恋其温馨余温尚存，又加上长别离之初淡淡的忧郁与绵绵的思念，还有对遥远未可知前景的朦胧憧憬，这种心境正需要一种美感的润泽与滋养，这次画展给我的感受正投合了这种情感需要，至少给我要写的情书提供了一个美的话题。这就是我与西洋油画第一次结缘的经历，我最初对油画的兴趣，即由此而来。

但是，这种兴趣在中国的条件下是很难得到充分的满足与发展，只能维持一个低级的水平，甚至只是一种原始的状态，如果说我音乐欣赏的现实条件是很简陋的话，那么绘画欣赏的条件那就更原始。在音乐欣赏方面，我既不懂乐理、技法、乐器的配备以及指挥的艺术，就听觉的享受来说也处于低级水平，我仅靠一台简单的录音机，与音乐发烧友追求音响的高级设备相差十万八千里。在绘画方面，我实现这一点兴趣的手段与途径，那就简陋得更可怜，我没有多少画展可参观，只能通过国内出版的画册去欣赏，而国内出版的画册起初也为数不多，何况限于经济条件，我也不可能购置、收集那么全，于是只好靠收集一点零星的图片过瘾，如印有著名油画的明信片、挂历以及偶见的刊物插图和落到我手上的画页等等，过了一阶段，翻出来看看，实在是零星散乱，寒碜不堪，加以书柜的空间有限，最后不得不处理掉了事。但我这点兴趣就这么苟延残喘的延续了下来，真正得到满足，是我在出国期间，我每次去巴黎，在罗浮宫以及各种美术绘画展上流连忘返花的时间占有很大的比重，而且参观时还下了一点笨功夫，至少一手拿着笔记本，一手执笔，复述复述画面的内容，记录记录当时观感的心绪，这些在我的《巴黎散记》中多少有些反映。同样，在美国期间也是如此，美国人收集的印象派绘画珍品为数甚多，我在他们的国立美术馆以及波士顿地区的高校及有关机构的展览会上，总算看了个够。我儿子后来到美国去，很快就培养了对印象派绘画的浓厚兴趣，跟环境有关。绘画艺术的技法与有关的艺术问题，我几乎是一窍不通，但我喜欢，但我感兴趣，就好这一口。我的绘画修养，我的美术文明化程度，不过如此而已。

细讲起来，其实我对油画中的人物肖像画与历史场景画的兴趣，远远不如对风景画的兴趣来得大，我指的是个人的爱好，而不是艺术欣赏，我对人物肖像画、历史场景画惊人的艺术水平是十分欣赏，叹为观止的，但是不像对风景画那么样的钟爱，那么样投入自己的感情，只要面临着一幅风景画，我总有一种想置身其中的向往与冲动，且不说身心强烈的愉悦感了。最初我对此没意识到什么，后来，我才越来越意识到，这与我生活中缺少优美的风景有关，与缺乏郁郁葱葱的绿意有关，因为，我从有感受的年代起就是生活在水泥的森林中。

是的，我喜爱绘画，特别是风景画，这的确与我热爱大自然美好风光有关，还与大自然有关的则是，我特别喜欢在优美的自然环境中散步。在自然景色中散步，是我生平从未改变过的习惯与生活方式，在我这里，散步远远不仅是饭后消食的法子，不是每天书斋伏案后松松筋骨的法子，它远远不止于此，不，说生活方式也不够，在我身上它已经成了精神上的情趣追求，成了美的意境追求，成了文明教养的一部分，甚至成了严肃人生的一部分，不妨说，在一定意义上形成了我的"散步人生"、"散步意趣"、"散步美感"、"散步精神"……

这种散步意趣、散步美感、散步精神、散步人生是何时何地形成的？还是在北大燕园，我的很多东西都是从这儿开始的。中国人应该感谢美国人司徒雷登，他走了，但留下了一个燕园。大家都知道，北大燕园、未名湖畔是一片风景如画的天地，它是我所见过的世界上最美的一个校园，湖光柳色，浓荫葱郁，曲径蜿蜒与通道坦阔，相互交织，广阔的秀美空间中，又散落着楼台亭阁，点缀着巴黎风格的路灯，中西景色，相得益彰，水乳交融，浑然一体。我从有点土气的湖南来到这里，惊为天国胜景，我情不自禁经常在临湖轩幽静的周围、在未名湖畔、在西校门气象万千的草地与华表跟前、在民主楼、在俄语楼鸟语花香的附近溜达漫步，很快就成了一种生活习惯。

这种溜达漫步开始完全是陶醉性的，即充分欣赏与享受燕园中的美景风光、特别是其中浓郁的绿意与人文布局情趣的浑然天成，但对于一个在"向科学进军"的紧张氛围中的大学生来说，纯粹陶醉的时间，休闲的时间是花不起的，于是就开始与实用性的目的结合起来，如在临湖轩附近幽静处朗读原文课文、背诵单词、考虑读书报告怎么写、学年论文怎么构建，于是我业务学习中的不少事情就是在漫步中完成的。在这种方式中，精神活动、心灵活动是不断延伸的、不断扩充的，如我对名士风度的认识与取向，就是从燕园漫步中得到的收获之一。漫步在燕园中，经常可以碰见北大的名家大儒，我就经常碰见著名经济学家陈岱荪在未名湖畔散步，他头微微昂起，闲庭信步，一副闲云野鹤，清高脱俗的气派；我也经常见到大美学家朱光潜，他一身布衣，手执书卷来往于教学楼之间；更经常地碰见著名物理学家周培源，他骑着自行车风风火火来往于教室与办公大楼之间，他上下自行车轻快的身姿，使人印象深刻。是他们，最初构成了我对名士的概念，由此形成了我追求名士风度中的价值标准取向，那就是潇洒脱俗，布衣勤劳与行事高效。久而久之，现实生活中的各种问题，如：学习规划、神经衰弱、调理身体、安排生活以及社会工作、恋爱问题、同学关系等等，都进入了散步这样一个特定的时空，在优美的环境中得到了回顾、琢磨、梳理与解答。总而言之，在燕园的四年，漫步、溜达、转悠成了我的生活习惯、生活方式以及实际人生的组成部分，也成了一种特别的精神享受，愉悦所在，甚至提升为一种美感美趣，当然，这一点是我从卢梭那儿得到的启发。

记得大学二年级时，在法文精读课中，读到了卢梭《忏悔录》中他青年时期，有一次在日内瓦城外大自然风光中流连忘返，耽误了返程时间而不得不在星空下过夜的经历，那种情致、那种情调、那种洒脱简直把我感动得不行，使我精神上得到了深深的陶冶。我以后曾不止一次重温诵读这一篇章，对它几乎是终生念念不忘。它对我散步哲学的形成也大有帮助，在我的散步哲学，散步美感，散步追求中，有三个基本因素是不可缺的，一是有绿色的环境、绿色的氛围、绿色的风光；二是孤独的一个人，千万不要有人为伴，即使对方是最亲近者；三是任思绪自由地飘荡，而又有一定的精神内涵。三者具备，就构成了一次令人心身舒畅的散步。

从北大之后几十年，我一直保持着这种生活追求与心身享受。每搬到一个地方，我最关心的一件事情，就是附近有没有散步的好去处，但是在北京的水泥森林中，我这个愿望很不容易实现，于是只能退而求其次，找一个场所凑合凑合。在崇文门住的时候，我只有东单公园可去。住在劲松的时候，则常去龙潭湖公园。未被帕金森氏收归门下之前，几乎每天都去那里，不时也去天坛公园。在这几个场地中，龙潭湖公园是我比较喜欢的，我的"散步美学"的三个条件，在这里可以得到充分的满足，特别是龙潭湖公园深处夜幕降临的时候，那种视力范围内见不到人影的空旷境界更使我着迷，似乎自己已与纷争的人世完全脱离绝缘了。我很少出差，很少赴外地参加学术活动，但只要我去了外地，落脚后的第一件事情，就是要找比较理想的散步场所。其中，有一个令我难忘的，是广州的越秀公园。越秀公园的后门是越秀宾馆，公园的后山，郁郁葱葱、空寂辽阔，几乎见不到人影。我 1978 年，在越秀宾馆大会堂对日丹诺夫揭竿而起前前后后的一个多星期，没有少在这个公园的后山漫步思索，或酝酿准备，或回味总结。而在国外，更有不止一个使我永远难忘的散步天地。哈佛大学的校园就是一个，它优美的园林与浓郁的文化氛围使人百来不厌。在巴黎，拉雪兹神父公墓更是一个令我神往的地方，它空旷的大道，浓郁的林木，一望无际的陵地，已经使人流连忘返了，何况在这里，几乎看不到人迹，但是无处不有"宇宙精华、万物灵长"的魂灵，给你感应，和你交流，与你对话。我的住处离拉雪兹神父公墓相距甚远，我去必须换两次地铁，但我对它的神往使我只要有时间我就要跑一趟，虽然不能每天都去，但要算我旅住巴黎期间去的最多的一个地方。我一直想写一本漫步拉雪兹神父公墓的书，并已做了一些准备，但由于自己对这样一本书期望值太高，迟迟未能动笔，倒头来只成了一个美好的憧憬。

2015 年底完稿

我与小孙女的一次合作

—— 小淑女作画记

这是一次特殊的合作。

这本书的两个合作者，一个是八十多岁的老头，一个是十二岁的小女孩，本书就是深圳海天出版社新近推出的译本《小王子》，译者是一位八十多岁的祖父，全书插图的作者，则是十二岁的小孙女。

原著是举世闻名的儿童读物，是内涵深刻，意味隽永的文学名著，插图则实际上是一个华人小女孩心目中的那个主人公小王子，是华人小女孩对《小王子》一书的形象呈现、形象诠释，也未尝不可以说是一个华人小女孩对于《小王子》一书的读书心得。这么一个文化接受、文化融汇的现象，倒是有点意思。

对编辑出版工作而言，这也不失为一颇有独创性的构思，居然把两个年龄差距这么大的合作者组合在一起，老祖父做翻译，小孙女进行想象作画配图，此举可谓"艺高人胆大"，有点妙。这一编辑出版工作的妙笔，出自海天出版社的胡小跃出版工作室，这个室的室主最初是以青年译者学者的身份出现在文坛的，他全面手的、特别是才华初露的诗歌翻译家的身姿，很快就给中国文化界留下深刻的印象，逐渐，他又作为一个视野广阔、眼光精明、才能卓越的编辑出版者，越来越令人瞩目，他双管齐下，交错发力，同时在法语文学译介专业中、在法语文学的编辑出版事业中，都做出了可圈可点的实绩，开辟出当今中国文化中一道郁郁葱葱的风景线，使得地处南国一隅的海天出版社，成了我国外国文学出版的一重镇。

众所周知，《小王子》原版书约有五十张插图，都是出自作者自己的手笔。在法国作家中，不止一位喜欢为自己的作品画点什么，扩充扩充自己的形象构思与艺术想象，或游戏式地加那么一点情趣，要不然就是在自己的稿本上画着好玩，雨果、斯丹达尔、缪塞、梅里美等都这么做过。不过，成功者甚少，我个人觉得其中还算比较出色、令人瞩目者，似乎只有雨果一人，雨果一些烘托他作品中浪漫主义氛围与奇特景象的黑白画作，真还给人蛮深刻的印象。《小王子》的作者圣埃克絮佩里，也为自己的这部名著作了插图、配了画，而且还被人视为原著的一个组成部分而流传了下来，这就不简单了。我们还注意到，甚至有的传记作者告诉我们，这位法国人在写出这部名著之前，已经勾勾画画出了他的小王子的形象，当然，这也不是什么"新大陆"式的发现，任何作家在下笔写作之前，几乎都对人物形象做出了自己的想象与构思，先用图勾画出来也是很自然的，文学创造就是形象思维嘛。

不论是先有作品还是先有画，《小王子》的原画完全是白描式的，不讲究细节，相对来说，只是一种简单的示意，给读者留下了想象的空间，而且，更应该看到，寓言与童话这种文学样式，本身就是最为简约、最有包容性、最有伸缩性的框架与形象载体，它容纳得下人们尽可能广泛的思考与诠释、容纳得下尽可能丰富的想象与补充，而且，愈是意味隽永的经典童话与寓言，愈是力求引起人们尽可能广泛的思考与丰富的想象，愈是赋予了读者自由理解、自由诠释、自由想象的权力。提供理解、诠释、想象与补充的人愈多，寓言童话的内涵、内容与意义愈能得到扩充、延伸与丰富。另行配图插画，本身就是增添一种理解、诠释、扩充与延伸，本身就有人文意义。基于以上理解，他人插图配画似乎称得上是一件"天经地义"的事情，恐怕也是作者本人所乐见的事。

在中国已经出版的《小王子》译本，据著名翻译家与翻译理论家许钧先生的统计，已达数十种之多。事实上，各出版社在自己的《小王子》的插图上，已经悄悄地、不动声色地做了一点自己的"个性化动作"，有的在数量上有所增减，有的加上了色彩，有的修改了形象，等等，但绝大多数都是以圣埃克絮佩里的原作为基础为蓝本，略微做了自己的若干调整与修改。但是，据确切的消息，有一家出版社，已经花重金从国外购进了其他的配画作为《小王子》译本的插图。对于以其他画家的配画作为该书的插图，需要审视的不外是两点，一是具有什么人文意义以及具有多少人文意义，二是配画所显示出的情趣、意味、想象力以及艺术水平如何。

海天出版社胡小跃出版工作室，推出这样一个《小王子》插图本，在这两方面，我不敢说大有讲究，我至少敢说是颇有些讲究的。首先两个合作者都是华人，华人在世界上已经很引人瞩目，这个译本不仅是数十种中译本中的一种，而且，据说也是广行于世，尚受欢迎的一个译本。而配图插画也是出自华人之手，这大概在世界上是从来没有过的，而且这个配图插画的作者，竟是一个华人小女孩！她还没完全脱离童年时代！她一直生活在美国，在美国上学！她身上流淌着两种文化的血液！她是如何想象《小王子》的？她是如何诠释《小王子》的？这就很值得一看了。更不容易凑巧的是，这本书正好是她的老祖父专门为她而译的，老祖父还曾正式撰文说明了这个译本是他送给他心目中的"小天使"的一个礼物，并希望小王子成为小淑女的朋友，现在，小王子与小淑女的的确确互相成了朋友。这样一个双组合译本包含了以上几个因素，也许算得上是《小王子》比较文学研究学中的一个难得的创例。正因为如此，这么一个小女子，如何想象这位小王子，对《小王子》这本书如何诠释，她的想象与诠释中凝聚了什么样的心情感受与读书心得，也就很值得一看了。胡小跃出版工作室此一组合之举，妙意就在于此。

当然，画得怎么样，至关重要，读者对形象构思、线条勾画、颜色配搭、情调意味，都会有严格的审视，市场毫不含糊，要以乱七八糟的涂鸦闯天下，没门！还是再多历练几年吧！"我是个小孩，这是一件大人做的事，我做不了。"据说，小女孩自己在美国的家里画得不顺利时，发过这样的牢骚，表示了气馁。一个宽厚的长者，这样鼓励她说："大家都知道你是十二岁小女孩，不会用达·芬奇的水平来要求你，正因为你还是个小孩，你能画成这个样子，已经可以得高分了。"鼓励归鼓励，一个十二岁的小女孩究竟画得怎么样，她的画是否靠谱？她的画是否还有若干可看性？有自己独特的想象？有自己的理解？是否多少画出了自己的一点意思？表现出了自己的童趣？……所有这一切，只能以画为证，读者打开这本书，一看便知了。用不着旁人啰唆说道。

必须说道说道的话题倒是有，那就是关于这个"小画家"的"资历"，她是如何成长起来的？

此小女子，好些人都知道她，十多年前，可能有不少读者在

《文汇报》潘向黎所编辑的一期"笔会"上见过她，当时她只有一岁左右，被她祖父称为"小蛮女"。那时的她，身体健壮，原始生命力强旺，除了善于爬来爬去外，似乎就没有什么长处可称道，她仅有的爱好，一是敲打各种各样能发声的东西，制造噪音，二是喜欢拽家里那条大狼狗的尾巴，叫那老实的大伙计烦她、怕她、敬而远之。那时，当祖父的有两个担心：一则担心她健壮的身体再横向发展，成为一个粗壮的胖墩；二则担心，她如此喜欢摆弄"打击乐器"，怕她长大了也许只能成为一个敲打乐器的三流小乐手……

　　"女大十八变"，现年方十二，原来的小蛮女，如今竟成为一个亭亭玉立的小淑女了，当初小蛮女的粗壮、精力充沛与好动，如今已转化为小淑女在足球场上两腿修长、奔跑飞快、身姿苗条、动作矫健的身影，她早从小学起就参加本校区的足球队，不同的角色，后卫、前锋、守门员她都充当过。当初，她以敲打器物为乐的"粗俗趣味"不见了，取而代之的是令人意想不到的一系列雅趣：书、画、琴、诗无一不有那么两手，不止一项堪称优秀。事关她为《小王子》作画的资质，似乎还有必要对她的雅趣与能耐稍作补充。

　　她上学比同龄人早一年，虽为班上年龄最小者，但成绩还算中上，她最突出的一个特点就是喜欢阅读书籍，当然是课外书籍。在家常"手不释卷"，到了超市就直奔书摊，阅读能力强，比同年级的学生超前，二、三年级时，老师就特批她可以借阅四、五年级的书，到四、五年级时，她就获准阅读六、七年级的书了。她是那个宁静小城市立图书馆的常客，不仅喜欢读，而且善于找她喜欢读、适合她读的书，似乎对书有一种敏锐的嗅觉，就像小狗对美食有天生的敏感一样。美国的儿童读物多得不得了，而且都是图文并茂，她早已在这类书的海洋中畅游，自然《小王子》的英译本，她早就看过，也算她的一个朋友。她对书的热爱与善于读书的特点，早已被市图书馆注意到了，因此，曾把她读书的大头像印在该馆的宣传画上。在美国，很多城市的图书馆都有流动送书车，经常在城里转悠，她作为宣传大使的图像，就固定地印制在宣传车的车身上，圆圆的脸，衣着朴素，笑嘻嘻的双手捧着一本打开了的书，耳边竖着两个小短辫，一看就是个华人小女孩……

读书多，随之而来的必然是能文，她不仅作文成绩好，偶尔还能写点诗，可惜只能用英文写。至于提琴与钢琴，这是美国中产阶级家庭小孩的"必修课"，她也不例外，在这方面，她的自觉性与积极性显然不及对读书那么高，但其技艺还错不算，从教会、社区组织的演奏活动中，不止一次见她谢幕时稚拙的姿态。

特别需要讲讲的是画。小淑女自幼喜欢画画，最早她开始涂鸦，说得严谨一点，就算是三岁吧，此后，就成为一种习惯，不仅是经常画，而且几乎是每天画。很小的时候，除了玩耍、游戏、看图话书、上教堂做礼拜、练琴、外出、旅游之外，她一闲下来，就喜欢拿一张纸在上面乱画一气，且不说是她生活的一部分，至少成了她特别爱玩的一种"游戏"。

上学之后，她就更忙了，除了原来那些固定的生活程序外，还得做作业，参加校内外的各种社会活动以及各种体育项目，足球啦、网球啦、舞蹈啦，等等，她忙得找不到完整的时间来画画，就见缝插针找时间画，用开小差的办法画，如有时，参加宗教活动时，她画，有时，在课堂上也偷偷地画。这种经常画、天天画的习惯，从一开始到现在一直没有改变，因此，可以说，她的画龄至今足足已有十多年了，说她画画成了一个习惯，似乎还不够，可以说画画已成为她生活中的一种需要了。

她画画的历程，当然是从乱画一通开始，逐渐到能画出个名堂来：线条从凌乱到规整，再到曲折有致，所画的对象从不成形不成样，到成形成样，到有表情有喜怒哀乐。家长见她有画画的爱好与习惯，先是给她充分地提供纸张、画笔、颜料以及有关的工具，甚至给她做了专门的画服，以免颜料弄脏了衣服，到了一定的时候，又专门给她请了绘画教师，从最初到现在先后已有五位，其中有一个华人教师，她正是从这位华人老师那里学了中国水墨画，她所画的竹林中熊猫图、葡萄前小猴图，很有那么一点齐白石的风格，老祖父眼里出画家，头脑容易发热，曾这样赞曰："这不跟齐白石的墨宝有点相似吗!"这两幅画现正挂在她北京的祖屋里，她祖父因香港有一个与他有关的学术活动，需要录制一段视频，拿到香港去放的那段视频就是以她这两幅画为背景录制的……

关于她的绘画有一个特点不能不说，因为这多多少少与她为《小王子》配图作画有关，那就是她的画几乎从来都不是素描性的、临摹性的、写实性的，老祖父几乎就没有见过她一张素描画、写生画、临摹画。她的画都是想象性的，她所画的几乎全都是她想象中的人物与形象，穿着与妆饰也往往出自她的想象，她一有空坐下来，随笔作画时似乎只是为了释放她的想象，宣泄她的想象，似乎她只有释放了出现于、存积于她脑海中的形象，她才感到身心舒畅。难怪不得，画画成了她的一个日常的习惯，成了她日常的一种需要，原来就是为了释放、宣泄、抒发。而这，按老祖父的理解，正是原创性艺术创作最自然、最有效的推力。她绘画的想象性，无疑构成了她的特点与强项。她的想象力丰富，令人意想不到，颇有意味、颇有情趣，当然是一个儿童的情趣，且称之为童趣吧。她的这个长处与特点，不是说说而已，是有社会检验、社会认可为证的，她想象的成果，可以说是进入了公共生活的领域。

事情是这样的：学校里创设了一间机器人教室，作为机器人课程的正式场所，校领导要在机器人教室的门上，绘制一个标志性的图像，美术老师结合这个需要，要求全班学生临场每人画这么一张，这本来只是美术课中的一个实践性的课题，并未准备派什么用场，出人意料，这个华人小淑女所画出的图像，却引起了美术老师与整个校方的注意与赞赏，一致决定把她这张图像绘制在机器人教室的门上，作为一个教学场地的标志。更出人意料的是，校方还选用了这图像，经由厂家把它正式大面积地印制在 T 恤衫的前胸部位，这种图像的 T 恤衫成了一个特定品种，校方则把这种 T 恤衫当作正式的礼品，用来在重要活动中赠送来宾。小淑女这张图像画的是一个机器人的头部，既有正常人的头型，又有机器人的机械部件，既有真人的血肉之躯的形象，又有金属与机械所组成的机器人结构。这个头像除了正面外，居然还呈现出两个侧面，颇有立体主义绘画之趣，构思之独特与复杂，局部与整体之统一都相当有讲究，线条也清晰合理而不凌乱。完整而有艺术性，别致而新颖，它之所以被看中，显然不是偶然的。而且，这么一张图像，是在美术课堂上临场构思绘制出来的，"这不有点像曹植的七步诗一样吗"，老祖父收到印制了这个图像的蓝色 T 恤衫的时候，不禁又头脑发热，笑眯眯地说了这么一句。任何比喻都是蹩脚的，老祖父的这个比喻恐怕会令人嗤之以鼻……

不管怎么样，小淑女这个富于想象、善于想象的特点，倒是适合于为童话和寓言画点什么。经过她提供了若干为《小王子》插图配画的样品后，她有幸得到了胡小跃出版工作室室主的首肯，成了《小王子》中译本的插图作者，而采用的译本，则是她的祖父柳鸣九所译。

2006 年，中国少年儿童出版社最早推出了柳鸣九译的《小王子》，扉页上就正式有译者的这样一句题词："为小孙女艾玛而译。"艾玛即当时的"小蛮女"、现今的小淑女柳一村，艾玛是她的英文名。

译本问世约一年后的一个晚上，急救车来到她家，把她不到四十岁的父亲接到医院去，临行，她父亲对急救车的驾驶员说："请你不要鸣笛，我的小女儿睡着了。"救护车开走了，他再也没有回到这个家里，这是他在这个世界上所说的最后一句话……

2016 年 3 月 30 日
2016 年 4 月 15 日改定